国文学研究資料館編

源氏物語 千年のかがやき

立川移転記念 特別展示 図録

思文閣出版

ごあいさつ

国文学研究資料館が発足したのは一九七二年五月、以後三六年の間、品川区戸越の旧細川藩下屋敷跡地に建てられた、閑静な住宅地の研究施設で大学共同利用機関としての活動を続けてきました。法人化にともなって人間文化研究機構の一機関となるとともに、立川市に新しい建物も竣工し、全面的に移転して再出発することになりました。これを記念して春には「よみがえる時」とする本館所蔵の「春日懐紙」を中心とした展示を開催し、このたびは「源氏物語　千年のかがやき」を開催することになりました。

源氏物語の名が記録にとどめられて一千年、国文学研究資料館としては移転の年と重なることもあり、早くから企画し、共同研究も進めてきました。その成果の一部を、展示という方法によって公開できますことは、この上なくうれしく思います。重要文化財を含む貴重な資料のご貸与をお許しいただいた、ご所蔵者の皆様をはじめ、ご協力を賜りました関係各位に深甚の御礼を申します。一人でも多くの方に、源氏物語の世界を味わっていただきたく、またさらに日本文学へのご支援を賜りたくお願いする次第です。

二〇〇八年一〇月

国文学研究資料館長　伊井　春樹

もくじ

第四部　世界文学としての『源氏物語』――一四一

源氏物語の世界への招待

伊井　春樹

◆観音となった紫式部

源氏物語を読もうとすると、それなりの覚悟が必要で、文庫本となった現代語訳の一〇冊なりとも目の前に置いただけで、果たして最後のページまで進むことができるのかと、初めは不安にもなってくる。しかし、それが多くの読者を獲得し、販売部数も驚くほどだと聞くにつけ、源氏物語の不思議さにあらためて驚かされてしまう。現代のことばに翻訳されていても、人々を魅了する力が作品の世界に内在しているのであろう。なぜこれほどまでに源氏物語に心引かれるのか、それは説明しようのない文学的な感興であり、ことばにしてしまうといかにも平凡な説明しかできなく、語ったところで意を尽くすことはできなく、徒労の思いが残ってしまう。与謝野晶子以来、次々と現代語訳がなされ続けられているのも、自分の感動をそれぞれの時代の人々に伝えたいとの、責め立てられるような文学者の衝動が背景にはあるに違いない。

鎌倉時代の人もそうで、「さてもこの源氏作り出でたることこそ、思へど思へどこの世一つならずめづらかにおぼゆれ。まことに、仏に申し請ひたりける験《しるし》にやとこそおぼゆれ」（『無名草子』）と、尋常な心ではとても理解できない畏怖すべき魅力を持つ作品と映った。「いくら考えても考えても、普通の人間わざでは書けるはずのない物語で、きっと紫式部が仏にお願いした結果によるのであろう」と、仏力にすがって書かれた作品ではないかとの見解を示す。そうとでもしなければ、なぜこのような物語が出現したのか、理解不能に陥ってしまう。ここから、紫式部の天才説が生まれ、また実は紫式部は普通の人間ではなく、観音の化身だったとする説が導かれてくる。それほどまでに、源氏物語はすばらしい作品だとの、時代を超えた読者たちの称賛が持続されていたことによるのであろう。

このような話が一つの説話に成長していったのが、石山寺での源氏物語起筆説で、観音信仰の寺としてよく知られていただけに、紫式部参籠による執筆へと結びついてくる。紫式部は、お仕えしていた中宮彰子から、「大斎院選子さまから、珍しい物語がほしいと頼まれたため、何か書くように」と下命されたのである。紫式部は困ってしまい、このようなときにこそ、日ごろ信仰している石山観音のお助けが必要と、石山寺にお籠もりをして一心に祈り続ける。疲れてふと外をながめると、折しも八月十五夜の月が煌々《こうこう》と琵琶湖に照り輝いているのを目にした紫式部は突如ひらめいたのか、目の前に置かれていた、恐れ多くも大般若経を手に取って裏返し、そこに「今宵は十五夜なりけり」と書き始めたのである。ここまでくると、もはや紫式部は普通の人間ではなくなり、観音が乗り移って筆を走らせたというのであろう。

須磨に身を流した光源氏は、都を思い出しながら、「月のいとはなやかにさし出でたるに、今宵は十五夜なりけりとおぼし出でて」（須磨巻）とする一節があり、紫式部が書き始めたのはこの部分からだとする。彼女は須磨巻の源氏流謫から物語を構想し、やがて初めにもどり、誕生した桐壺巻へと向かったのであろうか。紫式部は仏典を恋物語で汚した大罪であるだけに、地獄へ堕ちたという話が生まれ、また一方では都にもどり、自ら仏典を書写して奉納したとも伝える。伝説は次々にふくらみ、それを実体化するため石山寺では具体的に源氏物語が書かれたという「源氏の間」が設けられ、その折に用いたという硯、紫式部が写して納めたという大般若経が置かれてもくるのである。須磨巻から書き始められたのか、冒頭からなのかはともかく、仏の加護のもと、あるいは紫式部に化現した観音が衆生を教化するための書なのか、このような仏典と同じ価値を持つ作品として評価されたのも、源氏物語への熱狂的な賛辞が、時代を問わず背景に存在したことは疑いようがない。

◆源氏物語の書写本の展開

紫式部は石山寺での参籠の間、壮大な物語の構想が彷彿とし、まずは光源氏の運命としてもっとも大きな意義を持つ須磨流謫から筆を染め、都にもどってきてはひたすら書き綴っていく。大般若経の紙背に物語を書きつけるという無謀さ、だがこれも物語を読みながら、その裏には仏の教えが書かれているというメッセージの表出でもあろう。紫式部はひたすら物に憑かれたように筆を走らせ、五四帖ができあがると、能書家の藤原行成が清書し、中宮彰子から依頼主の大斎院選子へ奉献され、これによって任務は完了する。これにまつわる話も派生し、物語の基本的な著者は父為時であり、詳細な内容としたのが紫式部であったとか、藤原道長が加筆してできあがったなどと、評判が高くなればなるほど、便乗して執筆にかかわる人物が付加されてくる。

このような伝説が生まれてくる素地がまったくなかったわけではなく、紫式部は幼少時に父から学問的な薫陶を受け、越前ではともに生活をし、中宮彰子が誕生した敦成親王をともなって内裏に還啓する直前、道長邸では源氏物語の書写作業がなされ、道長は硯や料紙の差し入れをするなど、全面的な理解と協力を惜しまなかった。親王が生まれて五〇日目の祝宴が寛弘五年（一〇〇八）一一月一日に道長邸で盛大に催され、多くの廷臣たちが駆けつけ、その一人の藤原公任が「このわたりに若紫やさぶらふ」と、少し酒に酔って紫式部のもとを訪れてくる。これが今日、「源氏物語一千年」とする根拠となっているのであり、まさに記念すべき公任のことばであった。文人政治家として知られた公任は、一部なりとも源氏物語を読んでいたのは確かで、道長も、中宮も、また後には一条天皇までが内容を知るという、世間に流布した時点から権力者たちの賞玩する作品となっていた。源氏物語は書写されない限り読者は限定されるのだが、行成筆とする本文も存在したとの記録もあるだけに、これまた選子献上本の筆者とする話にもつながってくる。興味深い物語だとなると、物語は書写され、人々の手に渡って流布し、そこからさらに読者層は拡大していく。

孝標女《たかすえのむすめ》が一四歳の治安元年（一〇二一）に、「をばなる人」から「源氏の五十余巻」をもらったというのだから、源氏物語が成立して十数年後にはそれなりに読まれていたのは確かで、やがて貴族文化圏で認知されてくるのは、堀河天皇代になってのようである。『弘安源氏論義《こうあんげんじろんぎ》』に、「この物語ひろく《寛》ひろき《弘》年のほどよりいできにけり。しかれども世にもてなすことは、すべらぎのかしこき御代にはやすく《康》やはらげる《和》時よりひろまり、くだれるただ人のなかにしては、宮内少輔が釈よりぞあらはれける」とするように、源氏物語は康和年間（一〇九九〜一一〇四）には世間一般に広まり、注釈となると世尊寺伊行《これゆき》の『源氏釈』を嚆矢《こうし》とする。康和時代の藤原顕綱の『讃岐入道集』には紫上の死を悼む歌が収められ、多様な享受のあったことが知られるとともに、伊行の娘建礼門院右京大夫は平清盛女徳子の女房として仕えているので、初の注釈書とされる『源氏釈』の成立した時代も知られてくるであろう。

院政期から鎌倉期になると、源氏物語の書写本は増加するとともに、現存する五四帖とは異なる巻も伝来するなど、正統な本文を求めて収斂していくのが河内守となった源光行・親子の二代にわたる校訂作業であり、藤原定家の青表紙本であった。室町期の正徹による『なぐさめ草』には、

抑《そもそも》光源氏の物語は、五条の三品入道釈阿《しゃくあ》（俊成）、河内守光行等専《もっぱら》これをもてあそばされけるとかや。この人々より二

つの流れになりて、あるひは定家卿の青表紙、河内守が本などいふことになりぬ。

と、大きく二つの系統に淘汰されていったと述べる。紫式部の著作かどうかはともかく、院政期には今日一般に読まれていない「桜人」や「巣守」の巻が存した資料の断片が残されているし、ほかにも「雲隠」とか「かかやく日の宮」等のも指摘される。ともかく、鎌倉になって河内本と定家の青表紙本とが二大潮流となり、それらを受けた本文が書写され、注釈書も生まれてくることになる。

和歌の世界における定家の尊崇とともに、洗練された本文ということもあり、早くから青表紙本が源氏物語本文の主流を占めるようになり、室町中期以降は江戸時代を通じて定家本が読まれ、河内本が脚光を浴びるようになったのは大正期になってであった。近代になって源氏物語の本文を体系的に整理したのが池田亀鑑で、「青表紙本」と「河内本」とに分け、それ以外を一まとめにして「別本」と称することにした。現代においては見直しがなされているとはいえ、一応分類する目安としては有効であろう。その中でも、定家本を継承しているとされるのが、室町中期に書写された大島本で、今日ではこの本文が一般に標準的なテキストとして用いられるようになっている。しかし、定家本を読んだところで、それは鎌倉期の校訂本であり、それ以前の平安時代の物語本文の復元ができないのは、残念なことといわざるを得ない。

◆書写に生涯を捧げた宗椿

河内守となった源光行が源氏物語の校訂本文作りに着手し、その息子の親行がその作業を継続してまとめあげたようである。親行が本格的に始めたのは嘉禎二年（一二三六）のこと、一段落したのは二〇年ばかり後の建長七年（一二五五）であった。これには有力な証本八本を中核とし、それ以外を含めると二一本を比校するという、かなり忍耐と年月の要する作業であった。その間に九帖が焼失するとか、貴顕に貸した六帖は返却されないままになるといったハプニングもあり、そのつど初めからとりかかるという困難もあったようである。

河内本よりすこし先行したのが定家の青表紙本で、日記の『明月記』の嘉禄元年（一二二五）二月一六日の条によると、前年の一一月から家の女性たちを含めて作業にとりかかり、やっとできあがって藍色の表紙をつけたようで、このことから定家本を「青表紙本」と呼ぶようになる。これ以降は、二つの本文が大きな勢力を占め、そのようにまとめきれない伝本も多数存在していたはずだが、大きくはこの流れに収斂していった。青表紙本と河内本の出現、それにともない読者たちはそれらをもっぱら読むというのは、いわばそれ以前から伝来した平安朝の源氏物語との決別を意味している。当然、多数の本文が流伝し、それぞれ表現や語句の違いもあり、現存の五四帖以外の巻も混入するなど、かなり混乱していたはずである。読者の増大がありながら、本文の統一が取れていないとなると、当然の要求としてまとめる声が強くなり、鎌倉という新しい時代において、古典として権威づけられた源氏物語を時代にあわせた作品として再生する世論のもとに、青表紙本や河内本が生み出される必然性もあったといえよう。

二大勢力の優勢の蔭に切り捨てられたのが、後世「別本」とひとまとめにされた本文群で、院政期から鎌倉期はむしろこのような雑多な本文が中心であったはずである。後に手を入れた本文もあったであろうし、あるいは古い面影を残した本文もあったであろうが、時代とともに徐々に存在意義を失って姿を消していく。それでも今日かろうじていくらかは生き残った伝本があり、あるいは河内本や青表紙本以前の物語世界を残しているのではないかと、近年になって注目もされるようになった、というのが現状であろう。

作品の長さを示す目安として、しばしば四〇〇字詰め原稿用紙に換算して示されるが、源氏物語はおよそ二二〇〇〜二三〇〇枚ばかりからなる。現代において長編小説募集の案内を見ると、二五〇枚から三五〇枚以内というのが多く、これを基準にすると、源氏物語は一大長編ということになる。『直筆で読む「坊っちゃん」』（集英社新書）によると、二四字詰め二四行の原稿用紙百四九枚からなり、これだとおよそ二一五枚となる。いかに源氏物語が長大な作品であったかがわかるとともに、筆と紙を前にしてどのように書いたのか、当時紙は貴重品だっただけに、原稿用紙のように詰めて書くわけにはいかなく、膨大な分量の料紙を必要としたはずである。その作品を、書写するにしても時間と労力は並み一通りではない。河内守親行などが、二一本の本文を積み上げ、一行ごとに比校しながら本文を定めていくのに、二〇年もかかったというのは、途中トラブルがあったとはいえ、その労苦は尋常ではなかったに違いない。

それでも人々は源氏物語の魅力に惹かれ、五四帖という膨大な作品を書写していった。寄合書きのように複数の参加者で写す場合もあれば、単独で本に向かう人物もいた。その一人に、連歌師肖柏の弟子宗椿《そうちん》がおり、連歌会にも加わりながら、また一方では源氏物語の書写に身命も賭すことになる。『醒睡笑《せいすいしょう》』（巻五）によると、

和泉の堺に宗椿とて手書きのありし。源氏写すこと二三部、二四部目の朝顔の巻にてむなしくなりぬ。牡丹花、かれが心

のほどをあはれみて、追善のため、

筆に染み心にかけし契りにや折しも消えしあさがほの露

とする話が残される。「手書き」とするので、それなりに専門家として、貴顕からの求めによって源氏物語の書写をしていたのだろうが、五四帖を二三部も写し、二四度目の朝顔巻で亡くなったというのだから、その壮絶さはことばには尽くせないものがある。師の牡丹花肖柏は、宗椿の追善に寄せて、いつも心にかけていただけ、朝顔巻を書写していて、まさに朝顔の露のように命を失ったことをはかなむ。

源氏物語を書写するのに、どれほど日数がかかったのか、これはひとえにどれほど机に向かって筆を走らせたのか、その時間によって知るしかない。室町期の記録などによると、毎日書写にかかりっきりになるわけにはいかないこともあり、立筆してもどうしても二年以上はかかってしまう。宗椿などは、もうすこし集中したにしても、全巻を終えるのに半年や一年はかかったことであろう。松平楽翁（定信）は七度書写しており、これは記録によって依拠した本文なども知ることができる。このような書写をする人がいたからこそ、源氏物語は散逸することなく世間に広く出まわり、また読者の要求をも満たしてきたともいえよう。

近代になっての源氏物語を書写した一人として、『校異源氏物語』『源氏物語大成』を完成させた池田亀鑑の父宏文がいる。源氏物語の校異をするため、亀鑑は写真なども用いたが、古写本を借りてくると、田舎から上京した宏文がほかの家族とともに新写作業の担当をしたようで、朝食を終えるとすぐさま端然と座し、一日中達筆を揮い、就寝する夜一〇時ころまで続け、一部を仕上げるのに三ヶ月半かかったという。この進捗だと、一年に三部の源氏物語を書写することができるとはいえ、かなり苦痛でもあろう。

◆注釈書の展開と絵画による享受

源氏物語が古典としての権威を持つにつれ、孝標女のように興味深い読書対象としてだけではなく、研究をする作品としてみなされるようにもなってくる。すでに引用したように、注釈書としての始発が『源氏釈』だとすると、内容は簡単な故事や引歌の指摘であった。それは藤原定家による『奥入』も基本的に共通しており、これがことばのレベルの解釈になると河内家によるいくつかの注釈書も存する。それ以降はますます詳細の度合を強め、解釈をめぐっての諸説も入り乱れてくる。そのようにして生まれた中世の注釈書の代表は、素寂『紫明抄』、四辻善成『河海抄』、一条兼良『花鳥余情』、三条西実隆『細流抄』といったところで、室町後期になると諸注集成の傾向と、さらに注記内容も詳細の度を増し、数も膨大な分量になってくる。この背景には、藤原俊成の『六百番歌合』の判詞における「源氏見ざる歌詠みは遺恨のことなり」とする、歌人にとって源氏物語は必読の書とする強い指摘、またそのよう雰囲気が和歌の世界に醸成されたことも大きい。これは連歌の世界にも影響を及ぼし、注釈書の作成が歌人や連歌師たちによってなされていた事実によっても、そのかかわりの深さが知られよう。

物語が成立した時代から懸隔するにしたがい、注釈書もそれに応じて考証は詳細をきわめ、書かれたことばだけではなく、出典、風俗、習慣、行事なども理解が及ばなくなるにしたがい、注釈書もそれに応じて考証は詳細をきわめ、仏典から漢籍にいたるまでの引用がちりばめられていく。容易に読める作品ではなくなったとはいえ、知識人にとっては必読の書であるとの評価が高いだけに、なんとか源氏物語の世界に近づこうとする欲求も強くなる。五四帖という書写本を手にいれるのも容易ではない上に、また膨大な量を持つ注釈書も不可欠である上に、その注記たるや物語に直接関係のない中国の故事が続き、経典が並べられると、もうそれだけで行き詰ってしまう。花屋玉栄尼は、そのような煩雑な内容を批判し、これでは「注釈の注釈」が必要になってくると批判する。まして女性たちが物語を読みたいと思っても、作品にはなかなか行き着けなく、当時も存在した源氏物語の講釈師のもとに出かけて聞こうとしても、三年のうちに終わらないと嘆く。そこで女性たちにも簡単に内容を知ることができるようにと、彼女は『玉栄集』というダイジェスト版を執筆することにしたと、その書の中で成立のいきさつを述べる。

注釈書の増大化は、室町末期の『岷江入楚』や、本文をすべて持つ『万水一露』などをほぼ最後とし、江戸初期にはそれまでの注記をハンディーにまとめた『湖月抄』が出現し、これがその後の流布本的な存在になる。やがて江戸時代になって新しい研究として起こったのが国学者たちの源氏物語研究であった。一方では、源氏物語の本文を直接読むのではなく、梗概によって内容を知る動きも早くから存在した。その代表的な作品としては、南北朝の成立と思われる『源氏小鏡』がよく知られており、江戸期になっても版を重ね、挿絵入り本も各種存する。それ以前には、本文の抄出によって内容をたどることができる資料も存するなど、源氏物語は鎌倉期以来さまざまな工夫によって享受層を拡大していったともいえよう。

ダイジェストに通じるのが絵画化で、これは院政期には豪華な絵巻が数種作成されていたようで、その一つが現存する『国宝源氏物語絵巻』である。それと同一なのか、別の作品なのか、『源氏釈』を執筆した伊行の娘建礼門院右京大夫が仕えた、清盛女の平徳子（高倉天皇中宮）も二〇巻からなる絵巻を所持していた。平家の没後、この作品は鎌倉へ下って将軍となった宗尊親王の所有に帰し、それを典拠にした屏風の製作もされたようである。なお、この絵巻に関しては、『源氏秘義抄』付載の「仮名陳状」に詳しく記される。このような源氏物語絵巻は、詞書がすべて存するわけではなく、物語の展開に重要な箇所を抜き出し、それに対応する華麗な大和絵が描かれるという体裁をとる。絵画化によるダイジェストといってもよく、描かれていない部分は女房が補って賞玩する姫君に説明していくのであろうか。

鎌倉期になっての現存する絵巻は、天理図書館蔵の「若紫」四段と「末摘花」一段で、「澪標」巻はメトロポリタン美術館蔵、ほかに手鑑等に押された詞書の断簡も数葉知られており、それらを総合すると五四帖からなる膨大な分量だったと想定される。ほかには徳川美術館、大和文華館蔵の「白描源氏物語」、室町期になっての狩野派の屏風絵、土佐派の細密な色紙などによる源氏絵、白描の小型絵巻など、多様な作品が生み出されてくる。とりわけ色紙画は大量に製作もされたようで、土佐派からの流れの住吉派とともに、現存する作品は少なくない。そのような中にあって、逸品として知られる色紙画帖には、土佐光元、光吉、光則などがあり、今回初めて展示した国文学研究資料館蔵『源氏物語団扇画帖』は光則本にきわめて近似した画風を示す。

このように絵画という媒体によって源氏物語が享受されるにあたっては、絵師が物語内容をすべて知っているわけではないだけに、粉本に基づいて描くとか、説明をしたためた資料を用いたはずで、それが『源氏物語絵様』（東京大学蔵）や『源氏物語絵詞』（大阪府立大学蔵）であり、『源氏絵詞』（静嘉堂文庫蔵）などの具体的な指図、さらには『源氏綱目』などのように絵を示すとともに、その描き方を示す資料であったろう。江戸期に入ると、「絵入本源氏物語」の大量の挿絵の影響もあり、さまざまな形態による源氏物語絵が大衆化し、意匠としても用いられるにいたったのである。

（国文学研究資料館館長）

一〇〇八年の『源氏物語』

加藤　昌嘉

『源氏物語』という作品がいつごろ作られ、どのように読まれていたのかを記した最も古い文献は、『紫式部日記』である。

一条天皇と中宮彰子との間に皇子（敦成親王）が誕生し、寛弘五年（西暦一〇〇八年）一一月一日、その五十日の祝の儀が行われた。『紫式部日記』には、その祝宴の夜、次のような出来事があったことが記し留められている。

　左衛門の督、「あなかしこ、このわたりに、若紫やさぶらふ」とうかがひ給ふ。「源氏に似る人も見え給はぬに、かの上は、まいて、いかでものし給はん」と聞きゐたり。

「左衛門の督」すなわち藤原公任が、紫式部の局を訪れ、「このあたりに若紫さんはいますか？」と呼びかけた。紫式部は、「光源氏に似た人もいらっしゃらないのに、まして紫の上がいて、返事などするものか」と思って聞き流していた、ということである。この記事によって、寛弘五年（西暦一〇〇八年）一一月には既に、「若紫」巻を中心とする『源氏物語』の一部が宮中で知られていた、ということがわかるわけである。本年（西暦二〇〇八年）は、その記事からちょうど一〇〇〇年目に当たる。

『紫式部日記』にはまた、次のような記事も掲載されている。

　内の上の、『源氏の物語』、人に読ませ給ひつつ、聞こし召しけるに、「この人は、日本紀をこそ、読みたま（給ふ）べけれ。まことに才あるべし」とのたまはせけるを、

「内の上」すなわち一条天皇が、「源氏の物語」を人に朗読させて鑑賞なさっていた際、「この物語の作者は、『日本書紀』を講義なさるのがよい。実に才智がある」とおっしゃった、ということである。この記事によって、一条天皇の在位中（一〇一一年以前）に、『源氏物語』が「源氏の物語」という名で宮中の人々に鑑賞され、その作者が紫式部であると知られていた、ということがわかるわけである。

『紫式部日記』にはまた、次のような記事も掲載されている。

　『源氏の物語』、御前にあるを、殿の御覧じて、例の、すずろごとども出できたるついでに、梅の下に敷かれたる紙に、書かせ給へる、

好き物と名にし立てれば見る人の折らで過ぐるはあらじとぞ思ふ

「殿」すなわち藤原道長が、中宮彰子のもとに『源氏の物語』が置かれているのを見て、「紫式部は好き者だという噂で有名だから、ちょっかいをかけずに立ち去るなんてことはしませんよ」と、からかいの歌を詠みかけた、ということである。この記事によって、『源氏物語』が宮中の人々に知られ、その作者を「好き者」と呼ぶほど、物語の内容が知られていた、ということがわかるわけである。

そのほか、『紫式部日記』には、中宮彰子の指揮のもと物語の写本が制作されていた、という記事がある。

御前には、「御冊子作り、営ませ給ふ」とて、あけたてば、まづ、むかひさぶらひて、色々の紙、選り整へて、物語の本ども添へつつ、所々に、文書き配る。

寛弘五年（一〇〇八年）一一月一日の五十日の祝が済み、中宮が宮中に帰るまでの、およそ一七日間の出来事であるが、右に言う「物語」の中に『源氏物語』が含まれていただろう、と推測されている。『源氏物語』は既に、写本として流布し始めていたと見られるわけである。

『紫式部日記』に記された、『源氏物語』に関する情報は、以上のとおりである。「紫式部という女房が、西暦一〇〇八年前後に、『源氏物語』を創作した」ということは、これらの記事から、確かに証明される。しかし、「紫式部が『源氏物語』のすべての巻を執筆したのか？」とか、「当初、『源氏物語』は何帖あったのか？」とか、「現在我々が読んでいる『源氏物語』と、当時の『源氏物語』は、全く同じものなのか？」とかいった疑問は、現在もなお、解明できぬ謎として残っている。

『枕草子』や『平家物語』や『徒然草』などと同様、『源氏物語』においても、作者自筆の原稿などというものは、いささかも現存していない。それでも、我々が『源氏物語』を読むことができるのは、鎌倉時代〜江戸時代の人々が、墨と筆を使って一文字一文字この作品を書き写し、読み伝えてくれたからである。『源氏物語』は、発表された当初から愛読者を獲得しただけでなく、鎌倉時代から江戸時代まで、和歌や物語を作るための模範書にされたり、平安時代の風俗・文化を知るための研究対象にされたりしていた。また、名場面を絵画化して絵巻や屏風が作られたり、調度品や和服のデザインとして図案化されたりもした。『源氏物語』は、さまざまな形に変容しながら、多くの人々に享受されて来たのである。

今回の展示は、「『源氏物語』が、この一〇〇〇年の間、どのように受け継がれて来たのかを、遺された典籍をもとに一望する」というコンセプトで企画された。展示した典籍それぞれに現象している、筆づかい・書き入れ・手垢にまで目を注いでいただき、『源氏物語』を読み継いで来た人々の姿を想起していただけることを願う。

（法政大学准教授）

【1】『三十六《さんじゅうろっ》歌仙《かせん》画帖《がじょう》「紫式部《むらさきしきぶ》」』

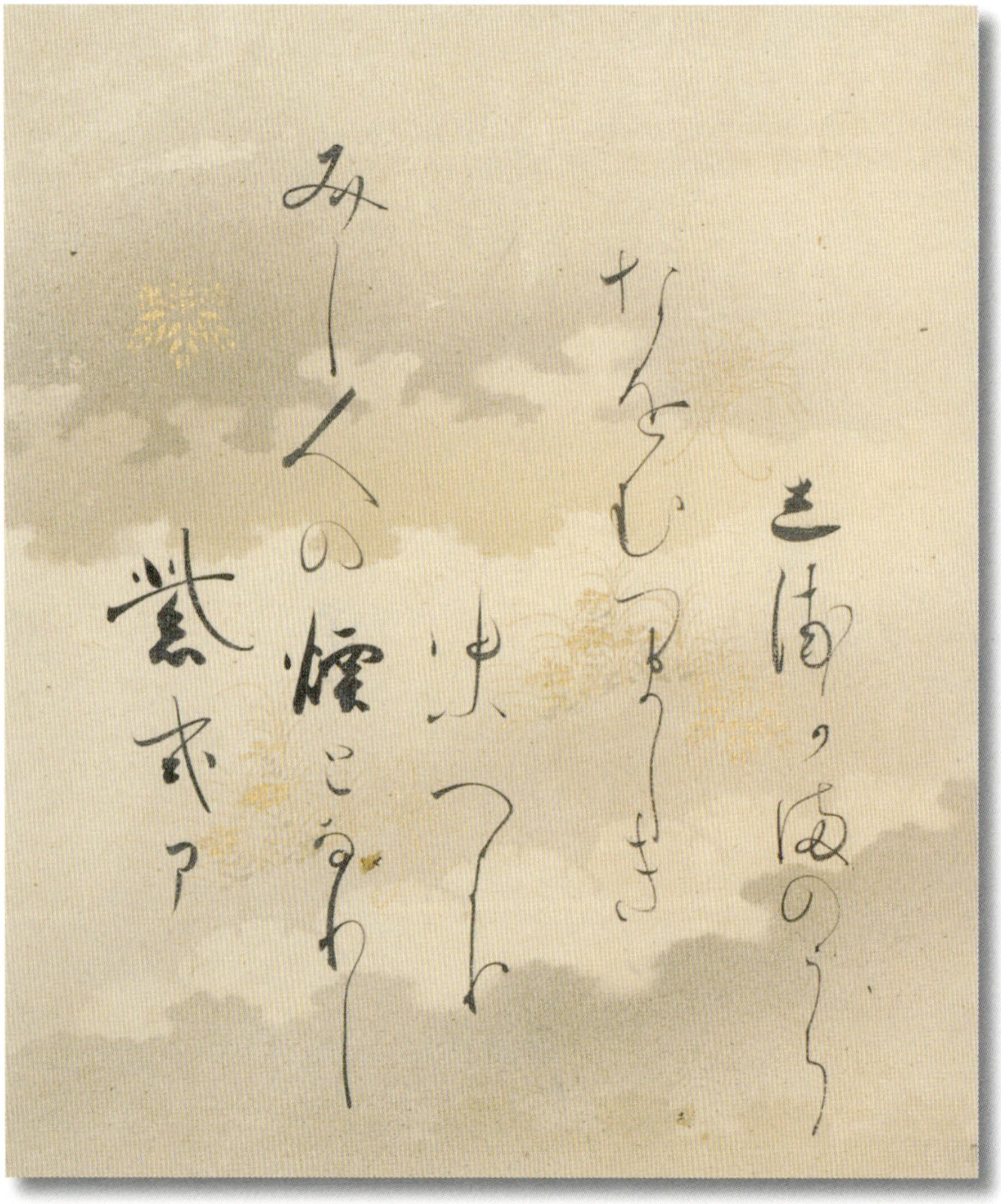

個人蔵
延宝三年頃
手鑑一帖
土佐光成画
絵二二・〇×一九・三センチ
詞二五・四×一七・一センチ

第一部 描かれた名場面

『源氏物語』は、本来、「文字」だけで成り立っている作品である。そうでありながら、物語の印象的なシーンは、私たち読者の脳裏に、鮮やかな「映像」として記憶されている。そうした、物語本文から立ち上げられる映像を具現化したのが、ほかならぬ「源氏絵」である。『源氏物語』は、平安時代から現代にいたるまで、さまざまな形で絵画化されつづけている。とりわけ、桃山～江戸時代には、狩野派・土佐派・住吉派といった絵師たちにより大量の源氏絵が制作された。どの場面を選択するか、どういう構図で描くか、という常套化・類型化がなされていった。以後、『源氏物語』は本文だけでなく、源氏絵の鮮明なイメージによって、人々の記憶に強く深く浸透してゆくことになる。

ここでは、新出・初公開の『源氏物語団扇画帖』を中心に、いくつかの源氏絵を展示した。ストーリーと併せ、それぞれの画風・筆致をじっくり御覧いただきたい。

【凡例】

●本書は、国文学研究資料館で開催される、「立川移転記念　特別展示《源氏物語　千年のかがやき》」（平成二〇年一〇月四日～一〇月三一日）の解説図録である。

●展示された古典籍等約四〇点につき、全体を四部に分けて図版を掲げて解題を付し、コラムを適宜配した。

●作品番号は、展覧会場での陳列番号と一致する。
ただし陳列番号【2】と【3】は、展示会場では展示順序が入れ替わっている。また、陳列等の都合により、本図録に掲載されている作品が陳列されていない場合や、図録にない作品が展示される場合がある。

●解題については、作品番号、指定（◎重要文化財、○重要美術品）、作品名、所蔵者及び請求記号、書写時代、員数、寸法（縦×横）等を記す。

●第一部「描かれた名場面」の「【2】『源氏物語団扇画帖』」における参考図版では、出光美術館蔵伝土佐光元筆『源氏物語画帖』・和泉市久保惣記念美術館蔵土佐光吉筆『源氏物語手鑑』・徳川美術館蔵土佐光則筆『源氏物語画帖』の中で、参考となる近似する図版を掲示した。該当する場面がそれらにない場合には、『源氏物語団扇画帖』の拡大図を示した。

●解説等の執筆者名は、各文末に示した。

●『源氏物語』の本文の分別については、池田亀鑑による分類名称としての従来の「青表紙本」は、〈いわゆる青表紙本〉とした。「河内本」や「別本」という名称も可能な限り使用を控えた。これは、池田亀鑑以来七〇年にもわたる『源氏物語』の本文研究が、今ようやく再検討の時代を迎え、今後ともさまざまな本文の分別私案が提示されることを想定しての対処である。

●本展示および図録解説は、国文学研究資料館の基幹研究「源氏物語再生のための原典資料研究」における研究成果の一部である。

●巻末付録の「『源氏物語団扇画帖』事物索引」は、本展示のために試案として作成したものである。

●本書は、加藤昌嘉と伊藤鉄也が編集し、赤澤真理と奥本素子が補佐した。

【2】『源氏《げんじ》物語《ものがたり》団扇《うちわ》画帖《がじょう》』

国文学研究資料館蔵［99-12］
江戸時代前期画
折帖　一帖
三八・七×五〇・六センチ

団扇《うちわ》型の源氏絵五四枚が貼られた手鑑帖である。漆塗りの木箱に収められている。外題・内題・箱書き・極め札等は存在しない。絵の形から、『源氏物語団扇画帖』と命名した。土佐光則の流れを汲む、江戸時代前期（一七世紀後半）の絵と推定される。新出・未公開の源氏絵である。保存状態も良好。

本画帖の絵のうち、四〇数枚が、場面選択・構図・配置の点で、出光美術館蔵伝土佐光元筆『源氏物語画帖』、和泉市久保惣記念美術館蔵土佐光吉筆『源氏物語手鑑』、徳川美術館蔵土佐光則筆『源氏物語画帖』のものときわめて近似する。本画帖の制作に土佐光則系の画家が関与したか、もしくは光則の粉本が用いられたことが推測される。

本画帖の絵は、以下のような順で並べられている。つまり、巻は順不同で、しかも、欠けている巻がある。

第1図　東屋
第2図　帚木（1）
第3図　空蝉（1）
第4図　夕顔（1）
第5図　若紫（1）
第6図　蜻蛉
第7図　少女
第8図　花宴（1）
第9図　葵
第10図　賢木
第11図　花散里
第12図　須磨
第13図　明石
第14図　蛍
第15図　蓬生
第16図　関屋
第17図　絵合
第18図　末摘花
第19図　薄雲
第20図　朝顔
第21図　行幸
第22図　玉鬘
第23図　早蕨
第24図　御法
第25図　夕顔（2）
第26図　野分（1）
第27図　匂宮
第28図　手習
第29図　篝火
第30図　藤袴
第31図　空蝉（2）
第32図　梅枝
第33図　夢浮橋
第34図　初音
第35図　若菜上
第36図　幻
第37図　横笛
第38図　鈴虫
第39図　夕霧
第40図　花宴（2）
第41図　紅葉賀
第42図　帚木（2）
第43図　紅梅
第44図　野分（2）
第45図　橋姫
第46図　藤裏葉
第47図　松風
第48図　椎本
第49図　竹河
第50図　若菜下
第51図　澪標
第52図　常夏
第53図　宿木
第54図　若紫（2）

本画帖については、国文学研究資料館の基幹研究「源氏物語再生のための原典資料研究」のメンバーが分析を重ねて来た。以下に問題点を列挙する。

(A)五四枚の絵が、『源氏物語』の巻順通りに貼られていない。

(B)五四枚の絵のうち、帚木・空蝉・夕顔・若紫・花宴・野分巻の絵が二枚ずつ存在し、一方、桐壺・胡蝶・真木柱・柏木・総角・浮舟巻の絵が一枚も存在しない。

(C)源氏絵として描かれてもよいはずの、有名な場面の絵が存在しない。(桐壺巻の光源氏元服、紅葉賀巻の青海波の舞、胡蝶巻の龍頭鷁首の舟遊び、御法巻の陵王の舞、浮舟巻の宇治川舟渡り　等。)

(D)五四枚の絵は存在するが、詞書は一枚も存在しない。

これらの点から、次のような推測が可能となろう。

すなわち、もともと五四枚以上(六〇枚か?)制作される予定であった源氏絵が、何らかの理由で、詞書が作られぬまま頓挫してしまった。そして、完成していた五四枚の絵だけが、後の人の手によって、当て推量の順序で、この画帖に貼られた。……そのようなプロセスが想定できようか。

本画帖の特徴として、絵が「団扇型」になっている点が挙げられる。

一般に、源氏絵の形としては、絵巻があり、色紙型(正方形)があり、扇型(扇面)があり、長方形がある。一方、団扇型の源氏絵は、それほど数が多くなく、石山寺蔵『源氏物語絵団扇等貼交屏風』・高津古文化会館『源氏物語絵団扇貼交屏風』(久保惣記念美術館図録『白描絵』参照)や、チェスター・ビーティー・ライブラリィ蔵『源氏物語歌絵帖』(サントリー美術館『物語絵』参照)等の存在が知られている(また、バークコレクションにも、団扇型の源氏絵が所蔵されている)。その他には、土佐派の絵画資料の中にも作例を見ることができる(徳川美術館図録『絵画でつづる源氏物語』参照)。本画帖は、それらに追加される、新たな団扇型源氏絵ということになる。

なお、源氏絵以外で団扇型をとる絵画作品としては、『十牛図』(サントリー美術館図録『物語絵』参照)、『伊勢物語絵詞巻』(『思文閣古書資料目録　善本特集第三輯』参照)、岩佐又兵衛『歌仙図屏風』『団扇型風俗図』(千葉市美術館図録『岩佐又兵衛』参照)、芸人絵尽(国文学研究資料館貴重書99－128)等があり、加えて、版本においても、『元禄一〇年版　絵入伊勢物語』(『鉄心斎文庫所蔵伊勢物語図録　第二集』参照)、鳥居清長『江戸八景』(千葉市美術館図録『鳥居清長』参照)、奥村政信『小判紅絵揃物　源氏物語』(『絵画でつづる源氏物語』参照)等の例がある。その際、団扇型の絵は、扇型(扇面)や色紙型(正方形)の絵と並べられることも多い。王朝物の絵画として中世~近世にしばしば用いられるキャンバスだったと言えようか。

なお、団扇型の絵を「州浜型」と称する向きもある(「州浜」は歌合で用いる盤)けれども、ここでは、「扇型」に対応するものとして「団扇型」と呼んでおきたい。

なお、『重文　豊国祭礼図屏風』(徳川美術館図録『輝ける慶長時代の美術』所収)には、この形の団扇を持った人々の様子が実際に描かれている。

※調査分担…1図~10図:加藤昌嘉、11図~20図:伊藤鉄也、21図~30図:中村康夫、31図~45図:江戸英雄、46図~54図:横井孝。

※本画帖の分析にあたっては、東京芸術大学の田口榮一氏より多くの御示教を賜った。記して感謝の意を申し添えたい。

(加藤昌嘉)

◆コラム

「出光美術館蔵伝土佐光元筆『源氏物語画帖』について」

伊藤鉄也◆

出光美術館所蔵の『伝土佐光元筆 源氏物語画帖』については、これまでその詳細は明らかではなかった。出光美術館図録『源氏絵』（平成一七年一月）に掲載された一三点の図版が唯一のものである。その後の調査を踏まえて、特に国文学研究資料館の『源氏物語団扇画帖』との関連から、ここにまとめておく。

出光美術館所蔵の手鑑一帖は、桃山時代の作品とされる。伝土佐光元筆で、大きさは一九・四×一七・〇センチ。三六枚の源氏絵が貼られた画帖である。屏風からの改装であろうか、巻順は乱れている。一つの巻で二枚の絵が描かれているのが、第二五巻「蛍」と第三九巻「夕霧」である。元の画帖が何枚で構成されていたのかは不明である。

出光『画帖』と国文研『団扇画帖』を比較すると、図様の近似するものが二三図も確認できた。それも、玉鬘十帖に関しては、両画帖が持つ八巻のすべてが近似する図様である。このことを含めて、今後の研究の進展が楽しみである。

なお、本図録の参考図版においては、国文研『団扇画帖』と近似する出光『画帖』の二三図すべてを掲載した。その対応関係は、以下の通りである。

出光	国文研	巻名
第1図	第51図	14澪標
第5図	第19図	19薄雲
第6図	第7図	21少女
第7図	第22図	22玉鬘
第8図	第46図	33藤裏葉
第10図	第22図	32梅枝
第13図	第39図	39夕霧
第14図	第34図	23初音
第15図	第52図	26常夏（角度違い）
第17図	第14図	25蛍（1）
第18図	第29図	27篝火（角度違い）
第20図	第30図	30藤袴
第22図	第21図	29行幸
第23図	第38図	38鈴虫
第24図	第49図	44竹河
第25図	第50図	35若菜下
第26図	第44図	28野分
第27図	第6図	52蜻蛉
第28図	第23図	48早蕨
第31図	第43図	43紅梅
第32図	第24図	40御法
第33図	第48図	46椎本
第35図	第36図	41幻

第一図 東屋《あずまや》巻 【第五〇帖】

◆場面

場所は二条院。季節は秋。薫二六歳。匂宮は、宮中に参ろうとするが、我が子の愛らしい姿を見て立ち去りがたく、妻（中の君）と共にあやしている。一方、この邸に身を寄せている中将の君（浮舟の母）は、隣室から匂宮の美しい姿をのぞき見て、感嘆する。

◆図様

右端の男性が匂宮。中央の幼児が若君。その左の女性が中の君。画面左端の、御簾の内からのぞき見する女性が中将の君。簀子《すのこ》を歩く女性は女房か。庭には、女郎花と萩が咲いている。

◆構図

配置等、徳川美術館蔵土佐光則筆『源氏物語画帖』に近似する。

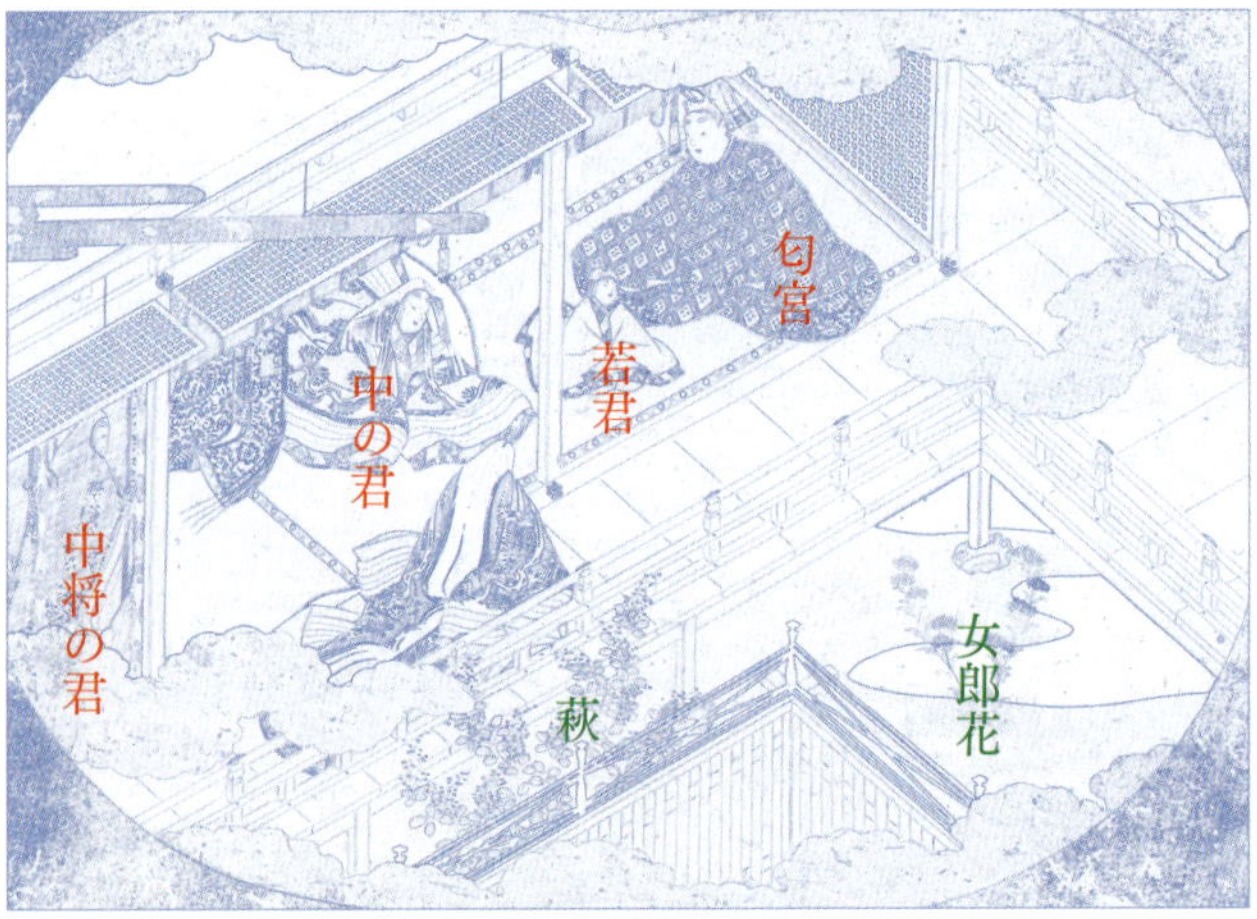

【参考図版】徳川美術館蔵土佐光則筆『源氏物語画帖』

第二図 帚木巻《ははきぎ》（1）【第二帖】

◆場面

場所は光源氏の宮中の宿直所。季節は夏。光源氏一七歳。いわゆる「雨夜の品定め」の場面。長雨のつれづれの夜、光源氏・頭《とう》の中将《ちゅうじょう》・左馬《ひだりのうま》の頭《かみ》・藤式部《とうしきぶ》の丞《じょう》が、これまで関わった女性たちの人柄や品格を談義している。

◆図様

右端の、直衣《のうし》の紐をほどいてくつろいでいる男性が光源氏。左端の男性が頭の中将。右端に作り付けの書棚が見えるが、物語本文によれば、厨子棚《ずしだな》であるべきところ。高灯台が夜であることを示す。

◆構図

源氏絵としてしばしば絵画化される場面。配置等は、個人蔵土佐光起筆『源氏物語画帖』を左右反転させたもの。人物の装束等は、徳川美術館蔵土佐光則筆『源氏物語画帖』に近似する。

【参考図版】徳川美術館蔵土佐光則筆『源氏物語画帖』

第三図　空蟬《うつせみ》巻（1）【第三帖】

◆場面

場所は中川の邸。季節は夏。光源氏一七歳。光源氏は、空蟬《うつせみ》の寝室に忍び入るも逃げられてしまい、かたわらにいた軒端《のきば》の荻《おぎ》と一夜を共にする。明け方、光源氏が、空蟬の残した単《ひとえ》を形見にして部屋に戻ると、彼を手引きしてくれた小君《こぎみ》（空蟬の弟）が寝入ってしまっていた。

◆図様

光源氏の足元に見える碁盤《ごばん》は、前日、空蟬と軒端の荻が打っていたもの（本画帖第31図参照）。高灯台が、まだ暗い時間であることを示す。

◆構図

同じ場面を描いた源氏絵として、バークコレクション蔵土佐光則筆『白描源氏物語画帖』等がある。

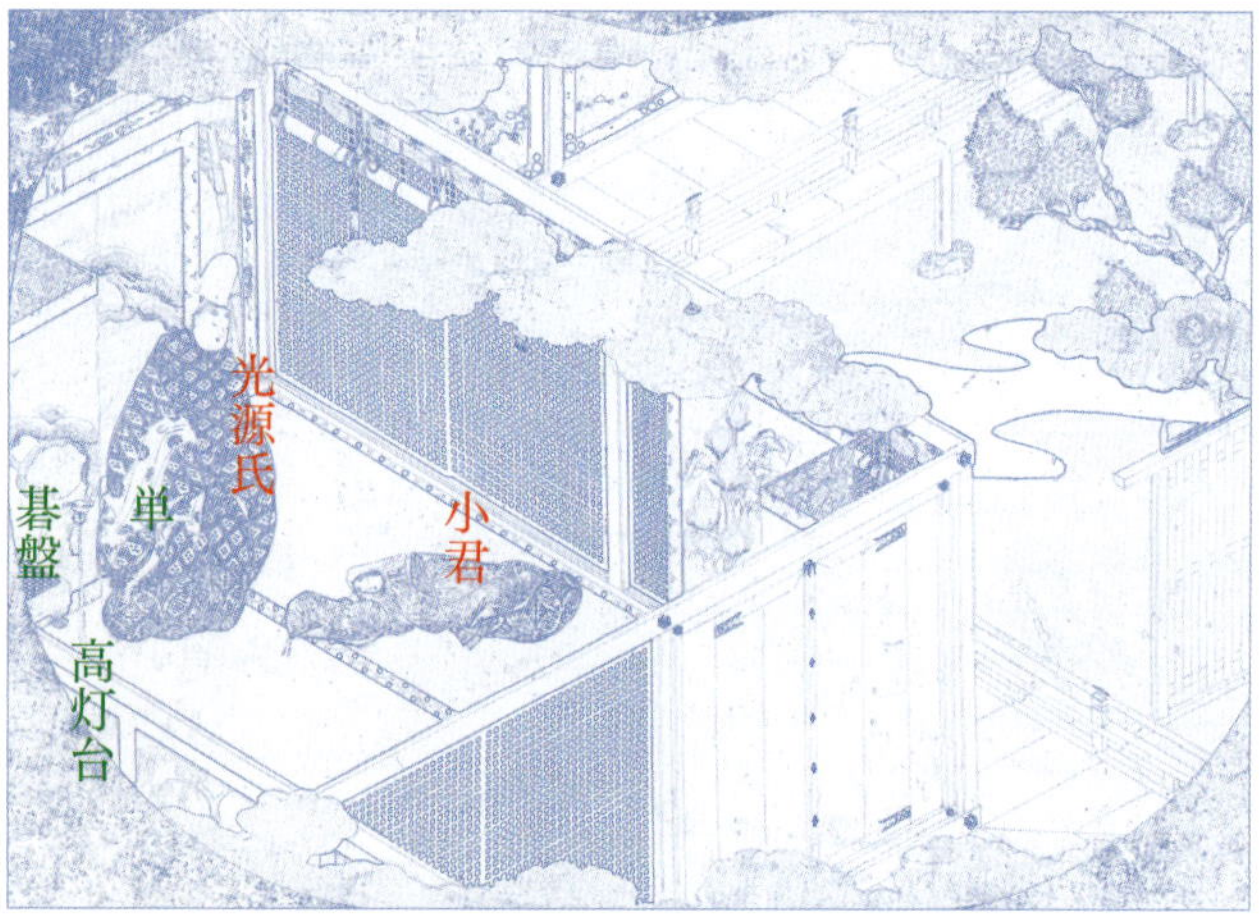

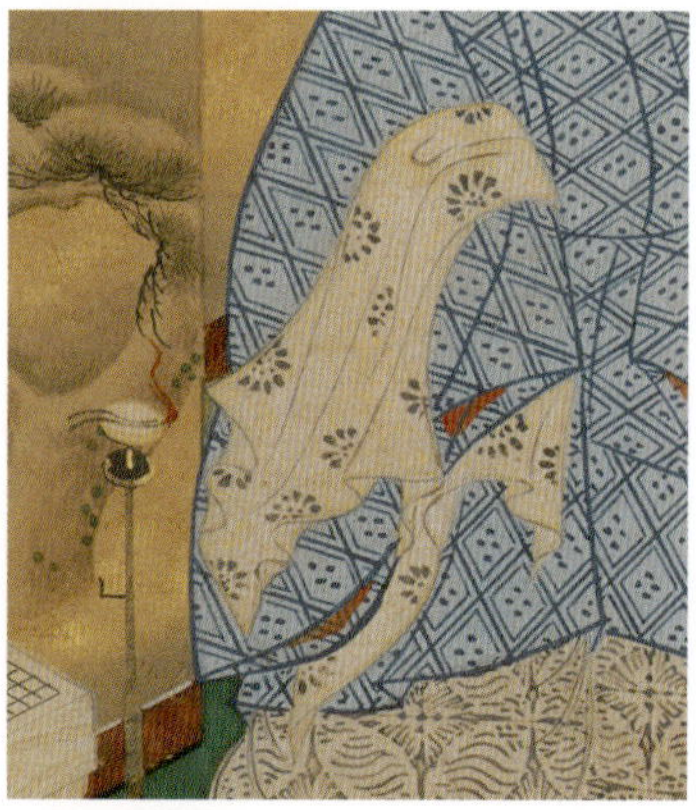

上図　衣拡大

第四図 夕顔《ゆうがお》巻（1）【第四帖】

◆場面

場所は夕顔の邸。季節は秋。光源氏一七歳。光源氏は、乳母《めのと》の邸を訪れる折、女たちが集う夕顔の花が咲く隣家に興味を抱く。光源氏がその花を所望すると、その邸の女主人（夕顔）から、和歌を書いた扇に載せて夕顔の花が届けられた。

◆図様

扇を差し出すのは女の童《めわらわ》。受け取っているのは惟光《これみつ》。光源氏は車の中にいる。邸の屋根は板葺石置屋根《いたぶきいしおきやね》で、入り口には暖簾《のれん》が掛かっている。こうした暖簾は、ロンギ・イースタンファインアート蔵『土佐派源氏物語図屏風』等に散見する。

◆構図

同じ場面を描いた源氏絵は多く、和泉市久保惣記念美術館蔵『源氏物語手鑑』・浄土寺蔵『源氏物語扇面散屏風』等がある。

【参考図版】和泉市久保惣記念美術館蔵土佐光吉筆『源氏物語手鑑』

第五図 若紫《わかむらさき》巻（1）【第五帖】

◆場面

場所は北山《きたやま》の聖《ひじり》の邸。季節は春。光源氏一八歳。わらわ病治癒のため北山を訪れていた光源氏は、柴垣《しばがき》のもと、美しい少女（後の紫の上）の姿に心奪われる。その少女は、「雀の子を犬君《いぬき》が逃がしつる」と言って泣きじゃくっているところだった。

◆図様

柴垣のもとでのぞき見する男性が光源氏。その横でひざまづくのが惟光《これみつ》。邸内で、脇息《きょうそく》に寄りかかる尼削《あまそ》ぎの女性は、北山の尼君。簀子《すのこ》の右端で雀を見やっているのが女房。その左の少女が後の紫の上。画面右上には、逃げた雀が飛んでいる。山桜が咲いている。

◆構図

天理図書館蔵『源氏物語絵巻』（本図録【5】参照）をはじめ、源氏絵として古来最も頻繁に絵画化される名場面の一つ。

上図　雀拡大

第六図 蜻蛉《かげろう》巻【第五二帖】

◆場面

場所は六条院の東南の町（春の殿）。季節は秋。薫二七歳。明石の中宮とその女房たちが六条院の春の殿に集っている折、薫は、憧れの女一の宮の姿をかいま見たいと思い、やって来る。薫は、東の渡殿《わたどの》の妻戸《つまど》の前で、老練な女房（弁のおもと）と冗談を言い合う。

◆図様

女房の前に硯箱《すずりばこ》の蓋が置かれ、その中に萩が盛られているが、物語本文によれば、女郎花であるべきところ。庭には、萩が咲いている。薫が背にする板戸には、雪のかかった紅梅と柳が描かれている。

◆構図

配置等、出光美術館蔵伝土佐光元筆『源氏物語画帖』・徳川美術館蔵土佐光則筆『源氏物語画帖』に近似する。

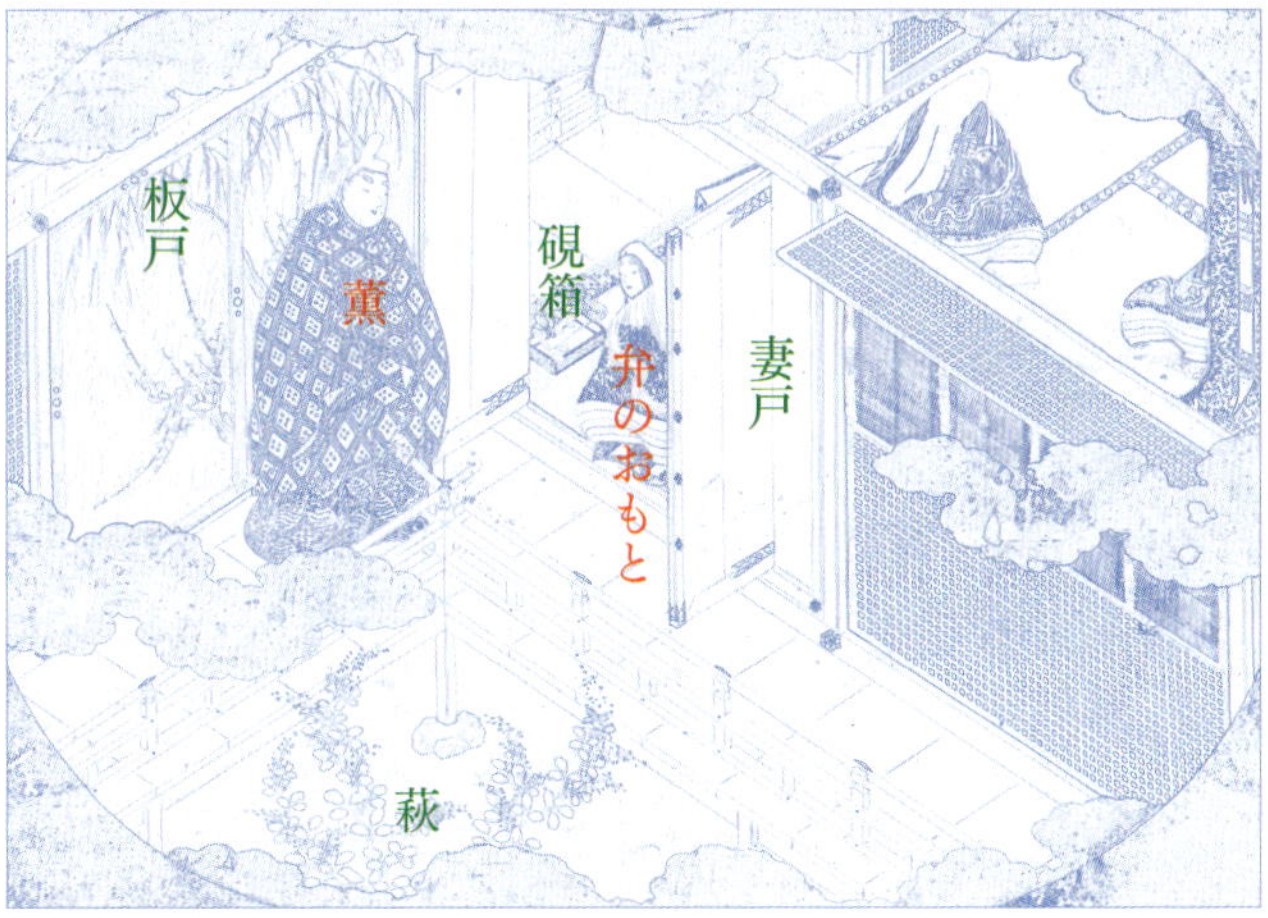

【参考図版】出光美術館蔵伝土佐光元筆『源氏物語画帖』

第七図 少女《おとめ》巻【第二一帖】

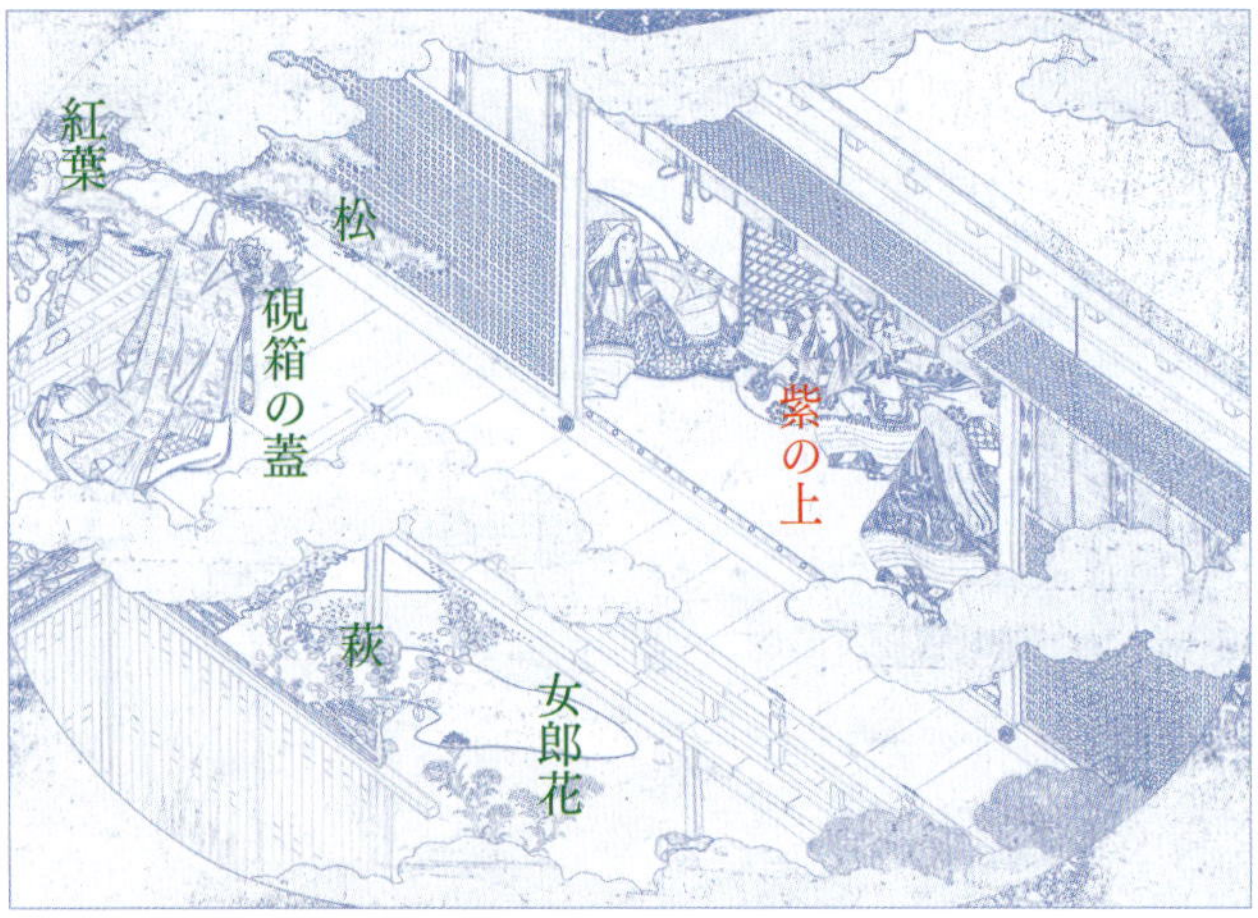

◆場面

場所は六条院の東南の町（春の殿）。季節は秋。光源氏三五歳。光源氏の大邸宅六条院が完成し、女君たちは、それぞれの御殿に居を構えることになった。秋の殿に住まう秋好中宮《あきこのむちゅうぐう》は、春の殿に住まう紫の上のもとに女《め》の童《わらわ》をつかわして、秋の草花を届ける。

◆図様

左端の、橋を渡ってやって来る女性は、秋好中宮がつかわした女の童。紅葉や菊が盛られた硯箱《すずりばこ》の蓋を持っている。室内中央に座っている女性は紫の上。庭には松・紅葉・女郎花・萩。

◆構図

源氏絵としてしばしば絵画化される場面。配置等は、出光美術館蔵伝土佐光元筆『源氏物語画帖』と近似する。

【参考図版】出光美術館蔵伝土佐光元筆『源氏物語画帖』

第八図 花宴巻《はなのえん》（1）【第八帖】

◆場面

場所は弘徽殿《こきでん》の細殿《ほそどの》。季節は春。光源氏二〇歳。桜花の宴の後、酔い心地の光源氏が弘徽殿あたりに立ち寄ると、美しい女性（朧月夜の君）が、「朧月夜《おぼろづきよ》に似るものぞなき」と口ずさみながらやって来る。二人は契りを交わすが、彼女は、光源氏とは対立関係にある右大臣の娘であった。

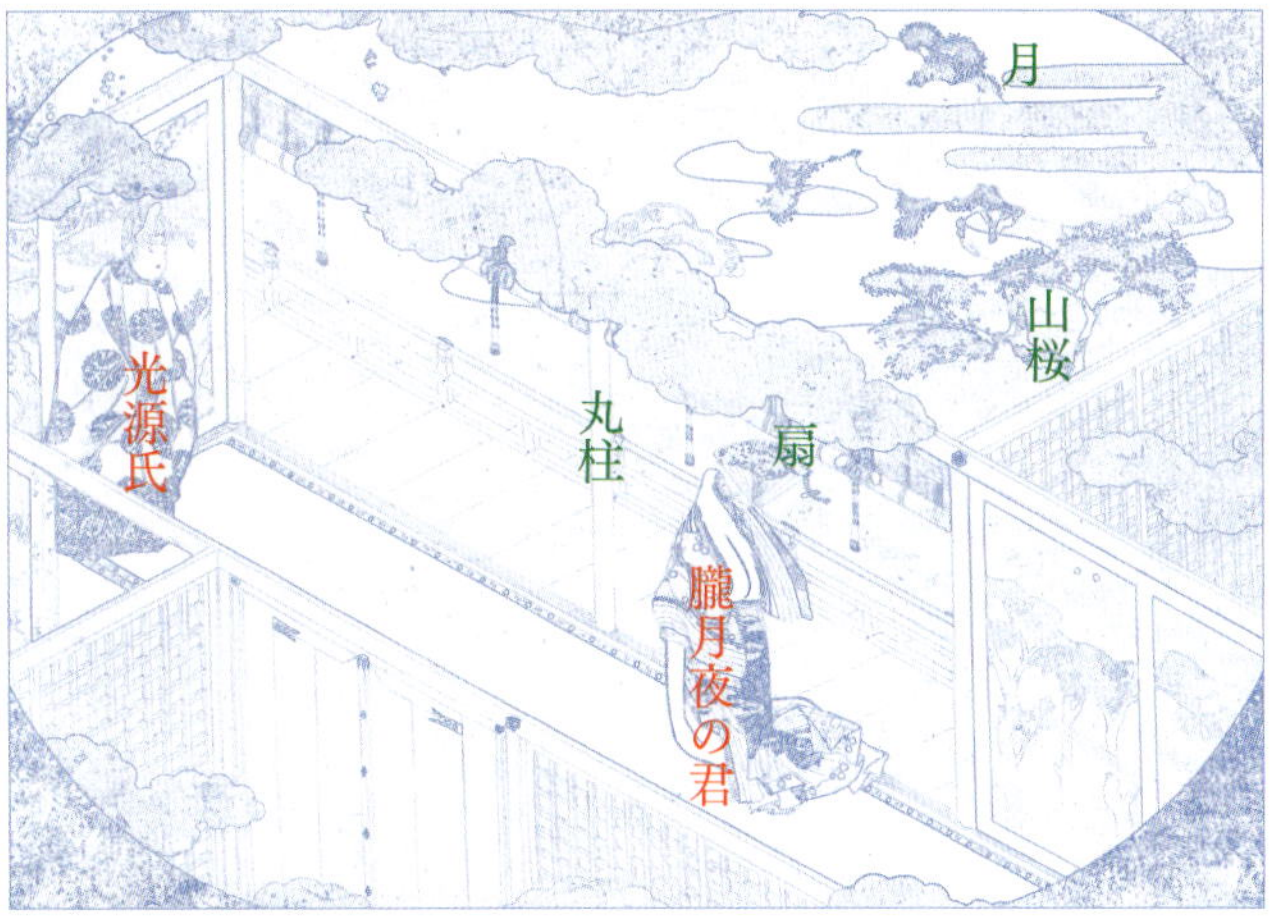

◆図様

中央右に、桜が描かれた扇を手にした朧月夜の君。左端に光源氏。空には、月がぼんやり見える。庭には、満開の山桜。宮中であることから丸柱。

◆構図

源氏絵としてしばしば絵画化される場面。光源氏の立ち位置は作品によって異なるが、朧月夜の姿態は定型化されたもの。

上図　扇拡大

第九図 葵《あおい》巻【第九帖】

◆場面

場所は二条院。季節は夏。光源氏二二歳。賀茂祭（葵祭）という晴れの場に連れ出すため、光源氏は、自ら、紫の上の髪削《かみそ》ぎを行う。美しい御髪を削いだ光源氏は、「千尋《ちひろ》」と、祝いの言葉を述べる。

◆図様

碁盤《ごばん》の上に立っているのが紫の上。髪削ぎをする際の慣習。碁盤の横には、水をはった角盥《つのだらい》・鋏《はさみ》・櫛《くし》・笄《こうがい》が置かれている。また、紙の上に菖蒲が見えるが、これは、庭の汀《みぎわ》に咲いているものを折り取ったものだろう。いずれも物語本文にはないもの。

◆構図

同じ場面を描いた源氏絵として、出光美術館蔵俵屋宗達筆『源氏物語図屏風残闕』等がある。

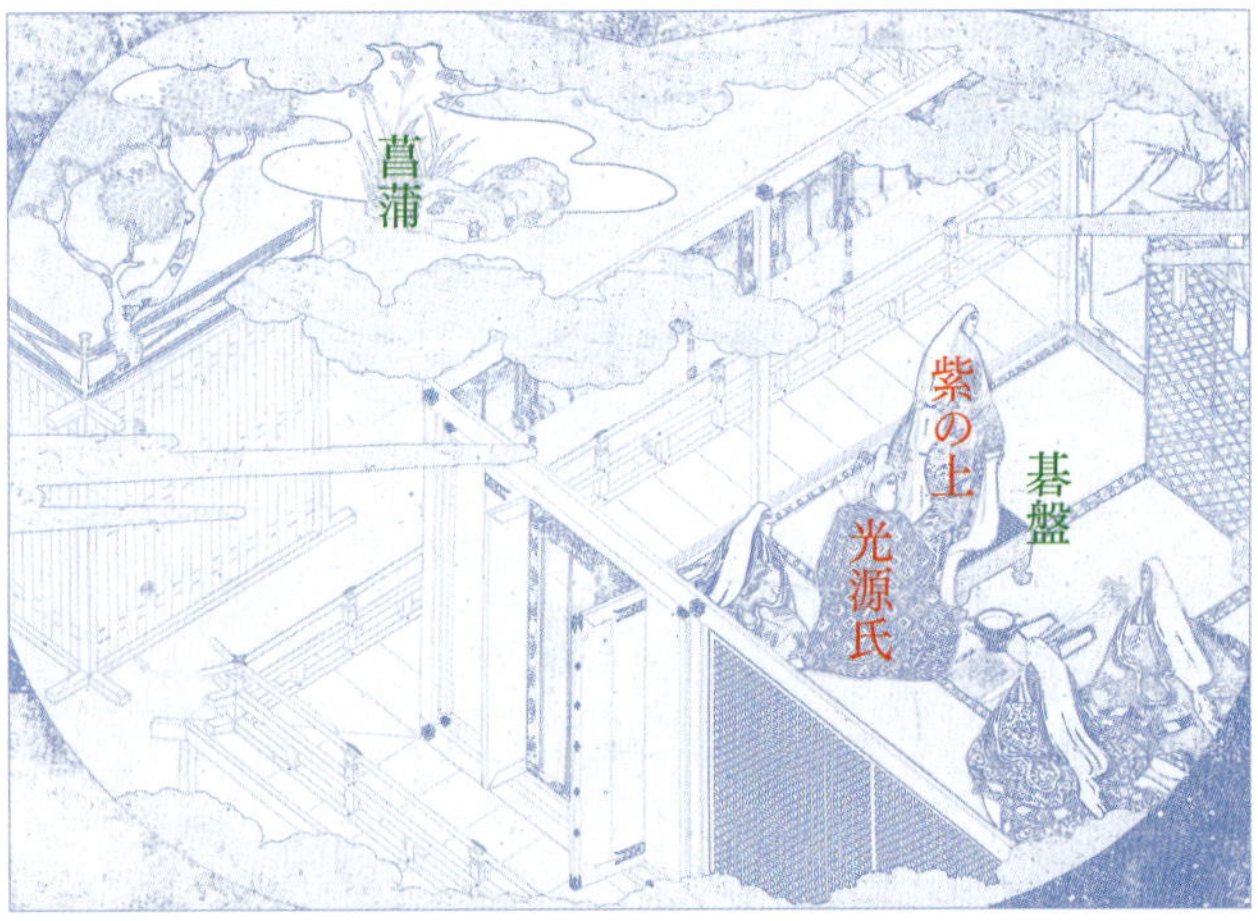

上図　拡大

第一〇図 賢木《さかき》巻【第一〇帖】

◆場面

場所は野《の》の宮《みや》。季節は秋。光源氏二三歳。六条の御息所《みやすどころ》は、娘（後の秋好中宮）とともに伊勢へ下る決意をし、野の宮（斎宮が身を清める場所）に身を潜めている。光源氏は、変わらぬ思いを伝えるために、榊《さかき》を御簾の内に差し入れる。

◆図様

簀子《すのこ》に立つ男性が光源氏。右手に榊を持つ。御簾の中の女性が六条の御息所。白装束を身に着けている。画面左端の、黒木《くろき》の鳥居《とりい》と柴垣によって、野の宮であることを表す。左下の男性四人は従者。庭には、白萩と女郎花が咲く。

◆構図

源氏絵としてしばしば絵画化される場面。配置等は、和泉市久保惣記念美術館蔵土佐光吉筆『源氏物語手鑑』・京都国立博物館蔵土佐光吉筆『源氏物語画帖』に近似する。

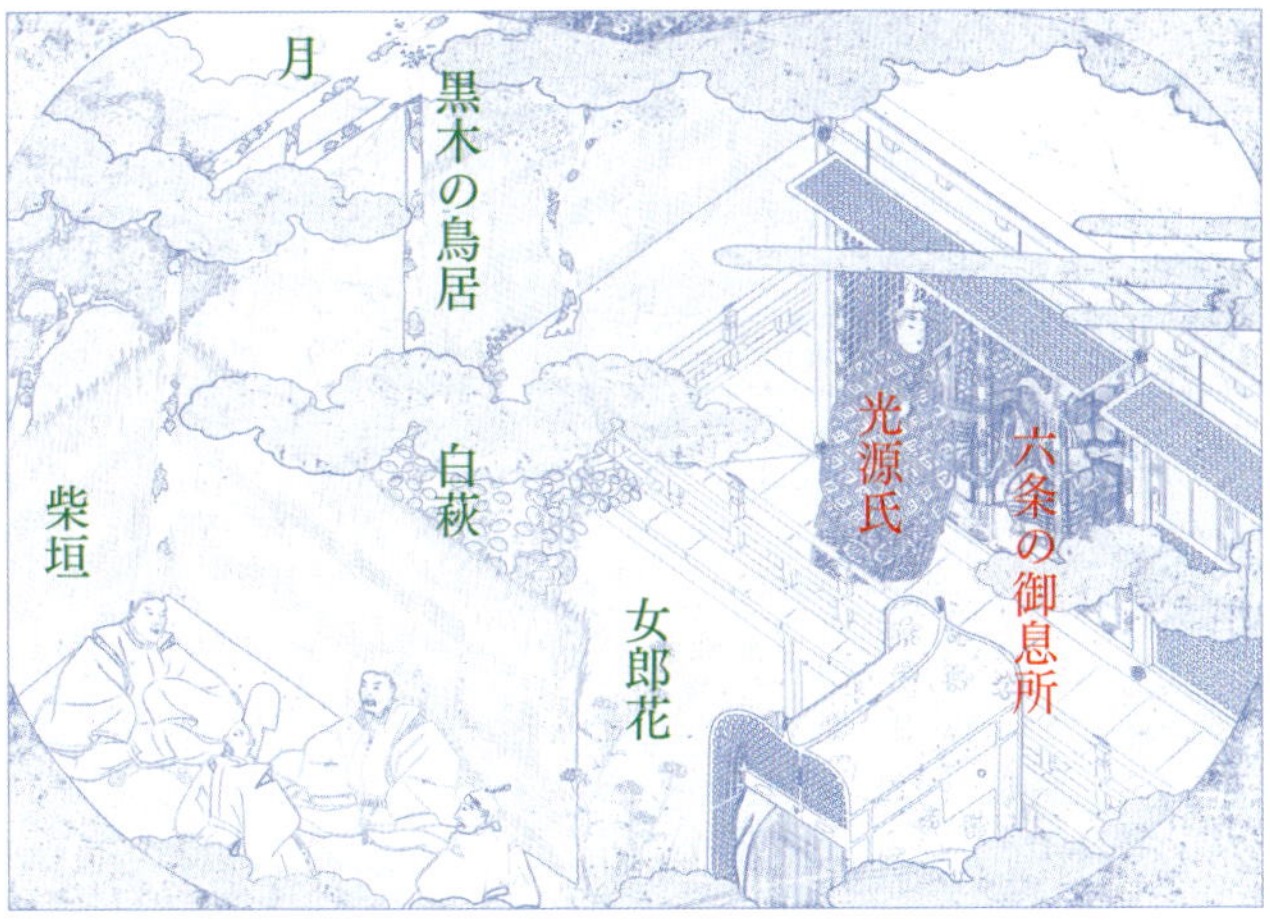

【参考図版】和泉市久保惣記念美術館蔵土佐光吉筆『源氏物語手鑑』

第一二図 花散里巻《はなちるさと》【第一一帖】

◆場面

場所は麗景殿《れいけいでん》の女御の邸。季節は夏。光源氏二五歳。麗景殿の女御（桐壺帝の女御）は、妹（花散里）とひっそり里邸で過ごしていた。五月雨の晴れ間、光源氏は、女御と花散里を訪れる。橘《たちばな》が香りホトトギスが鳴く中、光源氏は女御と昔語りをし、歌の唱和をする。

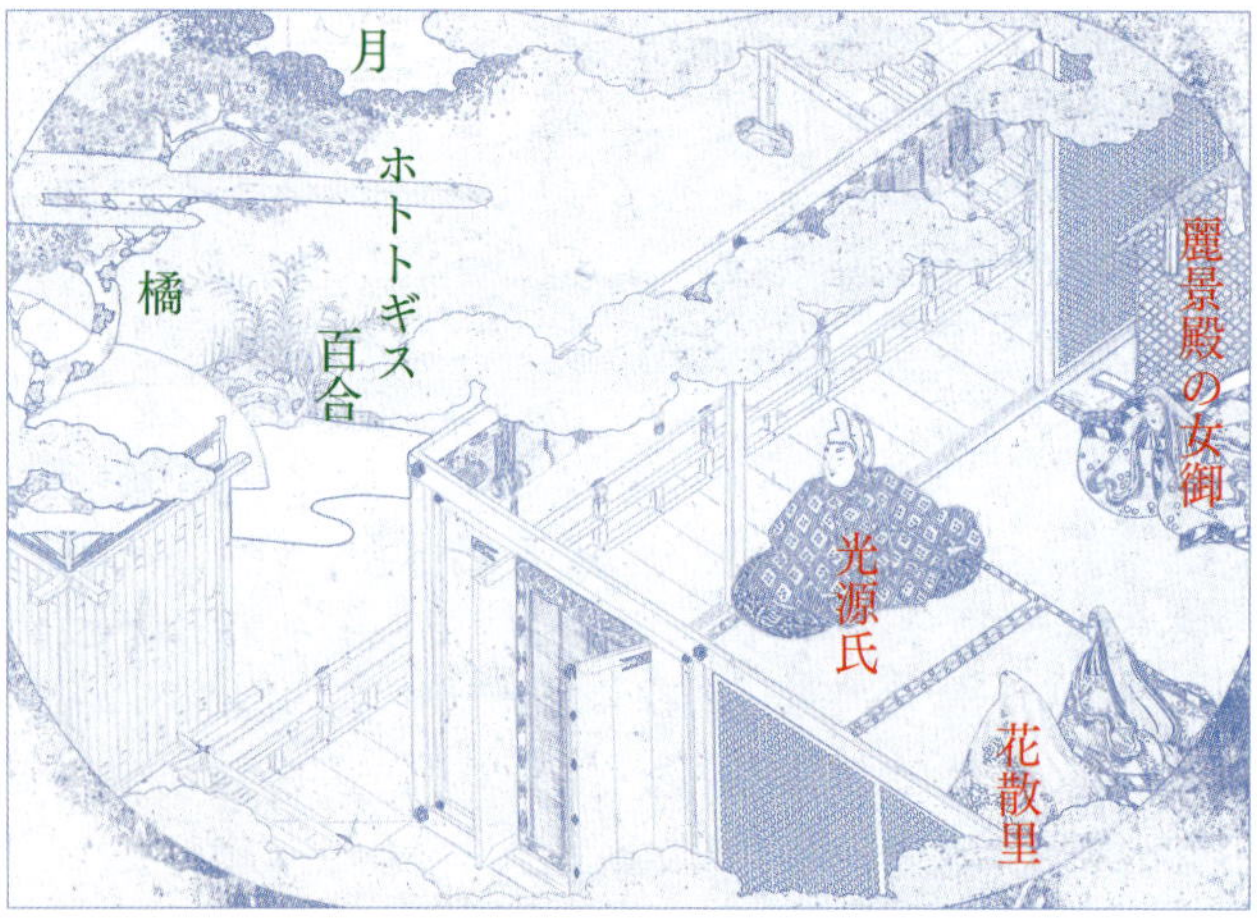

◆図様

中央右に光源氏。几帳の前の女性が麗景殿の女御。右下の二人の女性のうち、後ろ姿が花散里、横顔の女性が女房か。空には月。庭には、懐旧の念を象徴する橘の木、ホトトギスが配されている。百合も咲いている。

◆構図

配置等、徳川美術館蔵土佐光則筆『源氏物語画帖』・サントリー美術館蔵住吉如慶筆『源氏物語画帖』に近似する。

【参考図版】徳川美術館蔵土佐光則筆『源氏物語画帖』

第一二図 須《す》磨《ま》巻【第一二帖】

◆場面

場所は須磨の閑居。季節は春。光源氏二七歳。政治的な厳しさの中、光源氏は須磨に退去し、わび住まいの一年を過ごす。二回目の春が訪れ、庭には前年に植えた若木の桜がほのかに咲き初めた。それを見ながら、光源氏は離京の折のことや、南殿《なでん》での花の宴の盛儀をなつかしく思い出す。

◆図様

左端は光源氏、右に惟光《これみつ》・良清《よしきよ》ら従者が控えている。板戸に竹、襖に柳が描かれている。庭には、山桜と、竹を編んだ垣。右上には須磨の浦と松林が臨まれる。

◆構図

配置等、和泉市久保惣記念美術館蔵『源氏物語手鑑』・斎宮歴史博物館蔵『源氏物語図色紙貼交屏風』に近似する。

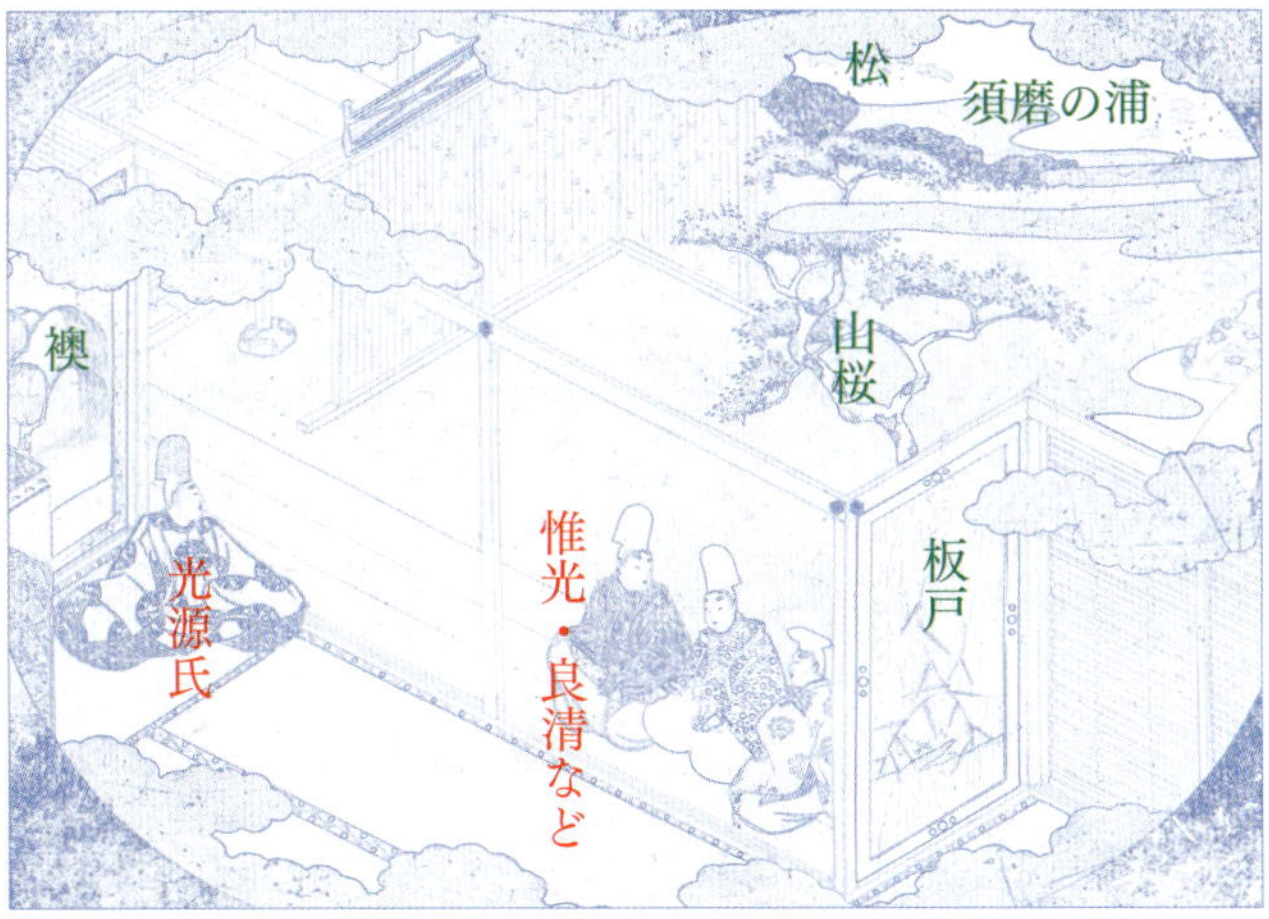

【参考図版】和泉市久保惣記念美術館蔵土佐光吉筆『源氏物語手鑑』

上図　住居拡大

第一三図　明石《あかし》巻【第一三帖】

◆場面

場所は明石の岡辺の宿への途次。季節は秋。光源氏二七歳。光源氏は須磨から明石に移った。明石の入道は、娘(明石の君)と光源氏との結婚を望み、厚遇する。八月一三日、月明かりが華やかにさす夜。明石の入道の誘いにより、光源氏は馬に乗って、入り江沿いに岡辺の明石の君の宿を訪れる。

◆図様

馬に乗る光源氏は直衣《のうし》姿。従者は惟《これ》光《みつ》。童は太刀《たち》を肩にかけている。画面上部には満月。左には海と松。右には杉。手前には、女郎花・藤袴・萩が咲いている。

◆構図

源氏絵としてしばしば絵画化される場面。『伊勢物語』の東下り図と似た構図で描かれるのを常とする。

第一四図 蛍巻《ほたる》 【第二五帖】

◆場面

場所は六条院。季節は夏。光源氏三六歳。光源氏の養女となった玉鬘《たまかずら》に、多くの男性たちが求婚をし始める。蛍宮（光源氏の弟）からは、とりわけ真剣な懸想文《けそうぶみ》が届き、光源氏は、玉鬘に返事を書かせる。

◆図様

画面右に、光源氏と玉鬘が座している。二人の前には、菖蒲に結びつけられた、蛍宮からの懸想文が置かれている。画面下には、この後に返事を書かされる宰相《さいしょう》の君らが控えている。池の汀《みぎわ》には菖蒲が咲く。

◆構図

同じ場面を描いた源氏絵として、浄土寺蔵『源氏物語扇面散屏風』等がある。配置等は、出光美術館蔵伝土佐光元筆『源氏物語画帖』・徳川美術館蔵土佐光則画『源氏物語画帖』に近似する。

【参考図版】出光美術館蔵伝土佐光元筆『源氏物語画帖』

第一五図　蓬生巻《よもぎう》【第一五帖】

◆場面

場所は末摘花の邸。季節は夏。光源氏二八歳。須磨明石から京に戻った光源氏は、花散里を訪れる途次、末摘花のことを思い出して立ち寄る。末摘花の生活は窮乏を極めていた。惟光《これみつ》の手引きにより、光源氏は、荒れ果てた邸内に入り、古風にひっそり暮らす末摘花と再会を果たす。

◆図様

空には月。築地塀《ついじべい》は崩れ、松には藤が掛かっている。庭には蓬。後ろの従者が光源氏に妻折傘を差し掛けるのは定型。ただし、先導役の惟光が馬の鞭《むち》で蓬の露を払うのが一般的だが、本図ではその動作はない。

◆構図

徳川美術館蔵『国宝源氏物語絵巻』をはじめ、源氏絵として古来最も頻繁に絵画化される名場面の一つ。

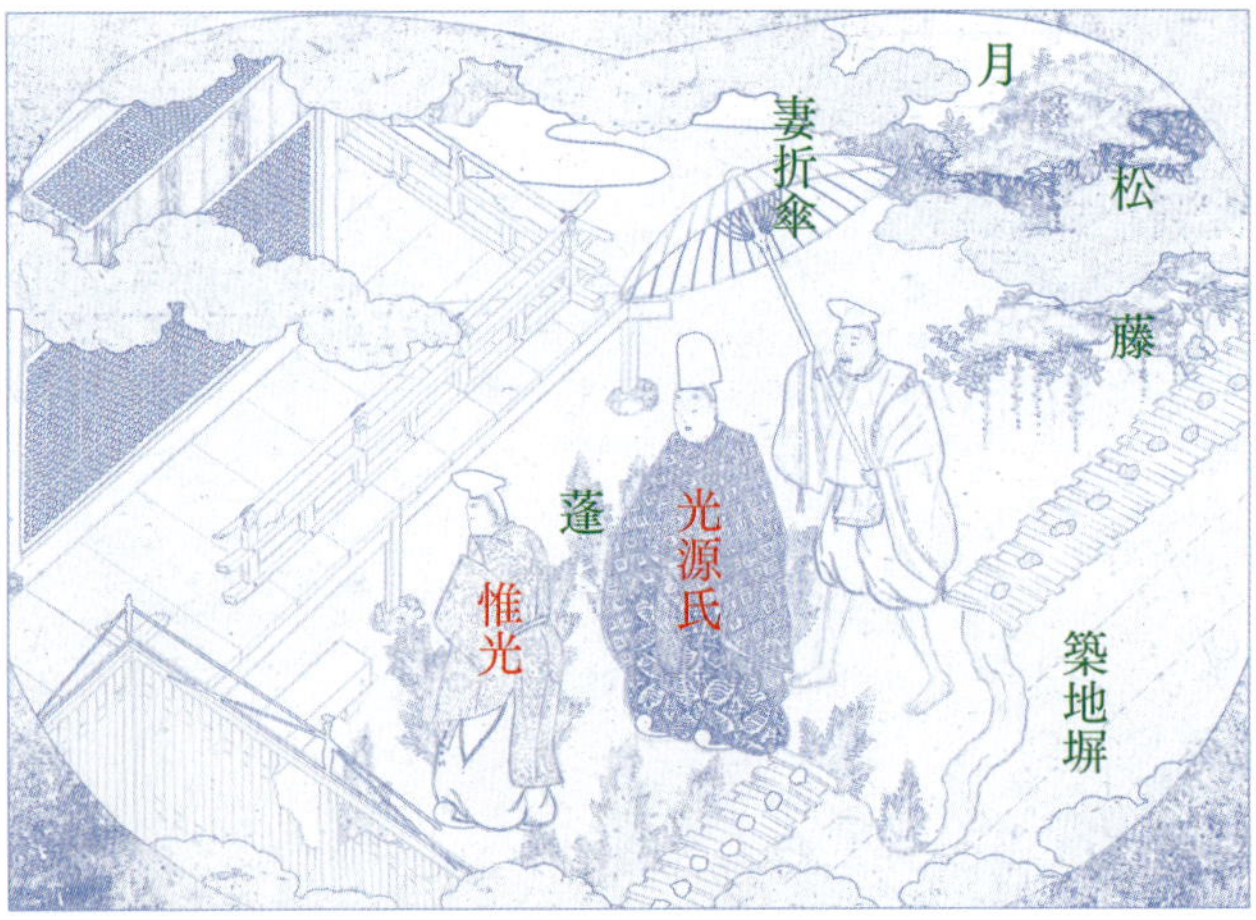

【参考図版】和泉市久保惣記念美術館蔵土佐光吉筆『源氏物語手鑑』

第一六図 関屋《せきや》巻【第一六帖】

◆場面

場所は逢坂の関屋。季節は秋。光源氏二九歳。空蝉《うつせみ》は、任期を終えた夫が上京する逢坂《おうさか》の関屋あたりで、石山寺へ参詣に出かけた光源氏と出会う。空蝉の一行は、光源氏の車を避けるためもあって、関山で車から下りてやり過ごす。

◆図様

光源氏が乗る牛車を先導するのは右衛門の佐（かつての小君）。画面奥にいるのが空蝉一行。背景には、逢坂の山々と逢坂の関、杉、紅葉。左上の琵琶湖に帆掛け船が浮かぶ。手前には、紫苑・女郎花が咲く。

◆構図

徳川美術館蔵『国宝源氏物語絵巻』をはじめ、源氏絵としてしばしば絵画化される場面。琵琶湖を遠望する名所絵的な趣から、屏風絵にされることも多い。

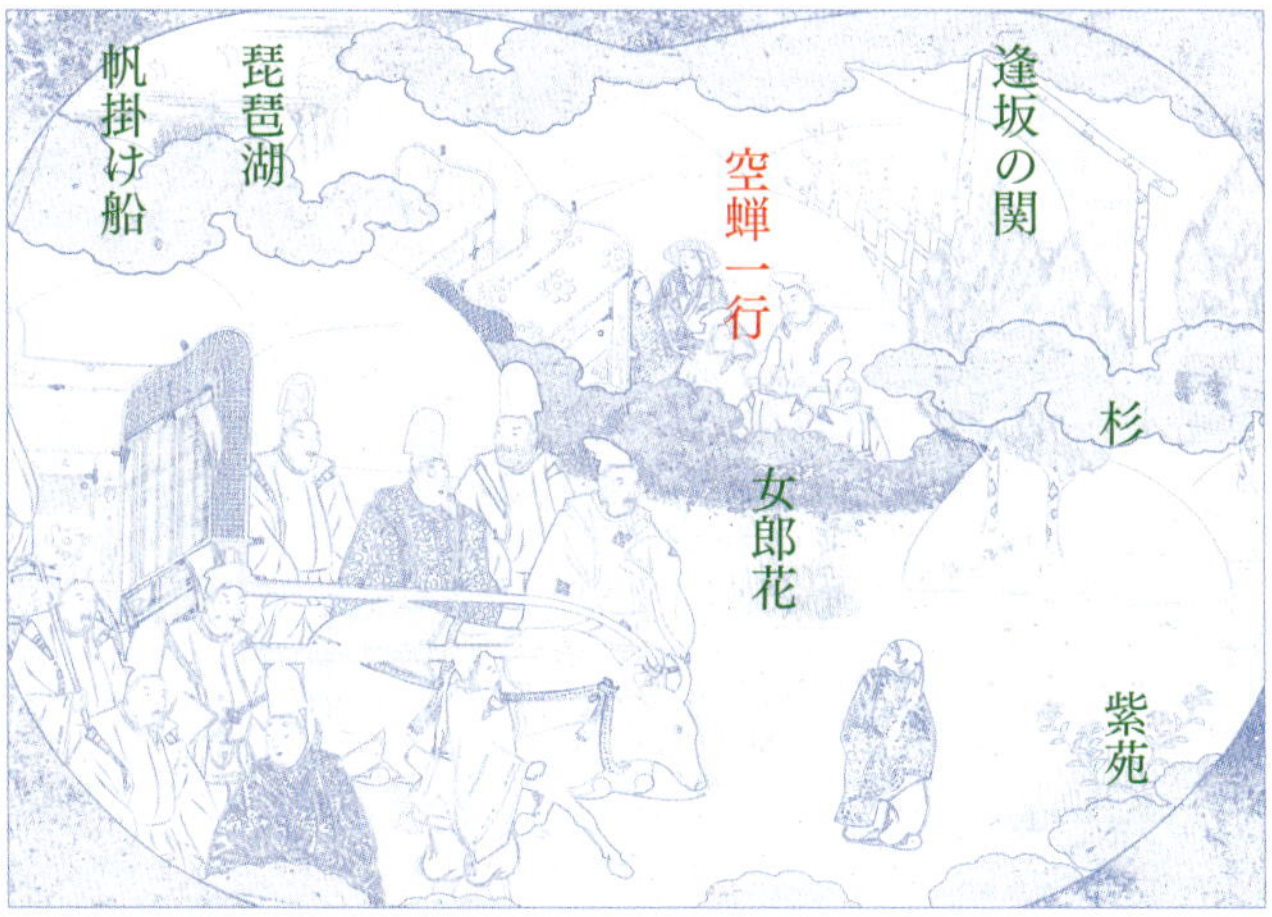

【参考図版】和泉市久保惣記念美術館蔵土佐光吉筆『源氏物語手鑑』

第一七図　絵合《えあわせ》巻　【第一七帖】

◆場面

場所は宮中。季節は春。光源氏三一歳。冷泉帝《れいぜいてい》が絵を好んだことに端を発し、藤壺の女院の御前で、物語の絵合が開催されることとなった。絵合は、光源氏が後見する梅壺の女御方を左に、権中納言（頭中将）の娘の弘徽殿の女御方を右に分かち、行なわれた。

◆図様

中央上の藤壺は、女房たちを右方と左方に分けて論争させている。庭には山桜。室内には、巻子《かんす》や冊子《さっし》の物語絵が置かれている。

◆構図

配置等は、徳川美術館蔵土佐光則筆『源氏物語画帖』に近似する。

【参考図版】徳川美術館蔵土佐光則筆『源氏物語画帖』

第一八図 末摘花《すえつむはな》巻【第六帖】

◆場面

場所は末摘花邸。季節は春。光源氏一八歳。光源氏は、末摘花（故常陸宮の姫君）の噂を聞いて、大輔の命婦に手引きを頼む。春の宵、荒れた邸から聞こえる琴の音に光源氏は魅せられるが、跡をつけてきた頭の中将に見つけられてしまう。

◆図様

本画帖第一五図と同じ邸が、同じ角度から描かれている。崩落した築地塀だったものが、本図では壊れた垣根となっている。右下に光源氏と頭の中将。竹の垣根越しに松と紅梅。左には琴を前にする末摘花。右上には満月。

◆構図

源氏絵としてしばしば絵画化される場面。配置等は、和泉市久保惣記念美術館蔵『源氏物語手鑑』・京都国立博物館土佐光吉筆『源氏物語画帖』に近似する。

【参考図版】和泉市久保惣記念美術館蔵土佐光吉筆『源氏物語手鑑』

第一九図 薄雲《うすぐも》巻【第一九帖】

◆場面

場所は二条院。季節は春。光源氏三二歳。光源氏は、明石の姫君を大堰《おおい》の邸から引き取り、紫の上の養女とした。新年、光源氏が大堰に出向く折に立ち寄ると、幼い姫君は、光源氏の指《さし》貫《ぬき》の裾にまとわりつき、一緒に出かけようとする。

◆図様

右端の御帳台《みちょうだい》に座る女性が紫の上。中央の男性が光源氏。後ろ向きの女性は女房。空には赤い夕日が照る。庭には白梅が咲く。

◆構図

同じ場面を描いた源氏絵として、出光美術館蔵伝土佐光吉筆『源氏物語図屏風』・サントリー美術館蔵住吉如慶筆『源氏物語画帖』等がある。姫君が裾を引く姿態、光源氏が振り返る姿態等は、定型化されたもの。

【参考図版】出光美術館蔵伝土佐光元筆『源氏物語画帖』

第二〇図 朝顔《あさがお》巻 【第二〇帖】

◆場面

場所は二条院。季節は冬。光源氏三二歳。いわゆる「雪まろばし」の場面。雪が降り積もり、月が照り映える夜、光源氏は、女《め》の童《わらわ》たちが雪に興ずるさまを眺めながら、藤壺・朝顔・朧月夜の君・明石の君・花散里のこと等を、紫の上に語るのであった。

◆図様

室内にいるのが光源氏と紫の上。庭では童女たちが雪と遊ぶ。空には満月。池には氷が張り、汀《みぎわ》に鴛鴦《おし》がいる。庭には雪持ち笹。

◆構図

源氏絵としてしばしば絵画化される場面。配置等は、京都国立博物館蔵土佐光吉筆『源氏物語画帖』にやや近似する。

上図　鴛鴦拡大

第二二図 行幸《みゆき》巻【第二九帖】

◆場面

場所は、六条院・東北の町（夏の殿）の西の対。季節は冬。光源氏三六歳。光源氏から玉鬘《たまかずら》のもとへ白い料紙の手紙が届く。それは、冷泉帝の尚侍《ないしのかみ》として出仕する意向をうかがうものであった。いかにも親しげなその文面に、玉鬘は苦笑する。

◆図様

左端の、手紙を広げている女性が玉鬘。他の女性たちは、西の対に仕える女房たちであろう。庭の松には、うっすらと雪が積もっている。

◆構図

配置等、出光美術館蔵伝土佐光元筆『源氏物語画帖』・徳川美術館蔵土佐光則筆『源氏物語画帖』に近似する。

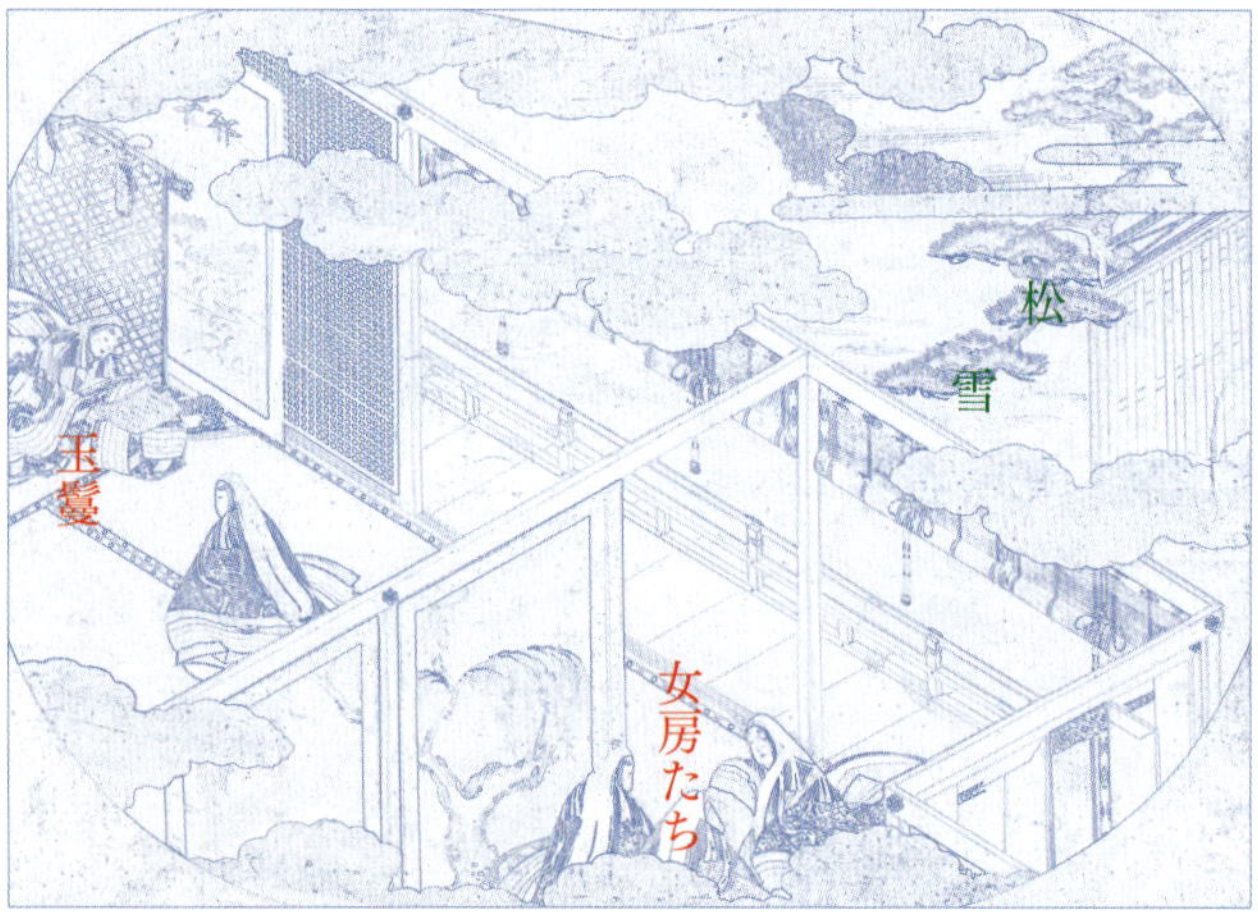

【参考図版】出光美術館蔵伝土佐光元筆『源氏物語画帖』

第二三図 玉鬘巻《たまかずら》【第二二帖】

◆**場面**

場所は、六条院・東南の町（春の殿）。季節は冬。光源氏三五歳。いわゆる「衣配り」の場面。年の暮れ、光源氏は、明石の君・明石の姫君・玉鬘・花散里・末摘花・空蝉に、それぞれの個性に合った晴れ着を贈ろうと、衣を選り分けさせている。紫の上は、その衣を見て、女君たちの人となりを想像している。

◆**図様**

中央左の男性が光源氏。左端の女性は紫の上。衣を櫃《ひつ》に収めている女性たちは女房。庭には白梅が咲いている。

◆**構図**

同じ場面を取り上げた源氏絵として、出光美術館蔵伝土佐光元筆『源氏物語画帖』・和泉市久保惣記念美術館蔵土佐光吉筆『源氏物語手鑑』等がある。

【参考図版】出光美術館蔵伝土佐光元筆『源氏物語画帖』

第二三図 早《さ》蕨《わらび》巻 【第四八帖】

◆**場面**

場所は、故八の宮邸。季節は春。薫二五歳。姉（大君）の没後、寂寥の思いで暮らす中の君のもとに、趣向の凝らされた籠に入った土筆《つくし》や蕨《わらび》が贈られて来た。それらは、父（故八の宮）が親しくしていた宇治山の阿闍梨《あじゃり》からの贈り物であった。

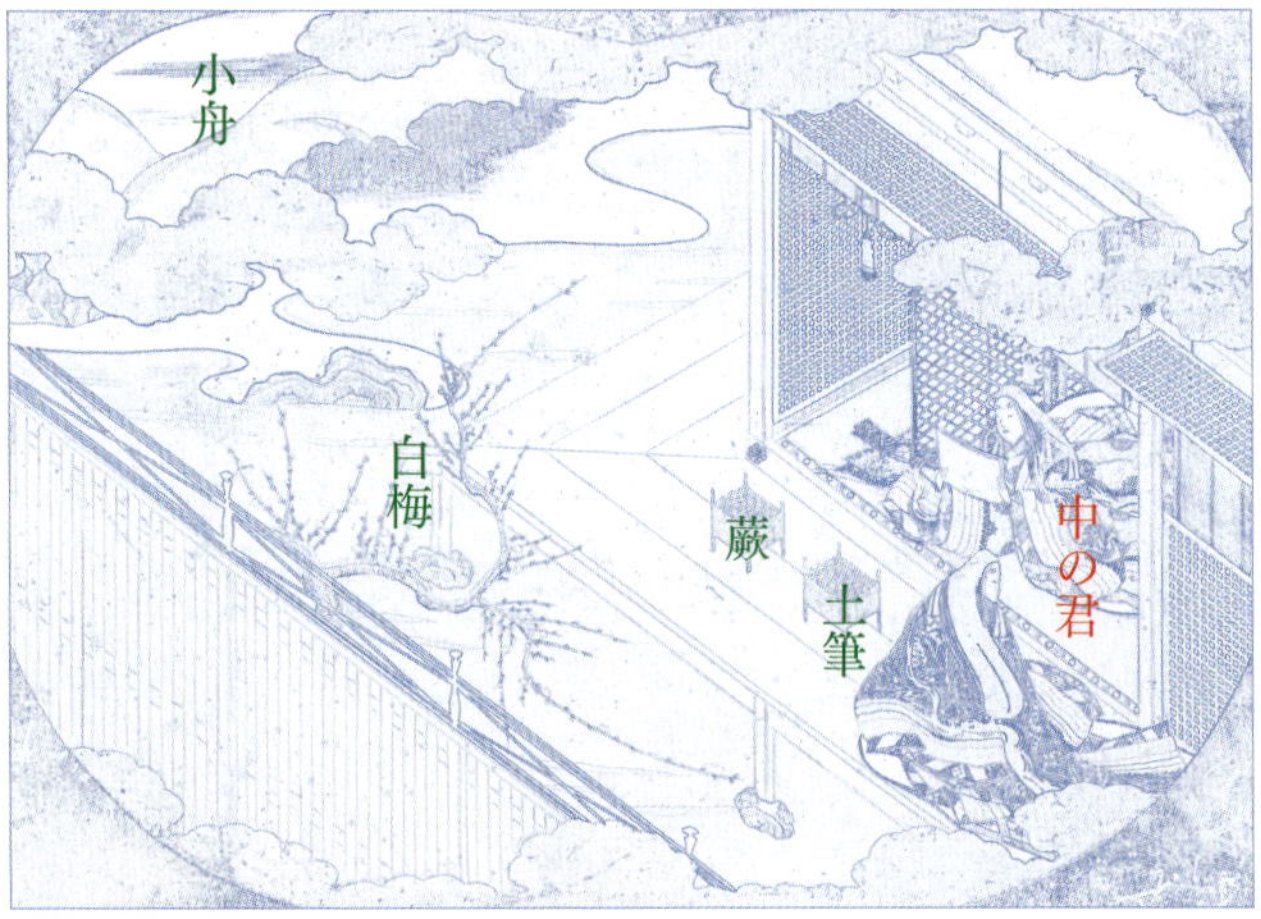

◆**図様**

中の君は、宇治山の阿闍梨の手紙を広げて読んでいる。籠には、土筆と蕨が盛られている。庭木の白梅にうっすらと雪が積もる新春の景。左には、宇治山と宇治川に小舟が見える。

◆**構図**

同じ場面を取り上げた源氏絵として、出光美術館蔵伝土佐光元筆『源氏物語画帖』・出光美術館蔵伝土佐光吉筆『源氏物語図屛風』・和泉市久保惣記念美術館蔵土佐光吉筆『源氏物語手鑑』等がある。

【参考図版】出光美術館蔵伝土佐光元筆『源氏物語画帖』

第二四図 御法《みのり》巻【第四〇帖】

◆場面

場所は二条院。季節は夏。光源氏五一歳。病床の紫の上が、育てている匂宮に遺言を述べる場面。「まろがはべらざらむに、思し出でなむや」と聞く紫の上に、「おはせずは心地むつかしかりなむ」と応える匂宮。

◆図様

左端の、茵《しとね》の上で衾《ふすま》をかけて臥している女性が紫の上。その前の子供が匂宮。別室の女性三人は女房であろう。

◆構図

配置等は、出光美術館蔵伝土佐光元筆『源氏物語画帖』・徳川美術館蔵土佐光則筆『源氏物語画帖』に近似する。

【参考図版】出光美術館蔵伝土佐光元筆『源氏物語画帖』

第二五図 夕顔《ゆうがお》巻（2）【第四帖】

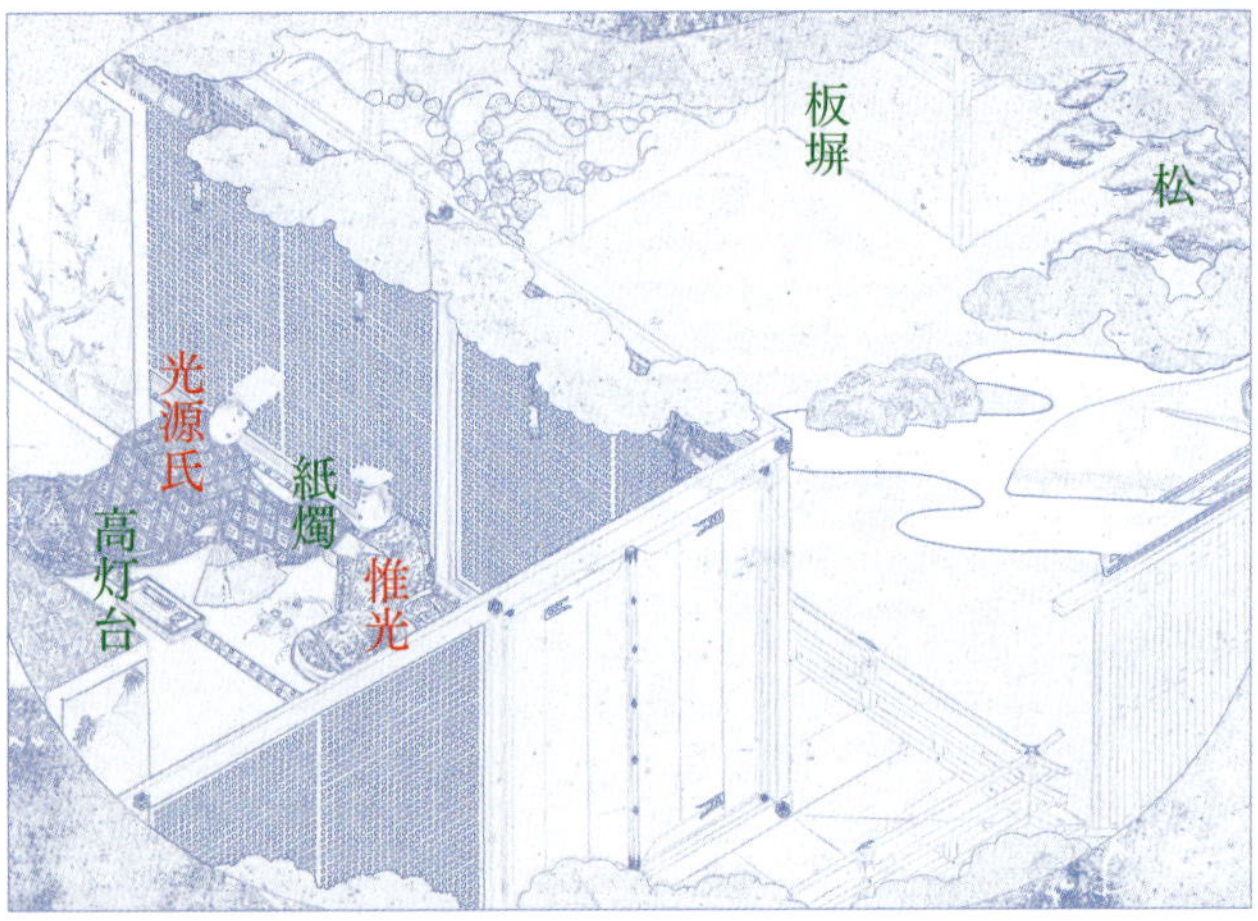

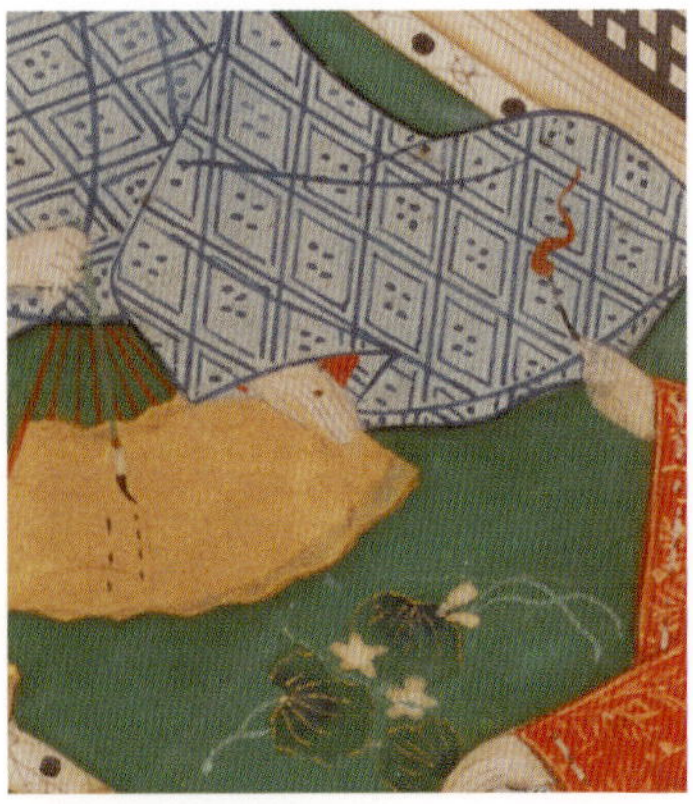
上図　扇と紙燭拡大

◆場面

場所は、光源氏の乳母の邸。季節は夏。光源氏一七歳。夕顔の女君のもとから、扇に載せられて夕顔の花が届けられた。光源氏は、惟光《これみつ》に紙燭《しそく》を持たせ、移り香の染みたその扇を見る。そこには「心あてにそれかとぞ見る白露の光そへたる夕顔の花」という歌が書かれていた。

◆図様

左端が光源氏。紙燭を灯しているのが惟光。前には夕顔の花・硯箱・高灯台を置く。光源氏が筆を持って扇に何かを書いている点は、物語本文に合わない（バークコレクション蔵『源氏物語団扇画帖』も、光源氏が筆を持つ姿を描く）。板塀に夕顔、庭には松。

◆構図

同じ場面を取り上げた源氏絵として、宇治市源氏物語ミュージアム蔵『源氏物語鑑帖』・茶道文化研究所旧蔵住吉具慶筆『源氏物語絵巻』等がある。

第二六図 野《の》分《わき》巻（1）【第二八帖】

◆場面

場所は、六条院の西南の町（秋の殿）。季節は秋。源氏三六歳。はげしい野分が吹き荒れた翌日、夕霧は、光源氏の指示で秋好中宮を見舞う。南側から邸内をのぞくと、高欄《こうらん》のもとには多くの女房たちがおり、庭では、女の童たちが、秋草を手折っているところだった。

◆図様

庭には、松・女郎花・萩・薄・撫子。簀子《すのこ》には女房がおり、庭では、女の童が、撫子や虫籠を持って歩き回っている。

◆構図

源氏絵としてしばしば取り上げられる場面。室内の秋好中宮の姿を描くものと、描かないものとがある。配置等は、和泉市久保惣記念美術館蔵『源氏物語手鑑』・斎宮歴史博物館蔵『源氏物語図色紙貼交屏風』に近似する。

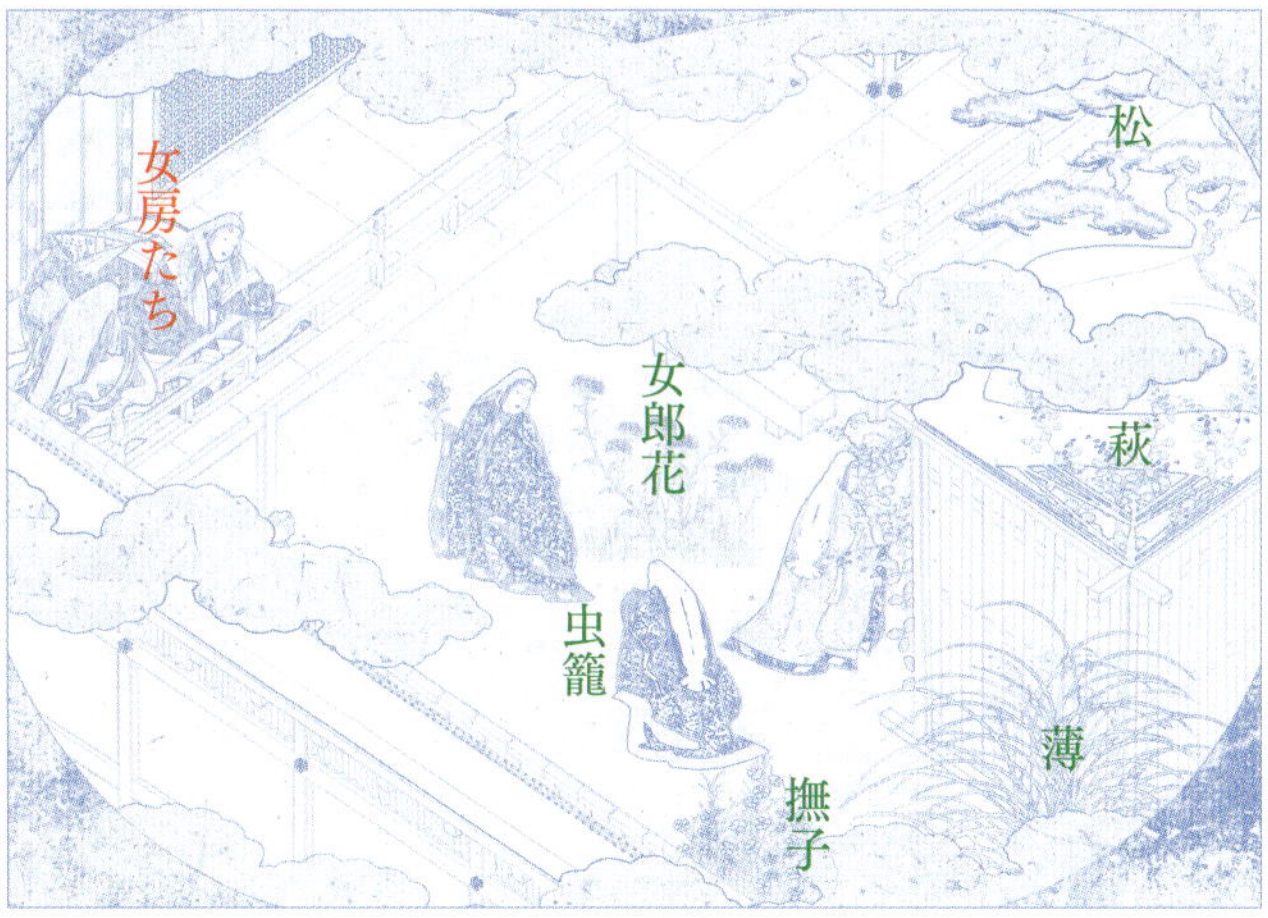

【参考図版】和泉市久保惣記念美術館蔵土佐光吉筆『源氏物語手鑑』

第二七図　匂宮《におうみや》巻【第四二帖】

◆場面

場所は六条院への途次。季節は春。薫二〇歳。正月、宮中の弓場殿《ゆばどの》で、賭弓《のりゆみ》が行われた。勝方の夕霧は、還饗《かえりあるじ》をするため、皆を自邸へ誘う。匂宮と常陸《ひたち》の宮と五の宮を同乗させた夕霧、薫、夕霧の子供たち、それ以外の上達部《かんだちめ》たちが、牛車を連ねて六条院へと向かう。

◆図様

庭には冬枯れの木。白梅に雪がかかっている新春の景。六条院へ向かう八葉車の列。

◆構図

源氏絵としてしばしば取り上げられる場面。和泉市久保惣記念美術館蔵『源氏物語手鑑』等、近似するものは多い。

【参考図版】和泉市久保惣記念美術館蔵土佐光吉筆『源氏物語手鑑』

第二八図 手習《てならい》巻 【第五三帖】

◆場面

場所は小野。季節は秋。薫二七歳。浮舟《うきふね》は、出奔後、横川《よかわ》の僧都《そうず》らに命を救われるが、なおも懊悩してやまない。少将の尼（横川の僧都の妹）は、気鬱を晴らそうと、浮舟に碁を勧める。意外に浮舟は強く、次第に尼の方が夢中になってくる。

◆図様

碁盤の左側が浮舟。右側の、大きく描かれている女性が少将の尼。髪型は尼削《あまそ》ぎ。芝垣の外に稲穂が刈り取られた田がある。秋の山里の景。紫苑・女郎花が咲き、山には紅葉。

◆構図

同じ場面を描いた源氏絵として、徳川美術館蔵土佐光則筆『源氏物語画帖』等がある。

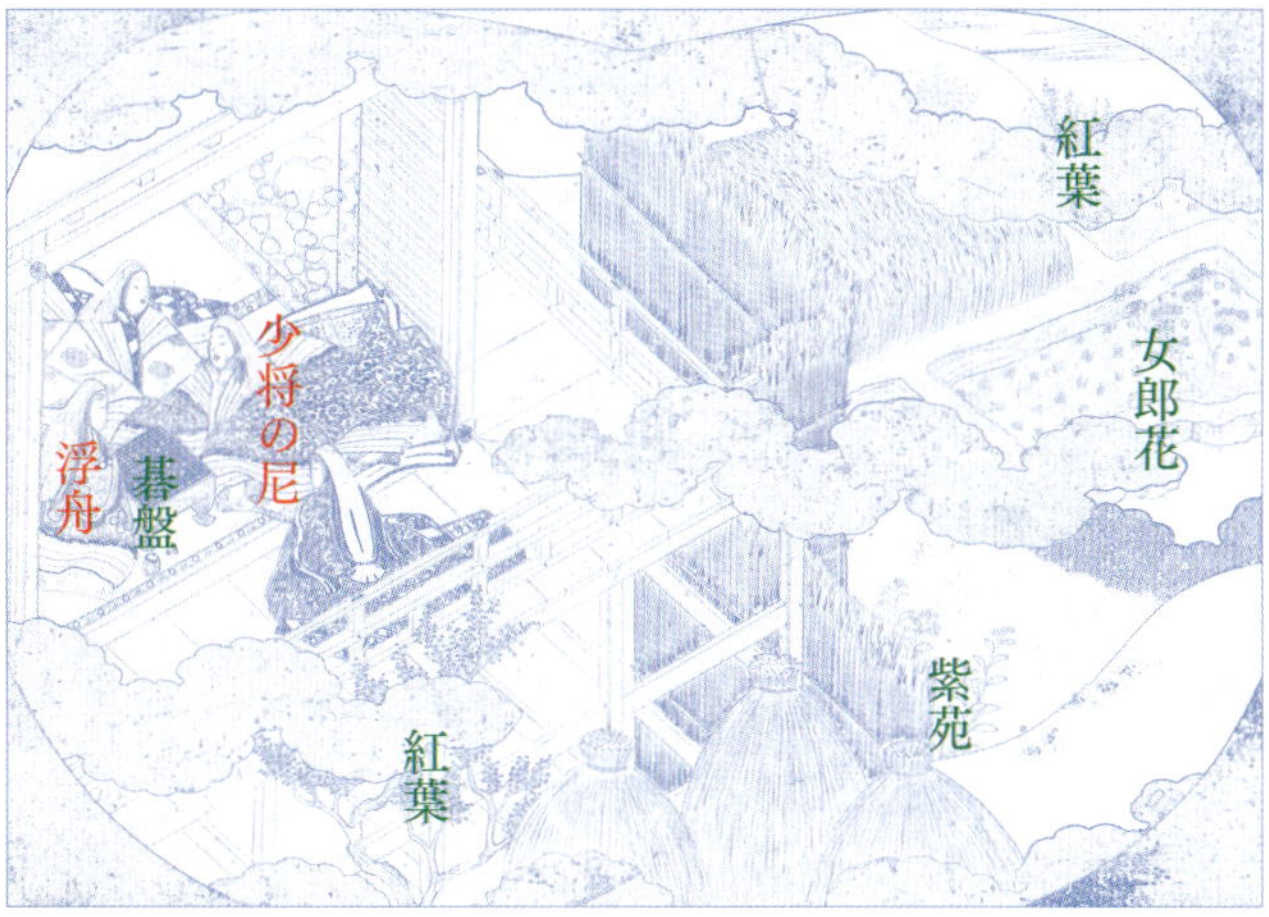

【参考図版】徳川美術館蔵土佐光則筆『源氏物語画帖』

第二九図 篝火巻《かがりび》【第二七帖】

◆場面

場所は六条院・東北の町（夏の殿）。季節は秋。光源氏三六歳。光源氏は玉《たま》鬘《かずら》の部屋を訪れ、琴を教えることを口実に彼女に寄り臥す。月のない暗い夜、遣り水のもとでは、右近の大夫が篝火の番をしている。そのほのかな明かりが、玉鬘を美しく照らし出す。

◆図様

琴に寄り臥す女性が玉鬘。庭を眺めている男性が光源氏。篝火の番をするのが右近の大夫。庭には、紫苑・女郎花・萩・薄が咲いている。

◆構図

源氏絵としてしばしば取り上げられる場面。配置等は、和泉市久保惣記念美術館蔵『源氏物語手鑑』に近似する。出光美術館蔵伝土佐光元筆『源氏物語画帖』は、同場面を角度を変えて別視点から描く。

【参考図版】出光美術館蔵伝土佐光元筆『源氏物語画帖』

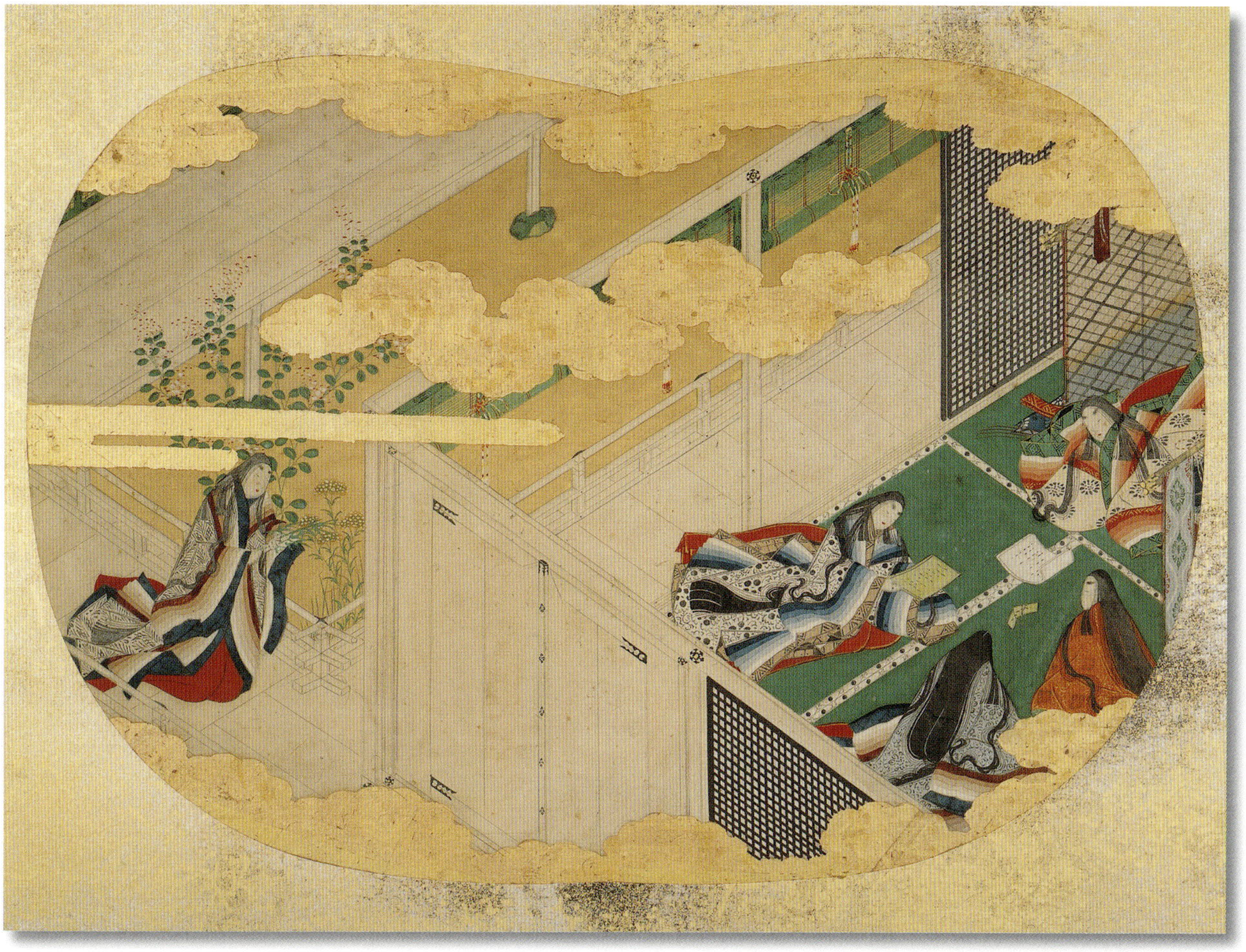

第三〇図 藤袴《ふじばかま》巻 【第三〇帖】

◆場面

場所は六条院・東北の町（夏の殿）。季節は秋。光源氏三七歳。九月になり、玉鬘《たまかずら》は、尚侍《ないしのかみ》として冷泉帝のもとに出仕することが決まった。求婚者たちは、最後とばかりに玉鬘に恋文を送って来る。玉鬘は、次々と寄せられる手紙の内容を聞きながら、懸想人たちに心をやる。

◆図様

右奥の女性が玉鬘。その前には手紙が置かれている。御前に侍る三人の女性は女房たち（そのうちの一人は、手紙を読み上げている）。簀子には、さらなる恋文を持って来た女房。庭には、萩・女郎花が咲いている。

◆構図

同じ場面を取り上げた源氏絵として、出光美術館蔵伝土佐光元筆『源氏物語画帖』・徳川美術館蔵土佐光則筆『源氏物語画帖』・サントリー美術館蔵住吉如慶筆『源氏物語画帖』等がある。

【参考図版】出光美術館蔵伝土佐光元筆『源氏物語画帖』

第三一図　空蝉《うつせみ》巻（2）【第三帖】

◆場面

場所は中川の邸。季節は夏。光源氏一七歳。光源氏は、空蝉《うつせみ》と軒端《のきば》の荻《おぎ》が碁を打つ様子を東南の隅の格子の隙間からかいま見る。光源氏は、軒端の荻の姿に魅了されながらも、慎み深く見える空蝉に、やはり心惹かれる。

◆図様

簀子《すのこ》に立ち、柱と格子《こうし》の隙間からのぞき見をしているのが光源氏。横顔の女性は空蝉。光源氏に顔をはっきり見せている女性は軒端の荻。対局を見守る小君（空蝉の弟）。高灯台が、夜であることを示す。本図の碁盤は本画帖第三図にも描かれている。

◆構図

源氏絵としてしばしば絵画化される場面。配置等は、石山寺蔵『四百画面源氏物語画帖』にやや近似する。

上図　碁盤拡大

第三二図 梅枝巻《うめがえ》【第三二帖】

◆場面

場所は六条院・東南の町（春の殿）。季節は春。光源氏三九歳。二月一〇日、光源氏は蛍宮と歓談する。折しも、朝顔の姫君から、梅の枝に付けた文と香《こう》壺《ご》が届く。香壺は、五葉《ごよう》の松の枝を挿した紺瑠璃《こんるり》の壺と、紅梅を挿した紅梅彫りの瑠璃《るり》の壺。光源氏は返歌を付けるため庭の梅の枝を折らせる。

◆図様

左端の、硯を手元に置く男性が光源氏。後ろ向きの男性が蛍宮。二人の間に、香壺を入れた沈《じん》の箱がある。庭で男《お》の童《わらわ》が折りとった紅梅の枝が、その後、光源氏の手元に置かれている。

◆構図

配置等は、出光美術館蔵伝土佐光元筆『源氏物語画帖』・徳川美術館蔵土佐光則筆『源氏物語画帖』に近似する。ただし、徳川本では、光源氏の前に梅の枝が置かれていない。

【参考図版】出光美術館蔵伝土佐光元筆『源氏物語画帖』

第三三図　夢浮橋《ゆめのうきはし》巻【第五四帖】

◆場面

場所は小野の山荘。季節は夏。薫二八歳。素性を隠して小野の山荘で暮らす浮舟のもとに、小君（浮舟の弟）を介して、横川の僧都からの手紙が届く。小野の妹尼（横川の僧都の妹）にはその内容がよく理解できない。浮舟は、使の小君に、母（中将の君）の近況を尋ねたいと思う。

◆図様

浮舟は、小君の方に少し顔を向けている。後ろ向きの女性が小野の妹尼。簀子《すのこ》の小君は、返事を求めて手をさしのべている。左には、柴垣の傍に薄。背景の深山に紅葉。

◆構図

同じ場面を描いた源氏絵として、和泉市久保惣記念美術館蔵土佐光吉筆『源氏物語手鑑』・宇治市源氏物語ミュージアム蔵『源氏物語鑑帖』等がある。

【参考図版】和泉市久保惣記念美術館蔵土佐光吉筆『源氏物語手鑑』

第三四図 初音《はつね》巻【第二三帖】

◆場面

場所は六条院・西北の町（冬の殿）。季節は春。光源氏三六歳。元旦、光源氏は明石の君を訪ねた。明石の君の手習いに興をそそられ、自分もすさび書きを始める。そして、紫の上に気がねしつつも、明石の君のもとに泊まる。

◆図様

唐《から》の綺《あや》で縁取りした茵《しとね》の上には、琴《きん》が置かれている。明石の君の前には、香炉《こうろ》と草子《そうし》。光源氏は筆を手にする。庭には白梅。

◆構図

出光美術館蔵伝土佐光元筆『源氏物語画帖』が近似する。同じ場面を描いた源氏絵の中でも、明石の君を描く徳川美術館蔵土佐光則筆『源氏物語画帖』等と、描かないMOA美術館蔵住吉具慶筆『源氏物語絵巻』等がある。

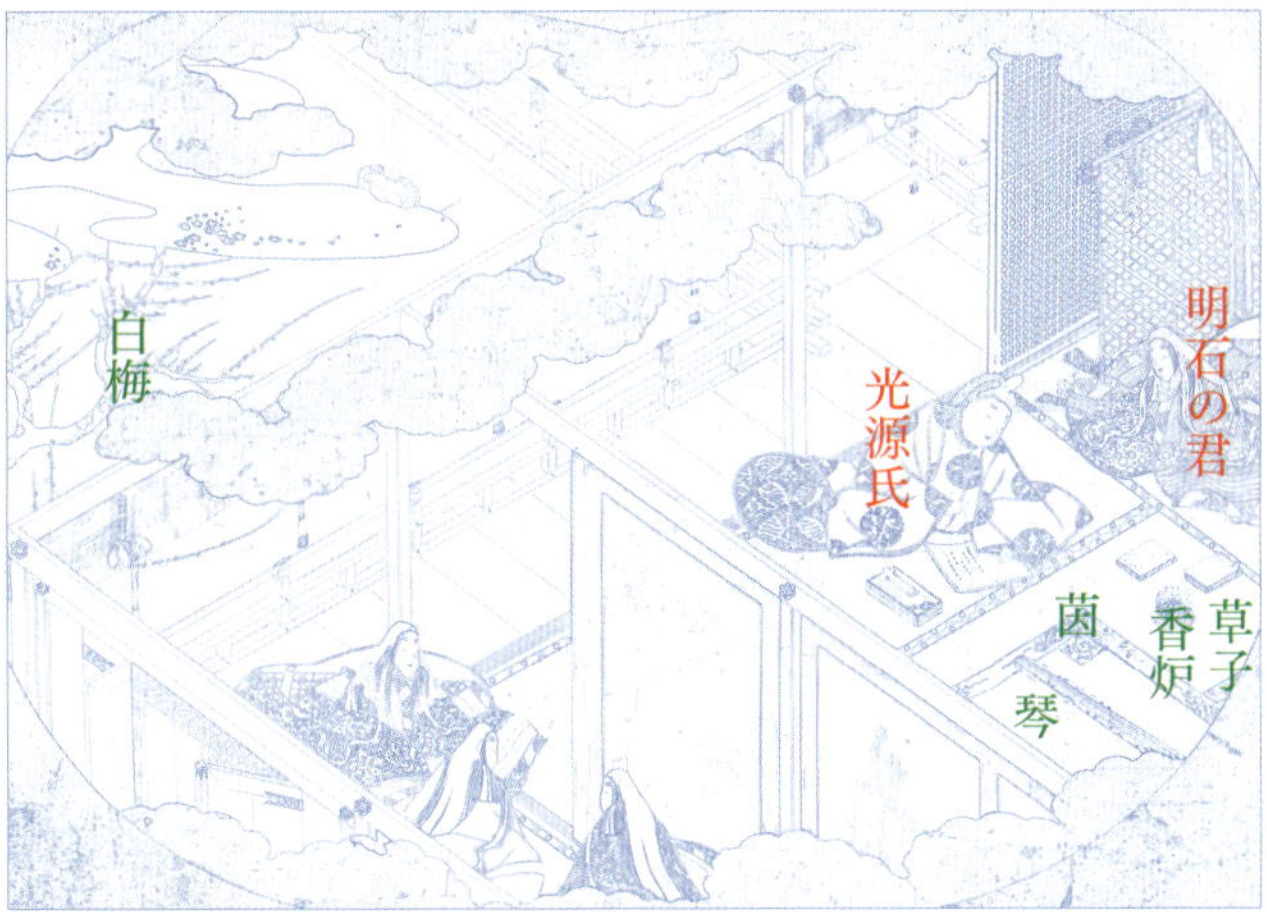

【参考図版】出光美術館蔵伝土佐光元筆『源氏物語画帖』

第三五図　若菜上《わかなじょう》巻【第三四帖】

◆場面

場所は六条院・東南の町（春の殿）。季節は春。光源氏四一歳。晩春、春の殿の東面で、柏木や夕霧たちが蹴鞠《けまり》に興じる。室内から、唐猫《からねこ》が長い綱をふりほどこうと飛び出し、御簾《みす》が引かれ、女三の宮の姿が露わになってしまう。

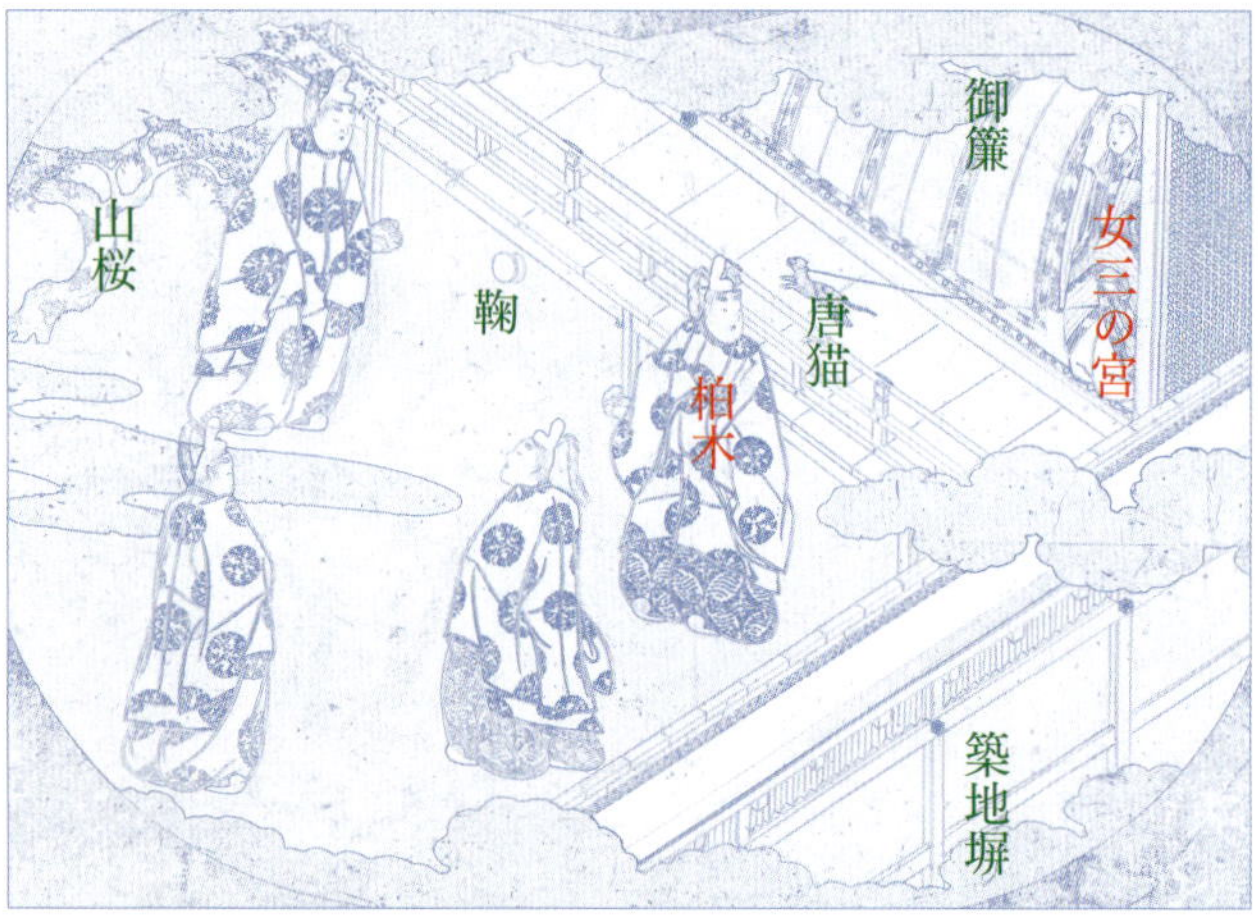

◆図様

物語本文とは異なり、源氏絵の世界では、柏木が蹴鞠に参加している最中に女三の宮の姿が露わになるよう描くのが常套。女三の宮を思慕する柏木は、鞠から注意をそらせている。本図では、柏木と女三宮を結ぶ線と平行に、塀が描かれている。庭に山桜。

◆構図

源氏絵としてしばしば絵画化される場面。石山寺蔵『四百画面源氏物語画帖』は、本図と左右反転の関係にある構図をとる。

上図　唐猫拡大

第三六図 幻巻《まぼろし》 【第四一帖】

◆場面

場所は六条院・東南の町（春の殿）。季節は冬。光源氏五二歳。年の暮れ、出家の意を固めた光源氏は、女君たちから送られた数々の手紙を、親しい女房たちと共に焼却する。須磨に流謫していた頃の紫の上の文も、大切なものではあるが、惜しまずに火にくべ、愛執の念を断ち切ろうとする。

◆図様

左上に光源氏。女房たちは、文を引き破り火にくべている。庭には、仏《ぶつ》名《みょう》の日に光源氏が導師に詠む歌「春までの命も知らず雪のうちに色づく梅を今日かざしてん」を踏まえてか、紅梅が描かれている。

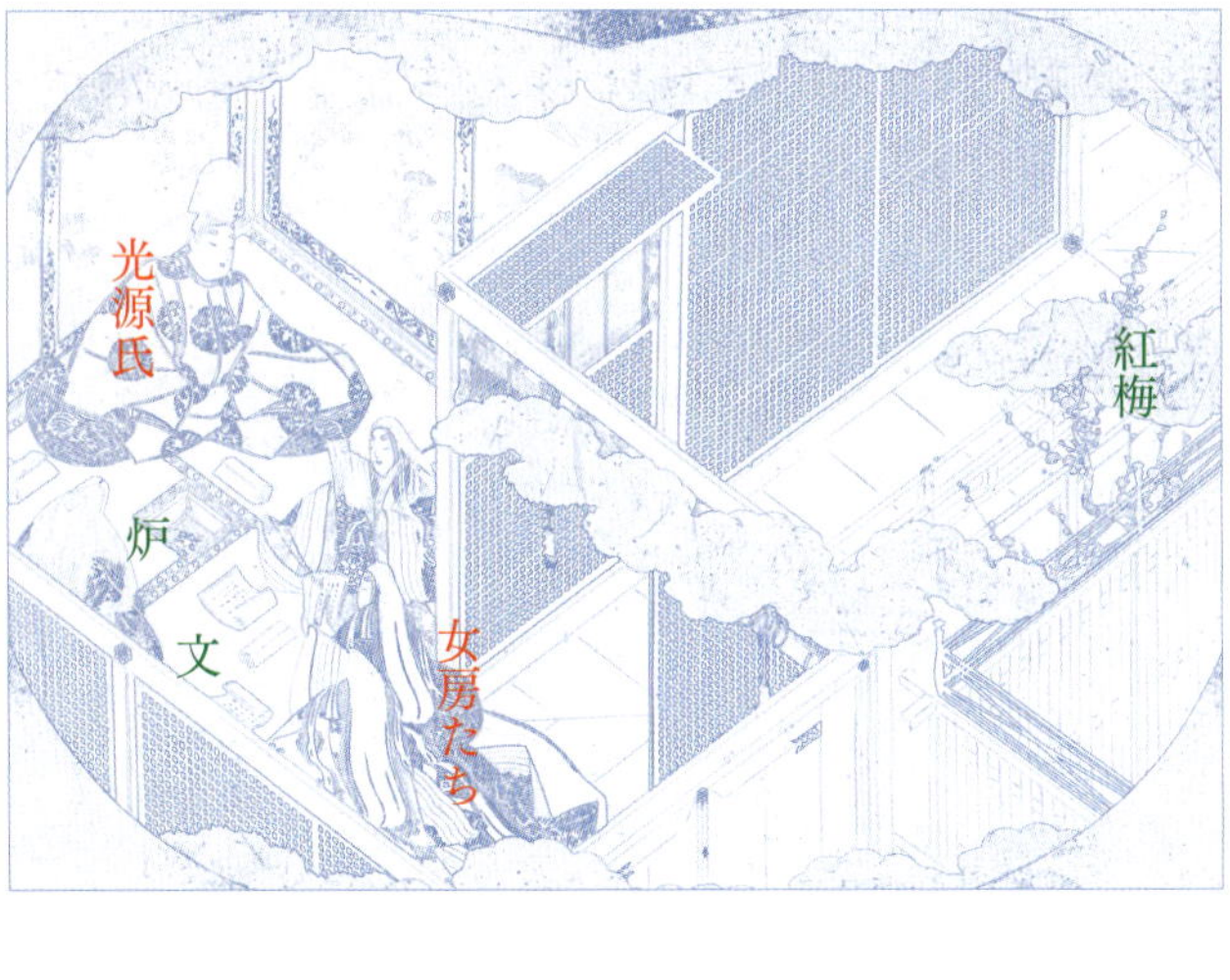

◆構図

同じ場面を描いた源氏絵として、出光美術館蔵伝土佐光元筆『源氏物語画帖』・京都国立博物館蔵土佐光吉筆『源氏物語画帖』等がある。

【参考図版】出光美術館蔵伝土佐光元筆『源氏物語画帖』

第三七図 横笛《よこぶえ》巻【第三七帖】

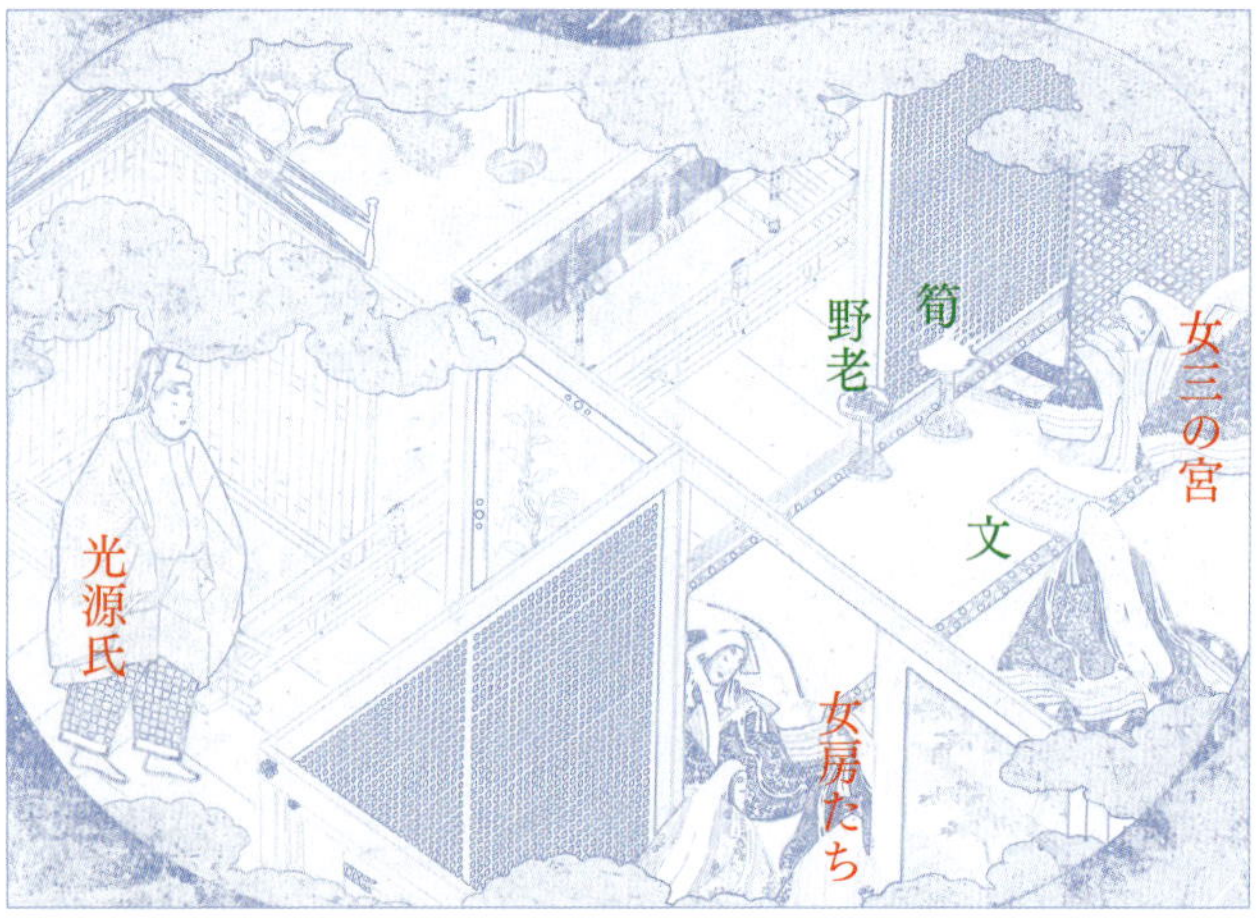

◆場面

場所は六条院・東南の町（春の殿）。季節は春。光源氏四九歳。柏木の一周忌も過ぎた頃、出家した女三の宮は、山に籠もる父（朱雀院）から筍《たけのこ》や野老《ところ》を贈られ、涙する。朱雀院の手紙には、「世をわかれ入りなむ道はおくるとも同じところを君もたづねよ」とあった。そこへ光源氏が訪ねて来る。

◆図様

右端の、尼削ぎの女性が女三の宮。朱雀院からの手紙を見ている。そのかたわらに、筍と野老を盛った櫑子《らいし》。他の五人は女房。画面左端には、訪ねて来た光源氏。

◆構図

同じ場面を描いた源氏絵として、徳川美術館蔵土佐光則筆『源氏物語画帖』があるが、人物の位置・御簾の描き方等は異なる。

【参考図版】徳川美術館蔵土佐光則筆『源氏物語画帖』

第三八図 鈴虫巻《すずむし》 【第三八帖】

◆場面

場所は六条院・東南の町（春の殿）。季節は夏。光源氏五〇歳。女三の宮の主催で持仏開眼供養《じぶつかいげんくよう》が催された。光源氏は、女三の宮のいる西廂《にしびさし》を訪れ、仏事の支度を共にするとは思わなかったと話して、香染《こうぞめ》の扇に「はちす葉をおなじ台と契りおきて露のわかるる今日ぞ悲しき」と書きつけた。

◆図様

扇に歌を書き付けているのが光源氏。香染の扇は、全体的に黄味を帯び、紅色が差している。かたわらには硯箱。光源氏の左にいる尼削ぎの女性が女三の宮。池には蓮。

◆構図

配置等、出光美術館蔵伝土佐光元筆『源氏物語画帖』・京都国立博物館蔵土佐光吉筆『源氏物語画帖』等に近似する。

【参考図版】出光美術館蔵伝土佐光元筆『源氏物語画帖』

第三九図 夕霧《ゆうぎり》巻 【第三九帖】

◆場面

場所は小野の一条の御息所の邸。季節は秋。光源氏五〇歳。八月中旬、夕霧は、一条の御息所《みやすどころ》を見舞う。しみじみとした小野の風情に浸り、立ち去る気も失せた夕霧は、軒までかかってきた霧に言寄せて、落葉の宮（一条の御息所の娘）に思いを訴える機会を得る。

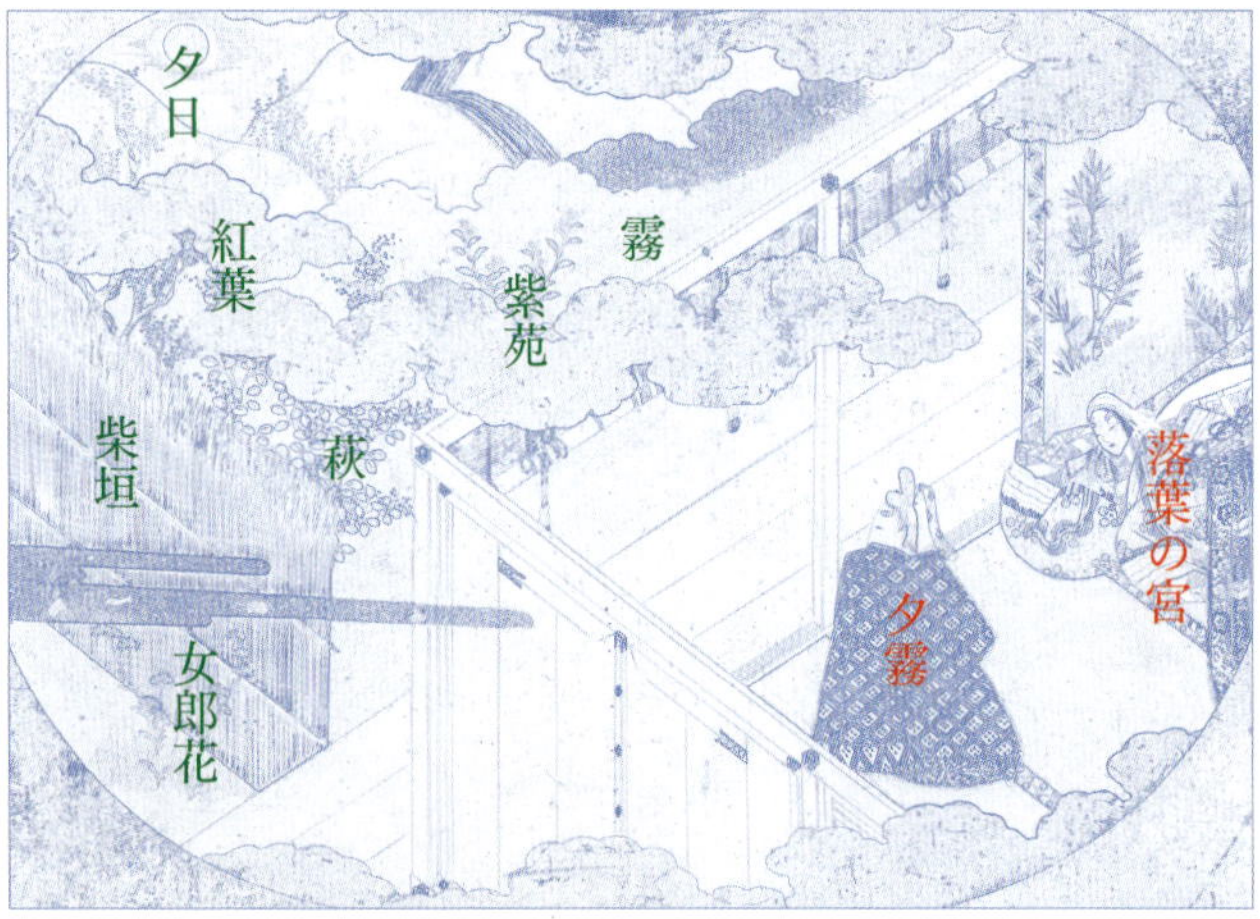

◆図様

赤い夕日が山の端に沈もうとしている。柴垣のもとには女郎花・萩・紫苑が咲き、紅葉が色づく。山には水の流れ。屋外を眺める夕霧。

◆構図

同じ場面を描いた源氏絵として、宇治市源氏物語ミュージアム蔵『源氏物語鑑帖』等がある。配置等は、出光美術館蔵伝土佐光元筆『源氏物語画帖』に近似する。

【参考図版】出光美術館蔵伝土佐光元筆『源氏物語画帖』

第四〇図 花《はなの》宴《えん》巻（2）【第八帖】

◆場面

場所は右大臣の邸。季節は春。光源氏二〇歳。三月二〇日過ぎ、右大臣邸で藤の花の宴が催される。酔いにかこつけて席を外した光源氏は、朧月夜（右大臣の娘）との再会を果たす。光源氏は、「扇を取られてからきめを見る」等と声をかけ、朧月夜の手をとらえる。

◆図様

妻《つま》戸《ど》口《ぐち》の御簾から体を差し入れる光源氏。その左に朧月夜の君。塀の際には、宴の主題となった山桜と藤が咲いている。

◆構図

同じ場面を描いた源氏絵として、和泉市久保惣記念美術館蔵土佐光吉筆『源氏物語手鑑』等がある。配置等は、徳川美術館蔵土佐光則筆『源氏物語画帖』に近似する。

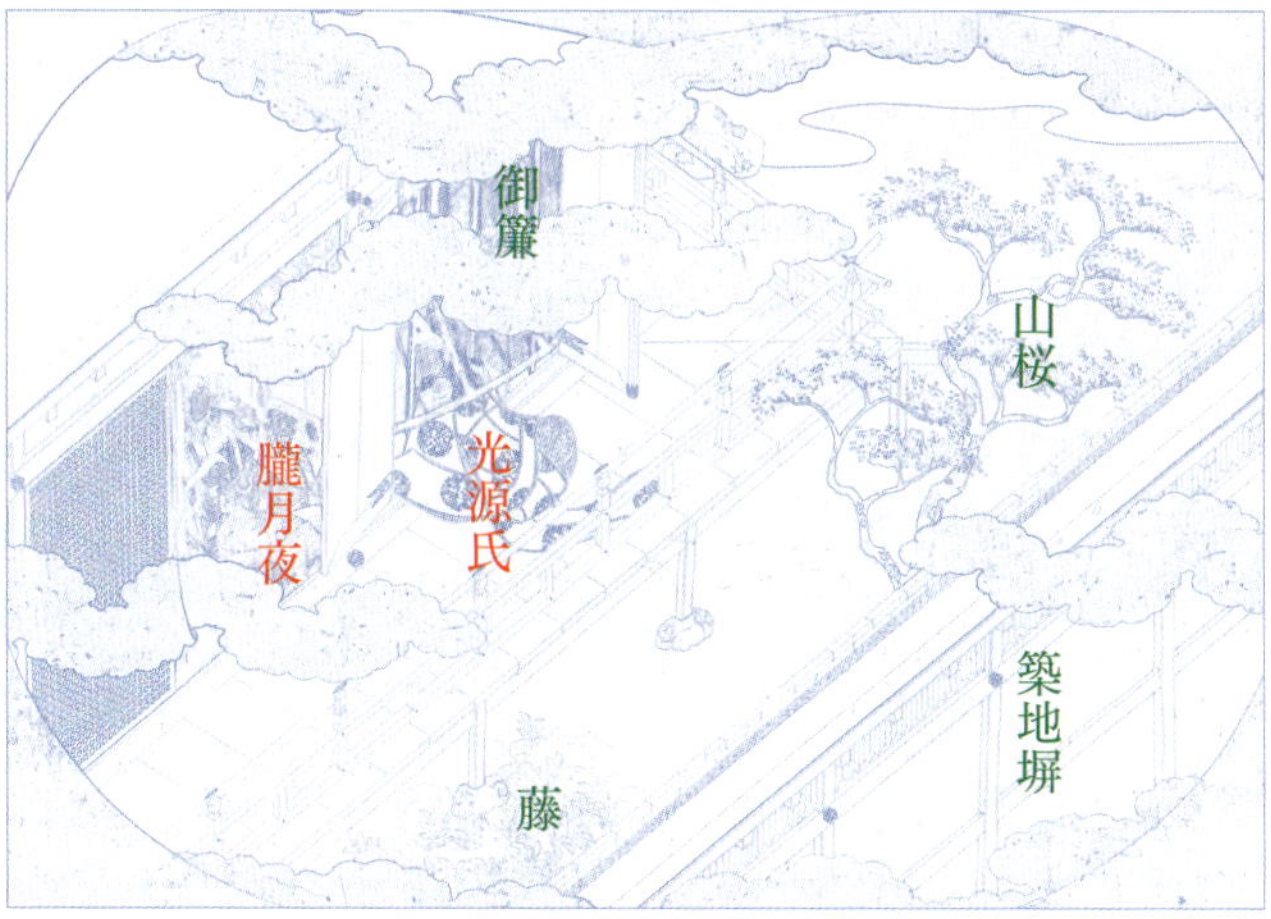

【参考図版】徳川美術館蔵土佐光則筆『源氏物語画帖』

第四一図　紅葉賀《もみじのが》巻【第七帖】

◆場面

場所は二条院。季節は春。光源氏一九歳。元旦、光源氏は、朝拝《ちょうはい》に向かう途次、紫の上を訪ねる。紫の上は女房たちや犬君《いぬき》と共に、小さな御殿や雛《ひいな》を並べ立てて遊んでいた。やがて光源氏は参内する。紫の上は、雛人形の光源氏を着飾らせて参内のまねごとをして遊ぶのだった。

◆図様

左上に光源氏。右端に座っている女性が紫の上。女房たちは、光源氏を、御簾越しに見送っている。庭には、枝振りのよい白梅。

◆構図

同じ場面を描いた源氏絵として、京都国立博物館蔵土佐光吉筆『源氏物語画帖』等がある。配置等は、徳川美術館蔵土佐光則筆『源氏物語画帖』にやや近似する。

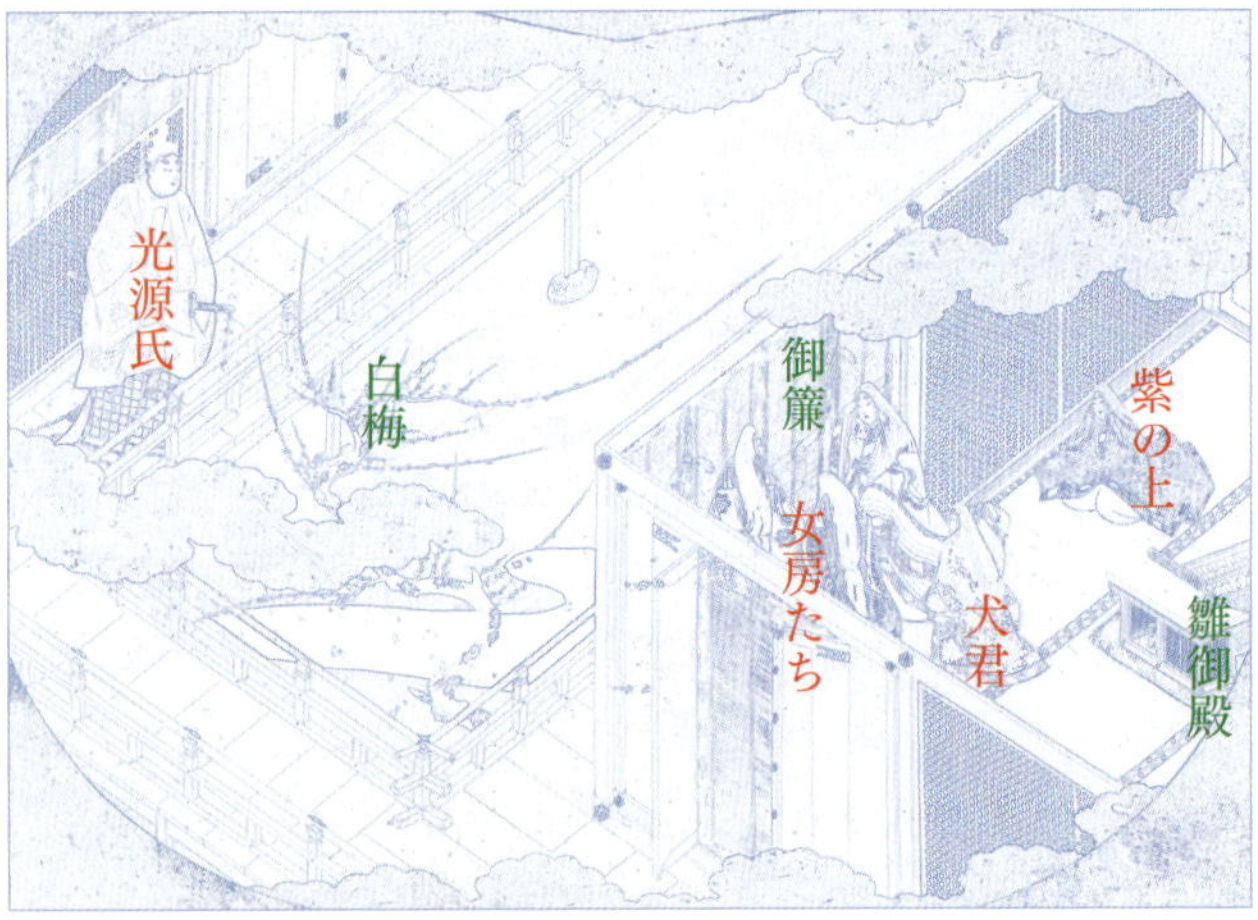

【参考図版】徳川美術館蔵土佐光則筆『源氏物語画帖』

第四二図 帚木巻《ははきぎ》（2）【第二帖】

◆場面

場所は中川の邸。季節は夏。光源氏一七歳。光源氏は、方違《かたたが》えに訪れた中川邸で、紀伊《き》の守《かみ》の饗応を受けた。酔いの進んだ従者たちはぐっすりと眠っている。光源氏は、眠れず、空蝉《うつせみ》の居所あたりを訪れ、その様子をうかがう。

◆図様

妻戸《つまど》口の前に立つ男性が光源氏。室内には、高灯台の明かりが灯る。空蝉は女房と語らっている。従者たちのかたわらには、酒の提子《ひさげ》。庭には、百合・萩が咲く。

◆構図

同じ場面を描いた源氏絵として、出光美術館蔵岩佐勝友筆『源氏物語図屏風』・フリア美術館蔵土佐光起筆『源氏物語図屏風』等がある。

【参考図版】出光美術館蔵岩佐勝友画『源氏物語図屏風』

第四三図 紅《こう》梅《ばい》巻【第四三帖】

◆場面

場所は宮中の匂宮の宿直所《とのいどころ》。季節は春。薫二四歳。匂宮が宿直所に下がろうとする折、殿上人の中に、寵愛する若君（紅梅大納言の息子）を見つけた。若君は、父から言付かってきた手紙を差し出す。文には紅梅の枝が添えられ、娘との結婚を匂わせる内容が書かれていた。

◆図様

匂宮は、手にした紅梅の枝を見ている。若君が対座するが、襖障子があるため、角髪《みずら》をほどいた美しい宿直姿《とのいすがた》が見えない。狩衣姿の三人の男性は、匂宮に仕える従者か。

◆構図

同じ場面を描いた源氏絵の中でも、出光美術館蔵伝土佐光元筆『源氏物語画帖』・徳川美術館蔵土佐光則筆『源氏物語画帖』に近似する。

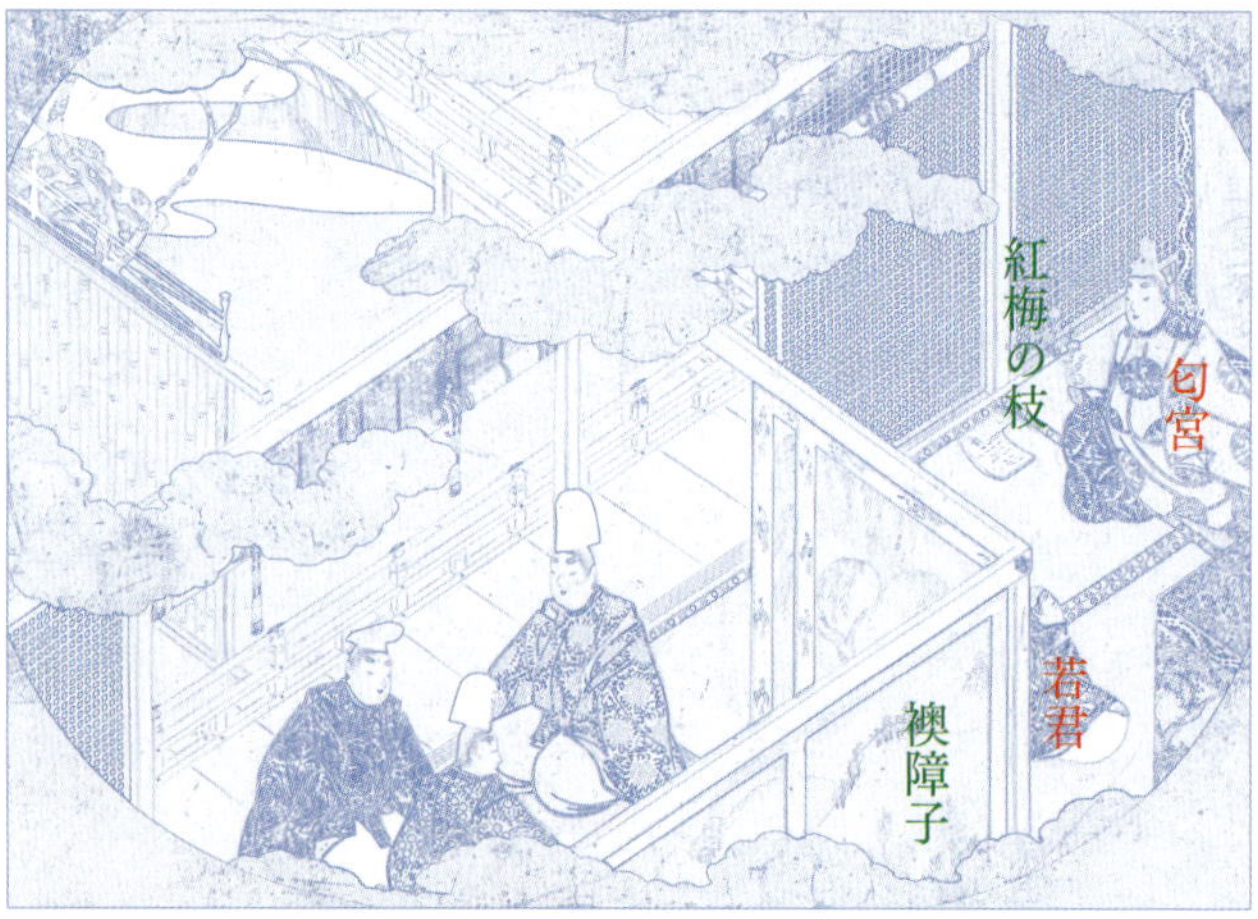

【参考図版】出光美術館蔵伝土佐光元筆『源氏物語画帖』

第四四図 野分巻《のわき》（２）【第二八帖】

◆場面

場所は六条院・東北の町（夏の殿）。季節は秋。光源氏三七歳。野分の後、光源氏は、西の対に玉鬘を訪ねる。玉鬘は「吹きみだる風のけしきに女郎花しをれしぬべき心地こそすれ」と詠み、光源氏は「した露になびかましかば女郎花あらき風にはしをれざらまし」と詠み、「なよ竹をご覧なさい」と言った。

◆図様

左端に玉鬘。立ち姿の光源氏。庭には、二人が歌に詠む女郎花が配され、池の中島には、光源氏の言葉に出る竹と筍が配されている。

◆構図

同じ場面を描いた源氏絵としては、出光美術館蔵伝土佐光元筆『源氏物語画帖』がある。前後の場面は、個人蔵土佐光起筆『源氏物語画帖』等がある。

【参考図版】出光美術館蔵伝土佐光元筆『源氏物語画帖』

第四五図 橋姫《はしひめ》巻【第四五帖】

◆場面

場所は宇治の八宮邸。季節は秋。薫二一歳。晩秋、薫は、琵琶《びわ》と箏《そう》を合奏する大君と中の君をかいま見る。「扇でなく、この撥《ばち》でも月を招き寄せられましたよ」等と戯れている姉妹の様子に、薫は心惹かれていく。なお、物語本文の解釈として、中世近世の注釈書では「大君が琵琶、中の君が箏」とするが、現代の注釈書では「中の君が琵琶、大君が箏」とする。

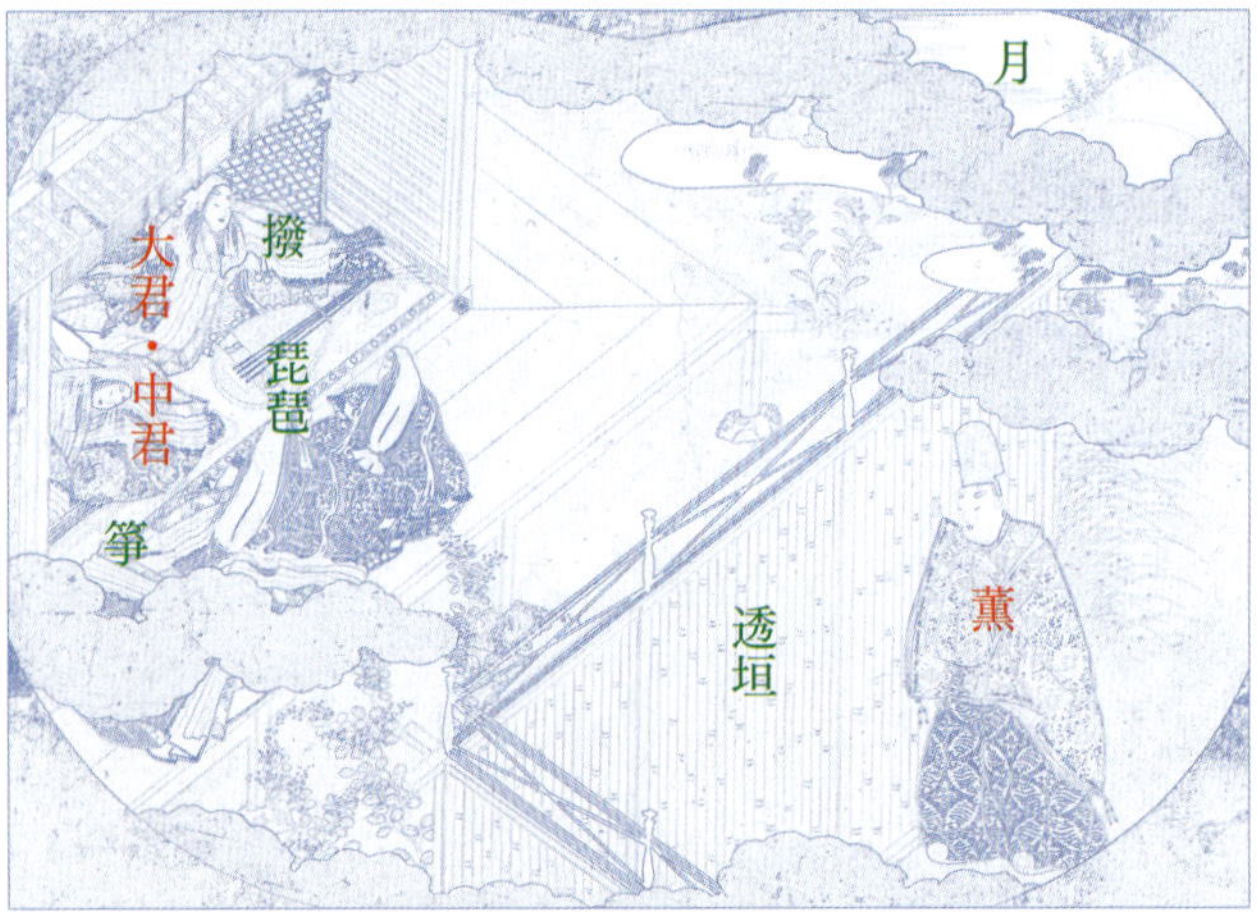

◆図様

空には満月。薫は竹の透垣《すいがい》からかいま見する。簀子には、女の童と大人の女房。透垣の周りには、萩・紫苑・女郎花・薄が咲く。山には紅葉。

◆構図

徳川美術館蔵『国宝源氏物語絵巻』をはじめ、源氏絵として古来最も頻繁に絵画化される名場面の一つ。配置等は、和泉市久保惣記念美術館蔵『源氏物語手鑑』にやや近似する。

【参考図版】和泉市久保惣記念美術館蔵土佐光吉筆『源氏物語手鑑』

第四六図 藤裏葉《ふじのうらば》巻【第三三帖】

◆**場面**

場所は三条殿。季節は秋。光源氏三九歳。太政大臣（かつての頭の中将）が、夕霧（光源氏の息子）と雲居の雁（太政大臣の娘）との仲をようやく許し、結婚を認める。二人は、祖母大宮の旧邸三条殿を新居とした。庭前の紅葉の見物に言寄せて、太政大臣が新婚の夫婦を訪れる。

◆**図様**

左端に夕霧と雲居の雁。中央に太政大臣が座す。雲居の雁のかたわらには、それまで二人で手にしていた手習の文が置かれている。池の汀《みぎわ》に紅葉。

◆**構図**

配置等は、出光美術館蔵伝土佐光元筆『源氏物語画帖』・徳川美術館蔵土佐光則筆『源氏物語画帖』に近似する。

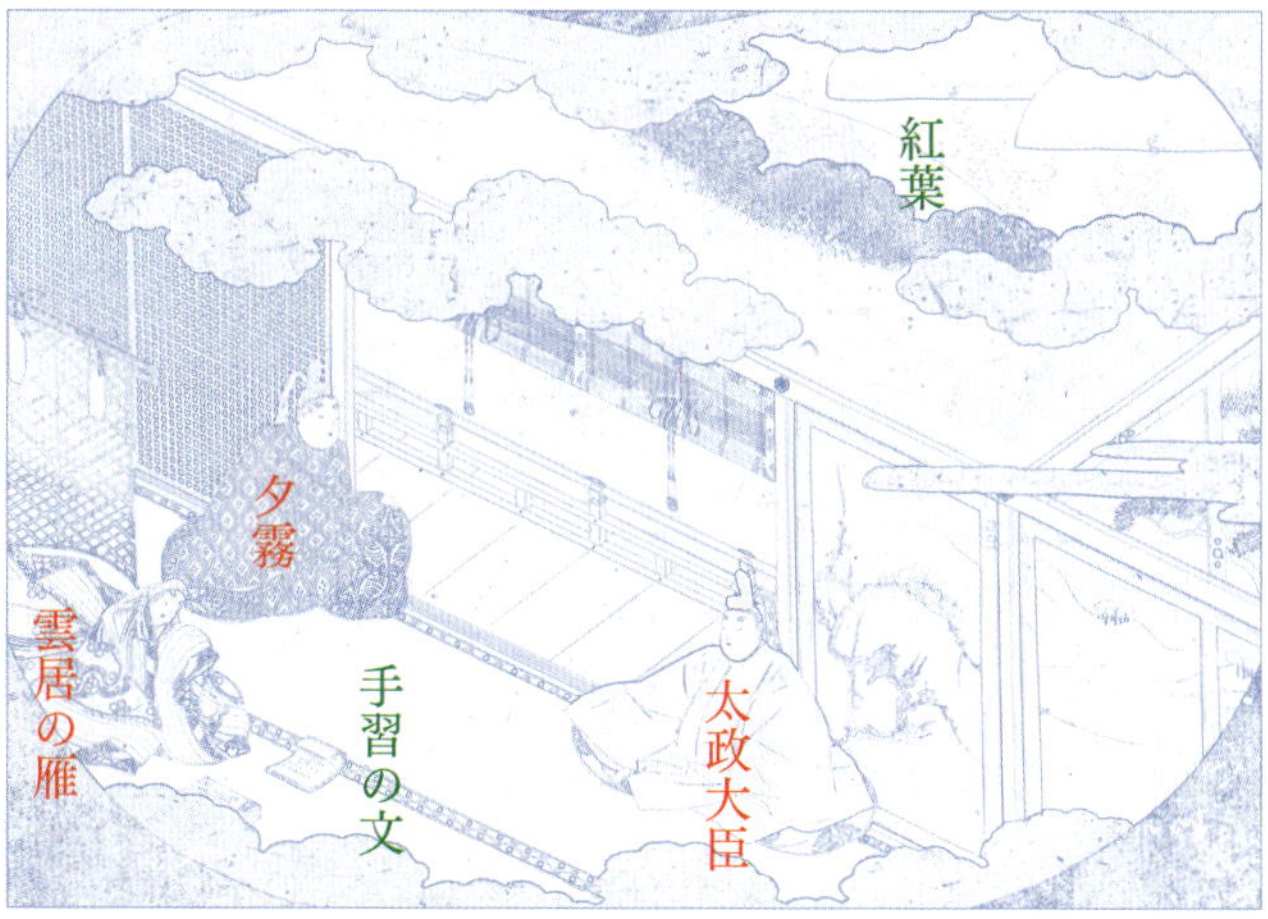

【参考図版】出光美術館蔵伝土佐光元筆『源氏物語画帖』

第四七図 松風《まつかぜ》巻【第一八帖】

◆場面

場所は大堰《おおい》の邸。季節は秋。光源氏三一歳。光源氏は、明石の君が住まう大堰の邸を訪れる。明石で生まれた姫君は、三歳になっていた。光源氏が辞去するにあたり、乳母に抱かれた姫君は、手をさしのべて後を慕うのだった。

◆図様

中央に光源氏。明石の姫君を抱いているのは乳母。画面左上の、座している女性が明石の君。後ろ姿の女性は女房。庭には女郎花・萩が、水辺には紫苑が咲いている。

◆構図

同じ場面を描いた源氏絵として、バークコレクション蔵土佐光則筆『白描源氏物語画帖』等がある。配置等は、徳川美術館蔵土佐光則筆『源氏物語画帖』に近似する。

【参考図版】徳川美術館蔵土佐光則筆『源氏物語画帖』

第四八図 椎本巻《しいがもと》【第四六帖】

◆場面

場所は宇治の八の宮邸。季節は春。薫二四歳。八の宮の没後、残された姫君たち（大君・中の君）のわび住まいはさらに寂寥感を増していた。新年、汀の氷が溶けたころ、八の宮が籠もっていた宇治山の阿闍梨《あじゃり》から、見舞いとして芹《せり》・蕨《わらび》が贈られて来た。姉妹は、雪深い山里を思いやる。

◆図様

芹・蕨が台に載せられている。その前にいるのが大君と中の君か。その周りを女房が取りまく。庭には池があり、ほとりに柳。右端に、宇治橋がほの見える。

◆構図

配置等、出光美術館蔵伝土佐光元筆『源氏物語画帖』・徳川美術館蔵土佐光則筆『源氏物語画帖』に近似する。

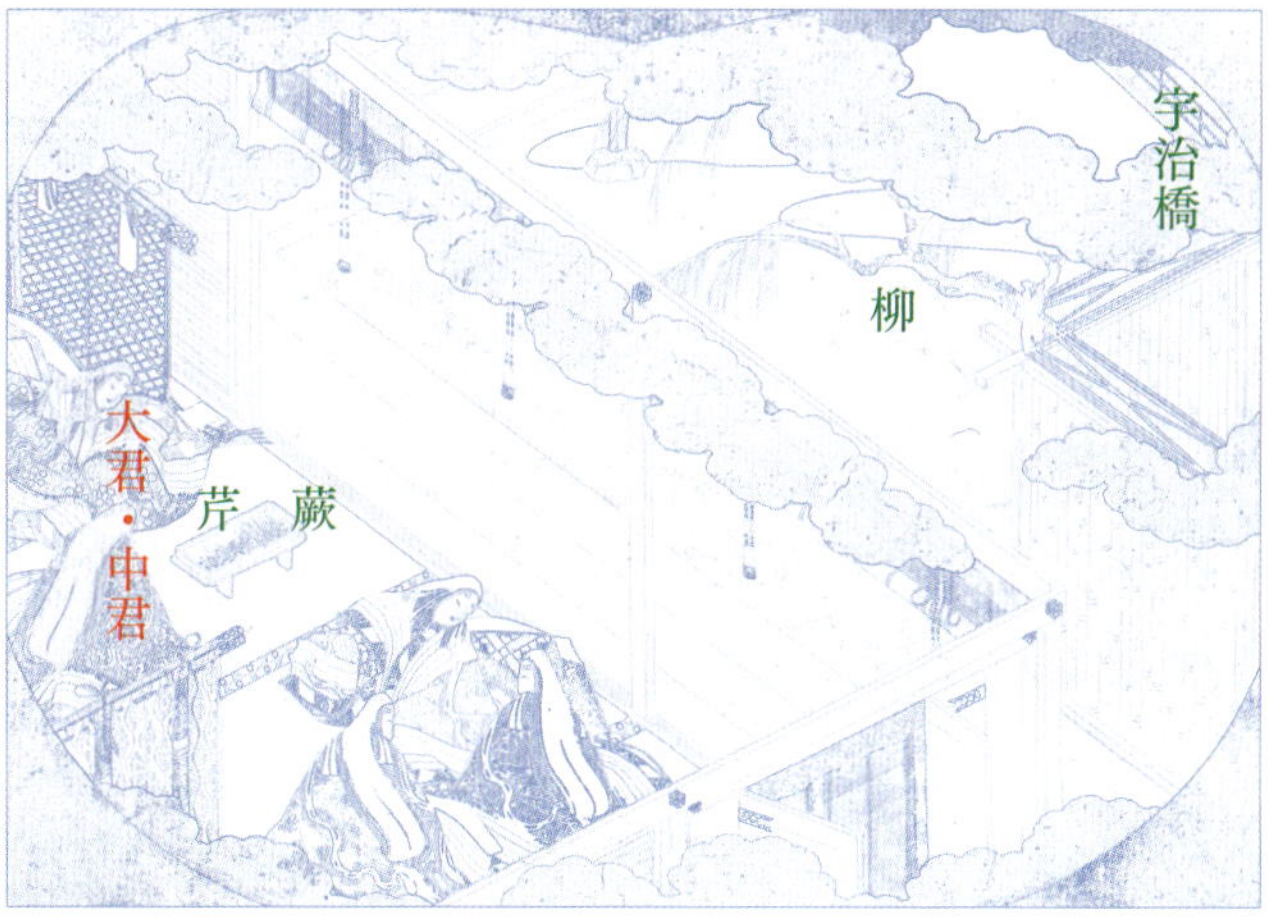

【参考図版】出光美術館蔵伝土佐光元筆『源氏物語画帖』

第四九図 竹《たけ》河《かわ》巻【第四四帖】

◆場面

場所は冷泉院《れいぜいいん》の御所。季節は春。薫二〇歳頃。薫と蔵人《くろうど》の少将(夕霧の子)は、冷泉院に参った大君(玉鬘と鬚黒の娘)に、なおも思慕を寄せていた。春の夕暮れ、大君のいる御殿近く、松に藤の花が美しく咲き掛かっているのを眺め、二人はあきらめきれぬ気持ちを和歌に詠む。

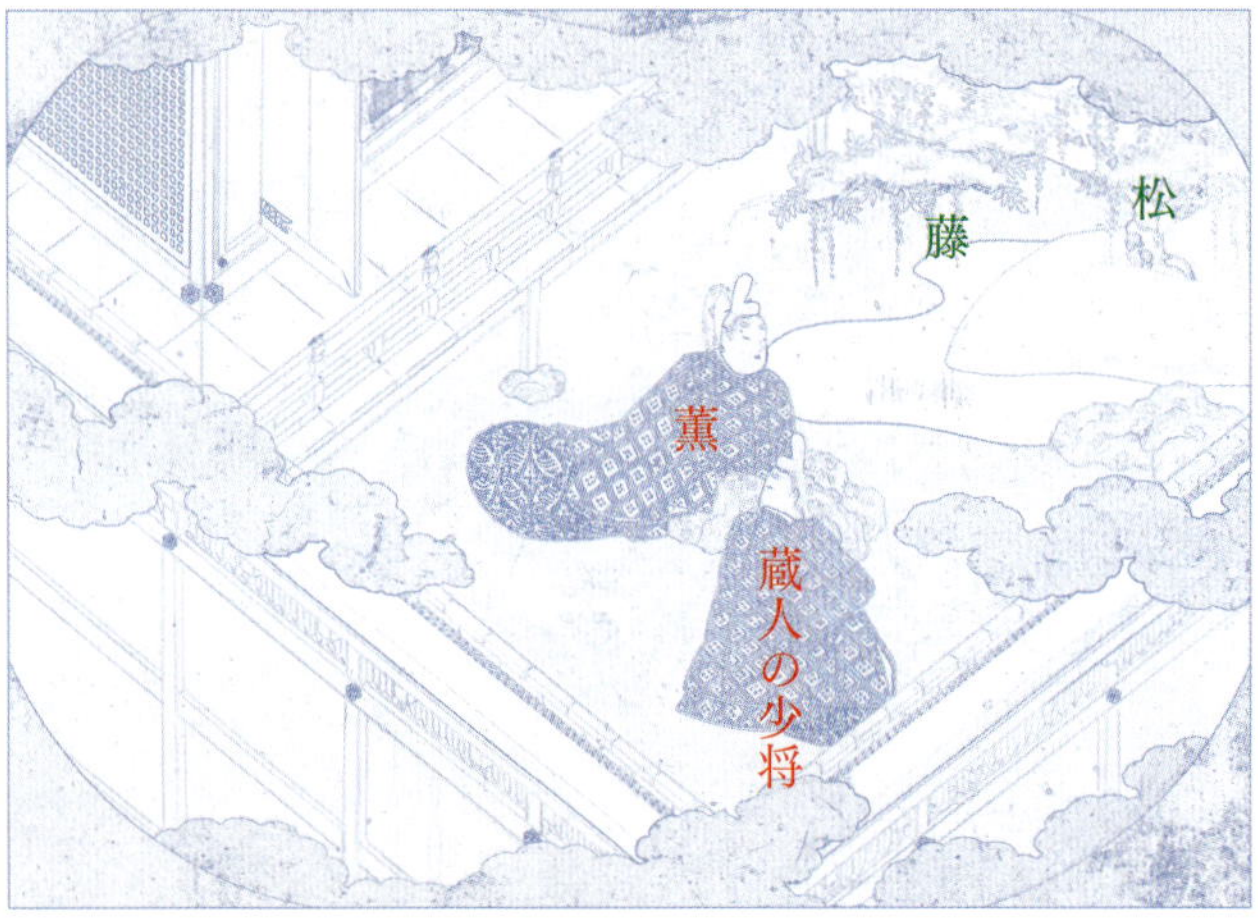

◆図様

画面中央に薫と蔵人の少将。左が薫であろう。池には中島があり、松の枝から藤の花。薫は岩に寄り掛かっているが、物語本文には「水のほとりの石に苔を蓆《むしろ》にて」とあり、石に腰掛けていることになっている。

◆構図

同じ場面を描いた源氏絵として、出光美術館蔵伝土佐光元筆『源氏物語画帖』・和泉市久保惣記念美術館蔵土佐光吉筆『源氏物語手鑑』等がある。

【参考図版】出光美術館蔵伝土佐光元筆『源氏物語画帖』

第五〇図 若菜下《わかなげ》巻 【第三五帖】

◆場面

場所は柏木邸。季節は夏。光源氏四一歳。柏木は、蹴鞠《けまり》の庭で見た女三の宮を思ってやまない。せめてもの形見として、女三の宮から東宮（女三の宮の兄）に献上された唐猫《からねこ》を預かり、自邸に持ち帰る。柏木は、かわいらしく鳴く猫をふところに入れて、恋慕の情を慰めようとする。

◆図様

衾《ふすま》を掛けて臥す男性が柏木。膝元には唐猫。襖障子を隔てて、女房たちが集う。物語本文では、女房たちは「柏木様はふだん猫に関心等お持ちにならぬのに」と不審に思ったという。庭には柳。

◆構図

同じ場面を描いた源氏絵として、京都国立博物館蔵土佐光吉筆『源氏物語画帖』等がある。配置等は、出光美術館蔵伝土佐光元筆『源氏物語画帖』に近似する。

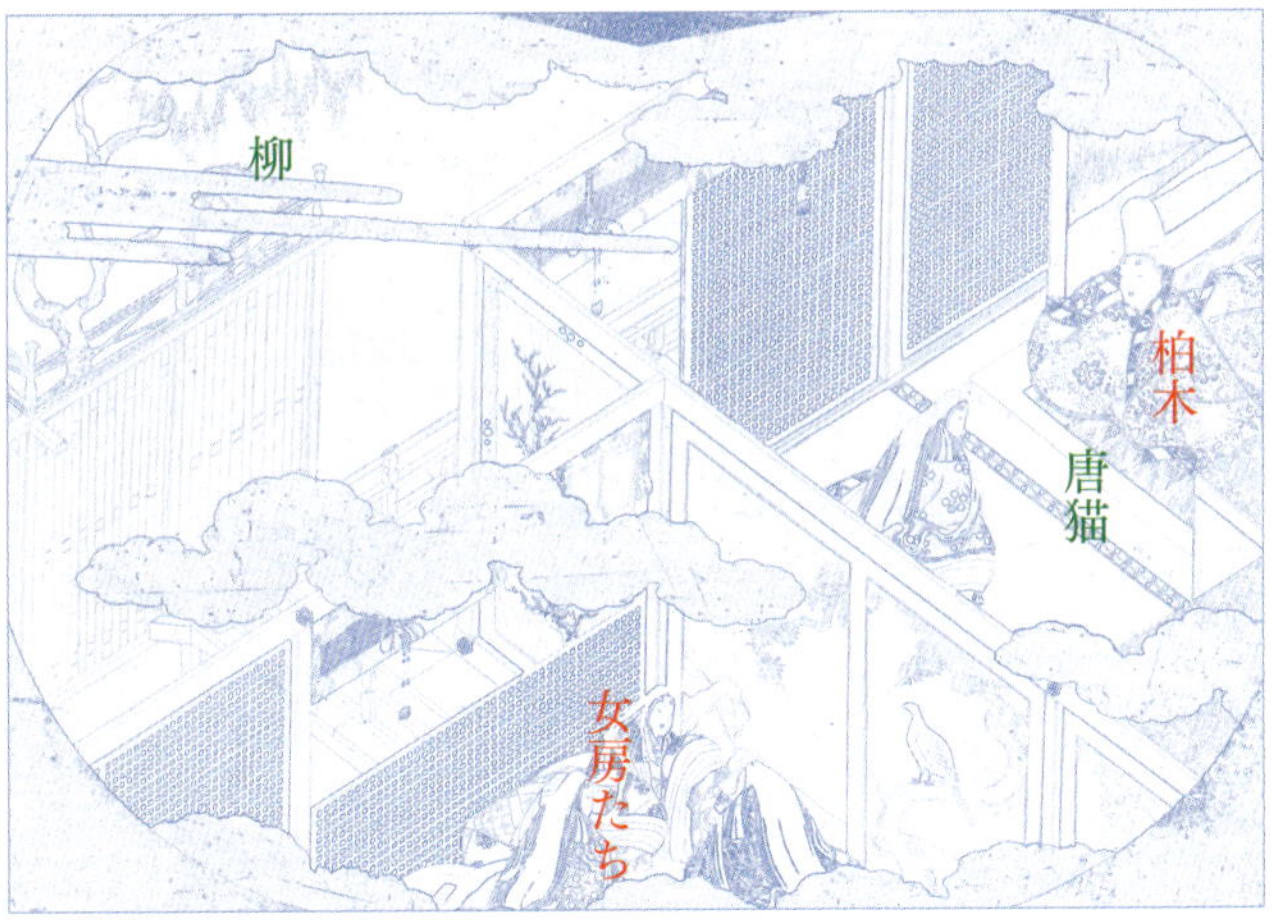

【参考図版】出光美術館蔵伝土佐光元筆『源氏物語画帖』

第五一図 澪標《みおつくし》巻【第一四帖】

◆場面

場所は麗景殿《れいけいでん》の女御の旧邸。季節は夏。光源氏二九歳。光源氏は、前年秋に明石から帰京するも、多忙のため再会が叶わなかった。麗景殿の女御（桐壺院の女御）に挨拶かたがた、三年ぶりに花散里を訪ねる。荒廃する邸に似つかわしい水鶏《くいな》の声を聞きながら、二人は歌を唱和する。

◆図様

対座する男女は光源氏と花散里。光源氏は直衣《のうし》を脱いで袿姿《うちきすがた》でくつろいでいる。空には満月。板垣沿いには萩が咲く。池の中島に柳。庭の中央には、水鶏《くいな》が一羽描かれている。

◆構図

同じ場面を描いた源氏絵として、和泉市久保惣記念美術館蔵土佐光吉筆『源氏物語手鑑』等がある。配置等は、出光美術館蔵伝土佐光元筆『源氏物語画帖』に近似する。

【参考図版】出光美術館蔵伝土佐光元筆『源氏物語画帖』

第五二図 常夏巻《とこなつ》【第二六帖】

◆場面

場所は内大臣（かつての頭の中将）の邸。季節は夏。光源氏三六歳。内大臣が訪れると、雲居の雁は薄物の単を着て、昼寝をしているところであった。女房たちも離れた場所で寝ている。内大臣は、その不用心さをたしなめる。

◆図様

扇を持って立つ男性が内大臣。その右の狩衣姿《かりぎぬすがた》の男性は従者のように見えるが、物語本文では少将（内大臣の息子）。左上の寝ている女性が雲居の雁。襖障子のこちらに女房が三人いる。庭には百合が咲く。

◆構図

同じ場面を取り上げた源氏絵として、出光美術館蔵伝土佐光元筆『源氏物語画帖』・バークコレクション蔵土佐光則筆『白描源氏物語画帖』等がある。

【参考図版】出光美術館蔵伝土佐光元筆『源氏物語画帖』

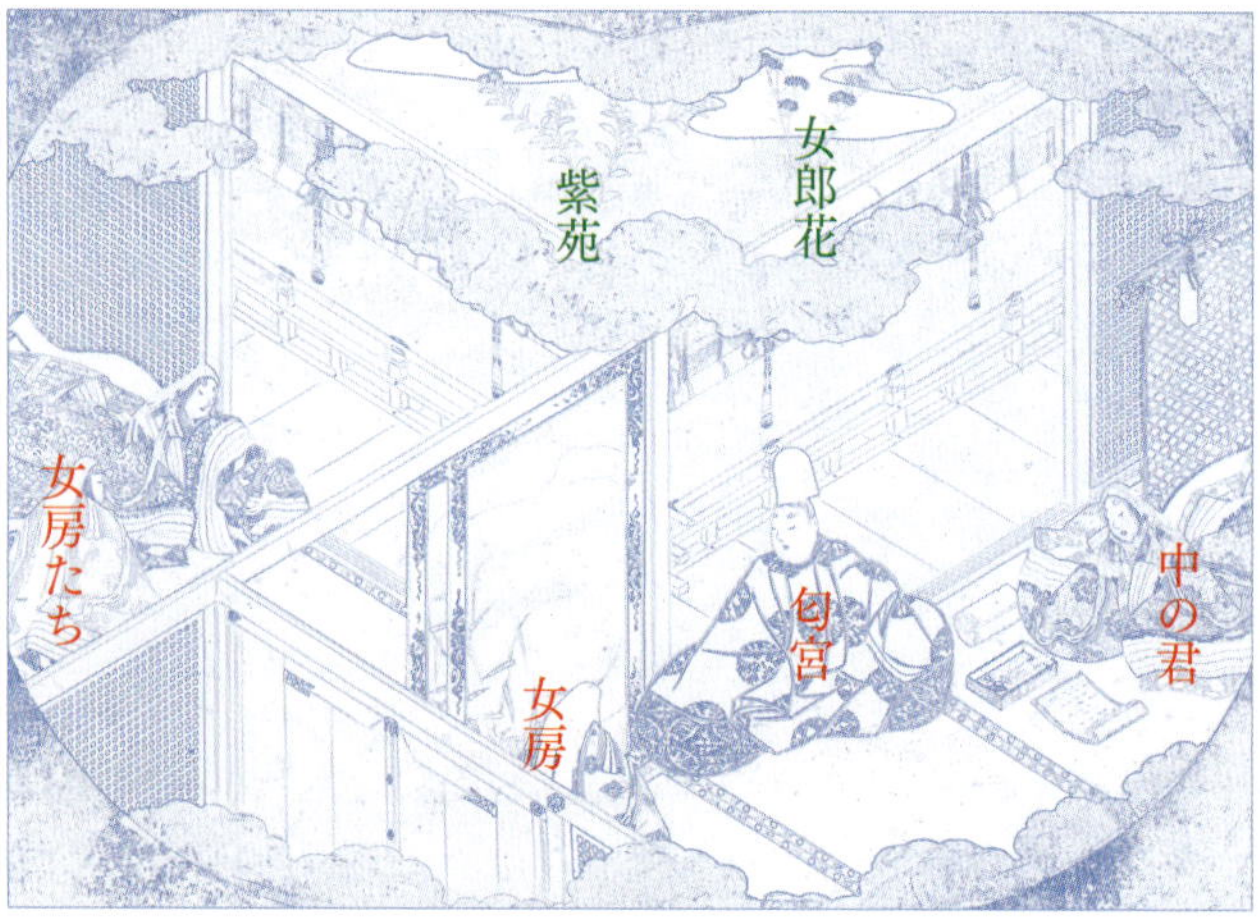

第五三図 宿木《やどりぎ》巻【第四九帖】

◆場面

場所は二条院(匂宮の邸)。季節は秋。薫二五歳。宇治を訪れた薫から、二条院で暮らす中の君のもとへ、故八の宮邸の蔦紅葉《つたもみじ》を添えて手紙が送られてきた。匂宮(中の君の夫)は、二人の仲を疑いながら、嫉妬を隠しつつ、返事を書くよう促す。

◆図様

右端の、手紙と硯箱《すずりばこ》を前にした女性が中の君。中央が匂宮。返事をうながしながら顔を背けている。同室の後ろ姿の女性と別室の二人の女性は女房。庭には、女郎花・紫苑が咲く。なお、薫の手紙に添えられていた紅葉は、画面には描かれていない。

◆構図

配置等、徳川美術館蔵土佐光則筆『源氏物語画帖』に近似する。

【参考図版】徳川美術館蔵土佐光則筆『源氏物語画帖』

第五四図 若紫巻《わかむらさき》（2）【第五帖】

◆場面

場所は北山の僧都の坊。季節は春。光源氏一八歳。わらわ病みの療養中、光源氏は美しい少女（後の紫の上）に出会う。光源氏は、僧都から、その少女が藤壺の宮の姪にあたること、母の死後、僧都に引き取られることになったこと等を聞き、関心を持つ。

◆図様

左端が光源氏。対座するのが北山の僧都。戸外では、庭番が篝火の番をしている。篝火が夜景であることを示す。庭先と遠くの山々の峰では、山桜が満開である。

◆構図

同じ場面を描いた源氏絵として、フリア美術館蔵『白描源氏物語画帖』がある。

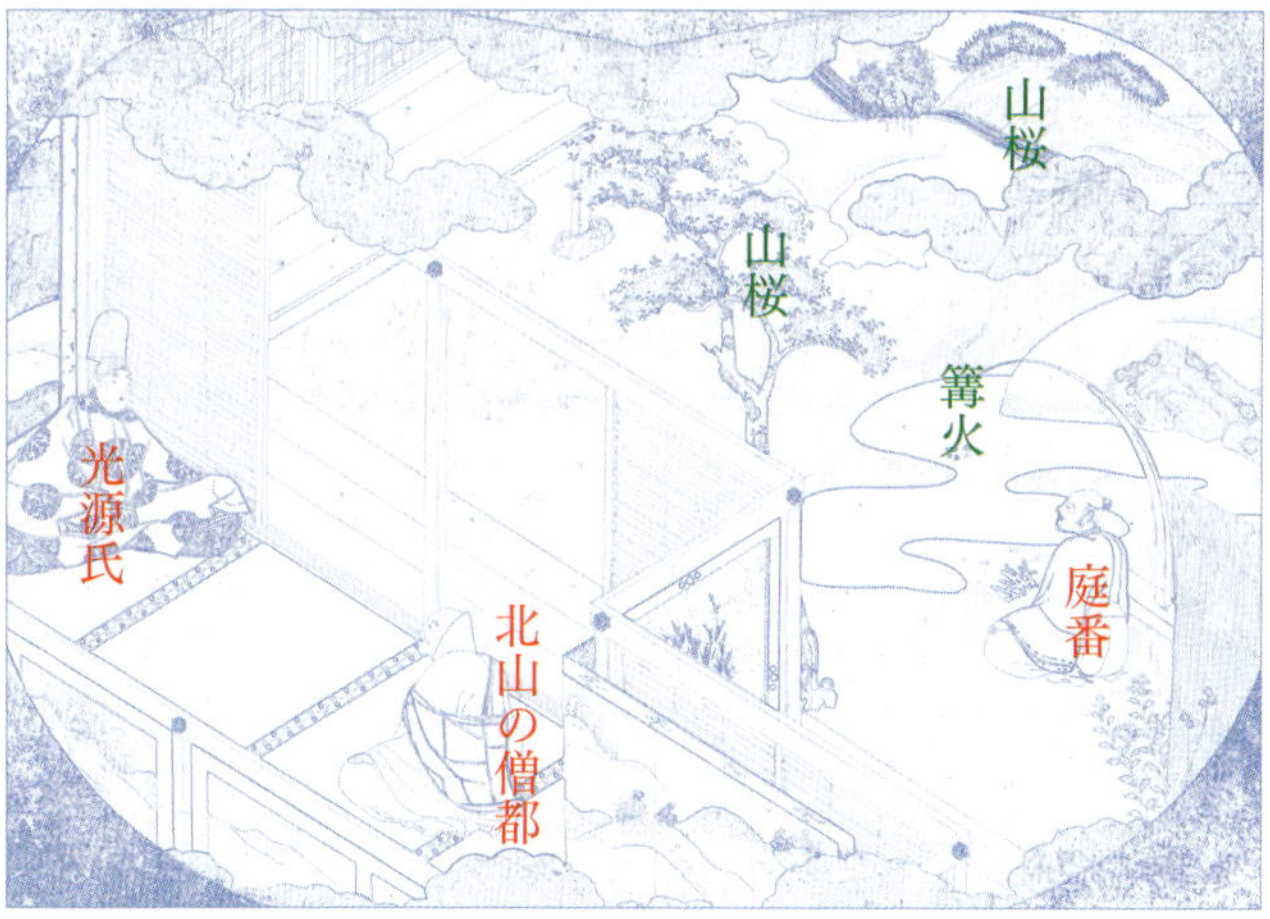

上図　山桜拡大

【3】岩佐《いわさ》勝友《かつとも》画《が》　『源氏《げんじ》物語《ものがたり》図《ず》屏風《びょうぶ》』

出光美術館蔵
江戸時代前期画
屏風・六曲一双
各一五五・二×三六四・〇センチ

『源氏物語』五四帖の各場面を、上から下へ、右から左へという順で、それぞれ二七場面ずつ配置した屏風である。右隻は、桐壺巻から篝火巻、左隻は、野分巻から夢浮橋巻までを描く。一帖につき一場面を描く小画面並列形式で、全五四帖を絵画化した作例。目の覚めるような保存状態の本屏風は、一見、無款（落款なし）にみえるが、実は、表具内部に、岩佐勝友の署名・印章が隠れている。勝友の伝記は不詳。隔たりがあるものの、画風に岩佐又兵衛様式がうかがえ、又兵衛派の絵師と考えられている。図様も、又兵衛後期の作例とおなじく風俗画的な要素が観察される。京都国立博物館蔵土佐光吉画『源氏物語画帖』と同様の構成に拠りながらも、過剰なアクチュアリティを画面に加え、定型パターンを逸脱している点が指摘できる。

（井田太郎）

<table>
<tr><td>東屋</td><td>橋姫</td><td>幻</td><td>横笛</td><td>梅枝</td><td>野分</td></tr>
<tr><td>浮舟</td><td>椎本</td><td>匂宮</td><td>鈴虫</td><td>藤裏葉</td><td>行幸</td></tr>
<tr><td>蜻蛉</td><td>総角</td><td rowspan="2">紅梅</td><td rowspan="2">夕霧</td><td>若菜上</td><td rowspan="2">藤袴</td></tr>
<tr><td>手習</td><td>早蕨</td><td>若菜下</td></tr>
<tr><td>夢浮橋</td><td>宿木</td><td>竹河</td><td>御法</td><td>柏木</td><td>真木柱</td></tr>
</table>

<table>
<tr><td>初音</td><td>薄雲</td><td>澪標</td><td>賢木</td><td>若紫</td><td>桐壺</td></tr>
<tr><td>胡蝶</td><td>朝顔</td><td>蓬生</td><td>花散里</td><td>末摘花</td><td rowspan="2">帚木</td></tr>
<tr><td>蛍</td><td rowspan="2">少女</td><td>関屋</td><td rowspan="2">須磨</td><td>紅葉賀</td></tr>
<tr><td>常夏</td><td>絵合</td><td>花宴</td><td>空蝉</td></tr>
<tr><td>篝火</td><td>玉鬘</td><td>松風</td><td>明石</td><td>葵</td><td>夕顔</td></tr>
</table>

◆コラム

源氏絵の系譜 ―色紙形の源氏絵―

四辻秀紀◆

『源氏物語』の絵画化は、原作が成立してさほど時を隔てずしておこなわれていたとみられ、以後現代にいたるまで各時代を通じて描き継がれ、〝源氏絵〟と呼ばれる日本の絵画史の上でも重要なジャンルを形成してきた。やまと絵の絵師をはじめ、土佐派や狩野派などの画派や町絵師たちによって図様の継承と創作が繰り返され、その絵画形式も、絵巻や本の挿図、屏風や色紙、扇面など多岐にわたっている。

その中で色紙に描かれた〝源氏絵〟の歴史は古く、文献の上では鎌倉時代にさかのぼる。それは、鎌倉幕府の第六代将軍となった宗尊親王（一二四二～七四）のもとで制作された源氏絵色紙形貼込屏風についての『源氏秘義抄』（宮内庁書陵部蔵）の記載で、一二世紀半ば前に紀伊の局・長門の局が絵を描き、藤原忠通・源有仁が詞書を染筆した二〇巻本の「源氏物語絵巻」が宗尊親王のもとに相伝されていて、この図様に基づき製作した旨が記されている。内容から見て文永三年（一二六六）四・五月頃と考えられており、一三世紀中頃にはすでに『源氏物語』が色紙という形体で描かれ、さらに屏風に貼込まれ鑑賞されていたこと、先行する源氏絵の図様が踏襲されていたことなどがうかがえる。

また嘉元四年（一三〇六）の金沢貞顕（一二七八～一三三三）の奥書のある『侍中群要』（名古屋市蓬左文庫蔵）の紙背文書には、色紙形に描かれた源氏絵にかかわる書状が含まれており、源氏絵色紙形の制作にあたって絵が先行して描かれ、詞書はその絵に合わせて付せられていたこと、後世の源氏絵ではあまり取り上げられていない「夕顔」で源氏と夕顔が八月一五日の夜を語り明かして暁を迎える場面、「葵」の新枕の場面が選ばれていたことなどが判明する。

源氏色紙絵の遺例は、『実隆公記』永正六年（一五〇九）八月三日条に記された「陶三郎源氏絵色紙携来之」と一致すると考えられている「源氏物語画帖」（ハーヴァード大学蔵）が最も古く、それ以降、本誌に掲載の土佐光吉や土佐光則をはじめ近世初頭の作例が少なからず伝えられているが、これらに先行する源氏色紙絵の記録として貴重であり、しかも宗尊親王の御前を飾る屏風の場合、この屏風に貼込まれた色紙形は、『源氏物語』五四帖全てそろっていたのかどうか、屏風の地には絵が描かれていたのかなど興味は尽きない。

【4】奈良《なら》絵《え》表紙《ひょうし》『源氏《げんじ》物語《ものがたり》』

天理大学附属天理図書館蔵［2335 913-36 イ 373］
室町時代末期画
一帖
二五・四×一七・二センチ

室町時代末期に書写された『源氏物語』「絵合」巻の写本である。濃彩の表紙絵は、土佐光信筆になるとの伝称がある。表紙に描かれているのは、近々おこなわれる絵合のために、光源氏が、紫の上とともに、絵を選んでいる場面。広げられた絵巻には、塩を汲んでいるらしい男の絵が描かれているので、これは、光源氏が須磨流謫時代に描いた「須磨の絵日記」であろうか。なお、天理図書館には「絵合」巻のみが伝わるが、出光美術館には、本書のツレである「藤裏葉」巻が所蔵されている。

（加藤昌嘉）

表表紙

裏表紙

【5】○『源氏物語絵巻《げんじものがたりえまき》』

天理大学附属天理図書館蔵［2356　913.36イ351］
鎌倉時代後期画
巻子本　一軸
縦三〇・二×全長九一三・二センチ

『国宝源氏物語』に継ぐ作品として、つとに知られているのは天理図書館蔵『源氏物語絵巻』一巻（若紫・末摘花）で、現在は重要美術品に指定されており、源氏物語の絵画化においては後世に大きな影響を与えた存在である。もと尾州徳川家蔵、その後原三渓の手を経て今日にいたっているようである。付された極めによる、古筆鑑定家によって異なるが、詞書は飛鳥井雅経筆、あるいは鷹司基忠筆ともする。いずれにしても、一二世紀から一三世紀の伝称筆者で、そのころの成立に違いなく、貴重な絵巻であることにかわりはない。冒頭の詞書は欠け、光源氏の一行が北山へ赴く場面から描かれ、物語の展開に従い、詞書と絵を交互に混ぜる。なお、松永鵬本の澪標巻は現在メトロポリタン美術館蔵となっているほか、詞書の断簡が各種の手鑑に押され、桐壺、夕顔、若菜下などを見いだしている。全巻からなる絵巻が存在したようで、現存すると二〇巻以上だった可能性はある。

（伊井春樹）

若紫　若紫と雀と光源氏

若紫　僧坊と童女と惟光

若紫　桜の下での管弦

◆コラム

『源氏物語絵巻』巡礼行始末

岡崎久司◆

某大学で教養科目の「芸術」（日本古典美術を中心とする）を担当して九年になる。歳々二百人近い学生たちとスクリーンの映像を観ながら、広い階段教室のなかで「川中島」を演じてきたが、彼らの身中に摺りこまれた「芸術」、刻みこまれた「美」の何と根の深いことか。さすがは明治以降一世紀半もの時間を費し、一国を挙げて練り上げた「芸術」や「美」のコンセプトである。

端的にいうと、学生たちの頭に摺りこまれ刻みこまれた「芸術」や「美」は、日本の古典美術とは似ても似つかぬギリシャ・ローマの流れを汲む作品群から抽出された西欧産のコンセプトである。なかんずく内外の俊秀たちによる永年に亘る大合唱―ルネッサンス美術と印象派美術に捧げられた熱烈な讃歌と評言が、いつしか彼らの観念的な評価の物差しとなり、後ろ盾となっている。

そうした彼らの「芸術」や「美」に対して、果して本当にそうか。それらは自前のものといってよいか。実は世紀を二つも跨いで入念に仕立てられた燕尾服を着せられているのではないか、と仕掛けて彼らの〝自明〟に小さな穴を穿つ難行。もし借りものの芸術観や的外れで実感の伴わない美の通念に便乗しているとしたら、芸術にとっては自殺行為だ、とスタートラインに辿り着くまでの難行。特に春先はついつい力んでしまいがちで、われながら苦笑することが屡々である。

学生たちを文化イデオロギーとして染め上げてはいるが、赤い血が一滴も通っていない彼らのコンセプトを不問に付すことはできない。甚だ厄介だからといって避けて通ると、授業の随所にギクシャクが生じる。いずれにせよ作品を観たことがないのに、彼らが〝自明〟の揺り籃のなかで眠りこけている図は不快だ。疑問の矢を彼らに向かって放ち、常に自らも問われているのだ、という当事者意識が授業には大事である。

では、学生たちの「芸術」や「美」についての〝自明〟と、問いかけに対する反応を要約列挙してみよう。

一　「芸術」は美術のことである。例えばレオナルド、ミケランジェロ、モネ、ルノワール、ゴッホ、そしてピカソなどを芸術家と呼び、彼らの作品が即ち「芸術」（作品）だ。彼らは途方もない才能に恵まれた天才で、自分たちには到底手の届かない雲の上の人たちである。

一　美術だけでなく、音楽も文学も芸術というなら、そうかも知れないと思うが、演劇・舞踊もそうだとは知らなかった。だが近代になって急速に存在価値を高め、芸術領域に参画してきたという建築や映画は、「エッ！そんなバカな」と意外である。そもそも芸術領域なんて発想がなく、「芸術」は即ち美術だとばかり思っていた。

一　それにしても自分と「芸術」との接点など考えられない。「芸術」は神技をもつ芸術家にのみ許された虹色の別天地である。だが正直にいうと、実はどうしてそんなに「芸術」が高尚なのか、ことばを絶するほど凄いのかちっとも分からない。作品を観て崇高感にシビレたり、理解できて目が覚めたことなど一度もない。だからこそ憧れるのかも知れないが、解説を読んでみても何だか遠い世界での約束ごとを〝学ぶ〟感じ。からだのなかに未知の喜こびがジワッと広がってくるなんて経験をしたことがない。多くの人はなぜ、どこを、どのように凄いと賞讃しているのか。

一　西欧の作品や作家ならいざ知らず、作品を観て心に残った日本の作品や作家の名を挙げよ、といわれても困る。第一ほとんど観たことがないし親しみもない。なぜかと聞かれても……。いわれてみれば日本には日本の、朝鮮には朝鮮の、中国には中国の、アフリカにはアフリカの「芸術」があってしかるべきかも知れない。たしかに彼らには彼らの「美」があるにちがいない。

一　作品と向き合ったとき、瞬時に働くのは感受性である。と同時に、この目の前の作品が有名であるかどうかという情報だ。どこがそんなに凄いのか、こんどこそ「芸術」の正体が掴めるかも知れないと期待しながらジッと観る。しかし「芸術」や「美」について大した知識も経験もなく、手に負えるわけがないのだから、もう一つピンとこなくても仕方がないと端から思う。実際レオナルドの「受胎告知」を観たって、いったい何が主題なのかすら分からない。恥ずかしいことかも知れないが、聖女マリアとか天使ガブリエルとか何が描かれているのかが分かった後でも、「それがどうしたの」と思ってしまう。「処女懐胎」でいろんなことがピンとくるのは西欧人だからだ。それでもたしかに描写の繊細さとか、聖女マリアの美しさは感じるが、ピンとくるものがないのだから凄いなどといった感想はいくら待ってもやってこない。所詮専門家にしか真価は分からない。未熟な自分たちには、作品の奥深さなど味わえるはずがないのだ。それでも世界の至宝と讃えられる作品をこの眼で観た、という満足感はあるが……。

一　作品と向き合ったとき瞬時に働く感受性だが、結局「好きか嫌いか」に行き着く働きをするのではないか。それで「受胎告知」など古典美術を評価してよいのだろうか。余りにもたくさんのことを知らねばならないようで、大抵は諦めてしまう。それに少々首を突っこんでみても高が知れていると思うと白ける。しかし直感的に、キリスト教美術など了解事柄が多そうだと思う作品に限って至高の「芸術」だということだから、やはり「芸術」との接点は憧れだけのような気がする。

以上が比較的芸術に深い関心を抱く学生たちの頭のなかで渦巻いている「芸術」である。多少は整序しているし、公約数化しているけれども、学生たちの率直な述懐だと思っていただきたい。現場にいると、この彼らの偽らざる述懐には、当惑と羞恥心と混乱と苛立ちと諦めと、そして微かながら憤りさえも看取できるのだが、果してわたくしたちは彼らの〝未熟〟を笑い飛ばせるだろうか。少なくとも稿者は、実に半世紀近くも文芸や美術に関心を寄せてきたにもかかわらず、彼らの述懐を他人ごととして済ますことができない痛切な経験がある。

少年の頃、稿者はイタリアルネッサンス美術に心を奪われた。とりわけてミケランジェロによるシスティーナ礼拝堂の天井画「天地創造」。たしか粗末な白黒写真の画集であった。片田舎の少年にはキリスト教も旧約聖書もバチカンも何もあったものではなかったが、互いに触れなんとする指。現実の向こう側の神秘的なリリシズムを直感した。また、ミケランジェロが天井高く仰向けになって制作したと書かれていて信じ難かった。

大学に入ってからも稿者のルネッサンス病はつづいていたが、結局日本・東洋美術に転向して木彫の勉強をした。さらに三年後には日本の中世から近世への転換期の文化史を志したが、大学を去ってさる美術館で働くこととなった。

働き始めた美術館には一二世紀後半成立の国宝『源氏物語絵巻』の断巻が、絵と詞合わせて一三面あった。一度院生の頃に熱暑のさ中、この日本の「至宝中の至宝」を観にきたことがあったけれど、どうした加減かほとんど印象に残っていない。そこで出陳されることが恒列となっている一一月の「館蔵優品展」の初日、閉館を心待ちにして展示室でたった独りの鑑賞会となった。

「源氏絵」を穴が開くほど見つめた。どのくらい経っただろう、今だに稿者の頭を過ぎることばの連なりを鮮明に覚えている。「何てちっぽけ、細部にこだわり過ぎ、情緒的に過ぎる、人物は無表情で無個性、リズム感・躍動感ゼロ、表意性ゼロ、物語への依存、直感的感受性の軽視、絵画性の無視、装飾過多、耽美的、弱々しい……」。だが、一つだけどう評すべきかと迷いながらも強く眼に焼きついたのは、季節感溢れる自然描写の不思議な魅力と、それが画趣に及ぼしているであろう絵画的効果であった。

がっかりしながら展示室を出た。ミケランジェロやモネの作品が天使のように宙天を飛び交っていた。やはり日本の古典絵画は、古典文芸や説話物語のちんまりとした絵解きであったか。自立した絵画作品ではあり得ないのか、と家路に着いてからも自失の態であったことが忘れられない。

若干の弁明を許してもらおう。作品は特定の時代を生きる人によって、時代のなかに産み落とされる。それぞれの時代に吹く風は異なり、人々の真も善も美も異なる。切実な必要も、信ずべき力も、やってきてほしい明日も違うはずだ。古典作品の評価は、そうした位相の差異を洗い出し読み解いた後、よくよく吟味してからの話だということは古典研究のイロハで、知らなかったわけではない。学んでもいたのだけれど、「源氏絵」と直接向き合ったときに流れ出てきた稿者の評言はどうだろう。まさに近代西欧産芸術理論のコピーである。背景も持ち味も決定的に異なるというのに、借りものの色眼鏡で作品を観て裁断し、しかも近代の作品なら救いようもあろうが、異文化のなかの古典中の古典にも適用するという二重の愚を犯している。

一知半解。浅学もいいところである。古典作品とどう向き合うか。どう評するかなどは付け焼き刃で、所詮は畳の上の水練であった。古典云々よりも、学生たちの「源氏絵」と事実上初めて出会ったときの新人の頭には、「芸術」や「美」と大同小異のコンセプトが、普遍を装った文化イデオロギーとして深々と摺りこまれていたのだ、と顧みて痛切に思う。

たった独りの鑑賞会は、翌年からも展示期間中ほぼ毎日つづいていて、眼は作品の上を辿るばかりだったが、土砂降りのある秋の一日、「源氏絵」に目をやりながら「持ち味が根本的に違うだけではないか」、という着想がふと浮かんできた。今にして思えば至極当り前で遅きに失する。要するに、近松門左衛門の劇作をギリシヤ悲劇の理屈で評したり、戦後民主主義で山鹿素行を弾劾するという愚かしさと似たことを犯してきたのである。

このふと浮かんだ「根本的な持ち味の違い」を愈々たしかなものとし、後押ししてくれたのは三巻本『伴大納言絵巻』に外ならない。『源氏物語絵巻』とほぼ同時代同文化圏の作品だが、一方が動的で他方が静的と一見して好対照の作風であること。また二人の宮廷画家は画趣を截然していること等など両者を対比することで、稿者はもう一歩古典作品に踏みこむことができたと思う。

『伴大納言絵巻』も有名な歴史上の事件に取材した説話物語の絵画化である。作品を凝視すると見事な動的表現、多彩な個性の描写、自然と季節感を巧みに織りこむ構成、スピード感溢れる展開に加えて、絶妙な色彩効果、一シーンごとの絵画性などが際立つ。どんな物語かを知らなくとも、画面からワクワク感や笑いが立ち上ってくる。

例えば巻頭出動する検非違使たちの緊迫感。疾走する貴賤入り混った群衆と炎に包まれる応天門の表現力。火炎を見上げる人々の好奇心と恐怖感とを描き分ける描写力。子供の喧嘩のシーンは思わず吹き出すだろう。そのスピード感とユーモアに満ちた表現は古今絶無。すでに十二世紀において「鳥獣人物戯画」の文句なしの絵画性と相俟って、〝自立した絵画性〟を誇っている。そして伴大納言逮捕に至る憂愁悲嘆の秋景。信仰や理念に従属させず、これほど親しみをこめてありのままの自然の美しさを描いた古典作品がどこにあるだろう。

『伴大納言絵巻』が躍動とスピードと個性ならば、『源氏物語絵巻』はひたすら静寂と類型と非個性である。「源氏絵」に対する近寄り難さはそこにある。現代を生きるわたくしたちには、栄華を極めながら世の終末を怖れて生きる平安貴族たちの立居振る舞い、日々の慣わし、禁忌、生活感覚等などすべてが想像を超えている。〝同じ人間だから〟は恐らく通用しない。「源氏絵」のなかに流れる時間も日々も何もかも、わたくしたちとは無縁である。彼らがつくり出した〝雅〟は、そうした別次元の夢幻のようだからこそ、彼らの最後の砦『古今和歌集』を比類ない古典のなかの古典とすることができたのではあるまいか。

さもあらばあれ、『源氏物語絵巻』の類型性と非個性は、時代のせいでもなければ宮廷画家の腕前のせいでもない。実はそれが最も平安貴族と朝廷生活とをリアルに写す手法であった。最上層の貴族たちに「そうこの通りだ」といわせるためには、描写も画趣も「源氏絵」でなければならなかった。宮廷画家にとっては、彼らの現実といくばくかの理想とを二つながら達成せねばならなかったのである。

また自然と季節感を描出することも欠かせなかった。自然は貴族たちの生活とは不即不離、もう一つの人格といってよく、終末に向かって共に流れてゆく生涯の伴侶である。すると宮廷画家は、限りあるこの世の目には見えない真の主役、すべては移ろって滅ぶ〝あわれ〟を描ききることが、作品評価の鍵であると心得ていたにちがいないのである。

『源氏物語絵巻』第四〇段「御法」。新入りの美術館員の眼には、庭を背に対座する光源氏と紫の上、そして小さな明石の上の三人がただ黙々と俯くだけの茫漠とした絵としか映らなかった。しかしその後、年を追うごとに第三八段「鈴虫」（二）ともども、この作品こそが目に見えぬ主役〝あわれ〟を見事に絵画化して見せた作品、絵画芸術でしか表現できず、絵画芸術でしか味わうことができない〝あわれ〟が具象化された傑作と考えるようになった。『源氏物語』を読み、背景を呑みこめたこともある。稿者の加齢もあろう。が、それよりも「芸術と美はこうあるべき」という呪縛を解き、色眼鏡を外して作品と向き合うようになったことが遙かに大きい。

萩、芒、女郎花が野分の風にたわむ庭。それら秋草を背にして扇を右手に俯く光源氏。脇息にもたれて、半ば袖で顔面を覆いながら対座する光源氏最愛の妻紫の上。二人の間で泣き伏す明石の君。別れの歌を詠み交わした後、紫の上は静かに息を引きとる。こうした文脈の千年前の一刻をどう描いたらよい。わたくしたちの宮廷画家は、憂愁に沈む光源氏でも、死の瀬戸際の紫の上でもなく、目にはさやかに見えぬ〝あわれ〟を描ききったのである。

現代抜きの古典もなかろうが、古典抜きの現代もない。古典作品と向き合うには、その時代と人を知る若干の手続きが不可欠だ。たしかに少々面倒くさいが、その代償として「好き嫌い」では味わうことができない古典世界の新天地が見えてくる。「源氏絵」なら「源氏絵」が、西行なら西行が自ら口を開き、思いがけない新鮮な光りのなかに息づく芸術が見えてくるはずである。

【第二部】どのように書写されたか

『古今和歌集』『伊勢物語』『枕草子』などと同様に、『源氏物語』も一文字一文字、筆と墨で書写されることによって伝わって来た。現在、作者自筆の『源氏物語』はまったく残っていない。しかし、鎌倉時代から江戸時代に作成された写本を通して、我々はこの作品を味わうことができる。それらの写本は、それぞれに少しずつ異なる本文を伝えている。それは、『源氏物語』が書き写されて伝わる過程での、複雑な事情が反映した結果でもある。

ここでは、鎌倉時代・南北朝時代・室町時代・江戸時代に書き写された写本を展示した。筆跡の違い、本の大きさの違い、本文の違いなどとともに、写本が作られたプロセスにまで思いを馳せて御覧いただきたい。

【6】◎中山本《なかやまぼん》『源氏物語《げんじものがたり》』

国立歴史民俗博物館蔵［H-133-1,5］
鎌倉時代写
列帖装　六帖
約一六×約一六センチ

「若紫」巻、「絵合」巻、「行幸」巻、「柏木」巻、「鈴虫」巻、「総角」巻（断簡）の六帖が、一括して箱に納められている。各帖はそれぞれ成立を異にするが、鎌倉時代に書写された貴重な古写本である。この六帖以外に、「末摘花」巻と「幻」巻があったようだが、今は確認されていない。本文については、「若紫」巻・「鈴虫」巻は、〈いわゆる青表紙本〉とは大きく異なるものを伝えている。「絵合」巻・「行幸」巻は、平瀬本と同本と思われる。これは、〈河内本〉と言われるものの成立に関わる写本として、重要な意義を持っている。「柏木」巻・「総角」巻の本文は〈いわゆる青表紙本〉の類である。なお、蓬左文庫蔵「松風」は、この中山本「若紫」巻のツレである。また、ハーバード大学蔵「須磨」巻・「蜻蛉」巻は、この中山本「鈴虫」巻のツレであり、鎌倉時代の『源氏物語』の本文を考える上で重要な古写本といえよう。これらの本文異同は『源氏物語別本集成　正・続』で確認できる。

（伊藤鉄也）

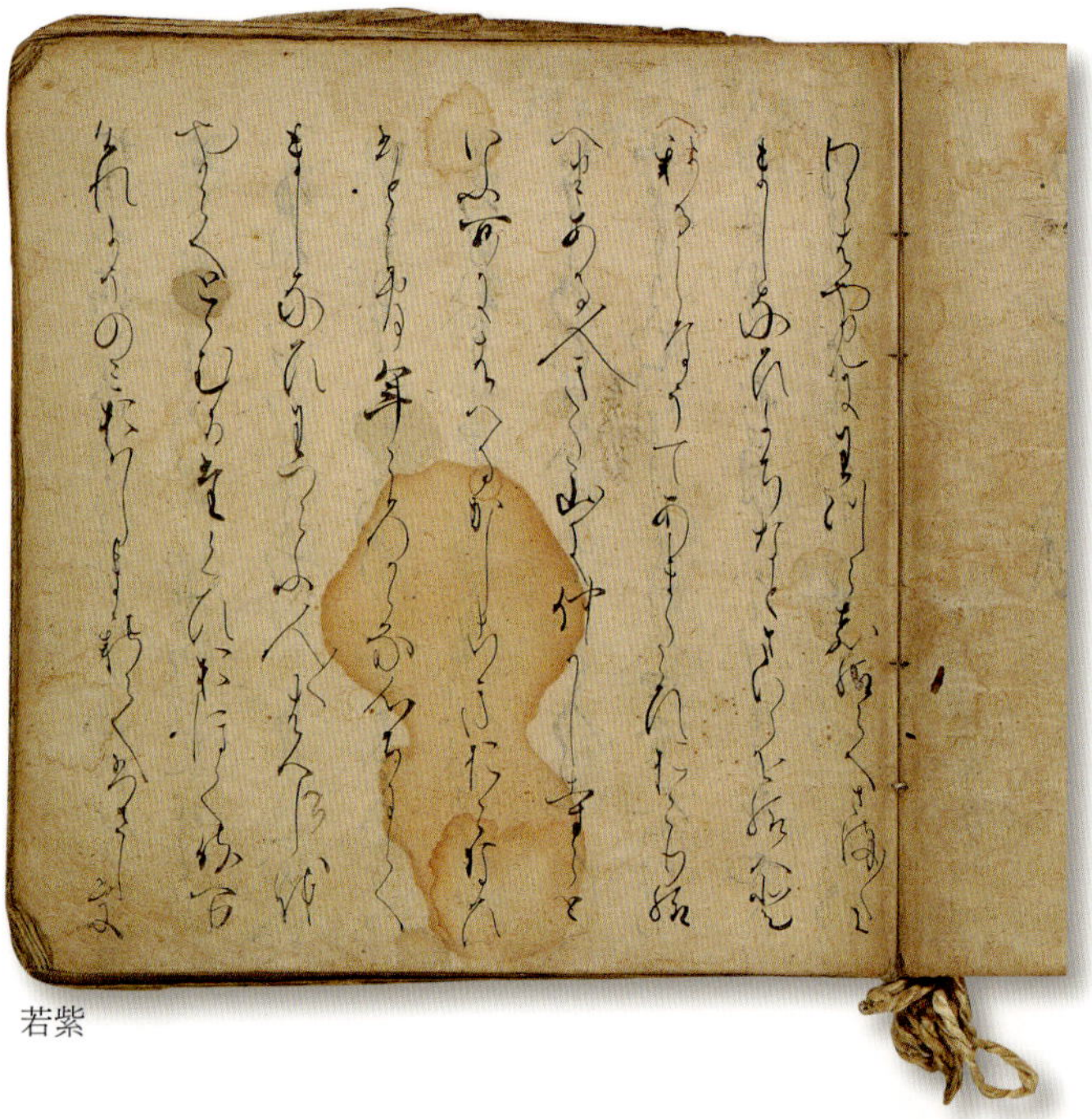
若紫

若紫

鈴虫

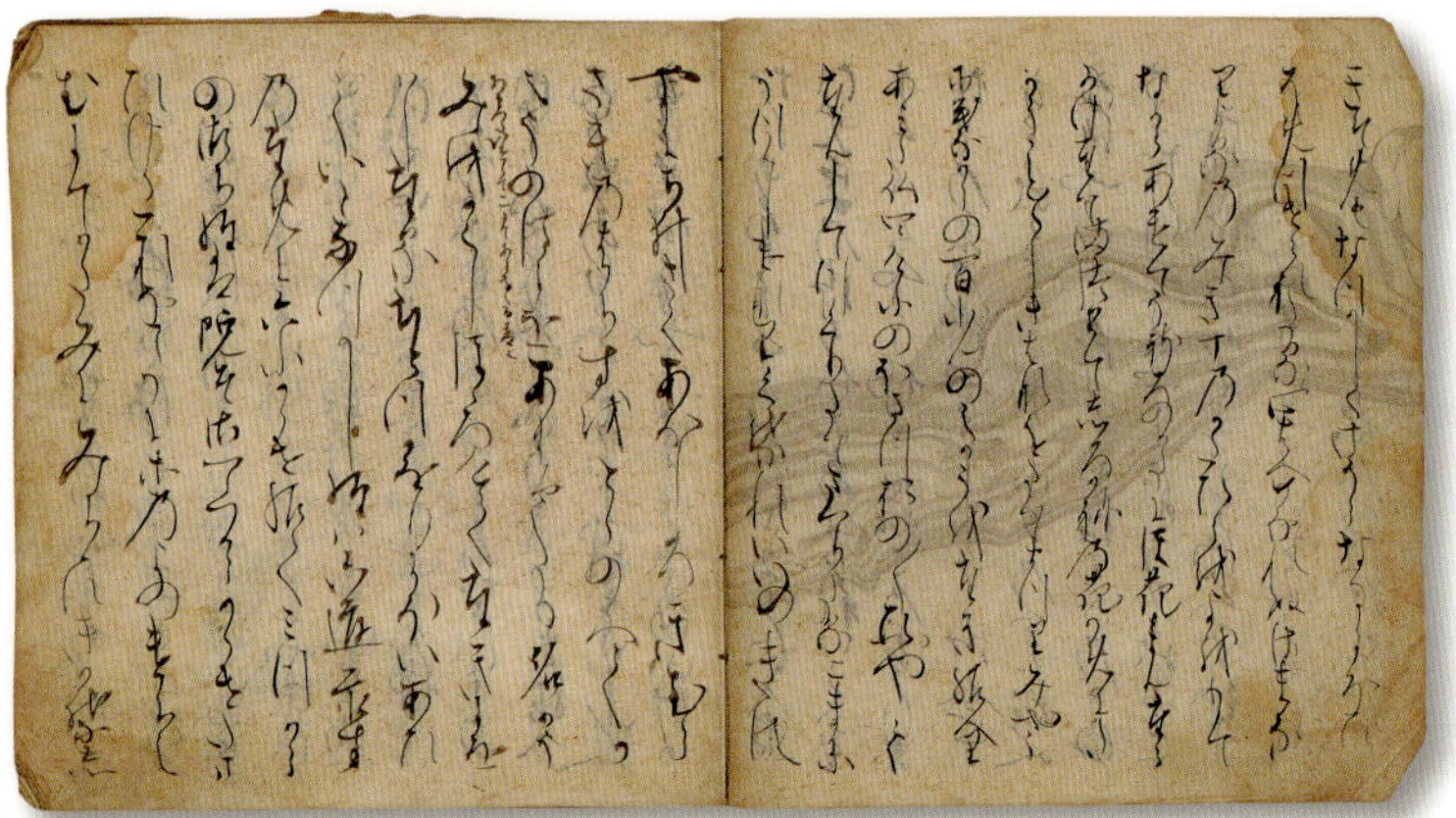
鈴虫

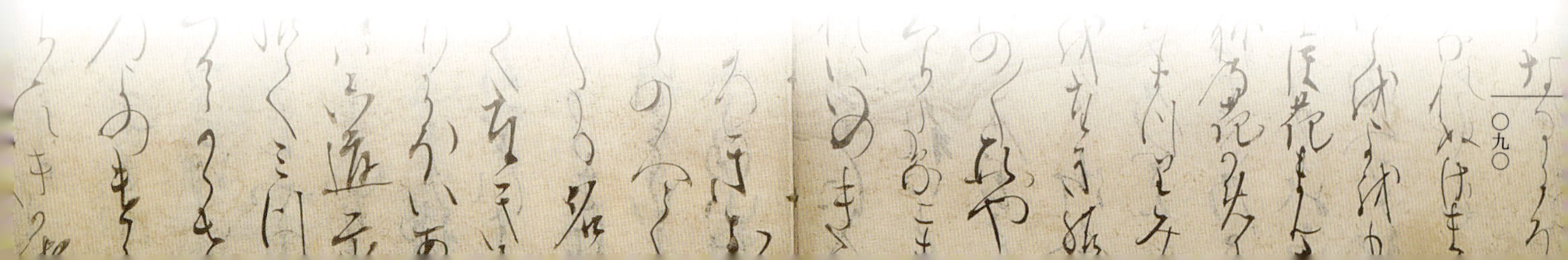

【7】◎陽明本《ようめいぼん》『源氏物語《げんじものがたり》』

陽明文庫蔵
鎌倉時代中期写
列帖装　五四帖
一五・六×一四・七センチ

鎌倉時代中期頃に書写された巻が多い『源氏物語』の写本である。表紙は当初の金銀切箔砂子で霞引きが施され、平安朝の雰囲気が漂う。書写態度が親本に非常に忠実であることが、本文の修正箇所等から伺える。〈いわゆる青表紙本〉とは大きく異なる本文を伝える巻が多数あることからも、本文研究の上で注目されている。『源氏物語別本集成　正・続』では、この陽明本が諸本校合の底本として用いられている。陽明本の総字数は約一〇〇万字、約二二万文節。陽明本は、『源氏釈』の抄出本文に近似する本文を有する巻がある。なお、平成二〇年三月に京都・角屋保存会所蔵の「末摘花」巻が出現した。この写本は鎌倉期のものと思われ、本文は陽明本に近似している。陽明本は、平安時代の『源氏物語』の姿を考える上で、貴重な本文資料群といえよう。

（伊藤鉄也）

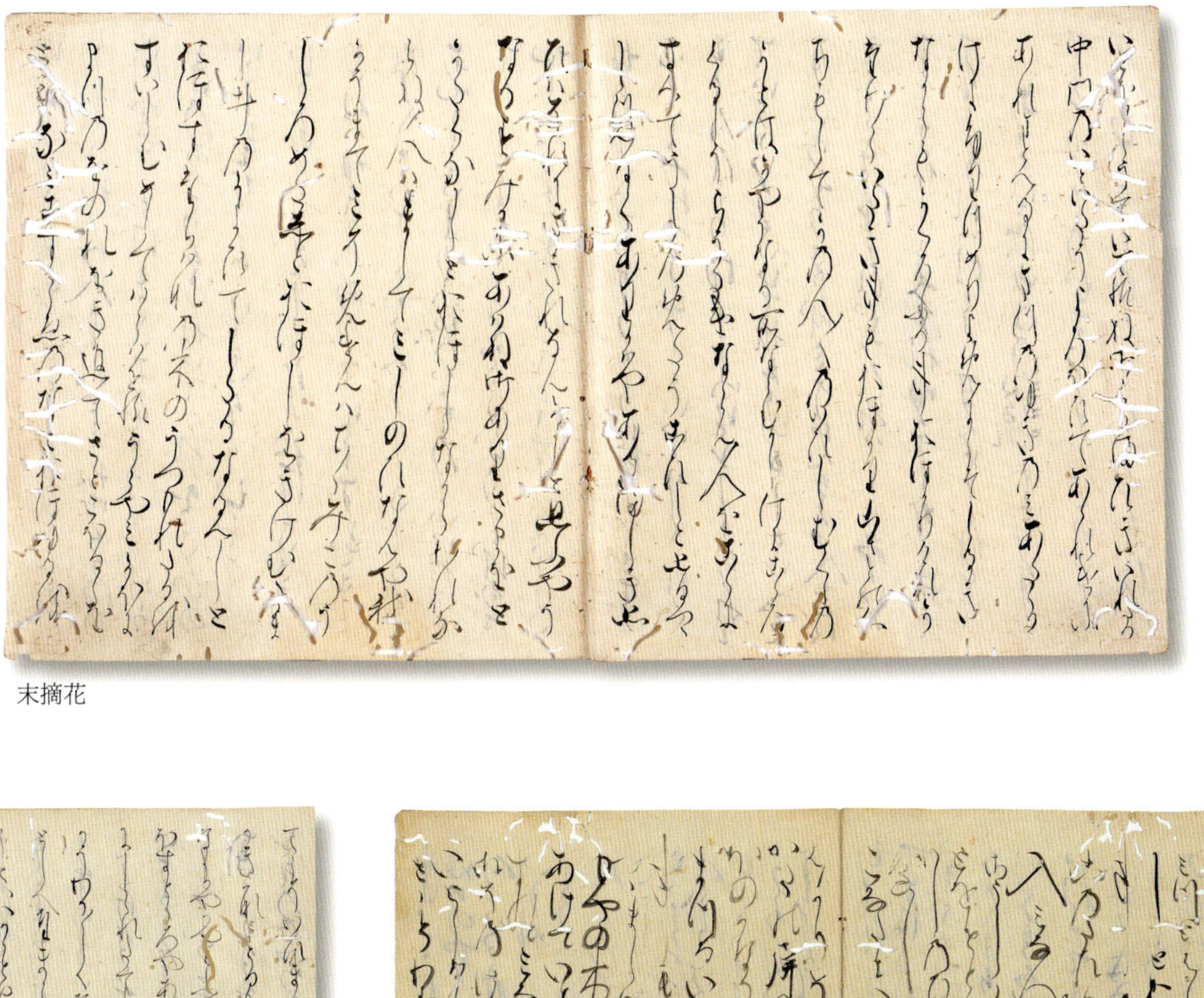
末摘花

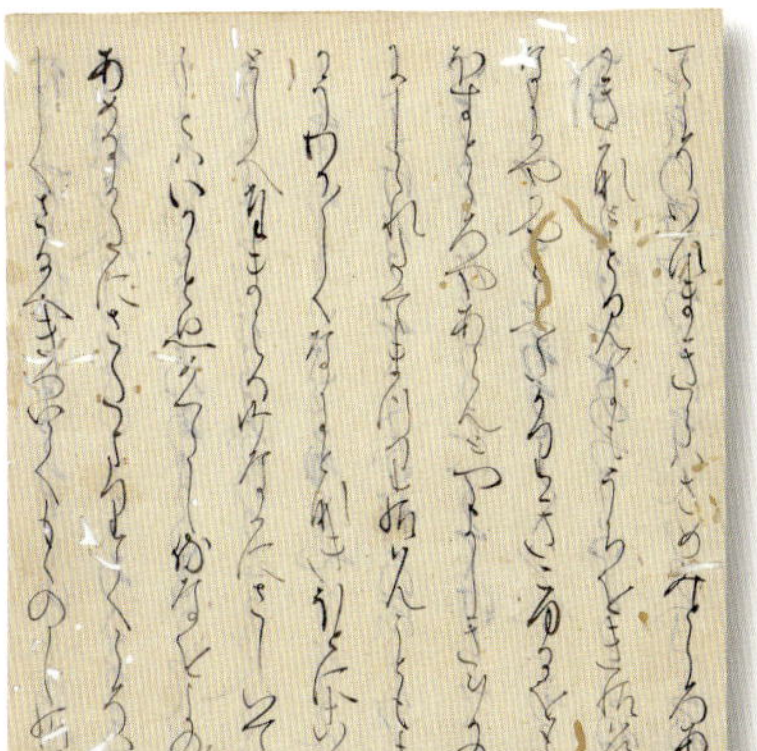
胡蝶

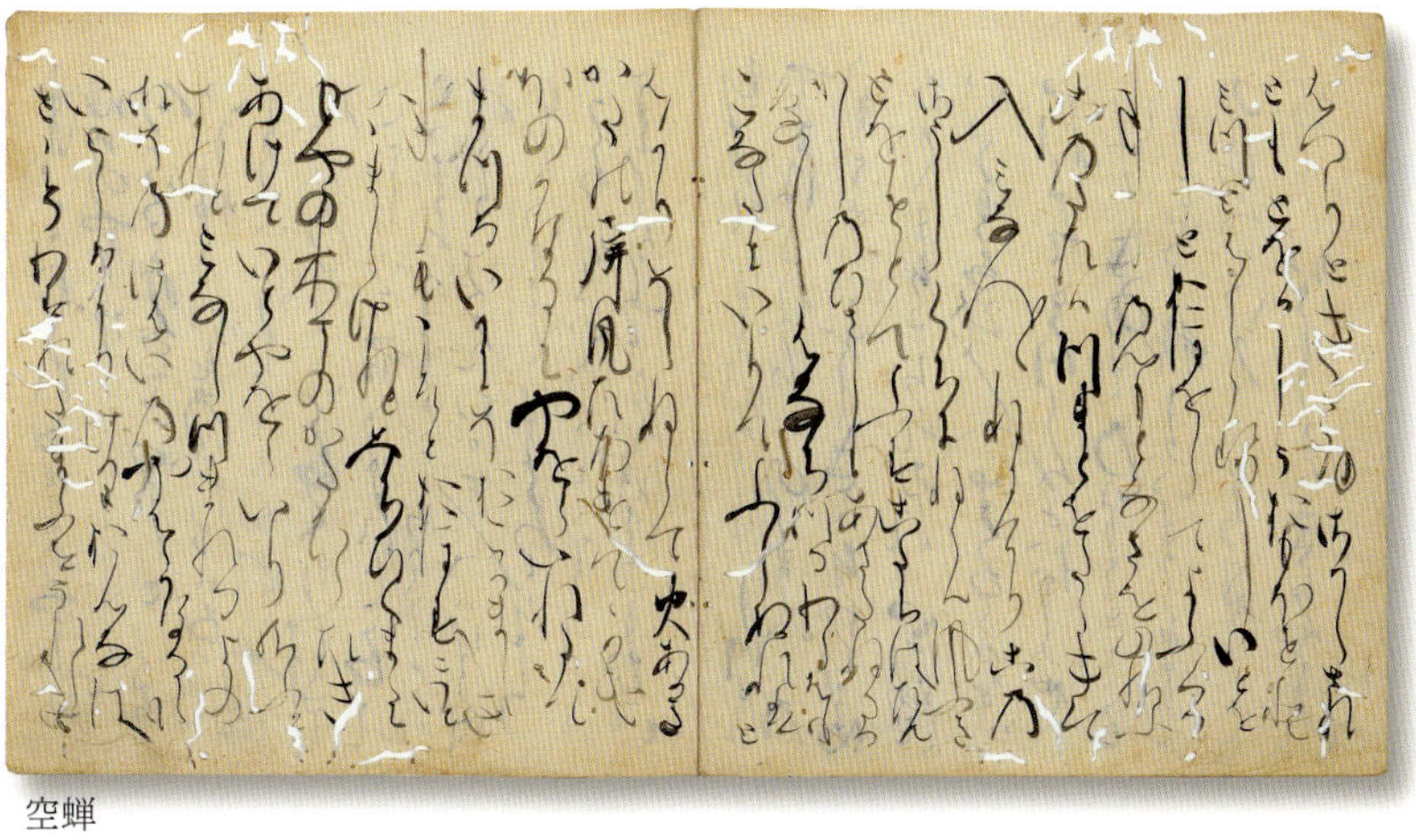
空蝉

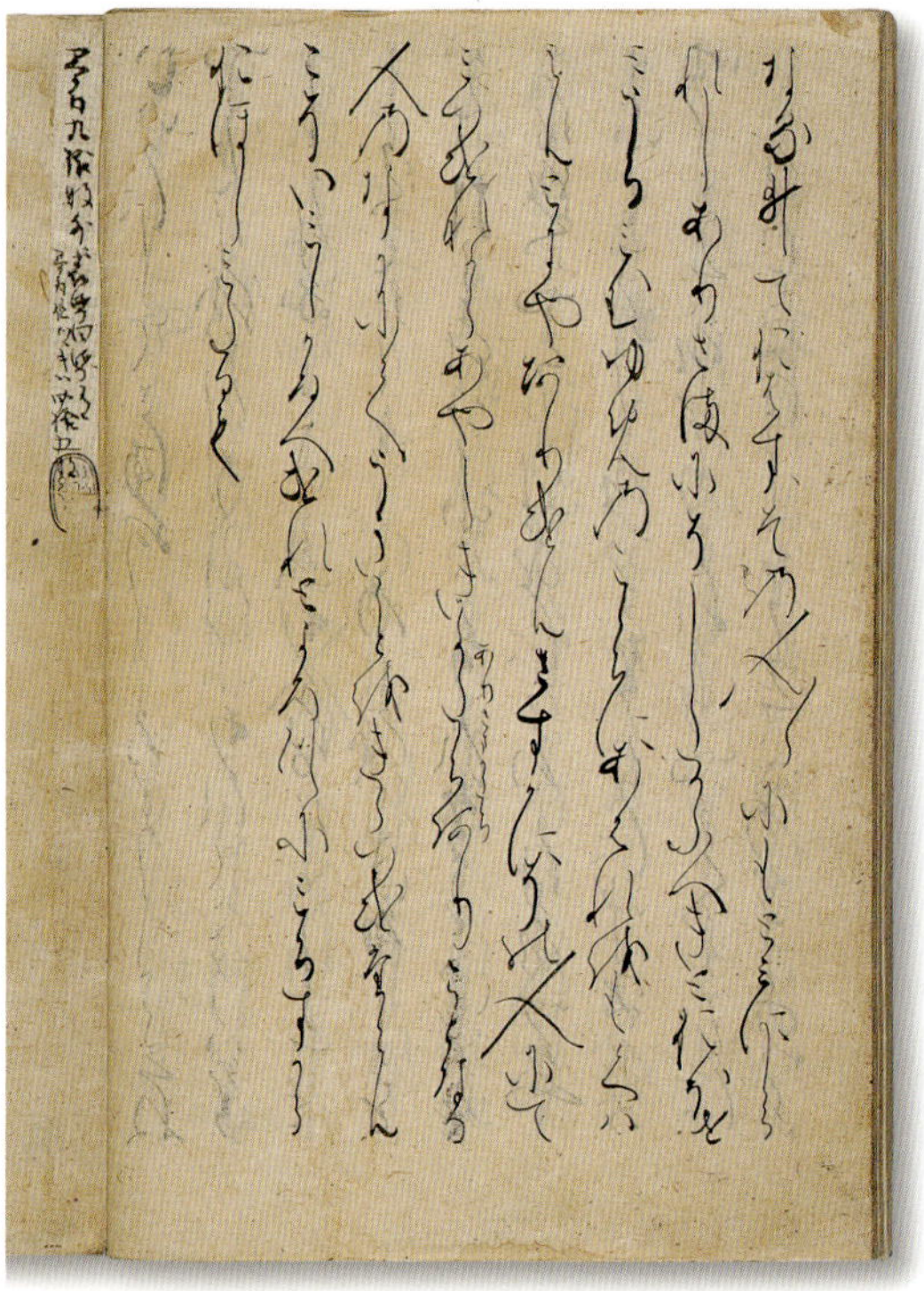

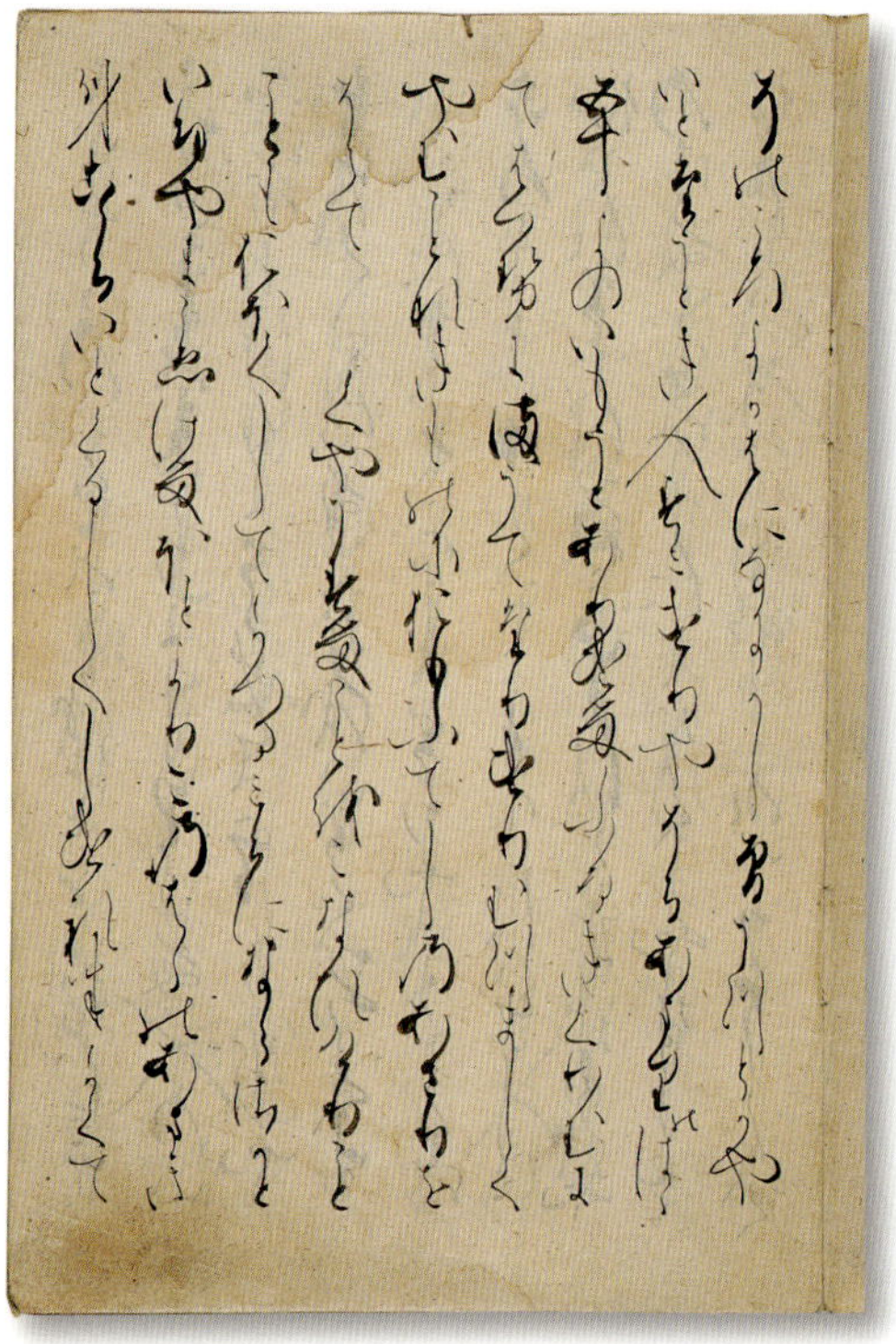

【8】歴博本《れきはくぼん》『源氏物語《げんじものがたり》』

国立歴史民俗博物館蔵　［H-600-1182］
鎌倉時代末期写
列帖装　一帖
二五・四×一六・五センチ

鎌倉時代に書写された『源氏物語』の写本である。「手習」巻一帖のみの零本。本書は、古来「浮舟」巻として誤って伝えられてきた。所蔵目録にも、「源氏物語、浮舟、高松宮家伝来禁裏本」とある。しかし、内容は「手習」巻である。本文は、諸本とは大きく異なるものを伝えており、非常に興味深い。比較的長文の本文異同がある中でも、保坂本との近似性を見せる。しかし、それでも異なる箇所も多く、単純に同じグループに属するものとはできない。本書がもともと属していた写本群は、現在のところ他に確認されていない。今は、書かれたままの本文によって、「手習」巻の特異な本文の素性を探求するしかない。このように多様な本文の違いを見せる写本が、かつてはどのような本と一緒にあり、どのような経緯で写され、伝えられてきたのか、今後の本文研究の進展によって明らかにされよう。

（伊藤鉄也）

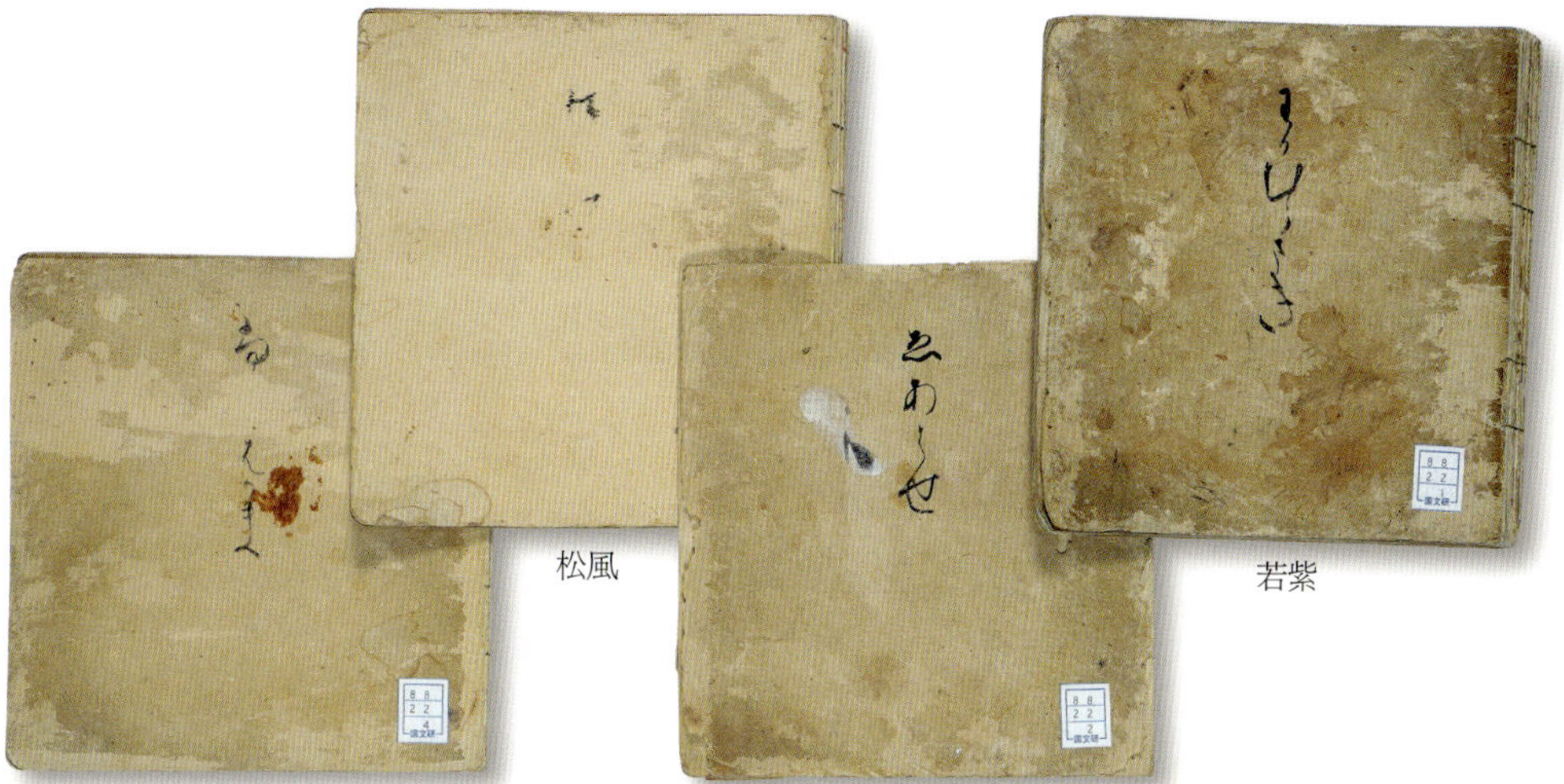

松風　若紫　藤袴　絵合

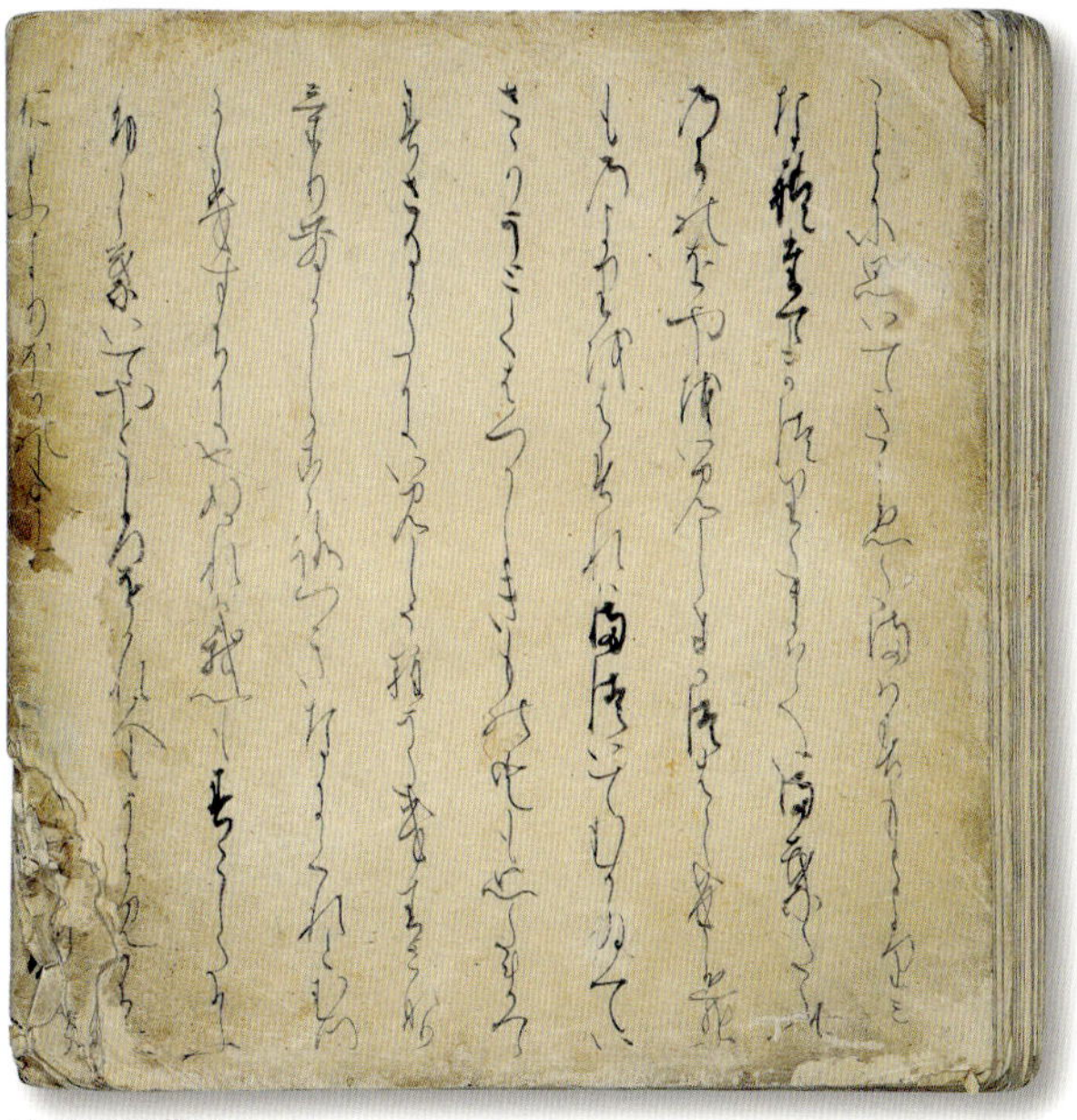

若紫末尾落丁

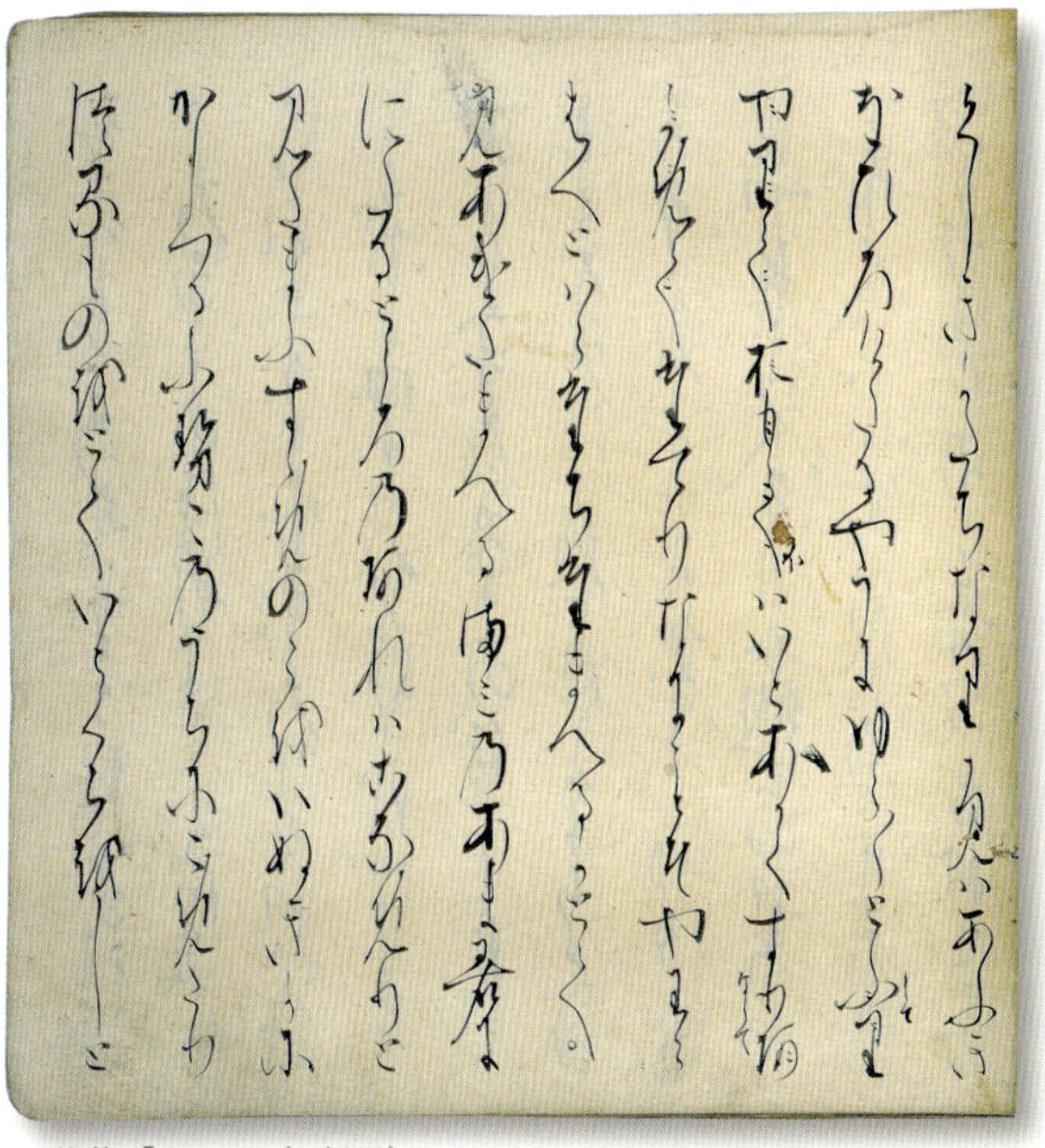

若紫「すゝめ」（8行目）

【9】橋本本《はしもとぼん》『源氏物語《げんじものがたり》』

国文学研究資料館蔵［88・22］
鎌倉時代中期写
列帖装　四帖
一七・八×一六・八センチ

鎌倉時代に書写された『源氏物語』の写本。国語学者橋本進吉（一八八二〜一九四五）の旧蔵書である。『源氏物語大成　研究篇』や『源氏物語事典』において、「橋本博士蔵　伝藤原為家筆　若紫巻」として紹介されたもの。ただし、書写者を鑑定した極め札等は残っていない。近年、国文学研究資料館の所蔵となった際、「若紫」巻のほかに、「絵合」・「松風」・「藤袴」巻も存在していることが明らかとなった。四帖とも同形態・同料紙であるので、もとは、五四帖セットであったと考えられる。残念ながら、四帖とも、多くの丁が脱落している。ツレとなる古筆切の探索が求められる。「若紫」巻の本文は興味深いが、〈いわゆる青表紙本〉を用いて校合された痕跡（補入・見せ消ち・擦り消し等）がある。残欠本ではあるが、鎌倉時代に、どのような形の『源氏物語』が読まれていたのかが窺い知られる、貴重な資料である。『源氏物語大成』未収の本文であったが、先年、『源氏物語別本集成続』の校異に採用された。

（加藤昌嘉）

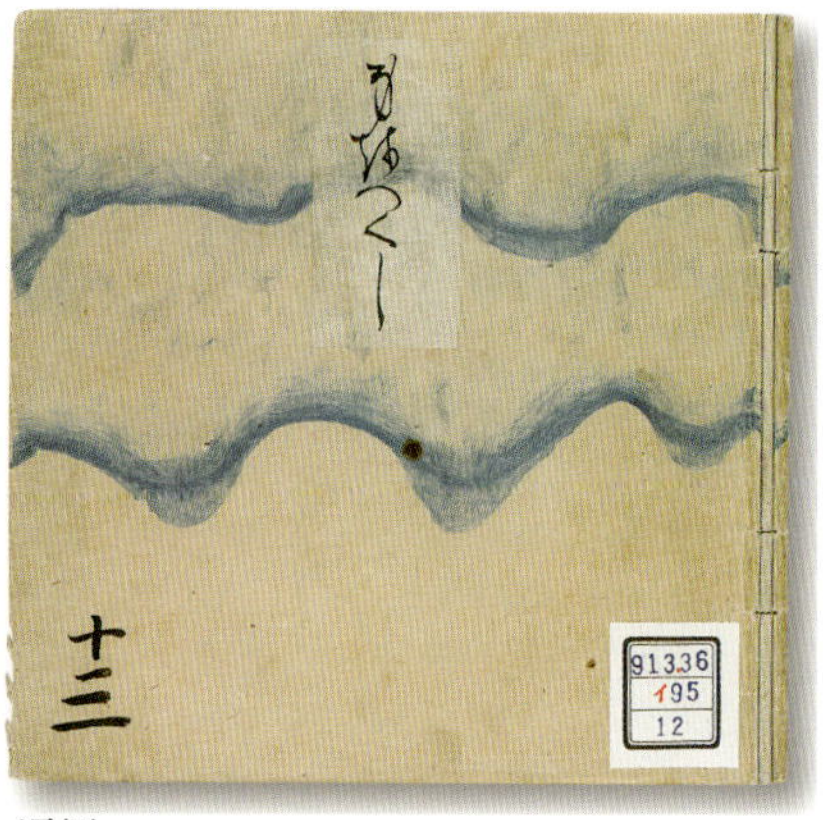

澪標

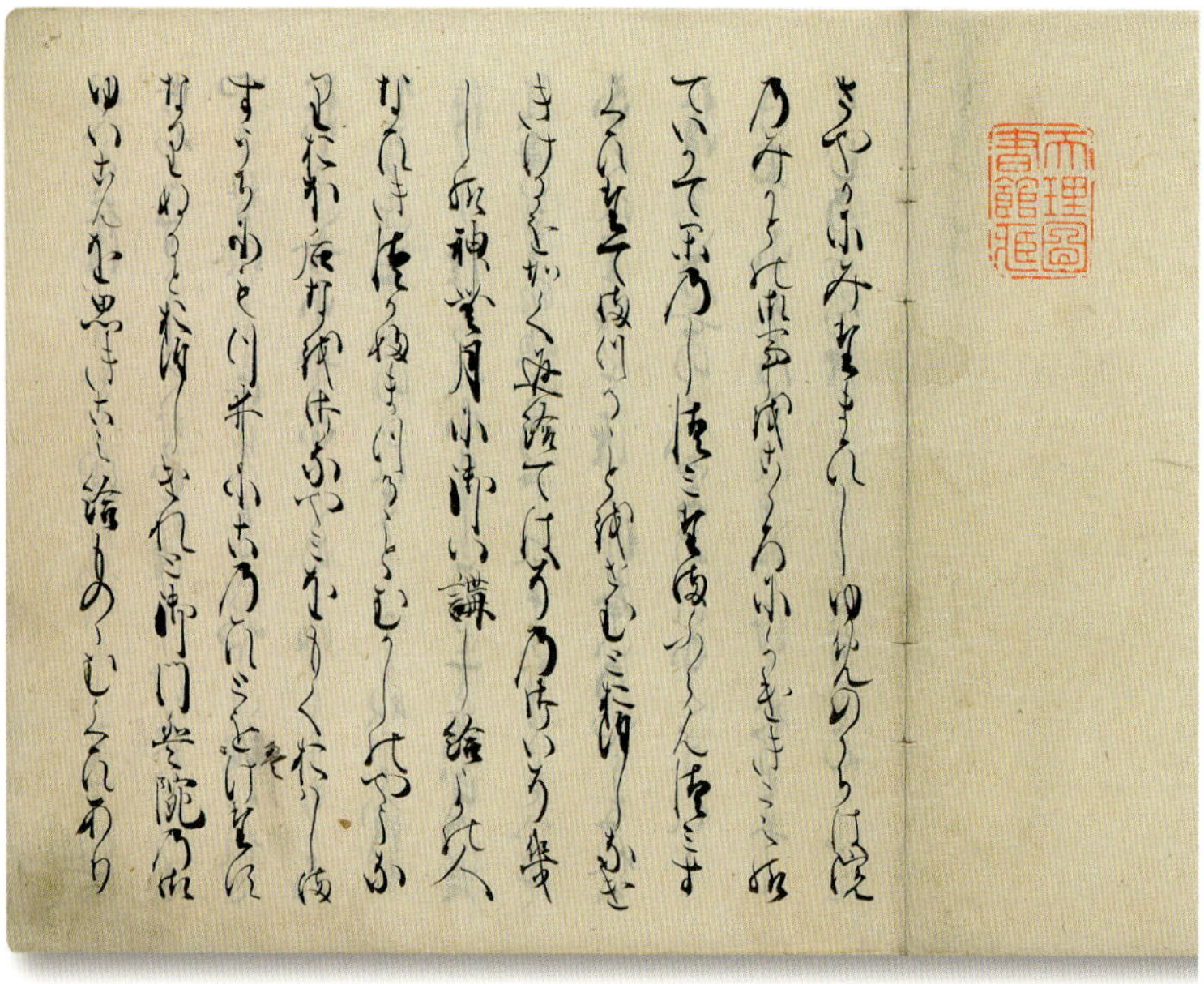

蓬生・関屋

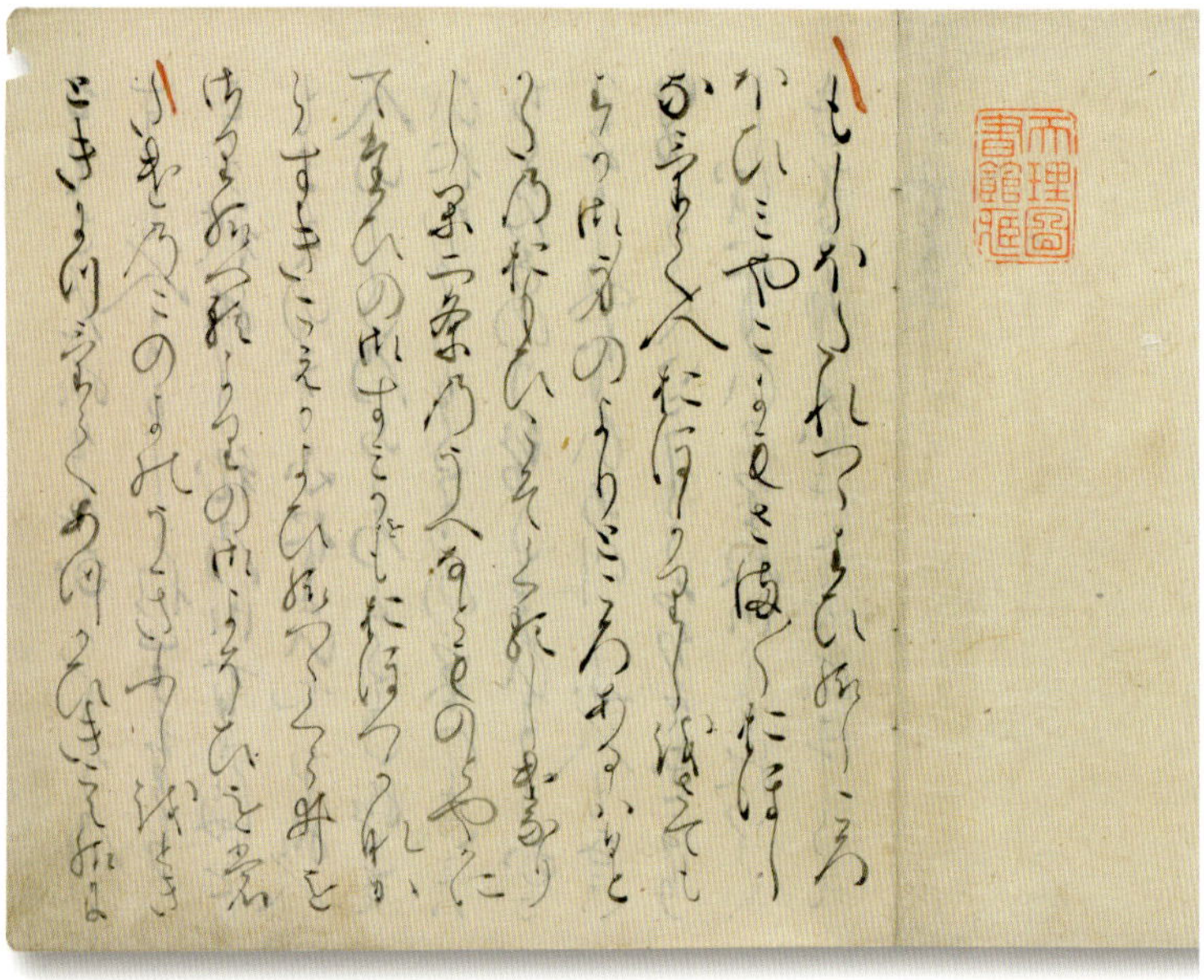

【10】池田本《いけだぼん》『源氏物語《げんじものがたり》』

天理大学附属天理図書館蔵［2311/913-36イ95］
鎌倉時代末期写
列帖装　四九帖
一六・三×一五・八センチ

鎌倉時代に書写された『源氏物語』の写本である。国文学者池田亀鑑（一八九六〜一九五六）の旧蔵書であるため、「池田本」と呼ばれている。一部の巻が、『源氏物語大成』や小学館日本古典文学全集の底本として採用されたことがある。藍色と紫色の打曇り表紙は、後の時代に付けられたもの。全四九帖のうち、四五帖は鎌倉時代末期の写本。二人の書写者が分担している。鎌倉時代の写本が四五帖も揃って残っている点で、きわめて貴重。のみならず、「桐壺」巻等の本文は、大島本や明融本と酷似しており、藤原定家が制作した〈いわゆる青表紙本〉にきわめて近い存在であることが窺い知られる。一方、全四九帖のうち四帖は、後に補われた写本。「東屋」巻と「手習」巻は室町時代に、「賢木」巻と「蜻蛉」巻は、室町時代後期以降に補われたものと推定される。

（加藤昌嘉）

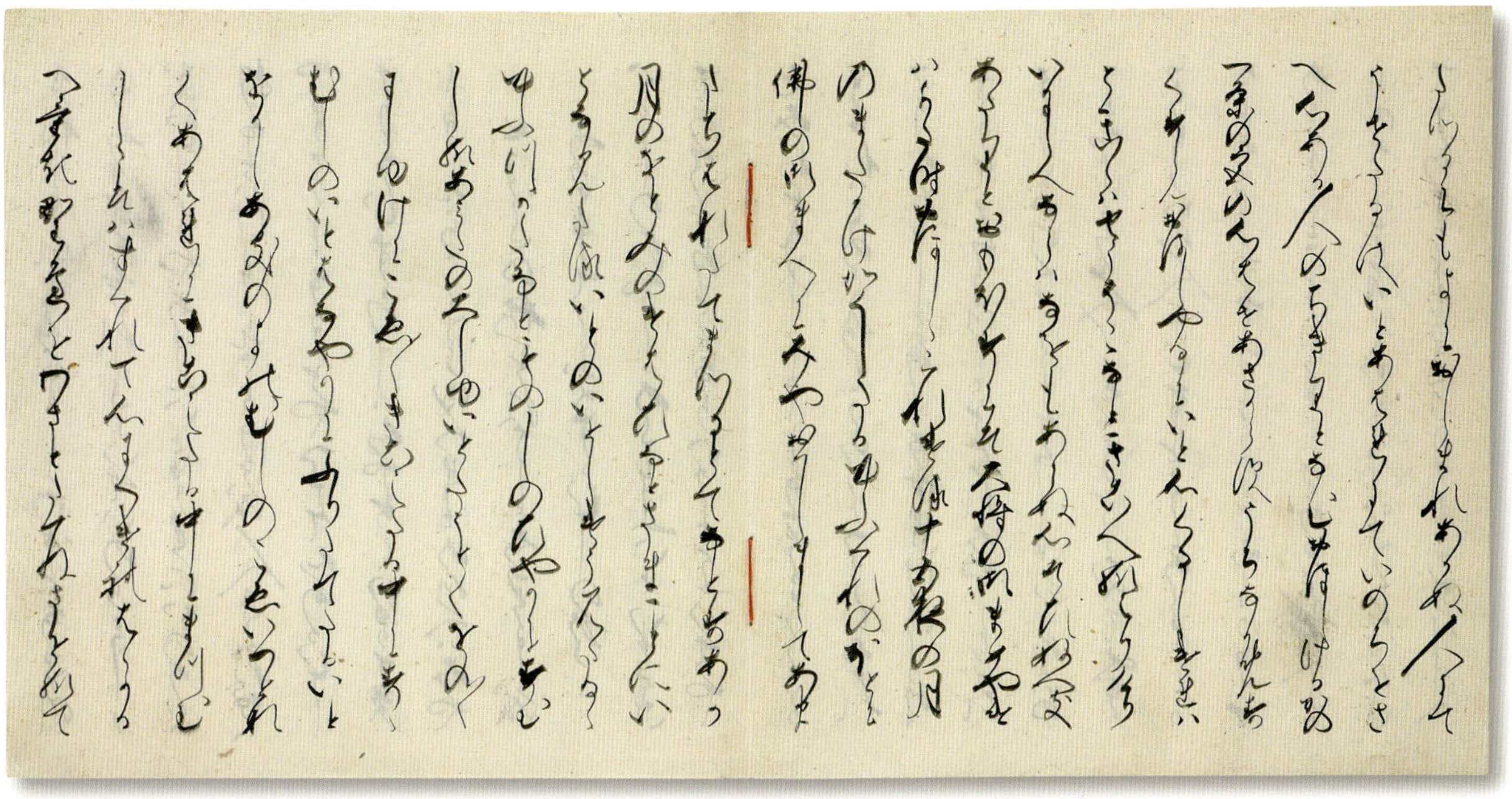

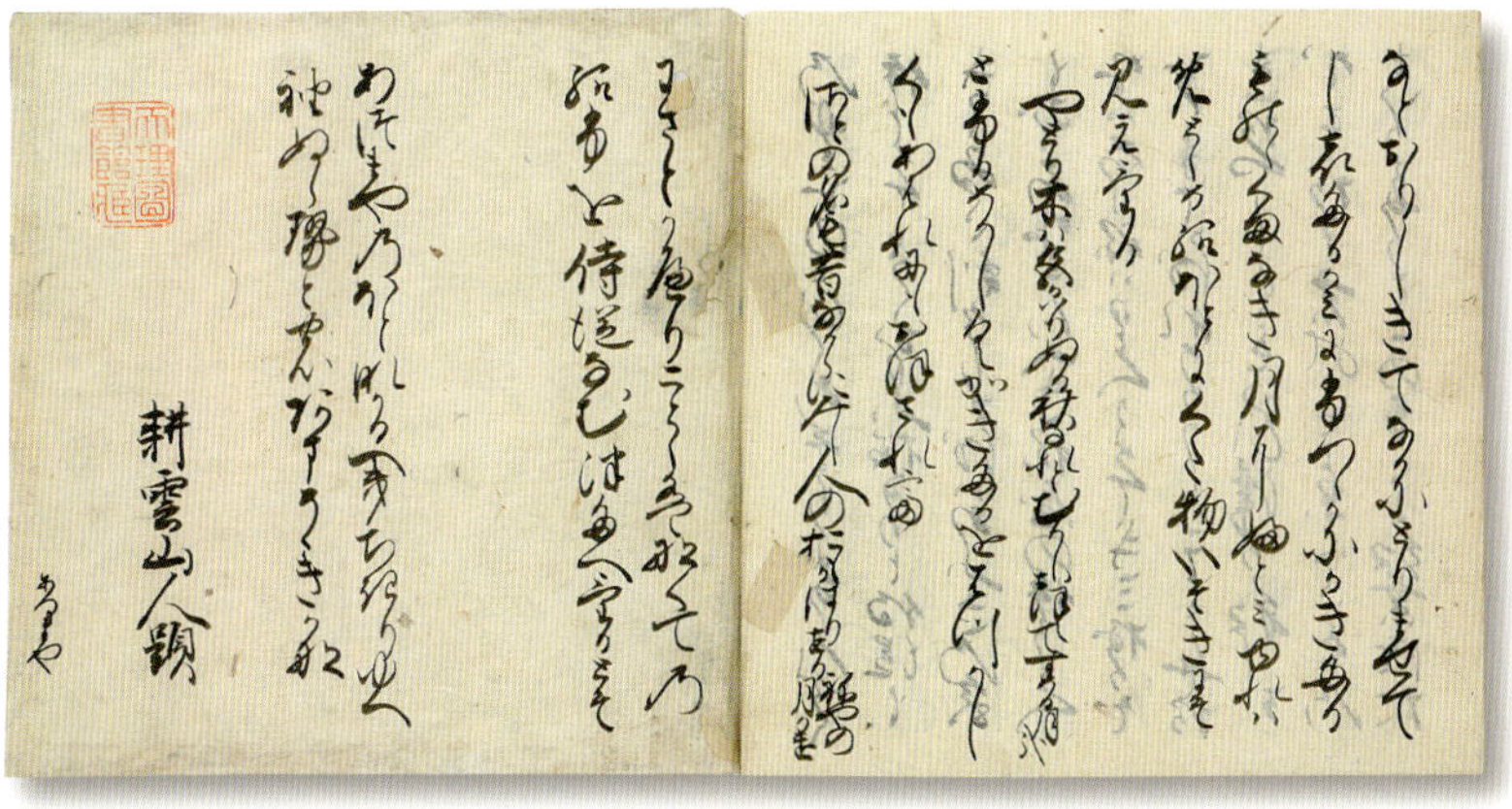

鈴虫

【11】国冬本《くにふゆぼん》『源氏《げんじ》物語《ものがたり》』

天理大学附属天理図書館蔵［2320　913.36イ329］
鎌倉時代末期写
列帖装　五四帖
一六・四×一六・五センチ

鎌倉時代以降に書写された『源氏物語』の写本である。鎌倉末期書写一二帖と室町末期書写四二帖からなる。寄合書きによる混合本で、古筆極めによると一五人の書写者によるとする。本書は緞子表紙で、豪華な蒔絵箱に収められている。鎌倉末期書写の一二帖は津守国冬の一筆とされ、本文も注目すべき点が多い。津守家は代々摂津住吉神社の社家で、国冬は歌人としても著名である。『源氏物語大成』に採択された二五帖中、池田亀鑑が〈別本〉としたものは二〇帖。ただし、『源氏物語大成』に解説はない。五四帖中一八帖に錯簡・脱落がある。中でも、「鈴虫」には五〇〇文字以上もの長大な異文が存する。一般に読まれている〈いわゆる青表紙本〉とは異なる本文を伝えることが多い。こうした国冬本固有の本文を読み解くことが、平安時代の『源氏物語』の本文を考える上で、今後の大きな課題となっている。

（伊藤鉄也）

【12】三条西本《さんじょうにしぼん》『源氏物語《げんじものがたり》』

宮内庁書陵部蔵［553-10］
室町時代後期写
列帖装　五四帖
一七・四×一七・六センチ

室町時代に書き写された『源氏物語』の写本である。三条西実隆（一四五五〜一五三七）が書写にかかわり、奥書を加えたもの。岩波書店の日本古典文学大系（山岸徳平校注）の底本に採用された写本である。「桐壺」巻末に「此物語五十四帖以青表紙証本、令書写校合、銘是当代宸翰也。殊可謂珍奇、可秘蔵々々　権大納言藤実隆（花押）」という実隆の奥書があり、また、「夢浮橋」巻末にも「此物語以青表紙証本、終全部之書功者也、亜槐下拾遺小臣（花押）」という実隆の奥書がある。「青表紙証本を用いて書写した」由であるが、実隆が書写したのは「篝火」巻のみであるらしい。大島本等の〈いわゆる青表紙本〉とはいささか異なる本文を持っている巻がある。三条西実隆は、後土御門・後柏原二代の天皇の近臣にして当時の代表的文化人であり、有職故実や和歌・仏典・漢籍に造詣深く、王朝文学の書写や注釈も多く手がけている。実隆は、何度も『源氏物語』の書写に携わったが、晩年（大永五年〜享禄四年）には、三条西家の証本というべき写本（現在、日本大学蔵）を完成させた。

（加藤昌嘉）

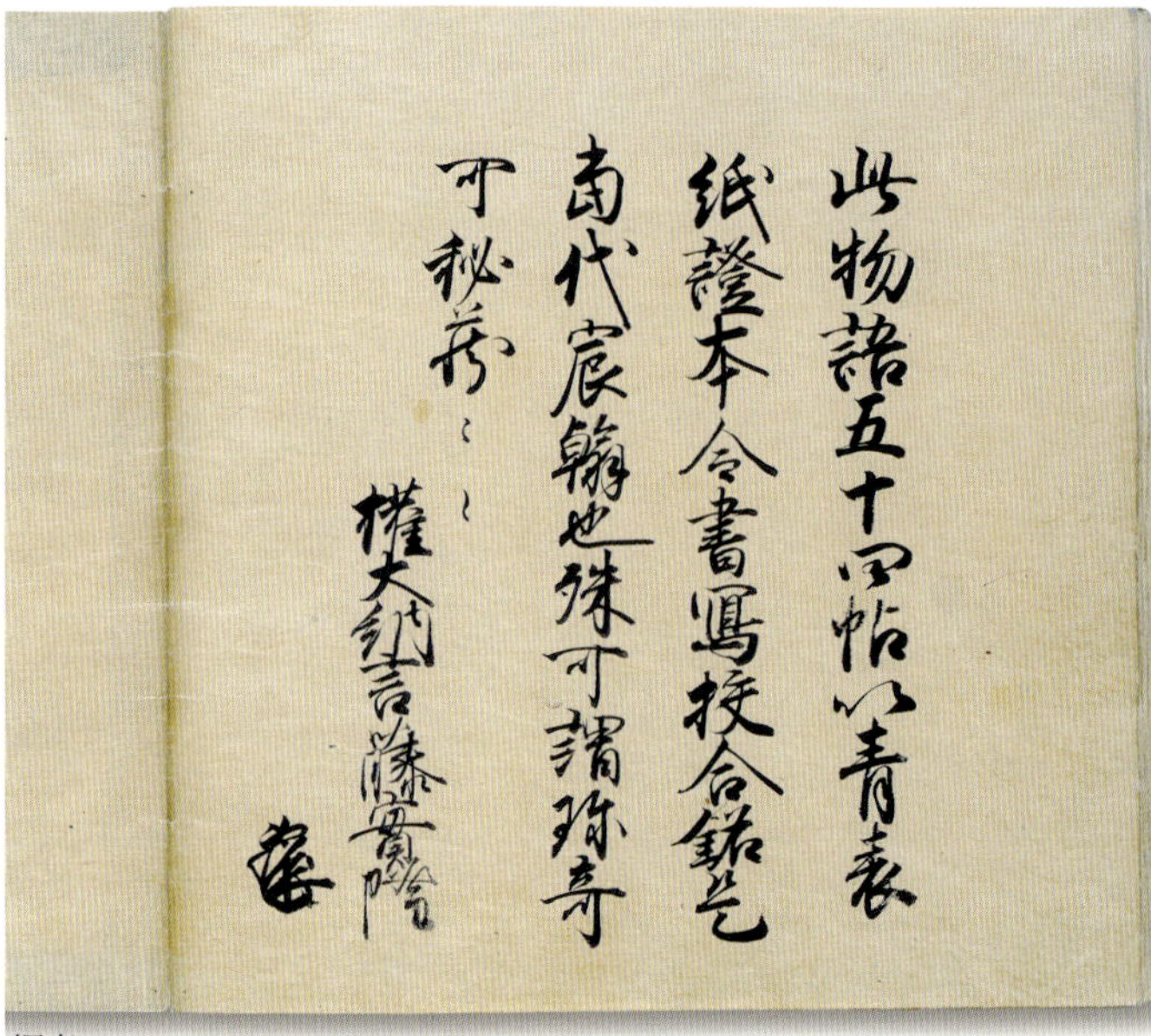
桐壺

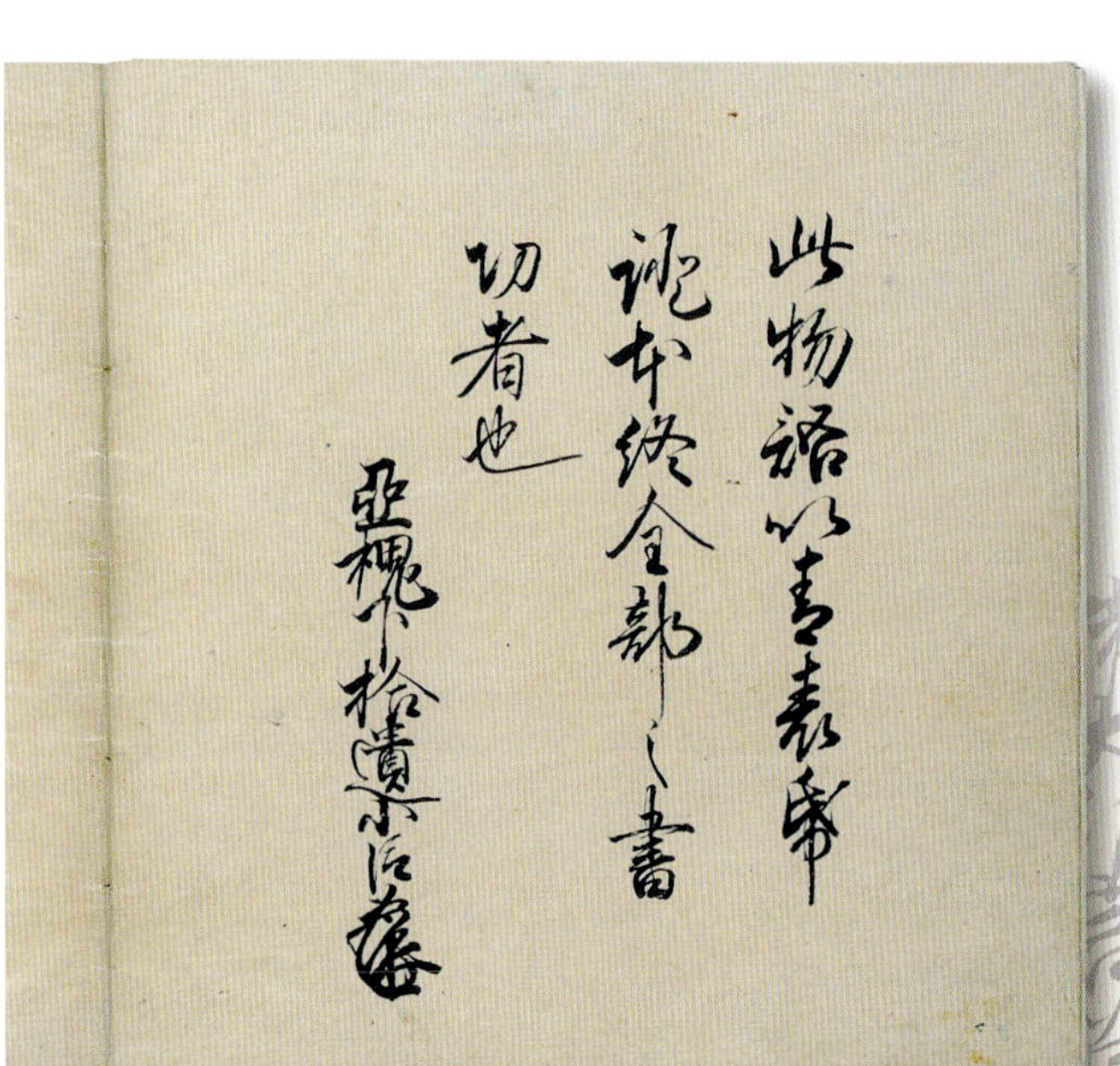
夢浮橋

【13】明融本《みょうゆうぼん》『源氏物語《げんじものがたり》』

実践女子大学蔵
室町時代後期写
列帖装　四四帖
二二・一×一四・五センチ

室町時代後期に書き写された『源氏物語』の写本である。全五三帖のうち、四四帖は、実践女子大学が所蔵し、「桐壺」「帚木」「花宴」「花散里」「若菜上」「若菜下」「柏木」「橋姫」「浮舟」巻の九帖は東海大学が所蔵している。「胡蝶」巻を欠く。表紙は、芥子色無地鳥の子紙表紙。外題に巻名を記す。本文料紙は鳥の子紙。東海大学図書館桃園文庫蔵の九帖と同じ寸法、同じ装訂である。各巻に書写者を筆跡鑑定した紙片が付され、一〇名の寄り合い書きと推定されている。最も多く書写したとされる明融（一五一三頃〜一五八二。上冷泉為和〈一四八六〜一五四九〉の子）の名にちなんで「明融本」と称する。池田亀鑑『源氏物語大成』では、藤原定家筆本に近しい伝本として高く評価された。

（横井　孝）

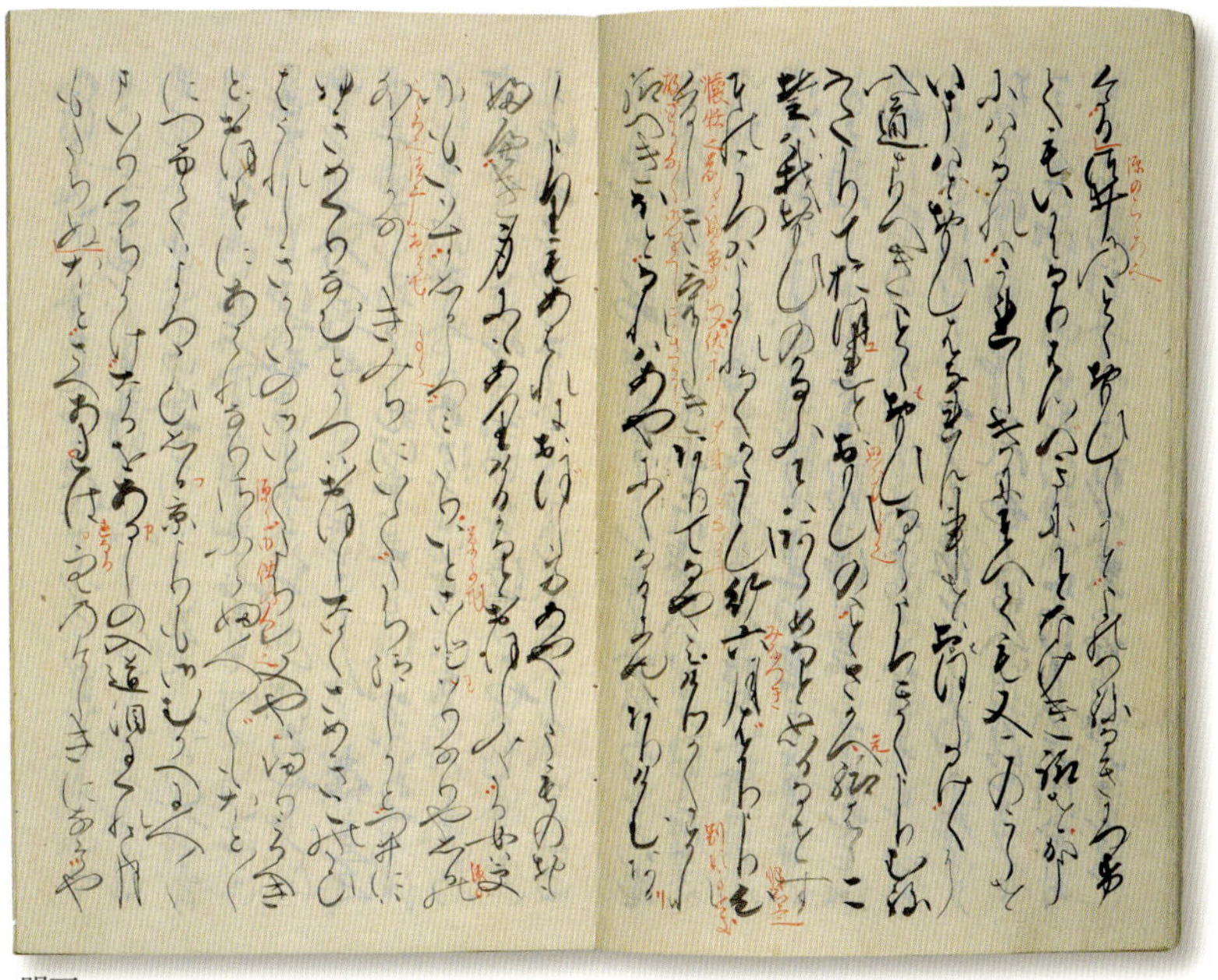

明石

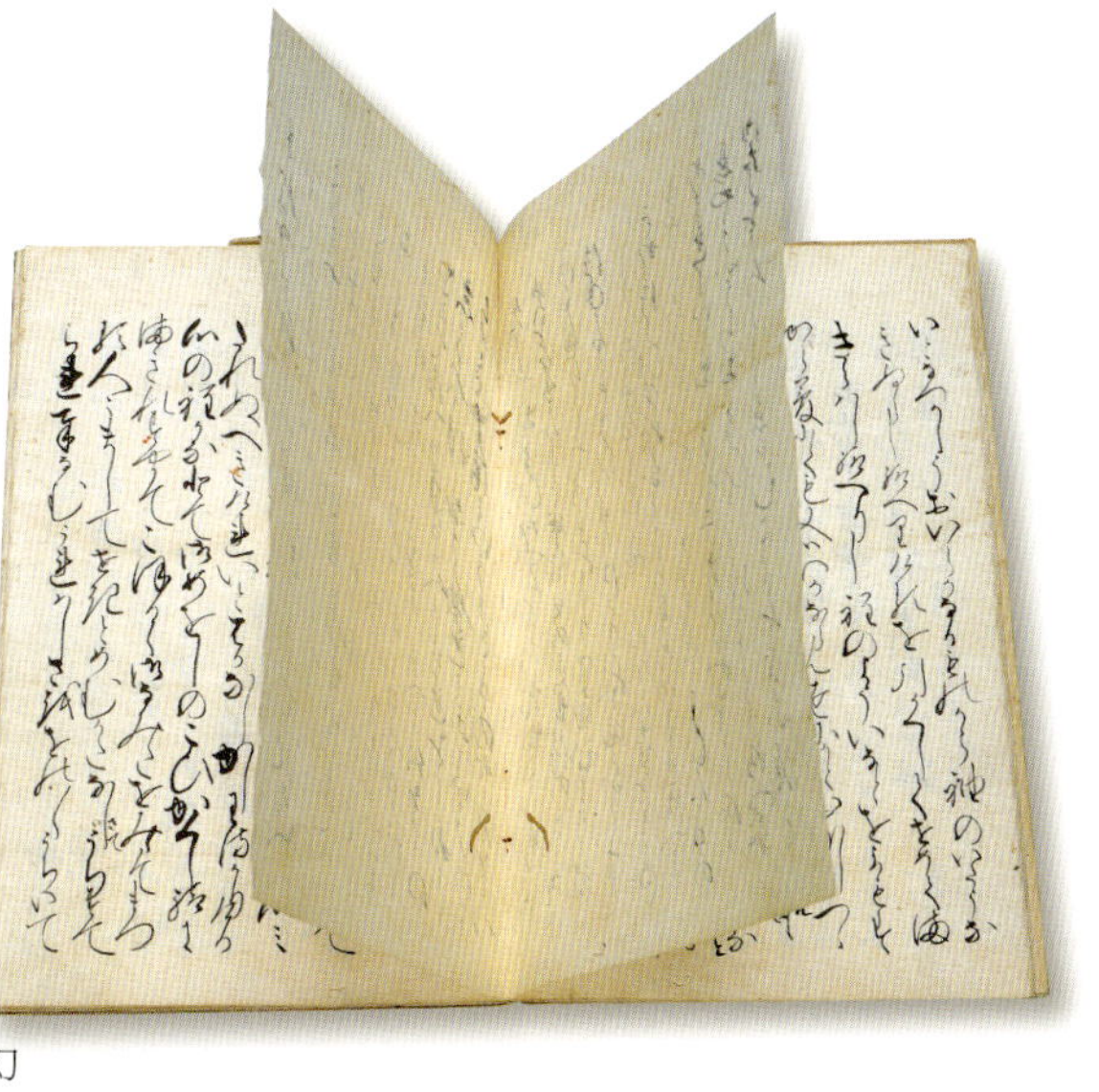

幻

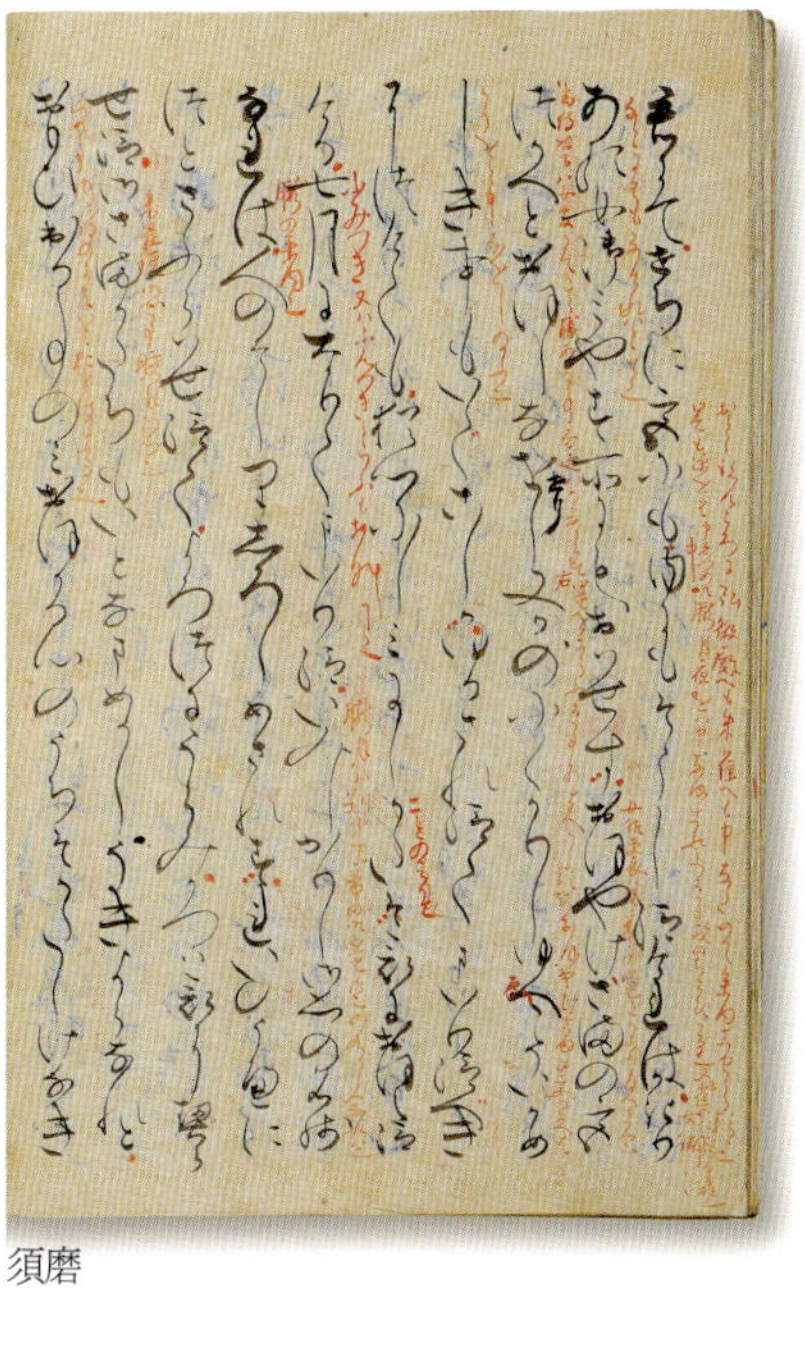

須磨

【14】大島本《おおしまぼん》『源氏物語《げんじものがたり》』

古代学協会蔵
室町時代後期写
袋綴　五三冊
二七・五×二〇・九センチ

室町時代に書き写された『源氏物語』の写本である。「浮舟」巻を欠き、「桐壷」巻と「夢浮橋」巻は後補の写本群。池田亀鑑により〈いわゆる青表紙本〉の最善本として『源氏物語大成』の底本とされた。現在流布するすべての活字校訂本の基準本文となっている。ただし、大島本には膨大な書き込みと補訂がなされている。それらの後補を取り込んで校訂された本文が提供されて来たため、大島本とは何か、〈いわゆる青表紙本〉とは何かという問題が、近年の本文研究の進展にともない浮上してきた。一例をあげる。「胡蝶」巻で、流布する活字校訂本文が「みるこ」とする箇所がある。しかし、「胡蝶」巻の一五丁表の五行目には、「てこそを」に朱のミセケチと傍記がある。現行の活字校訂本は、この朱の補正を採用して「みるこをぞ」とする。「みるこ」は玉鬘付きの童女の名前とされる。これは、同巻の二六丁表九行目の「みてこそかたよりに」の解釈にも影響する。現在我々が読んでいる活字校訂本は何なのか。『源氏物語』の本文を再検討する上でも、興味深い例である。

（伊藤鉄也）

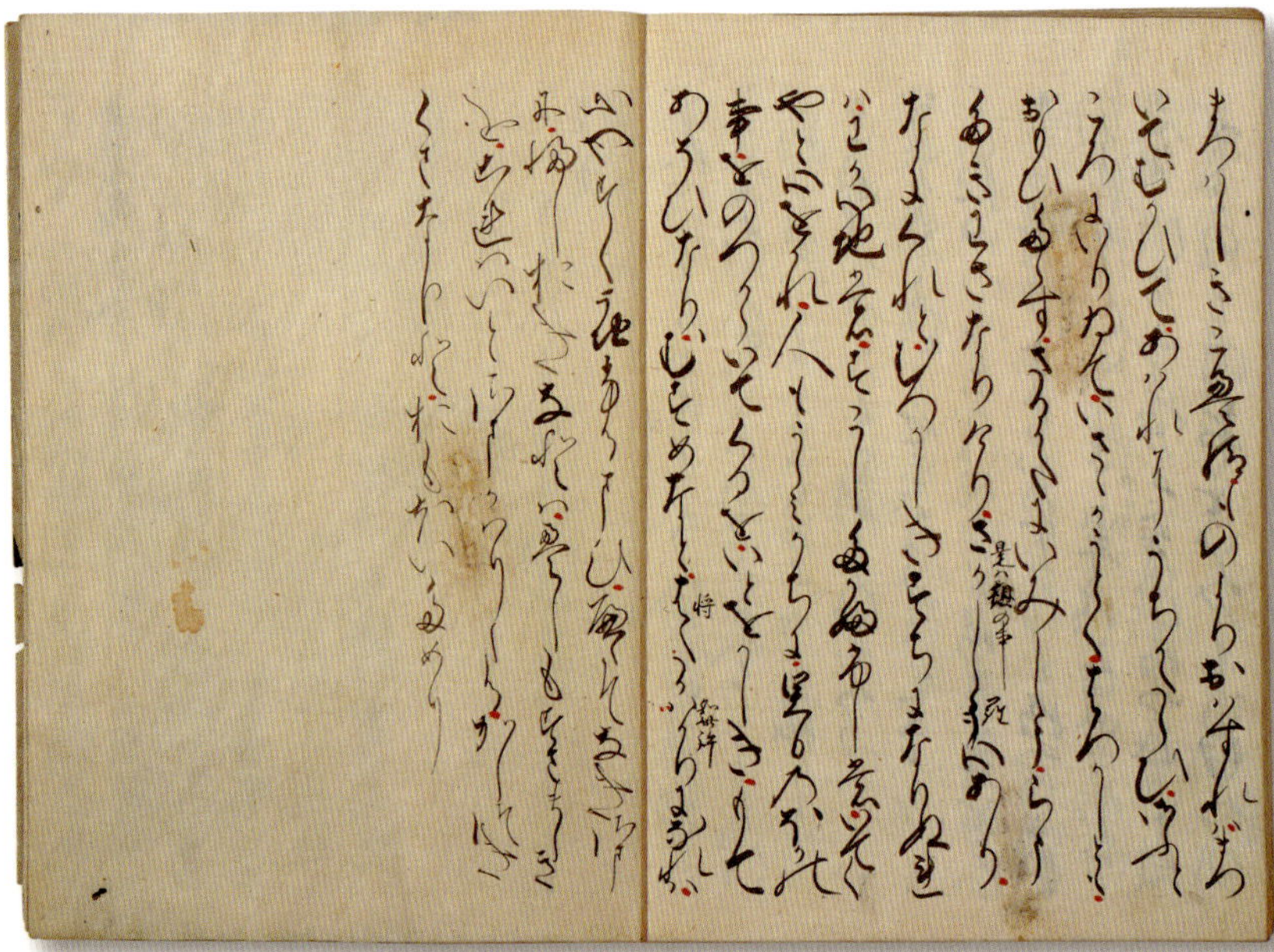

若紫

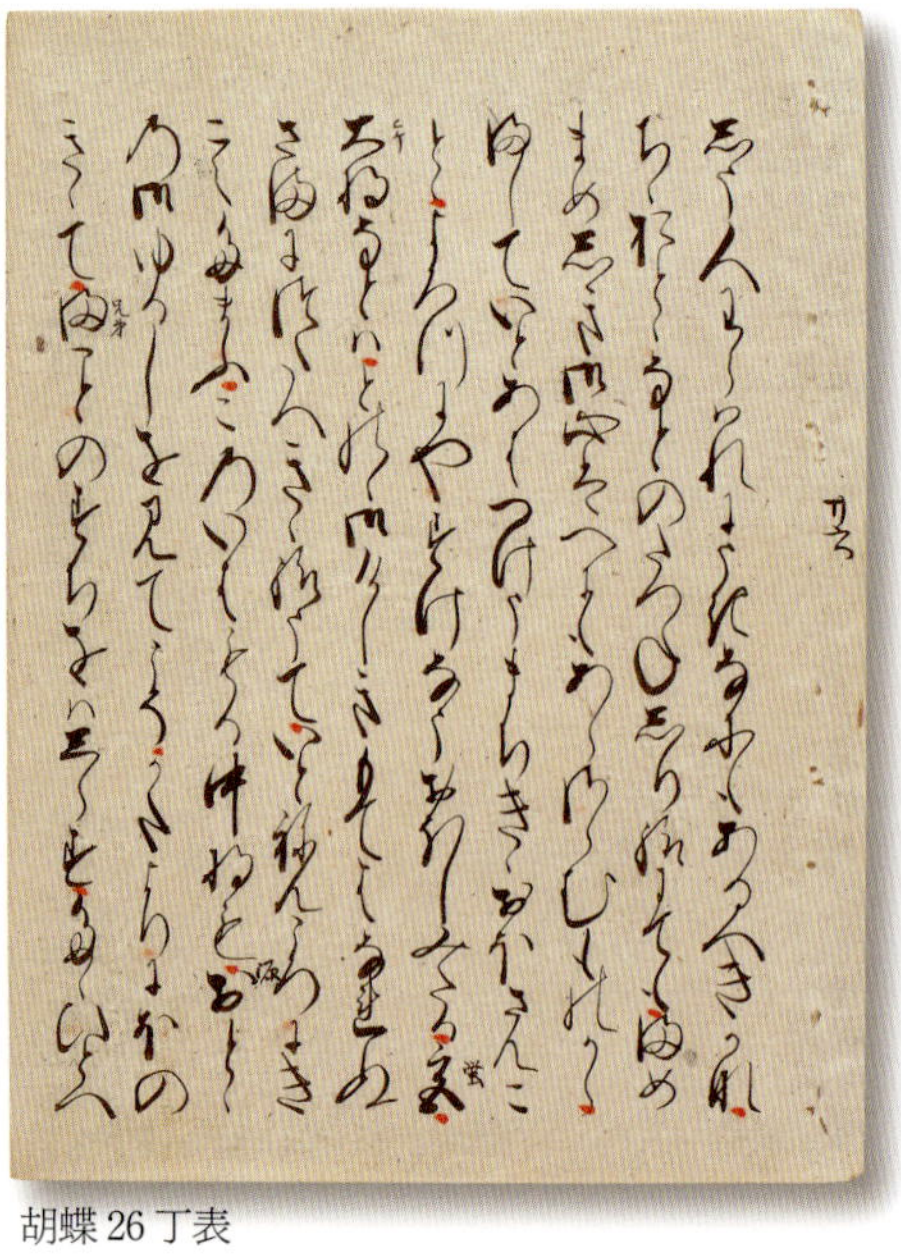

胡蝶 26 丁表

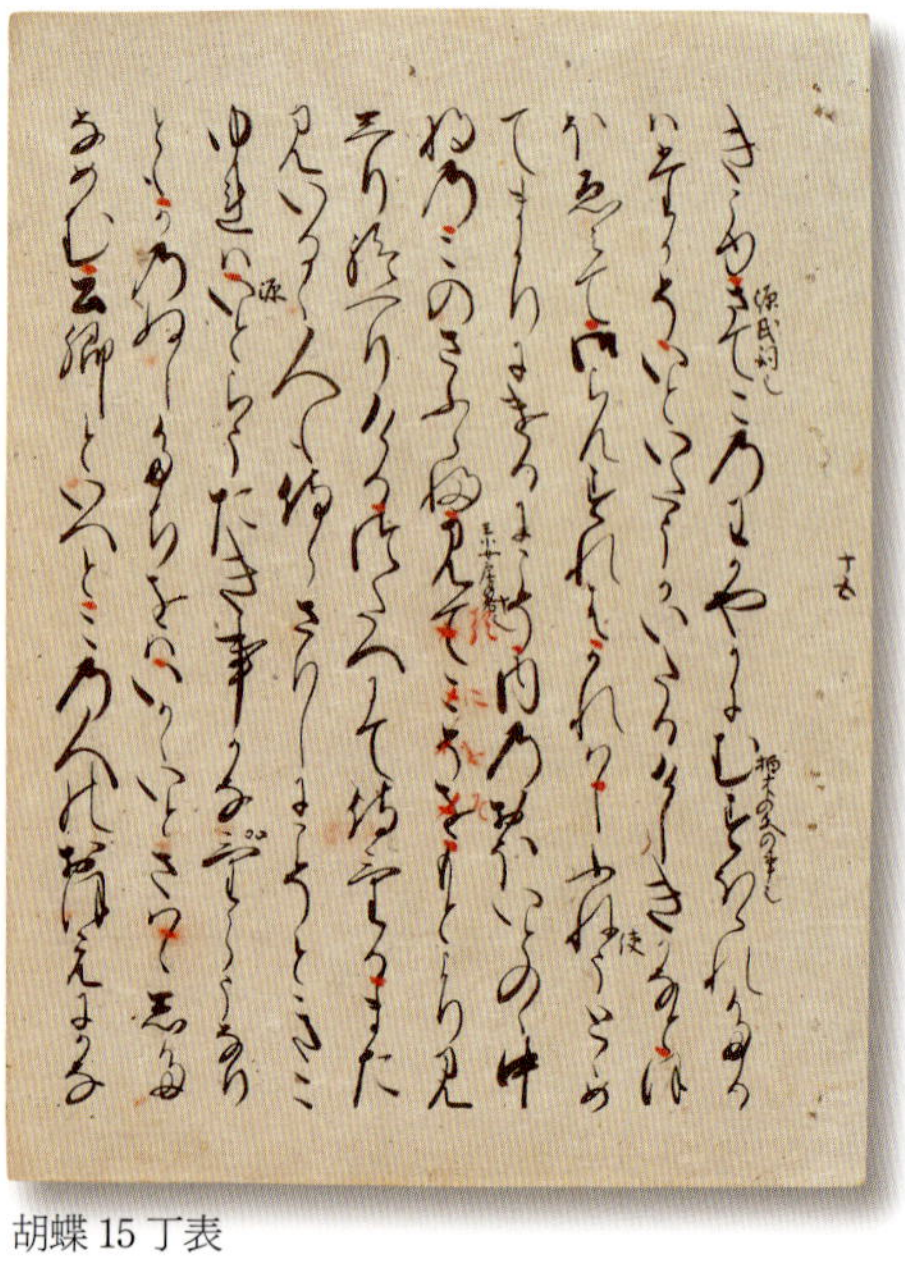

胡蝶 15 丁表

◆コラム

「大島本の写本的性質」

藤本孝一◆

物語類は草稿本・中書本・清書本・増補本等の何段階にもわたり、何種類もの作品が生まれる。源氏物語も当初から種々の本が存在した。

作者の『紫式部日記』に、宮中に持参する源氏物語の清書本作りの最中にも、藤原道長が式部の部屋に入って、別の草稿本を持って行ったという記述がある。当初から数種の作品が存在していた。

鎌倉時代に入ると、種々の系統の写本が生まれてきた。源氏物語は一般の小説の地位に甘んじていたが、勅撰の『千載和歌集』の撰者藤原俊成は『六百番歌合』で、歌読みも源氏を読まなくては、との発言により、再評価された。俊成所持本は、藤原行成が式部の原本を清書した本を書写したものと、『河海抄』は伝えている。

【系統】

このような時代背景のもとに、光行・親行親子二代にわたり、俊成本を含めた二十一種類の写本を用いて校訂本文を作り上げたのが河内本である。しかし、校訂の主旨は原本にさかのぼるためでなく、諸本から意味が通じる語彙を拾い出し、鎌倉時代の用語による源氏物語を作り上げた。また、俊成の子息・定家も俊成本を親本にして、定家仮名遣い等による改編や枝葉を削る校訂により、定家の鎌倉時代の本を作って行った。定家は写本の依頼者に対し、正式な青羅表紙を附けた写本を制作したため、定家写本は青表紙本と呼ばれている。

池田亀鑑氏は、青表紙本・河内本の系統と、この系統に入らない異本との、三分類とした。

【俊成本】

筆者は、定家が父の俊成本を親本としたと明言した。その証拠は、大島本と呼ばれる青表紙本によって証明できる。

写本は、親本を前にして写した本である。親本の姿をその通りに写すものである。大島本五三冊（『浮舟』が欠本）中、巻末四行分が別筆になっているのは、『若紫』だけである。定家自筆本といっても、定家が巻頭から巻末までを書いた写本は一冊もない。国宝『古今和歌集』（冷泉家時雨亭叢書）にしても巻頭の数丁だけである。あとは定家流の右筆書きである。俊成にしても、例えば『中御門大納言殿集』（冷泉家時雨亭叢書『中世私家集一』）は墨附二九丁のうち、二八丁目表一〇行目から最後の二九丁裏三行目までが俊成の染筆である（図）。大島本『若紫』も俊成書風を良くする『宿木』の書写者によって、祖

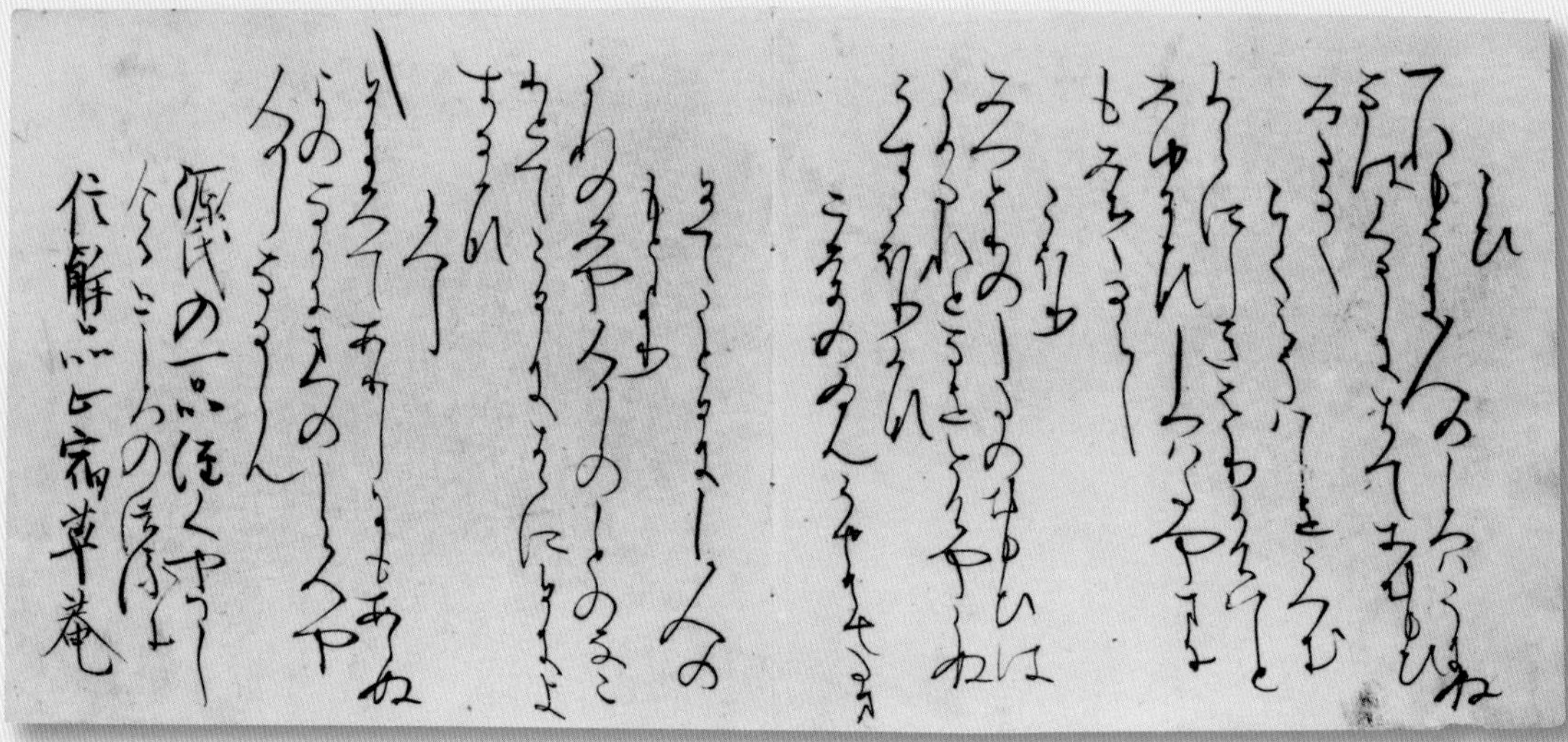

28丁オ　27丁ウ

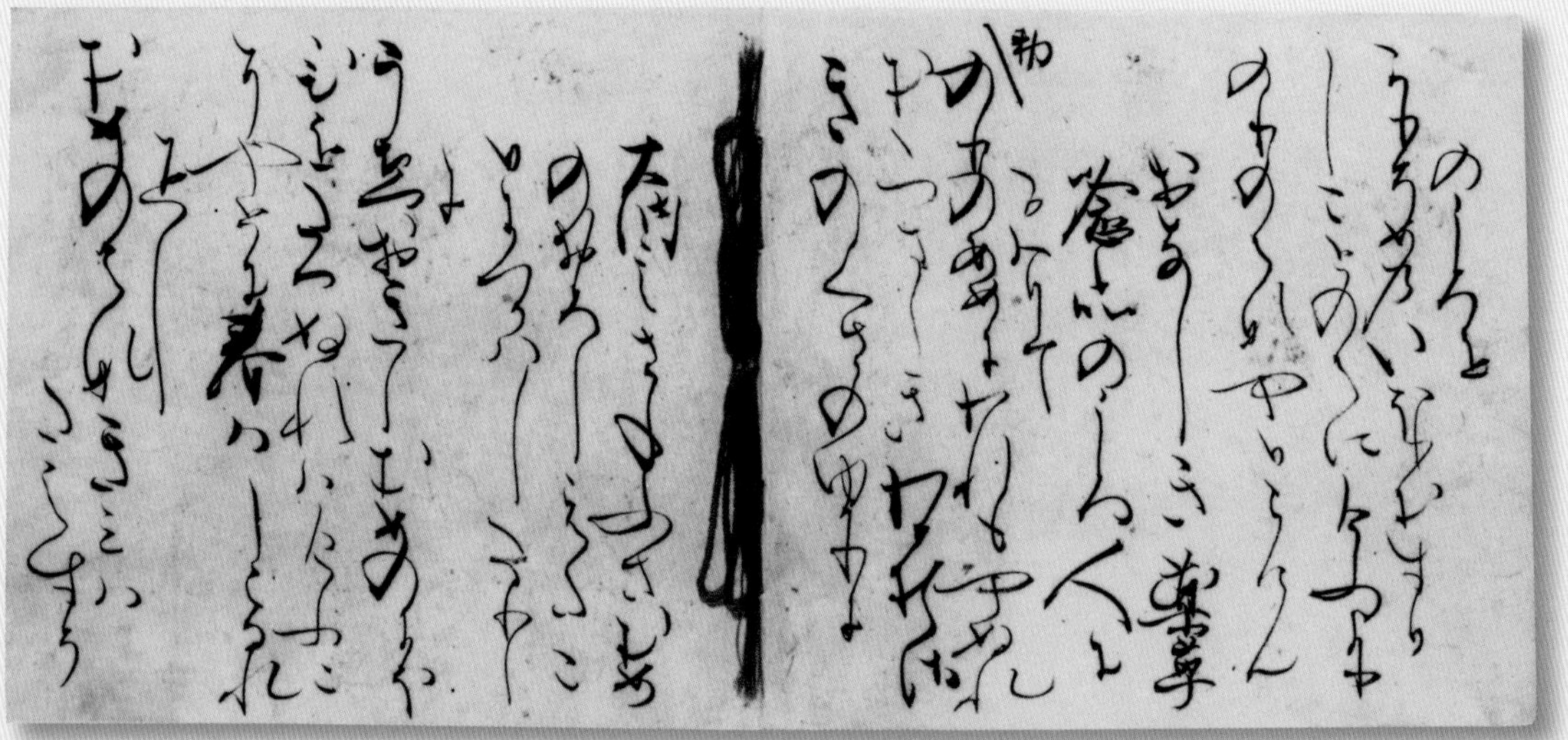

29丁オ　28丁ウ

本の姿を伝えるために、親本通りに染筆したと想定され、祖本を俊成本とする証拠となる。

【追筆】

大島本調査のおりに、ある方が『宿木』の「右大臣殿」（「臣」は墨滅する）の「右」は「左」の誤りではないか、との疑問をもってこられた。そこで、指摘された箇所をみると、「右」と書かれている。だが、「左」に縦線を加えれば「右」になる。縦線は追筆ではないかと、筆者に意見を求められた。

筆者は、もと文化庁の主任文化財調査官で、奈良時代からの典籍を何万冊と調査し、国宝・重要文化財に指定していたからといって、筆者が追筆と認めれば、それが確定するわけでもない。筆者の鑑定が、そく学問の証拠にはなりえない。

そこで、「右」の個所に下から懐中電灯で光を当てて透過光で見ると、最初に書いたのは「左」で、その上からなぞりながら「右」にしていることが判明した。判断に迷う個所もあるが、この疑問箇所は、ほとんどがなぞり・追筆によって改変されていることがわかった。

さらに、胡粉を塗って「みき」と上書きした訂正箇所も、最初に「ひたり」と書いている事実も透過光により確認できた。大島本の胡粉時の訂正は江戸時代に行ったものである。そうなると「右」の追筆も同時代となる。

【大島本の校訂】

大島本は、文明一三年（一四八一）に書写されてから以降、河内本で校訂され、さらに江戸時代に青表紙本で校訂されている。それだけに、書写当初の姿が隠れてしまった。

近年出現した大澤本も、依頼されて、筆者は平成一七年一二月八日に調査した結果、鎌倉時代末期から南北朝を含む古写本で、異本を多く含む写本であった。また、平成一〇年度に河内本を主とする平瀬家本を文化庁が購入したおり、筆者が担当官として調査した。その結果、平安時代の奥書があることで知られていたが、いずれも後世の追記であった。さらに他の源氏物語を調べても、古写本中で大島本が平安時代までさかのぼれる形を伝える唯一の写本として認められる。

今後の詳細な大島本調査の時、校訂や追筆等を排除して、一文字一文字を検討することにより、俊成本の真の姿が出現すると共に、親本である行成の清書本もうかがえることになる。そうなると、当初の紫式部の源氏物語が垣間見ることができると、筆者は確信している。

【15】色《いろ》変《が》わり料紙《りょうし》『源氏《げんじ》物語《ものがたり》』

宮内庁書陵部蔵［554-7］
江戸時代前期写
列帖装　五三帖
一六・三×一七・三センチ

緑・白・紫・黄・紅・薄紅という六種の色紙を用いて『源氏物語』を書写した、美麗な典籍である。また表紙と題簽も、紫・桃・紅・薄萌黄といった染絹を様々に組み合わせてあつらえている。「紅葉賀」巻を欠いている。「手習」・「夢浮橋」巻に、享禄四年（一五三一）尭空（三条西実隆）の本奥書がある。「源氏物語　筆者姓名」一冊と、「源氏物語　紙色目録」一冊が付属する。「筆者姓名」は「うすくも　宝鏡寺宮」、また「紙色目録」（表紙と見返しの色の一覧）は「ゆふかほ　表すほう　裏はなた」といった内容となっている。

（久保木秀夫）

夕顔

【16】御所本《ごしょぼん》『源氏物語《げんじものがたり》』、檜製糸罫《ひのきせいいとけい》

宮内庁書陵部蔵［554-13］
明和六年（一七六九）頃写
列帖装　四〇帖
一七・二×二〇・一センチ

完成に至らなかった『源氏物語』の写本である。折り目の上下端に穴を開け、各括りごとに糸を通し、その糸同士を結んで仮綴本としている。のちに、料紙の周囲を裁断し、折り目の内寄りに穴を開け直して列帖装にする予定だったのであろう。写本の製作過程が垣間見られる好資料である。また、付属する檜製の糸罫も、大変珍しい遺品。書写する行数を一定にして書式を揃えるための道具である。「筆者目録」一冊、「表紙色目目録」一通が付属している。「筆者目録」には、典仁親王（夢浮橋巻）や柳原紀光（橋姫巻）等の名が見える。書写年代は典仁の『閑院宮日記』によって判明するという。

（久保木秀夫）

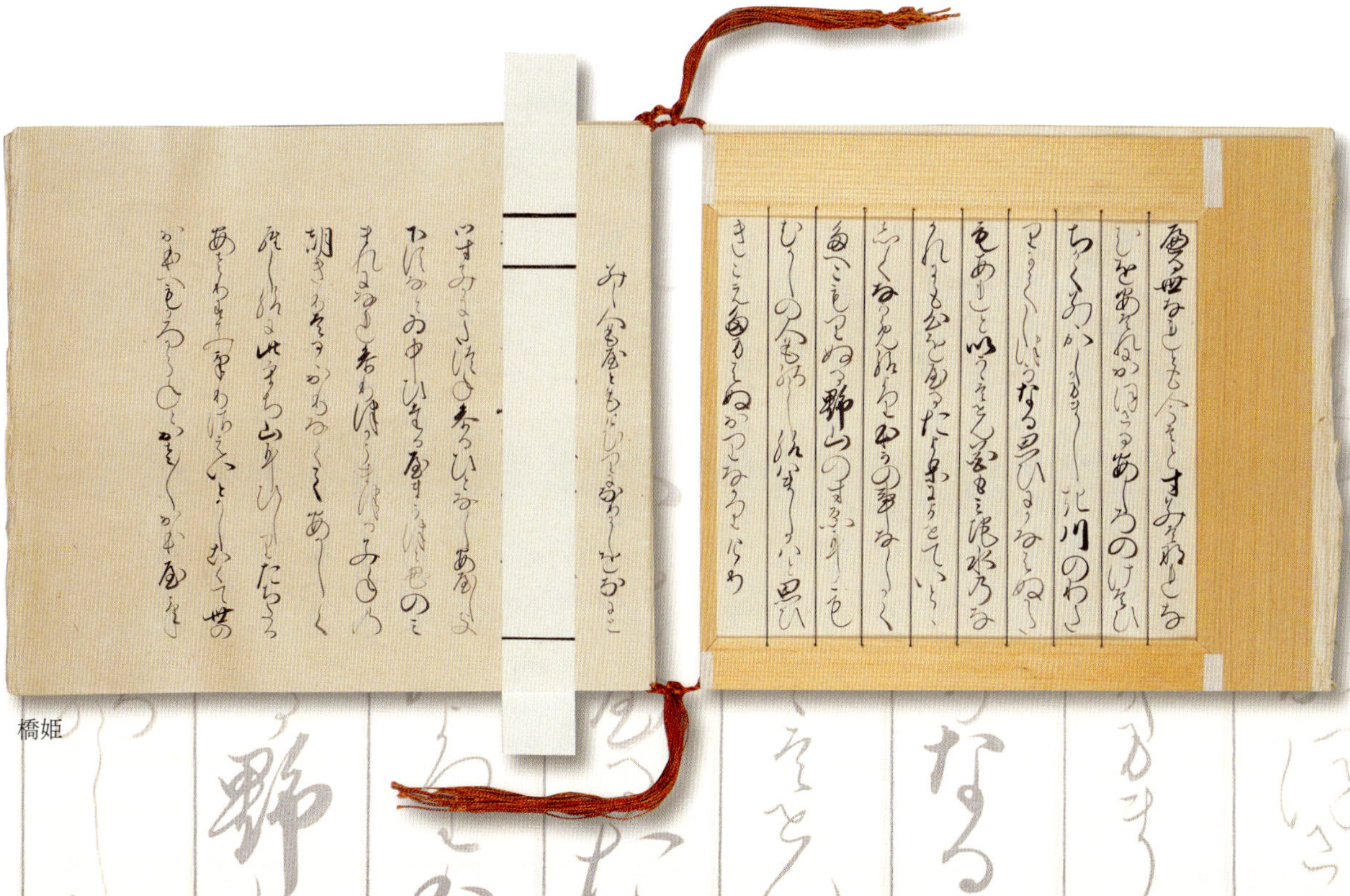

橋姫

【17】『源氏物語《げんじものがたり》』列帖装未完成本《れつじょうそうみかんせいぼん》

陽明文庫蔵
江戸時代前期写
列帖装　三三帖
一七・五×一九・〇センチ

これは、本として完成しなかった『源氏物語』の写本である。冊子本がどのようにしてできているかを知る好例である。近衛家一九代尚嗣《ひさつぐ》（一六二二～一六五三）が書写したもの。ただし、書写途中の三二歳で死去したため、三三冊が未完成のままに残された。三条西家の本を写している。

列帖装（綴葉装《てつようそう》と同義）の本を作る過程は、次のようになる。

（1）数枚の料紙を束ねて真ん中から折り、括《くくり》を作る。
（2）二つ折りの括をいくつか重ねる。
（3）表と裏に表紙を当てる。
（4）各折り目に四つの綴じ穴をあける。
（5）両端に針を付けた二本の糸を通して綴じる。

一括を開くと、見開きの綴じ目に綴糸が見える。

例えば、池田本（天理大学付属天理図書館蔵）の桐壺巻は三折（三二丁）だが、若菜下巻は六折（一二三丁）である。巻によって、一括の枚数や折の数が異なる。

（伊藤鉄也）

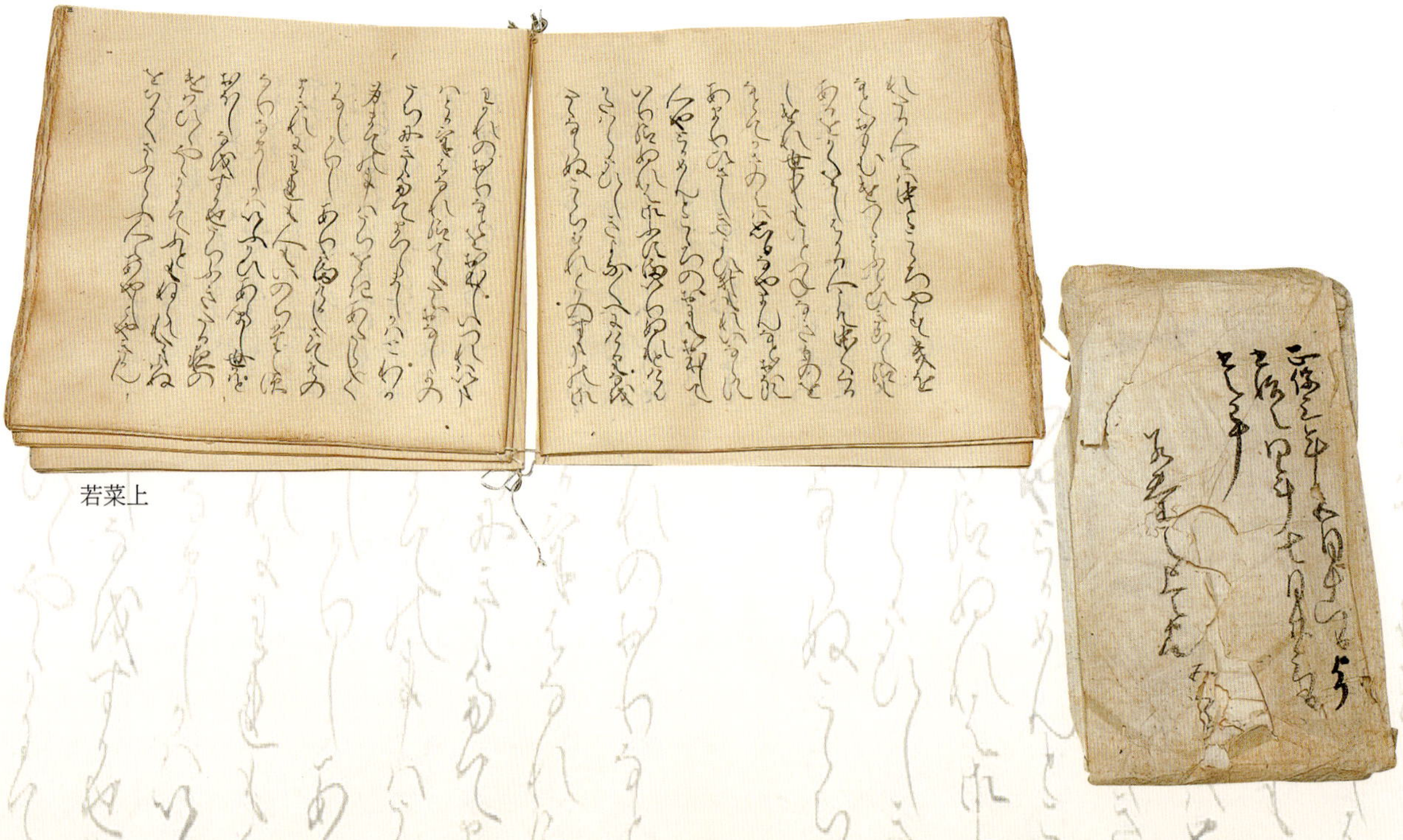

若菜上

【18】『源氏書写目録《げんじしょしゃもくろく》』寛永三年《かんえいさんねん》

国立歴史民俗博物館蔵　高松宮家伝来禁裏本
[H-600-264-11]
江戸時代前期写
続紙　一通
三三・一×一八五・六センチ

江戸前期の歌人・古典学者として知られる中院通村（一五八八～一六五三）とその弟北畠親顕（一六〇三～一六三〇）らが、『源氏物語』五四帖を分担書写した時の目録である。各巻の丁数、書写の開始・終了の年月日、筆者を列挙する。奥に「残〈主ノナキ分〉七百七十六丁」「出来分北（親顕）三百七十丁」等とあり、作業途中での覚えと見られる。筆者には廷臣のほか、「くわくら院」「伊益」「さち」「しゅていさま」「よ九らう」「恵誾《百万辺僧》」等、浪人・女性・僧の名も見える。

具体的な写本製作の工程を窺える興味深い史料。（小川剛生）

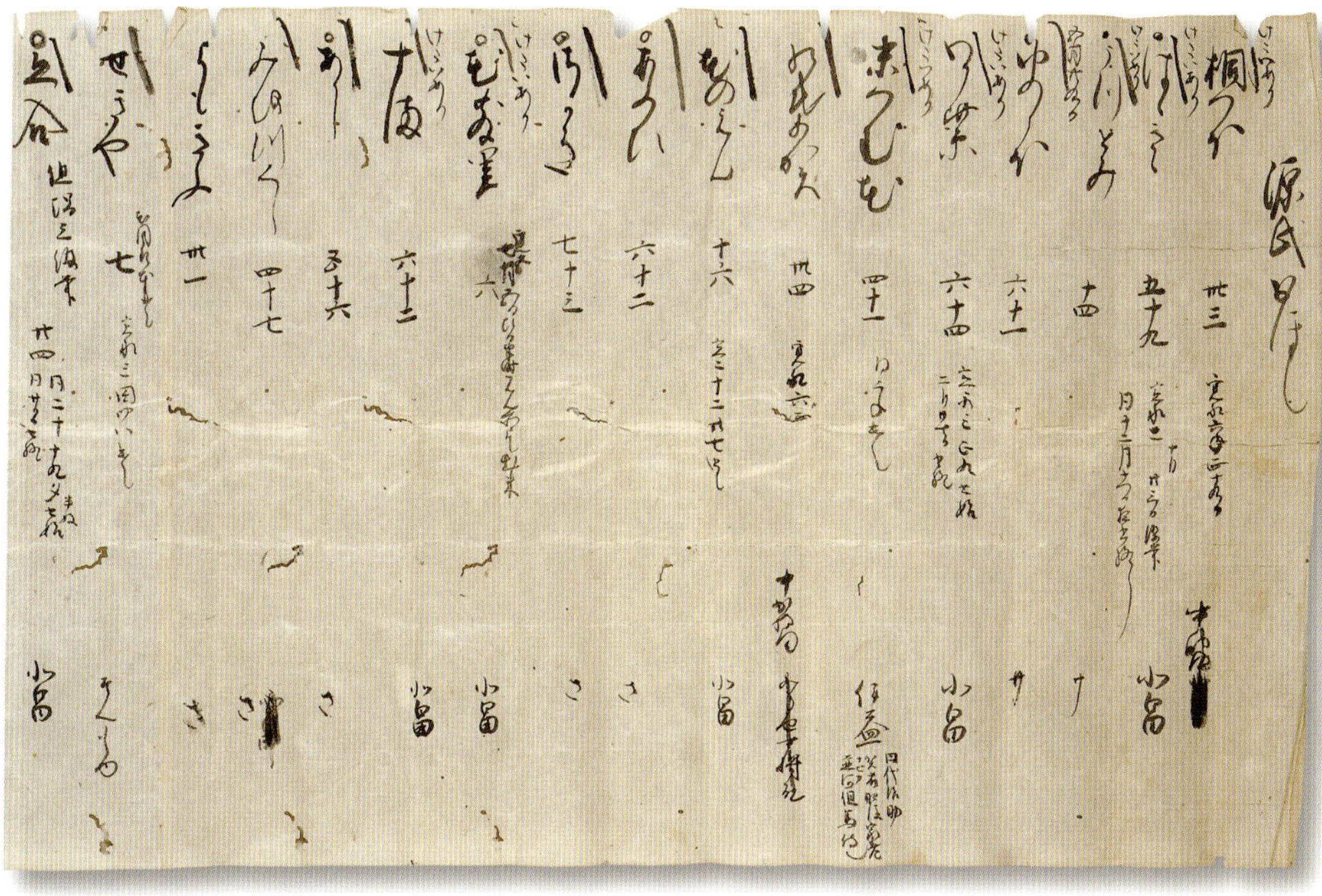

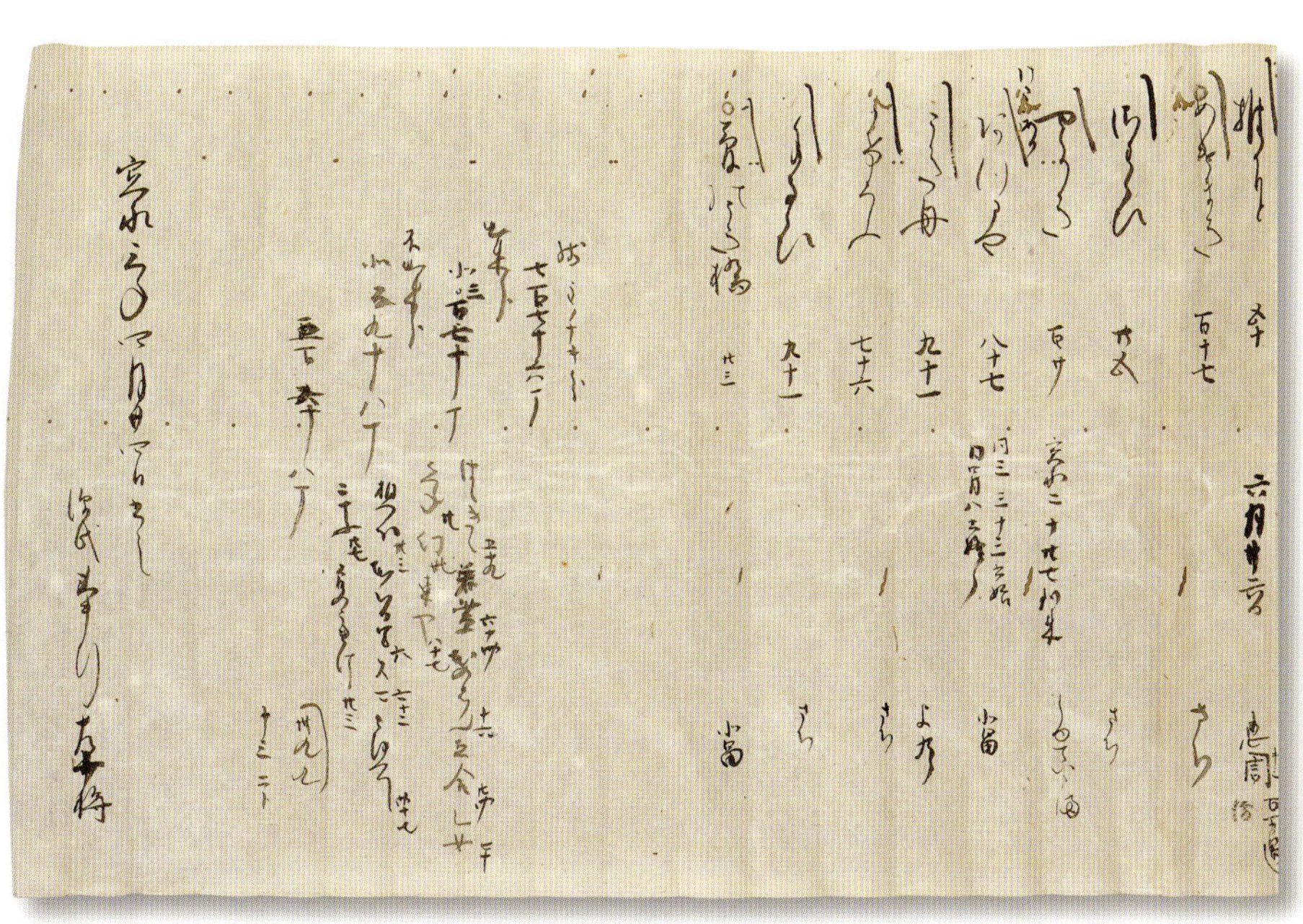

【19】『源氏《げんじ》物語《ものがたり》書写《しょしゃ》校合《きょうごう》日数《にっすう》目録《もくろく》』宝永元年《ほうえいがんねん》

陽明文庫蔵
江戸時代中期写
列帖装　一冊
一七・二×一七・五センチ

元禄一三年より宝永元年（元禄一七）にかけて、近衛家二〇代基凞《もとひろ》（一六四八～一七二二）は、三条西本に近い本文を持つ『源氏物語』五四帖の写本を書写した。その本文を書写するのに要した日数等を、詳細に記録したのが本冊子である。『源氏物語』全五四帖を書写した実態を知るものとして、完成した書写本ともども貴重な資料である。「桐壺」巻は一〇日間で書写し、校合に三日かかっている。また、「桐壺」巻は、三括（六枚、七枚、六枚）の紙を二つに折って綴じたもので、都合三八丁のうち墨付三三丁であること等もわかる。

（伊藤鉄也）

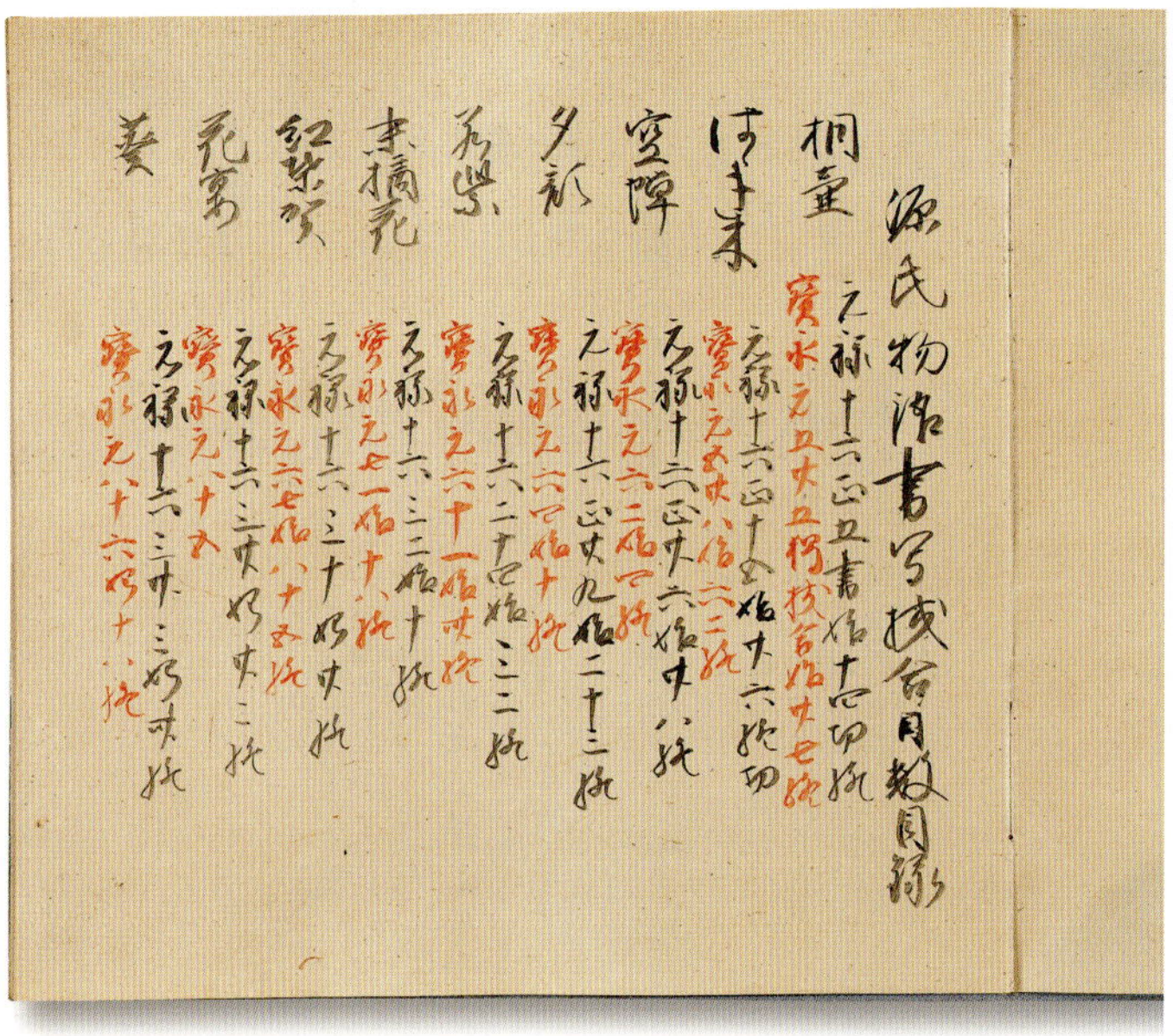

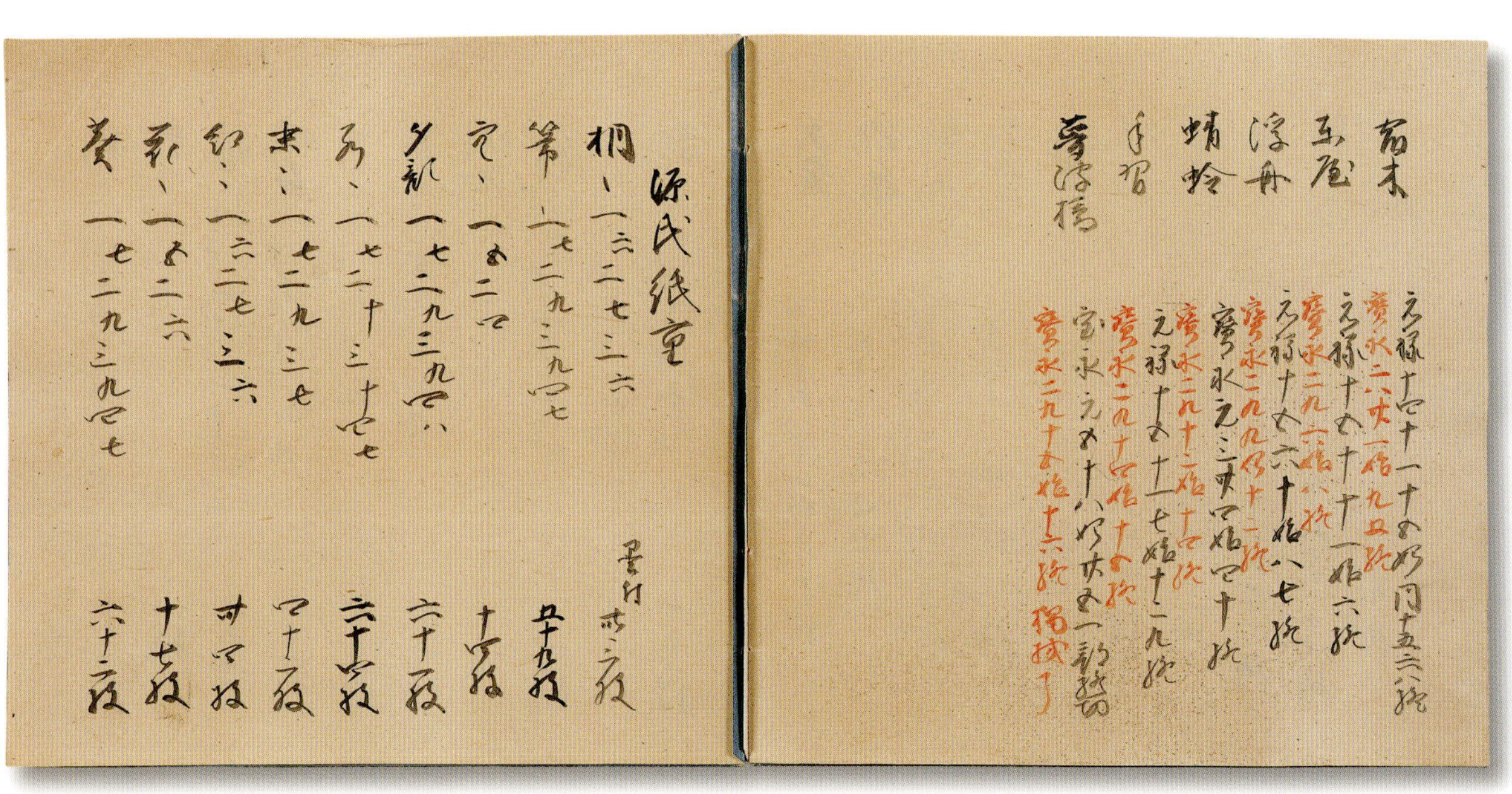

【第三部】どのように鑑賞されたか

『源氏物語』が成立してから数百年を経ると、次第に「文化人の必読書」「歌人の研究対象」という社会的価値を与えられるようになる。ある時には朱筆をもって書き加えがなされ、ある時には文章の一部が抜粋され、ある時には歌合や系図に仕立てられ、ある時には参考書としてハンドブック化され、ある時には床の間に飾るために切断された。『源氏物語』は、享受する者それぞれの志向によって、さまざまに形を変えたのである。

ここでは、鎌倉時代から明治時代まで、『源氏物語』がどのように摂取され、どのように変貌していたのかを御覧いただく。

【20】『源氏物語《げんじものがたり》』断簡《だんかん》（五葉）

A、「薄雲」巻切　四点
国文学研究資料館蔵［ヨ6-19、ヨ6-30、ヨ6-31、ヨ6-35］
鎌倉中期頃写か
一軸
三七・七×二六・一センチ

B、「竹河」巻切　一点
国文学研究資料館蔵［ヨ6-32］
鎌倉中期頃写か
一軸
三一・八×一三・三センチ

鎌倉時代に書写された『源氏物語』写本の断簡（切）である。紙面の端に綴じ穴の跡が見られるものがあり、もとは結び綴じの冊子本であったことが窺われる。五点とも、朱点を具備した切である。ただし、「薄雲」巻と「竹河」巻の筆跡は、似ているが異なる。この五点の他にも、大きさと筆跡をほぼ同じくする写本が知られている（一一巻は完本。八巻は断簡）。それらを、もともと五四帖を成していたツレ（僚巻）と認定する説としない説とがある。いずれにしろ、〈河内本〉成立後の極めて早い時期に書写された写本が一九巻も存在することは、注目される。今後、〈河内本〉について考える際には、蓬左文庫蔵の尾州家本とあわせて、最重要の資料となるであろう。

なお、「竹河」巻切は六行だが、これは、『古筆学大成』

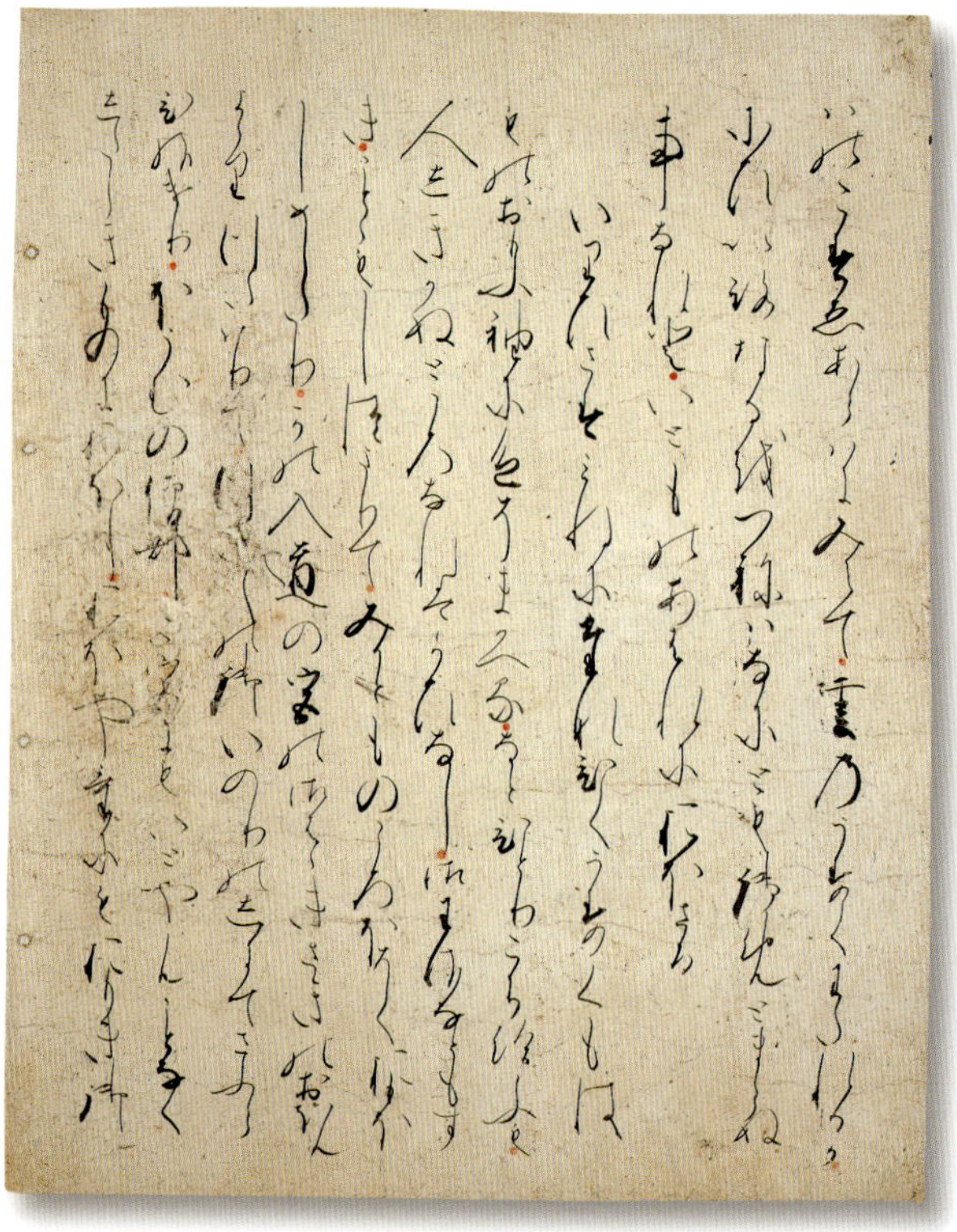

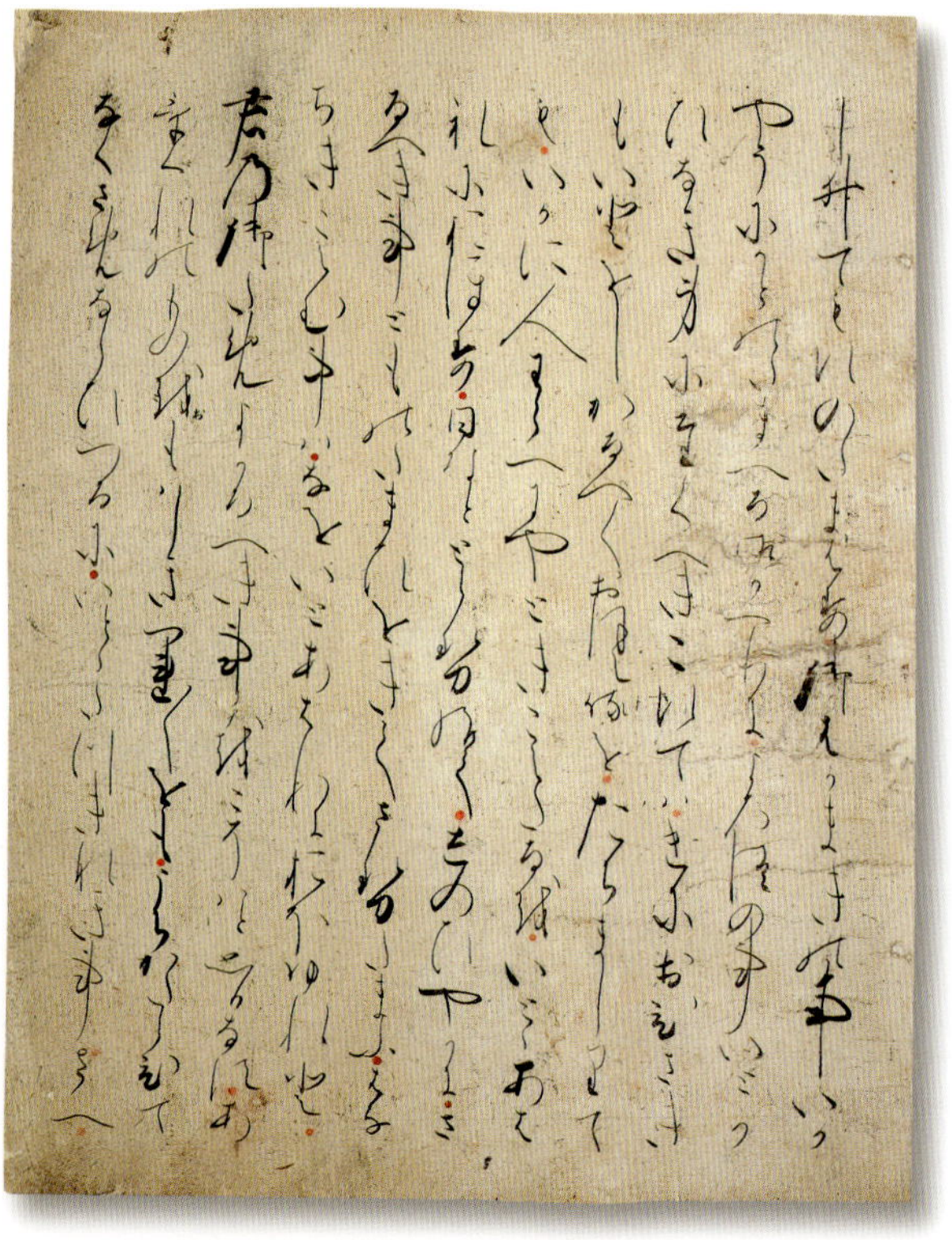

第二三巻・一六七図に掲載された四行の切に後接するもので、あわせて写本の一面を成していたものと思われる。（大内英範）

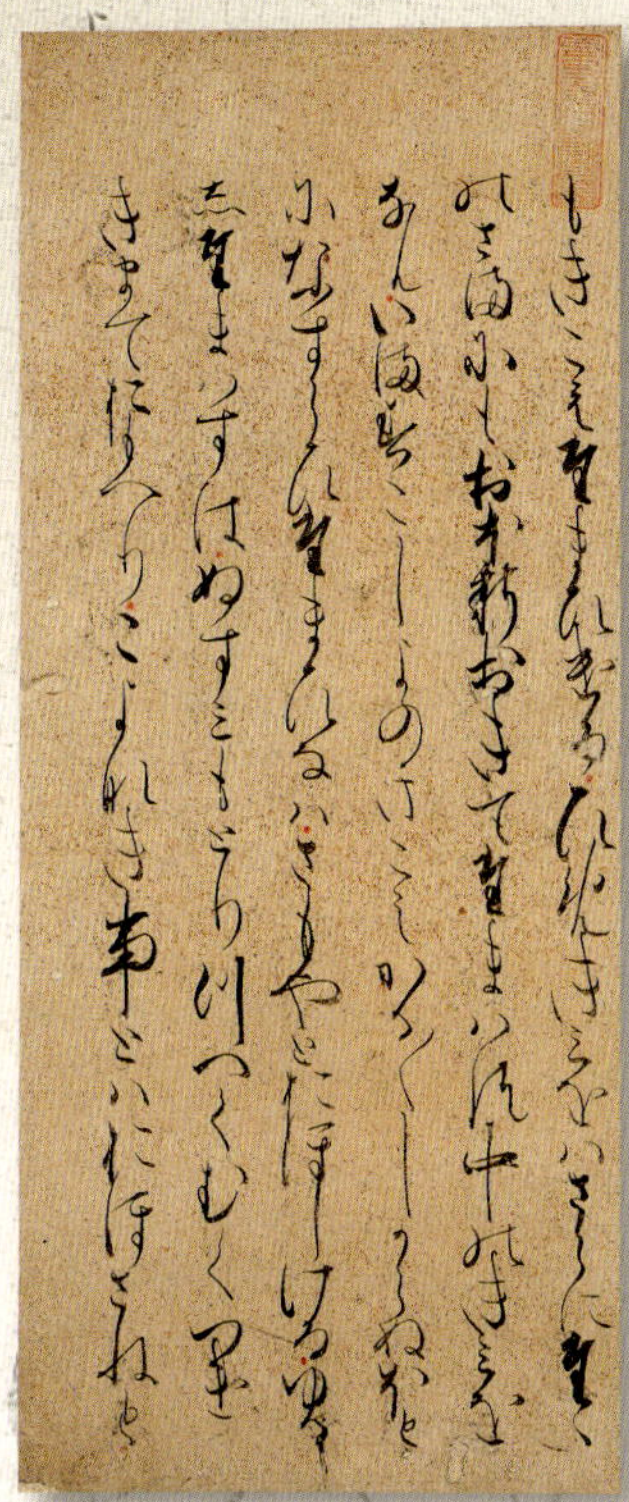

竹河

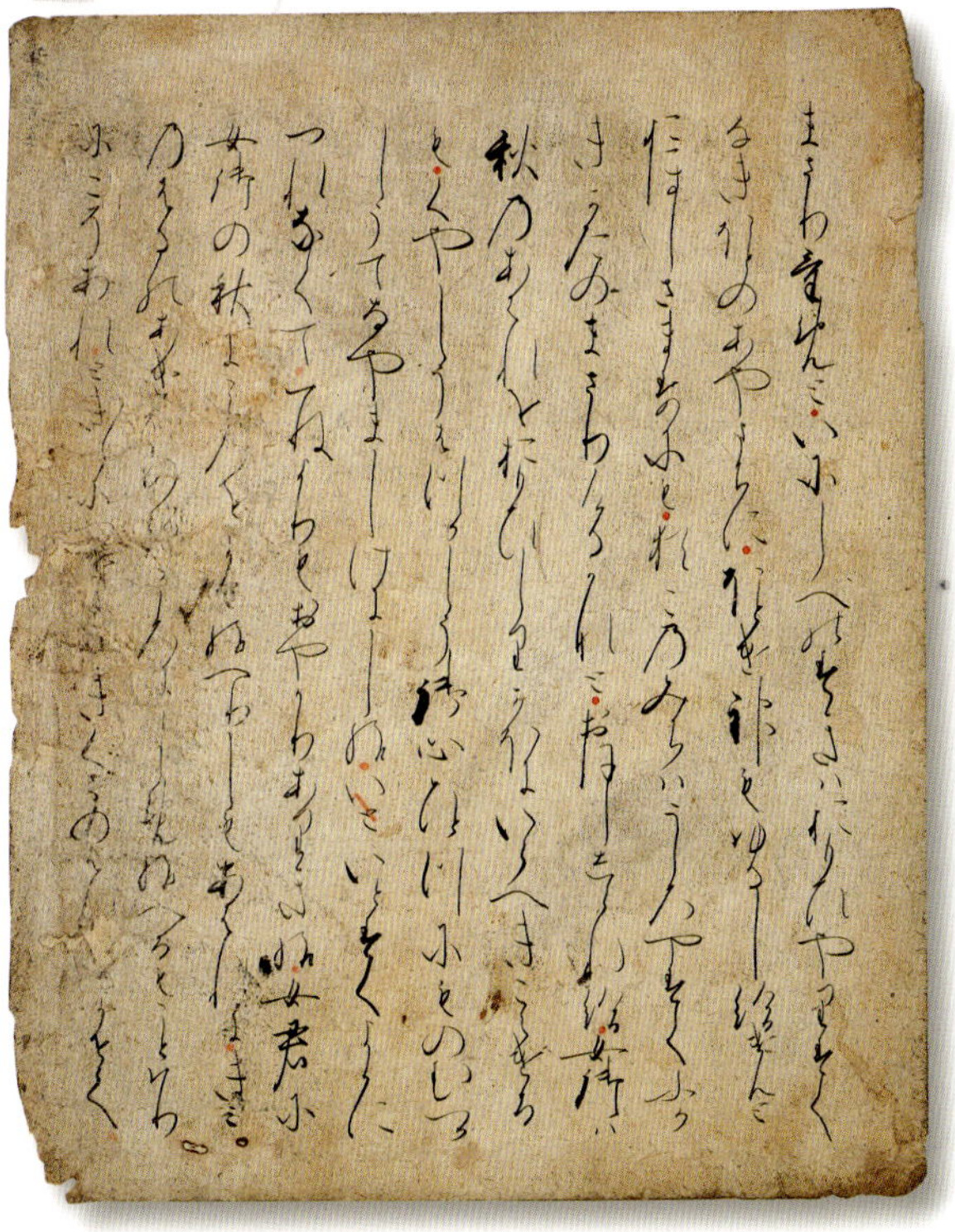

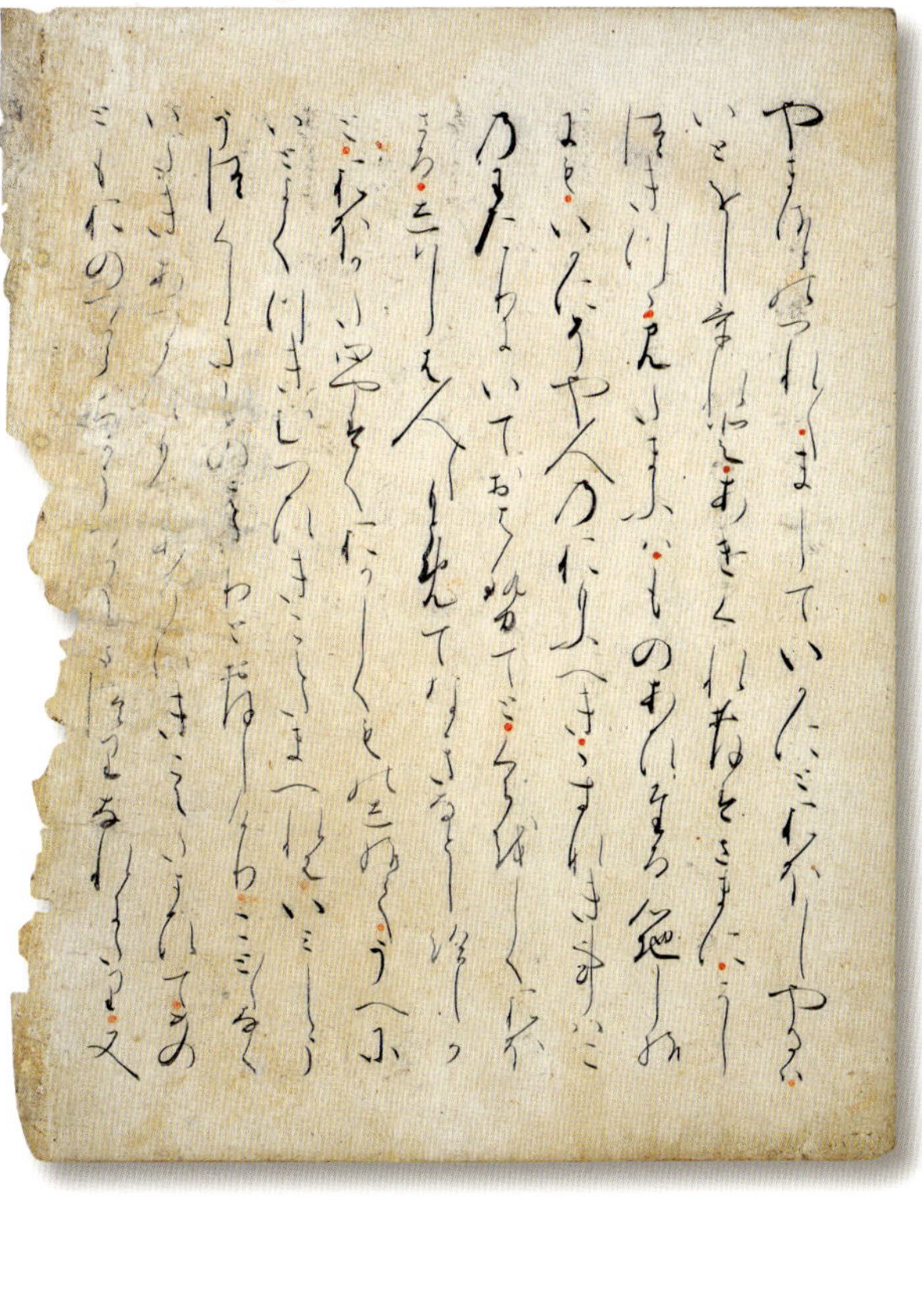

【21】『源氏物語《げんじものがたり》』断簡《だんかん》（一二葉）

①「賢木」巻切　伝後伏見院筆

国文学研究資料館蔵［ュ1-15-1］
鎌倉時代末期書写か
二七・〇×一七・一センチ

多くの僚巻切が知られるが、「賢木」巻の切は新出か。本文を飛ばすのが特徴で、一行め「たまへり」、三行め「給」のあとに本文が省略されている。

②「鈴虫」巻切　伝九条教家筆

国文学研究資料館蔵［ュ1-15-4］
鎌倉時代中期書写か
二三・九×一六・二センチ

墨の書き入れと朱点あり。僚巻切としては他に「末摘花」「椎本」「総角」巻の切が知られている。〈河内本〉成立後の、かなり早い時期の切と見られ、貴重である。

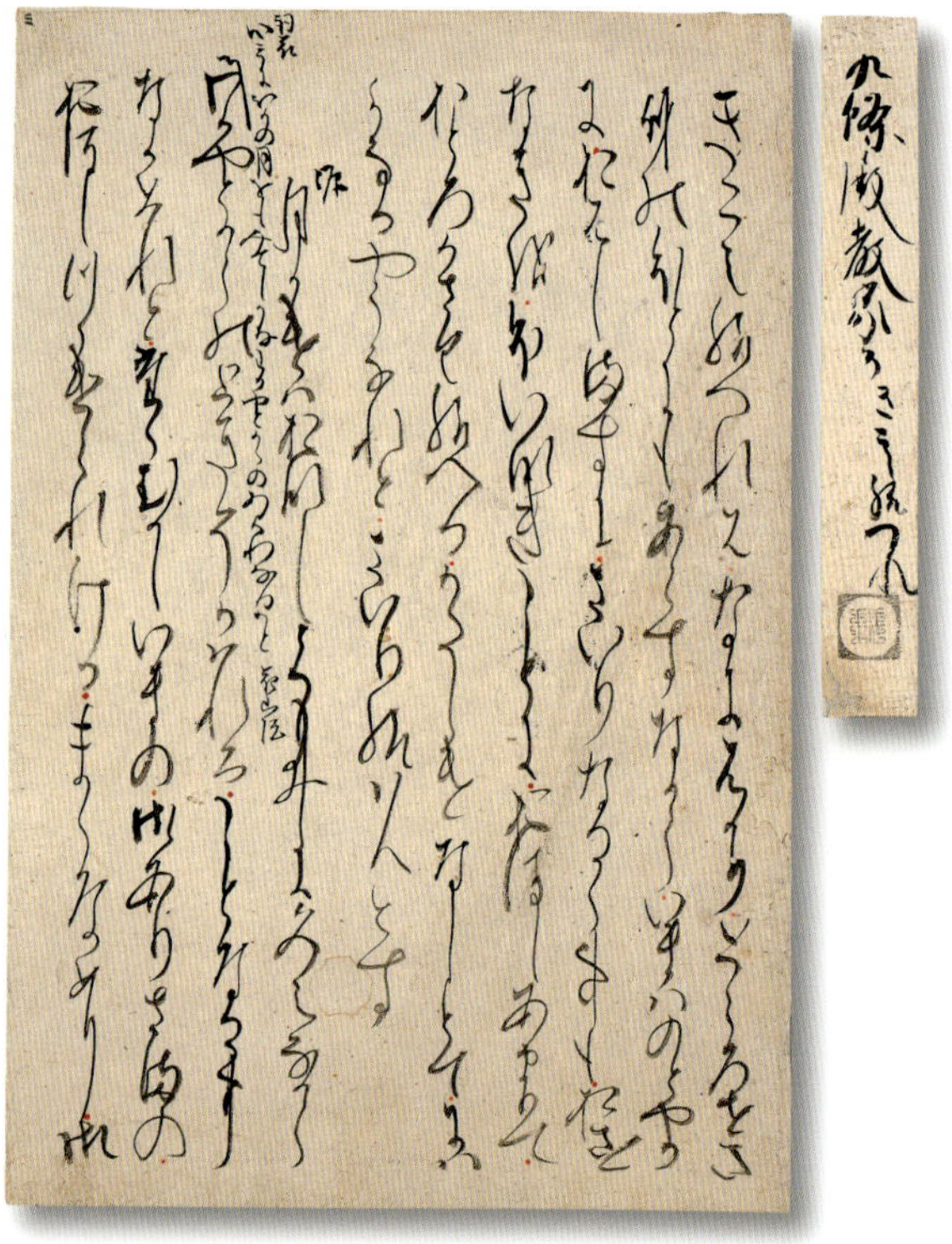

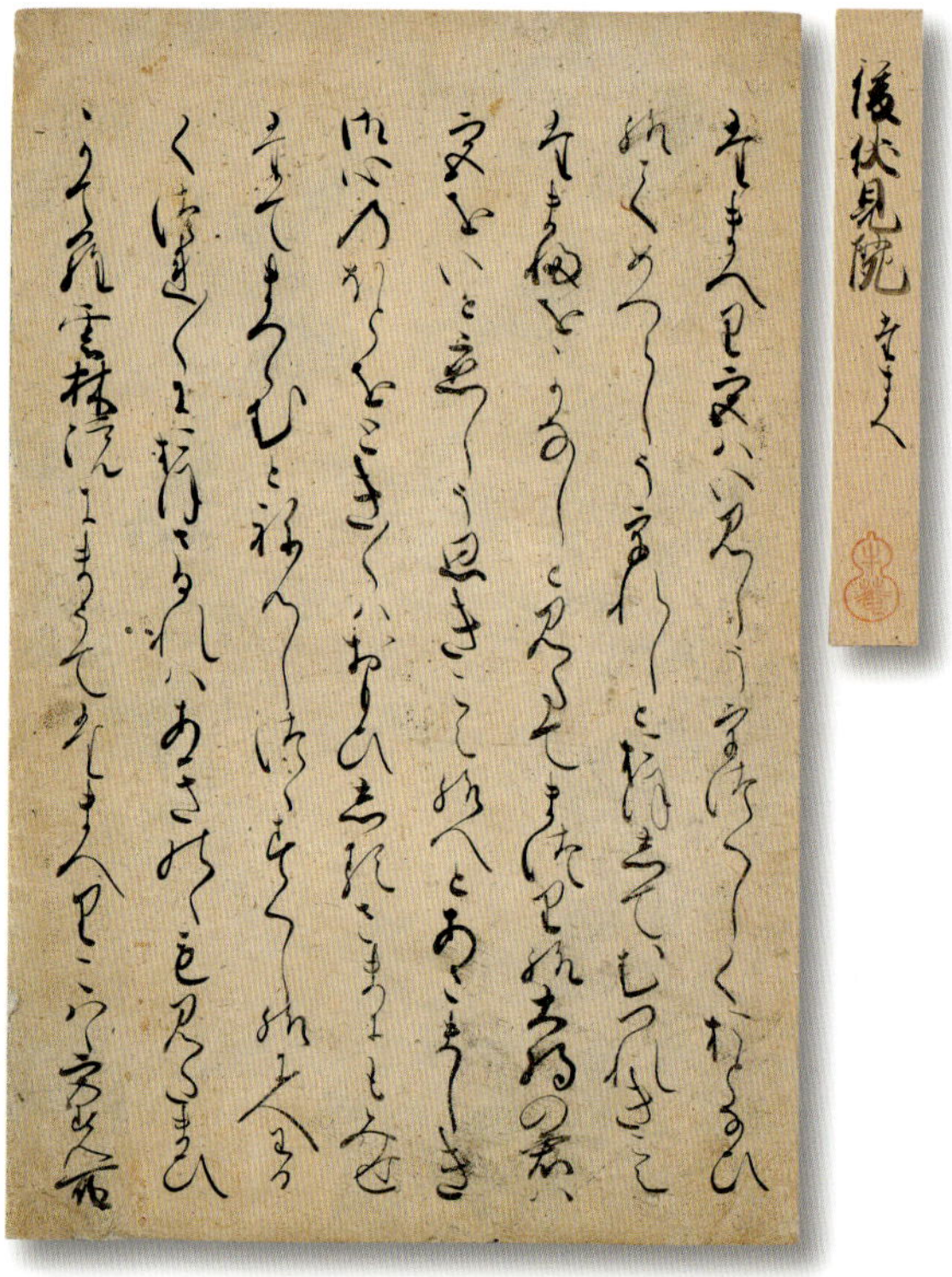

③「少女」巻切　伝称筆者なし

国文学研究資料館蔵［ュ1-15-10］
鎌倉時代末期～南北朝時代写か
一六・一×一四・四センチ

本文は、諸写本と小異がある。特に、九行め「よせおもきを」は、保坂本にのみ知られる本文で、注意される。

④「浮舟」巻切　伝正親町公叙筆

国文学研究資料館蔵［ュ1-15-9］
室町時代末期写か
二六・二×一四・四センチ

他に四葉のツレが知られる。ツレの本文は、〈いわゆる青表紙本〉とされて来たが、一行め「御ともの」、九行め「見せ給つれは」等小異があって、注意される。

⑤「花宴」巻切・二葉　伝称筆者なし

国文学研究資料館蔵［ュ1-15-13、ュ1-15-14］
南北朝時代写か
一七・五×一六・一センチ

料紙の表裏を剥がして二葉の切としたもの。二葉めの九行め「のとかに」、十行め「みすてかたく」は、御物本にのみ知られる異文を支持するものとして、注意される。

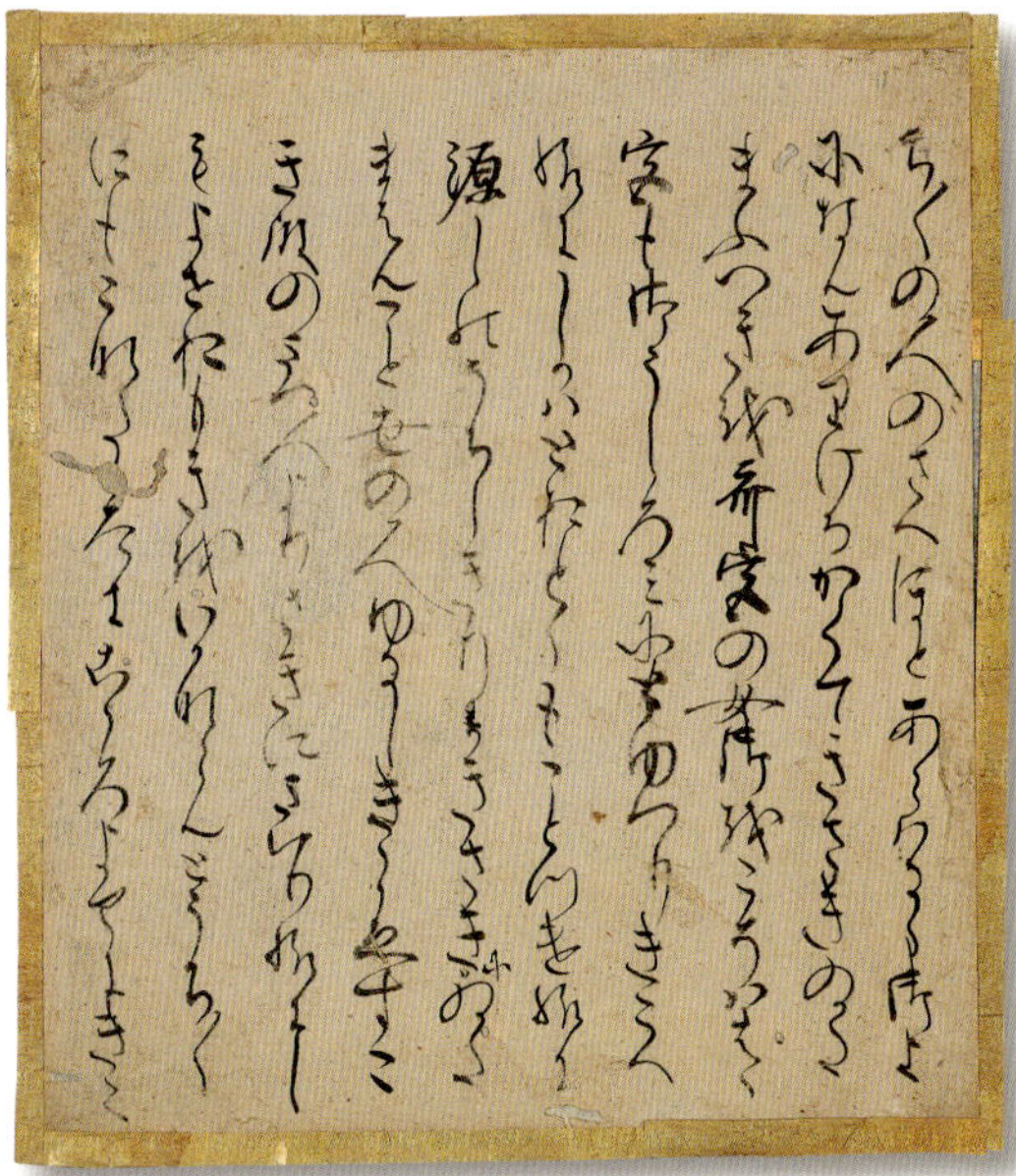
少女

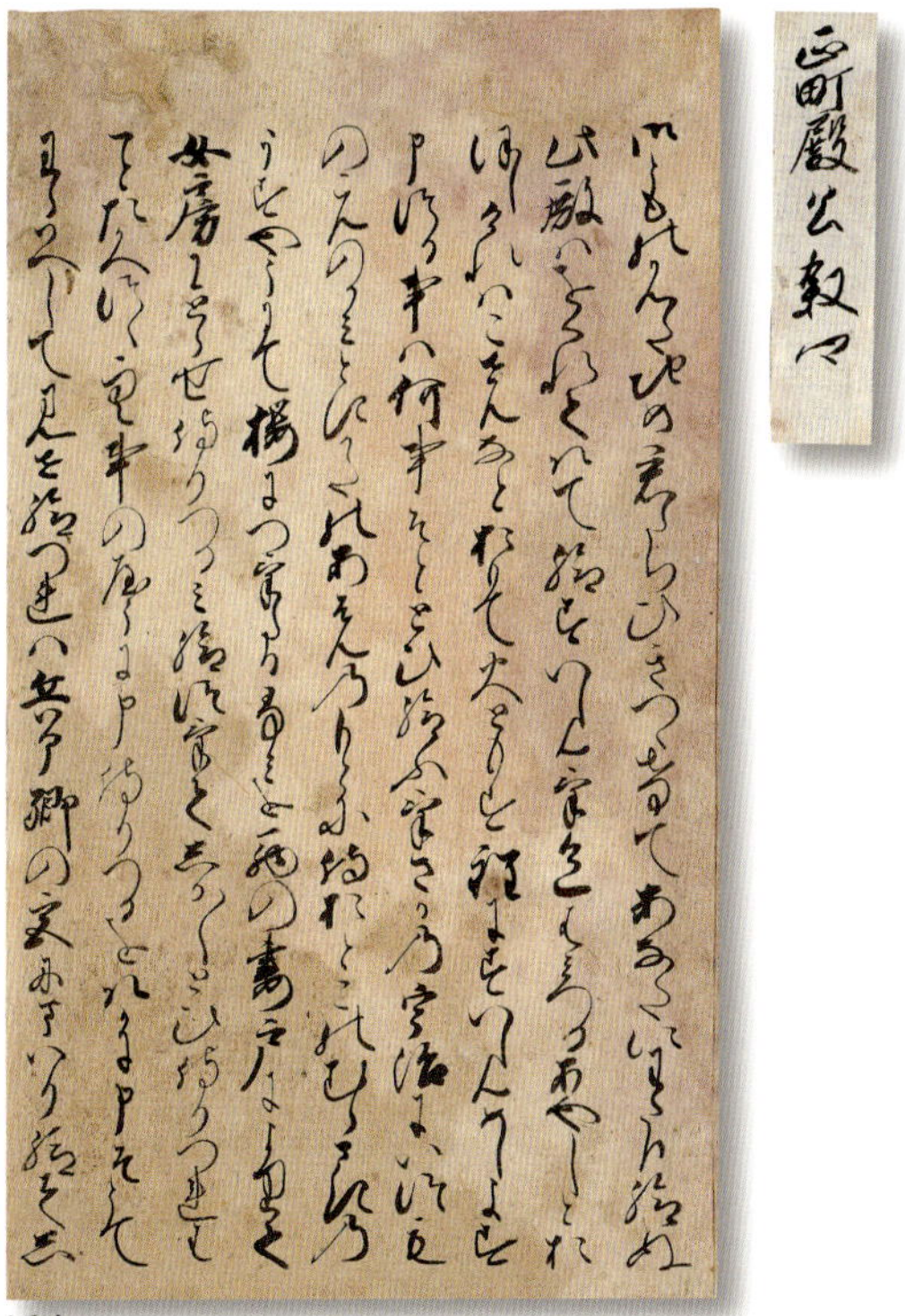
浮舟

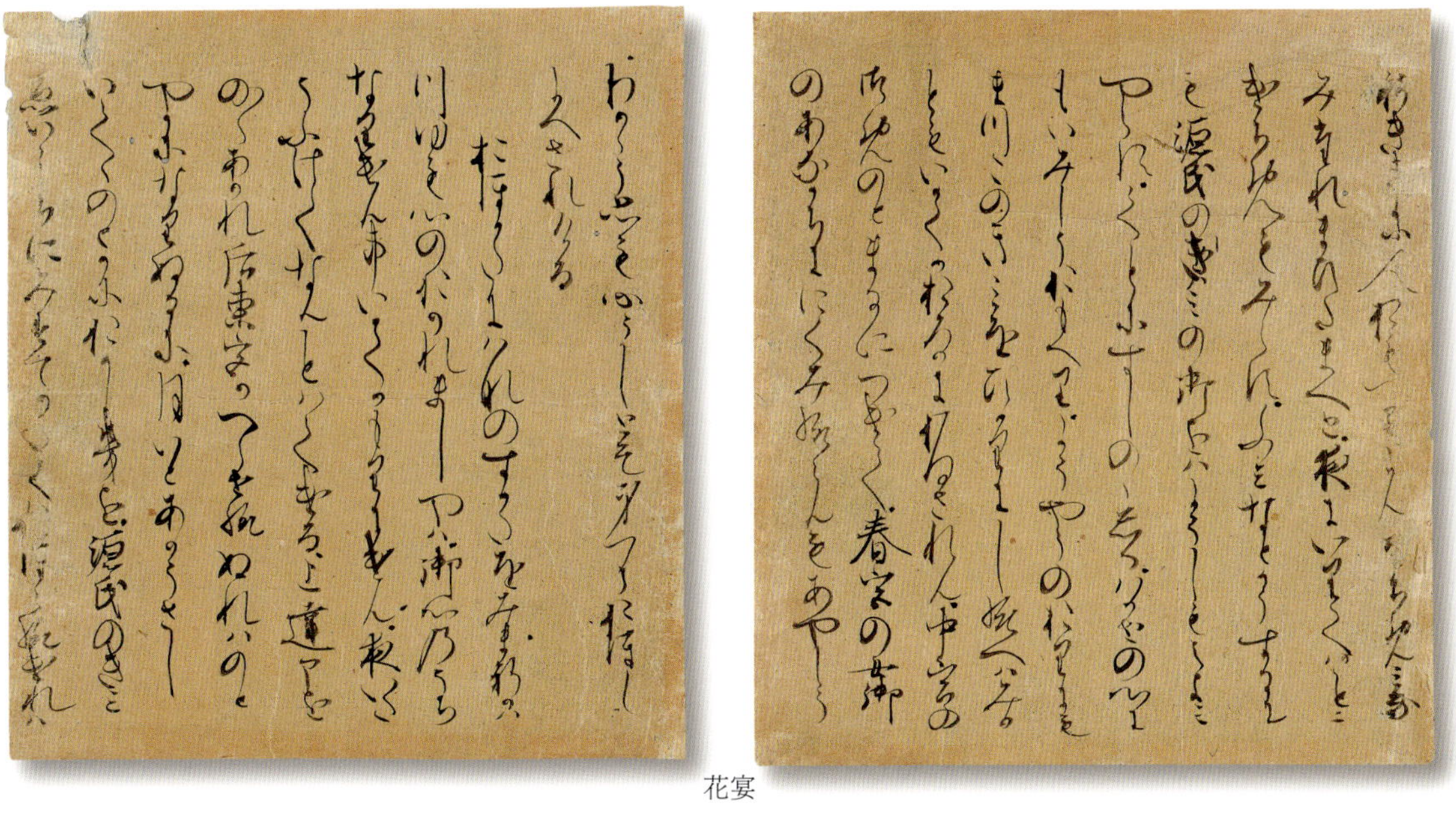
花宴

⑥「胡蝶」巻切　伝下冷泉少将（冷泉持為か）筆

国文学研究資料館蔵［ユ1-57］
室町時代中期写か
一六・六×九・六センチ

朱点あり。下冷泉家の祖である持為を伝称筆者とする写本としては、鶴見大学所蔵の「夕顔」「紅葉賀」「賢木」の三帖がある。

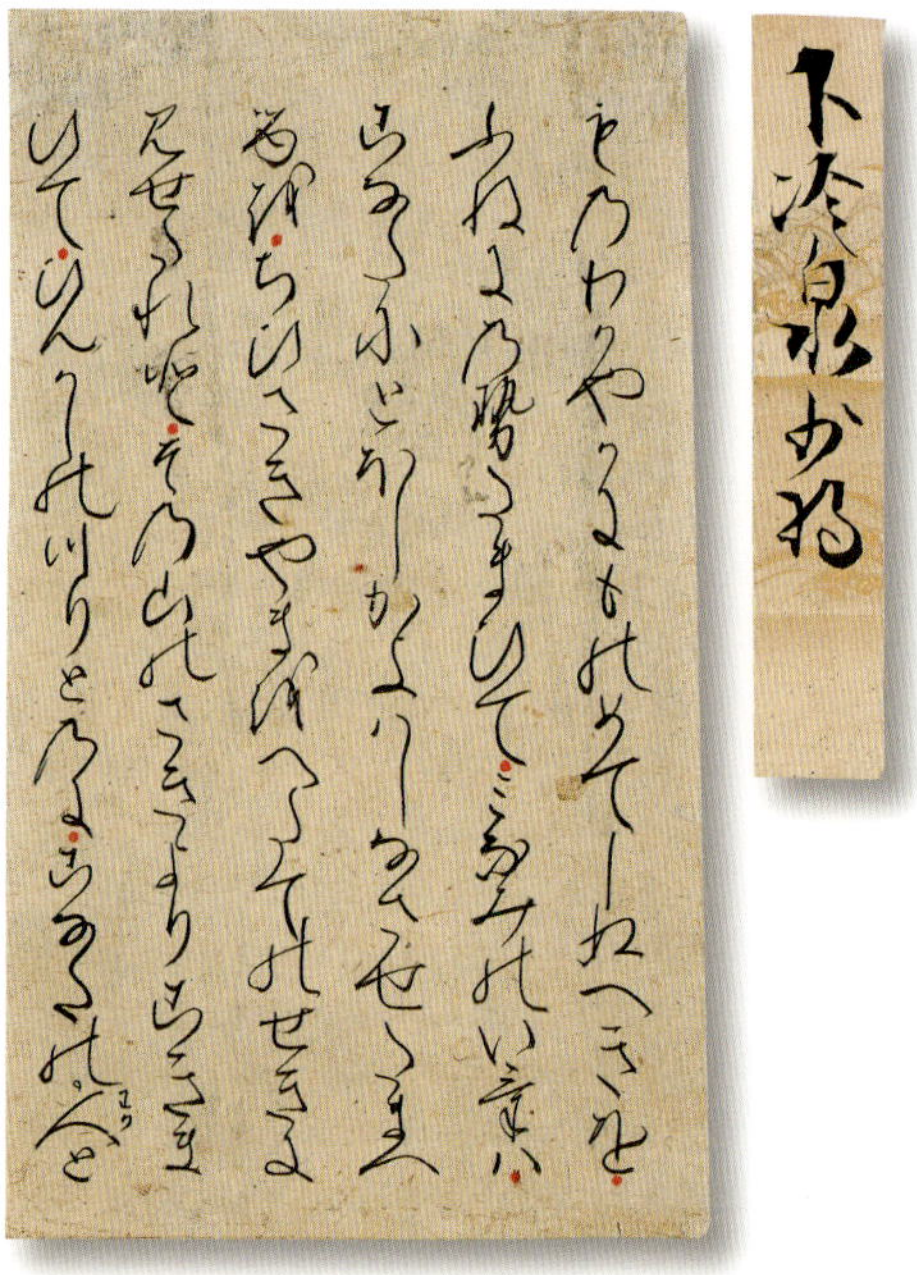

⑦「明石」巻切　伝津守国冬筆

国文学研究資料館蔵［ユ1-50］
鎌倉時代後期写か
一六・五×一五・七センチ

津守国冬を伝称筆者とする『源氏物語』写本は多く、天理図書館蔵の国冬本等、特異な本文を持つものがある。ただし、この切の本文に、特異な部分はない。

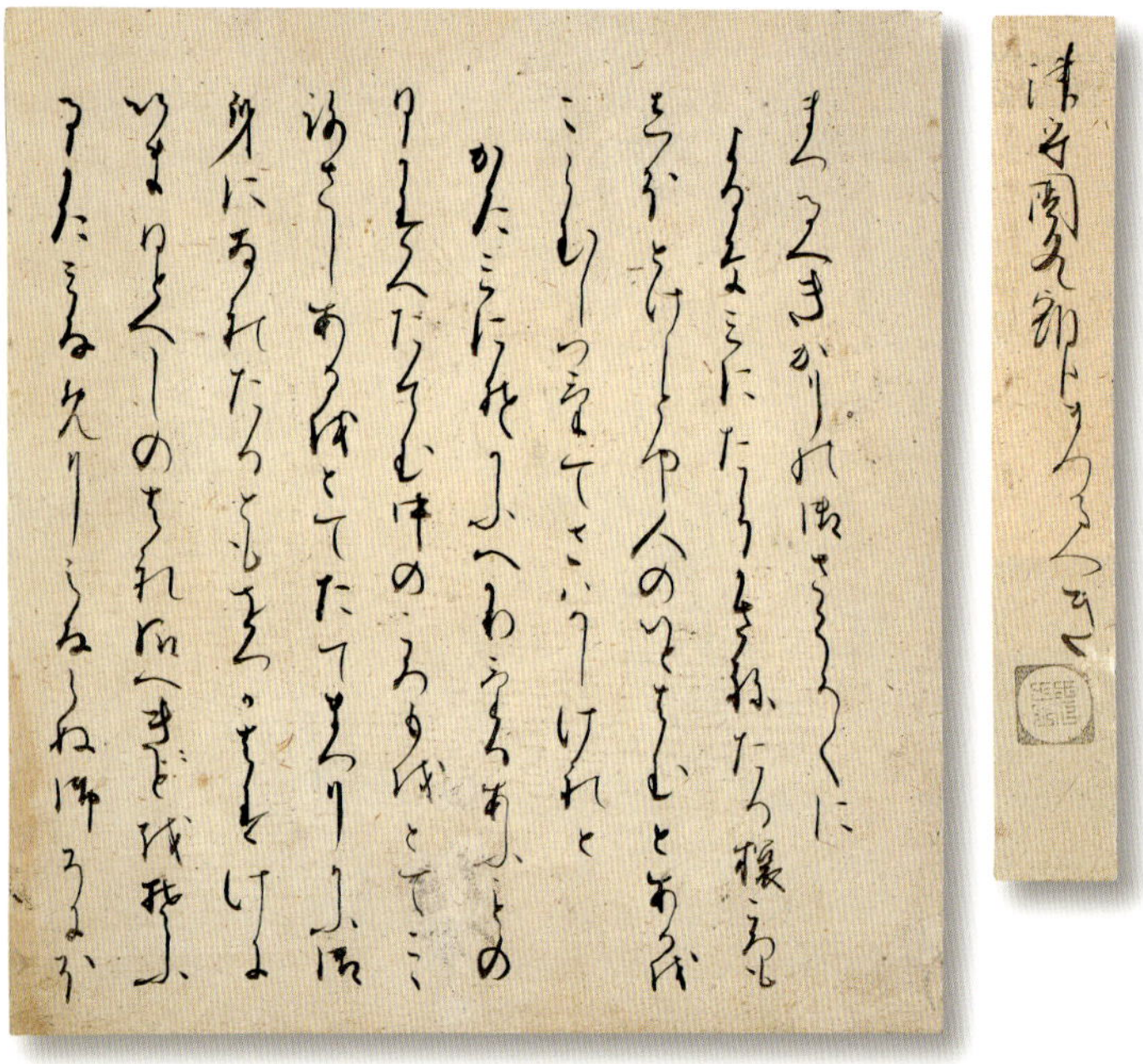

⑧「少女」巻切・二葉　伝称筆者なし

国文学研究資料館蔵［ユ1-67、ユ1-68］
鎌倉時代末期写か
一五・七×一四・八センチ

二葉の本文は連続していない。一葉め「かたにうちそゑ」、二葉め「思ありき」は、保坂本の本文に一致する。二葉めの8行めに文が補入されているが、他の『源氏物語』写本に見られない本文。

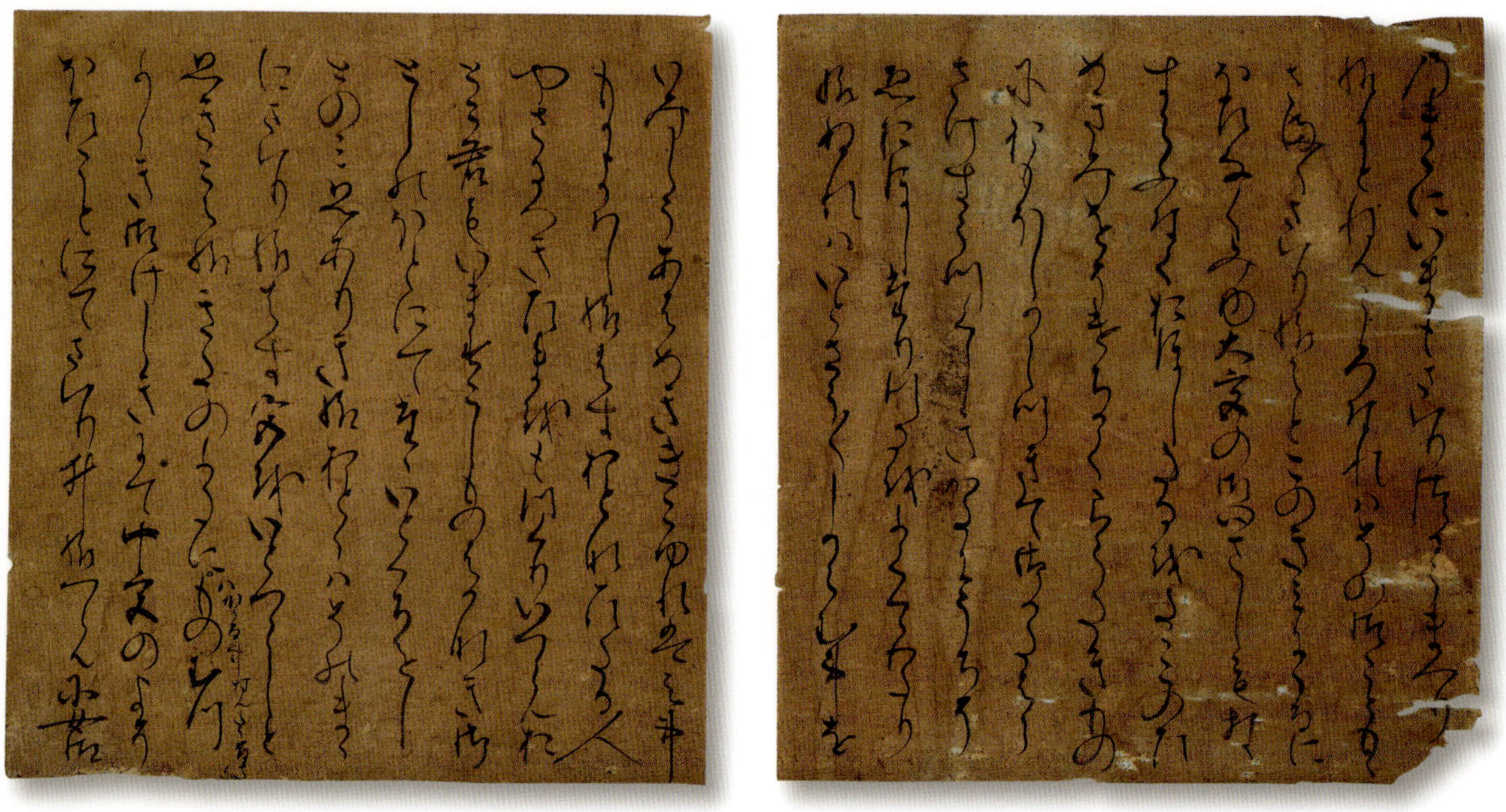

⑨「東屋」巻切　伝世尊寺定実筆

国文学研究資料館蔵［ユ1-51］
室町時代前期写か
二五・六×一六・一センチ

伝称筆者の時代認定を信じるなら、鎌倉時代前期の書写ということになる。朱の合点および墨の書き入れあり。人名の書き入れは、大島本『源氏物語』の書き入れ注にほぼ一致し、和歌の書き入れは、藤原定家自筆本『奥入』の注にほぼ一致する。

⑩「桐壺」巻切　一条兼良筆

国文学研究資料館蔵［ヨ6-33］
室町時代中期写か
軸装
二五・五×九・八センチ

朱点・朱引きあり。墨の頭注・傍注あり。ツレが多く、それらは一面八行である。掲載図版は「桐壺」巻頭であるが、巻末や奥書のツレも現存する。

（以上、大内英範）

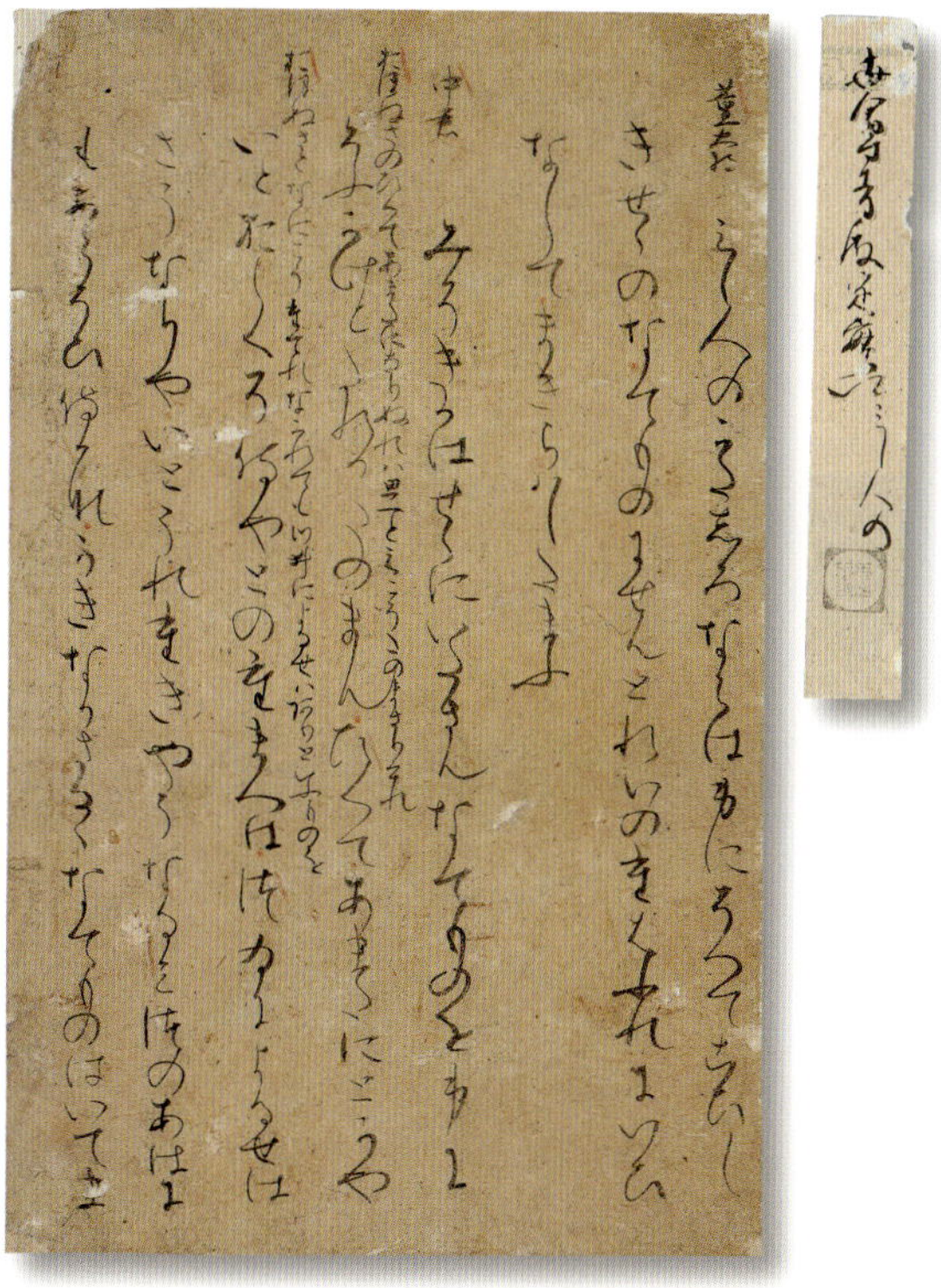

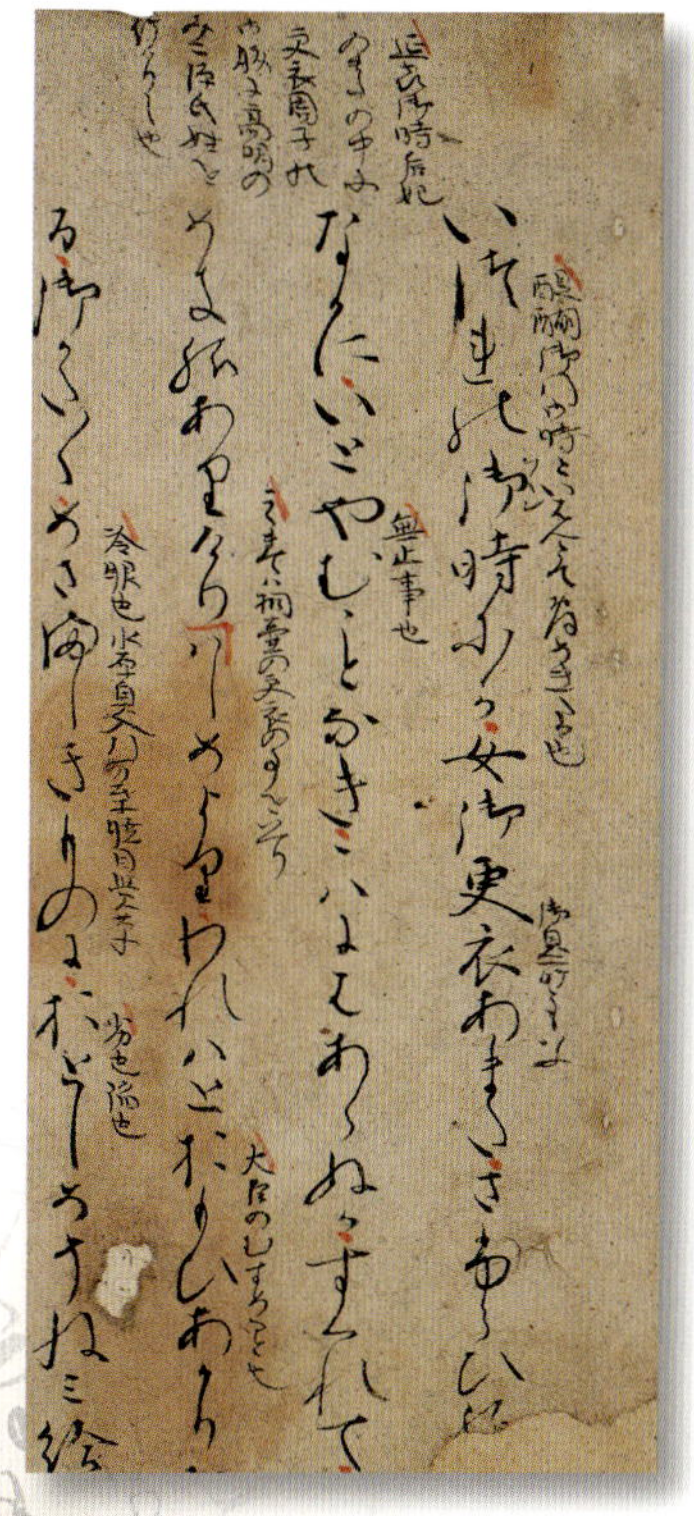

◆コラム

「古筆の書写年代について」

別府節子◆

和歌集や物語といった古典を、古い時代に書写したものを総称して古筆という。古い時代といえば、江戸時代も昔ではあるが、古筆という場合、近世前に書写された写本を指すことが一般的だ。また、『源氏物語』のような物語や『古今集』などの歌集類は、近代以降の作家の自筆原稿のように、著者や編者自身の書いたテキストが残っているということはまずない。それでも、原作が平安時代であるこれらの作品を、現代の私たちが読めるのは、平安以降の時代時代に、綿々と書写が行われ続けたおかげである。本展覧会にも、『源氏物語』の様々な時代の古筆が出品されている。そしてその題箋には、鎌倉時代とか室町時代といった書写年代が示されている。本には書写の経緯や年月日、書写者の署名等が記してある「奥書」という部分が最後に付されていることがあり、この場合は書写年代が判る。しかし、多くの古筆、特に調度手本といわれるような美しく誂えられた本には、そのような記述はない。ではどうして書写年代が判るのか、疑問に思われる人も多いだろう。こういう場合、表紙や本の装幀、本文を記す料紙の紙質や装飾、本文の書風など、本の物質的な側面を色々、子細に検討して、大凡の書写年代を導き出すという方法をとる（ちなみにこの〝本を対象とした考古学〟のような学問を書誌学という）。この内、古筆をある程度見慣れた者が、特に書写年代の推定の指標とするのが、本文の書風と料紙の様子である。例えば、鎌倉時代書写の「6中山本『源氏物語』若紫」を見ると（九〇頁、図版参照）、書かれている文字の筆線が細い。一字一字の字形を見ると、スマートな感じがする。また、文字と文字が繋がることを連綿というが、この連綿がよく続き、しかも伸びやかである。これが、南北朝、室町と時代が下がるにつれて、筆線は太く墨色も黒々となり、字形はスマートな形から豊満な形へ、一方、連綿はあまり続かず、伸びやかさが感じられなくなる。また料紙の質は、一般的に時代が下がるにつれて、一枚の厚さが薄くなり、表面もより滑らかな感じになる。以上、書風や料紙を検討する場合の、それぞれの時代の特徴を大まかに、ことばにして述べてみたが、ことばだけで特徴を覚えてみてもしかたがない。多くの作品に接して、その特徴を眼で確認して、さてこれは、どの作品と同じ頃かなと分析することから始まる。だからこそ、展覧会などで実作品に接する機会が大切なのである。

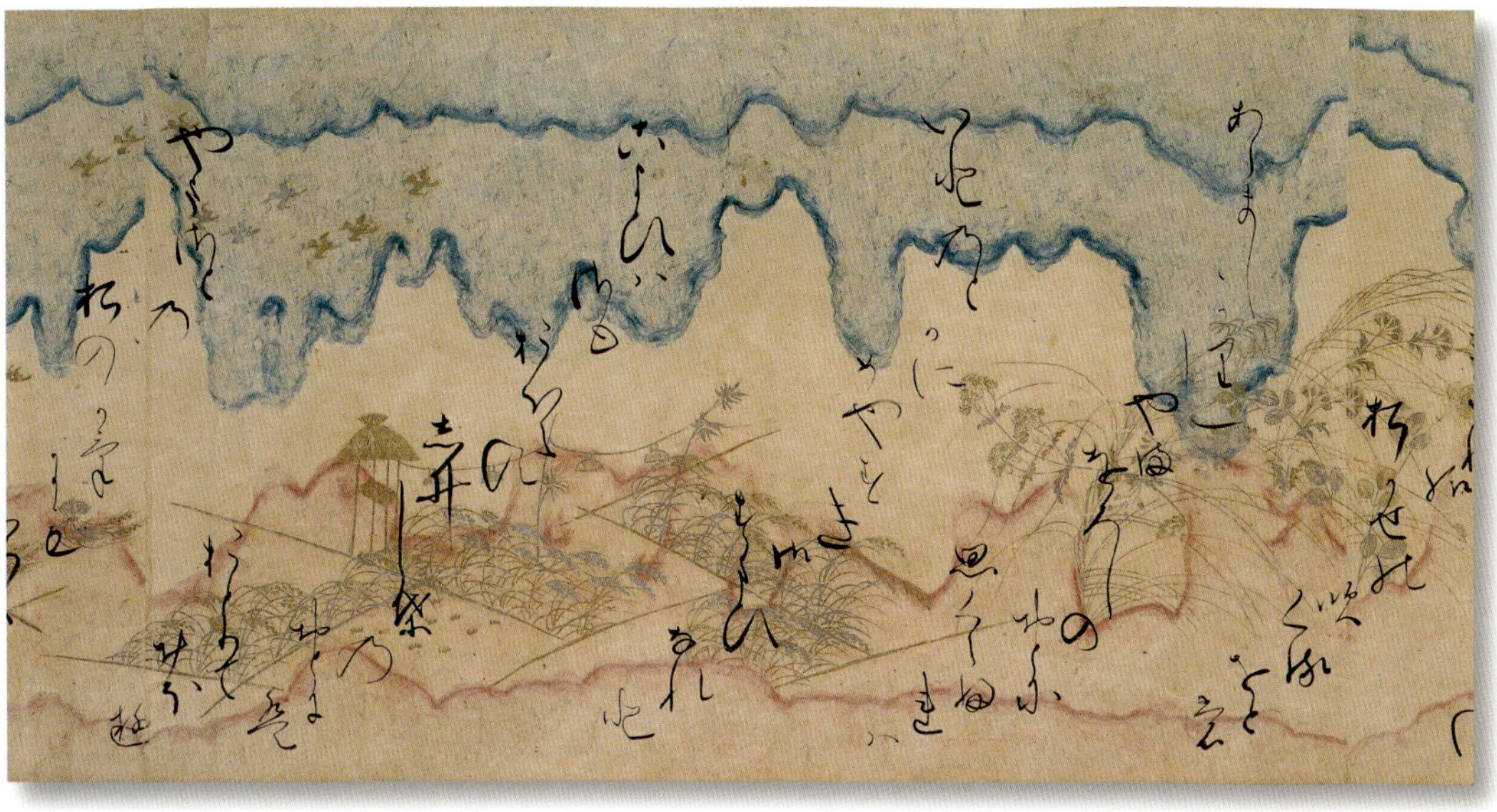

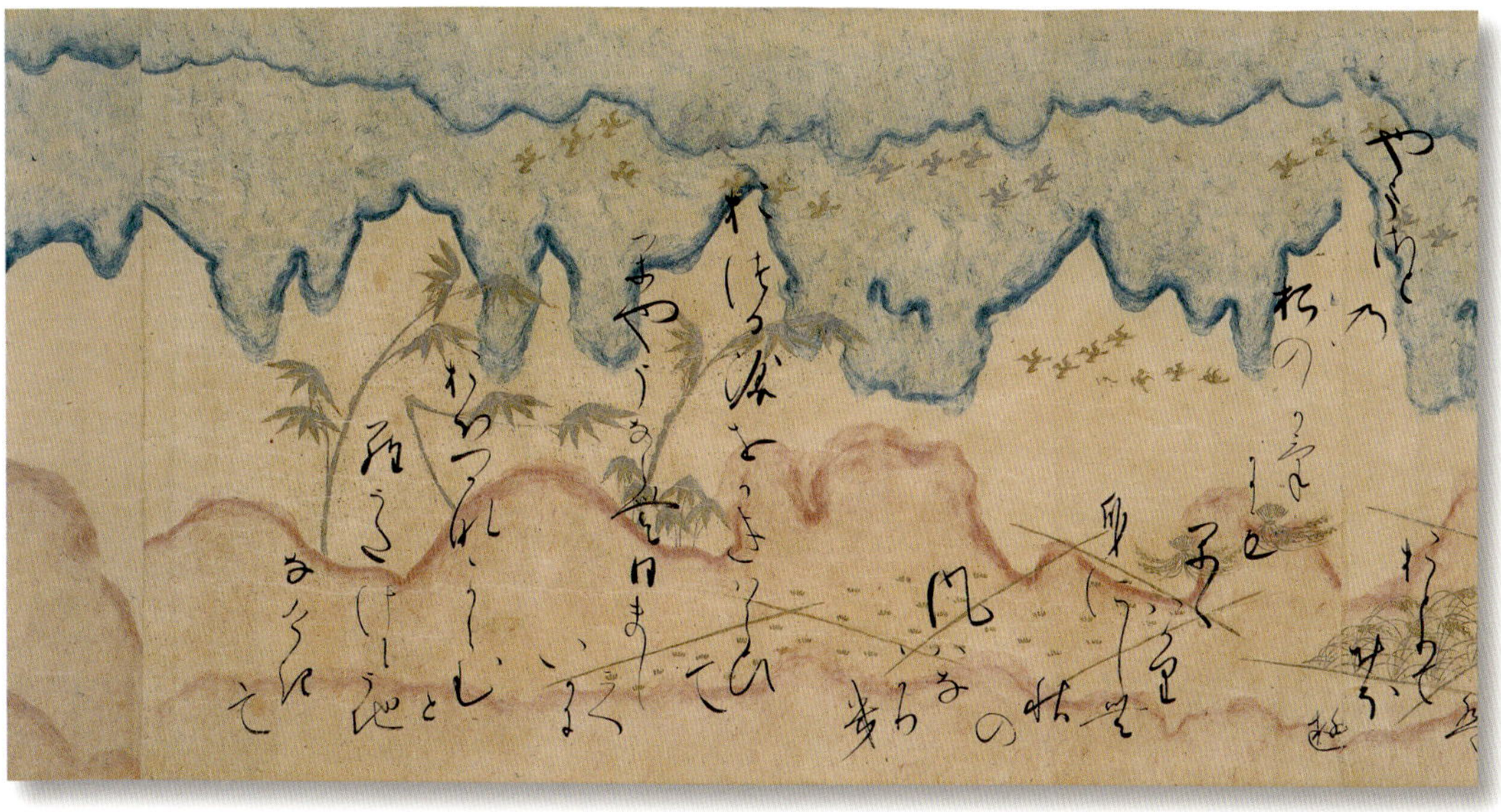

【22】◎伝《でん》伏見《ふしみ》天皇《てんのう》宸翰《しんかん》『源氏物語《げんじものがたり》抜書《ぬきがき》』

国立歴史民俗博物館蔵［H-134］
鎌倉時代後期写か
巻子本　一軸
三〇・八×五四〇・〇センチ

『源氏物語』より「若菜下」「若菜上」「若紫」「宿木」「薄雲」の各巻の文章を散らし書きにしたもの。料紙は天青地紫の打曇斐紙に、金泥・銀泥で四季おりおりの風景を描いて下絵とした美麗なものである。筆者と伝えられる伏見天皇（一二六五〜一三一七）は中世天皇家きっての能書として知られ、さらに和歌の才能にも優れていた。その宮廷における『源氏物語』愛好が甚だしかったことから、このような伝承に結びついたと思われる。

（小川剛生）

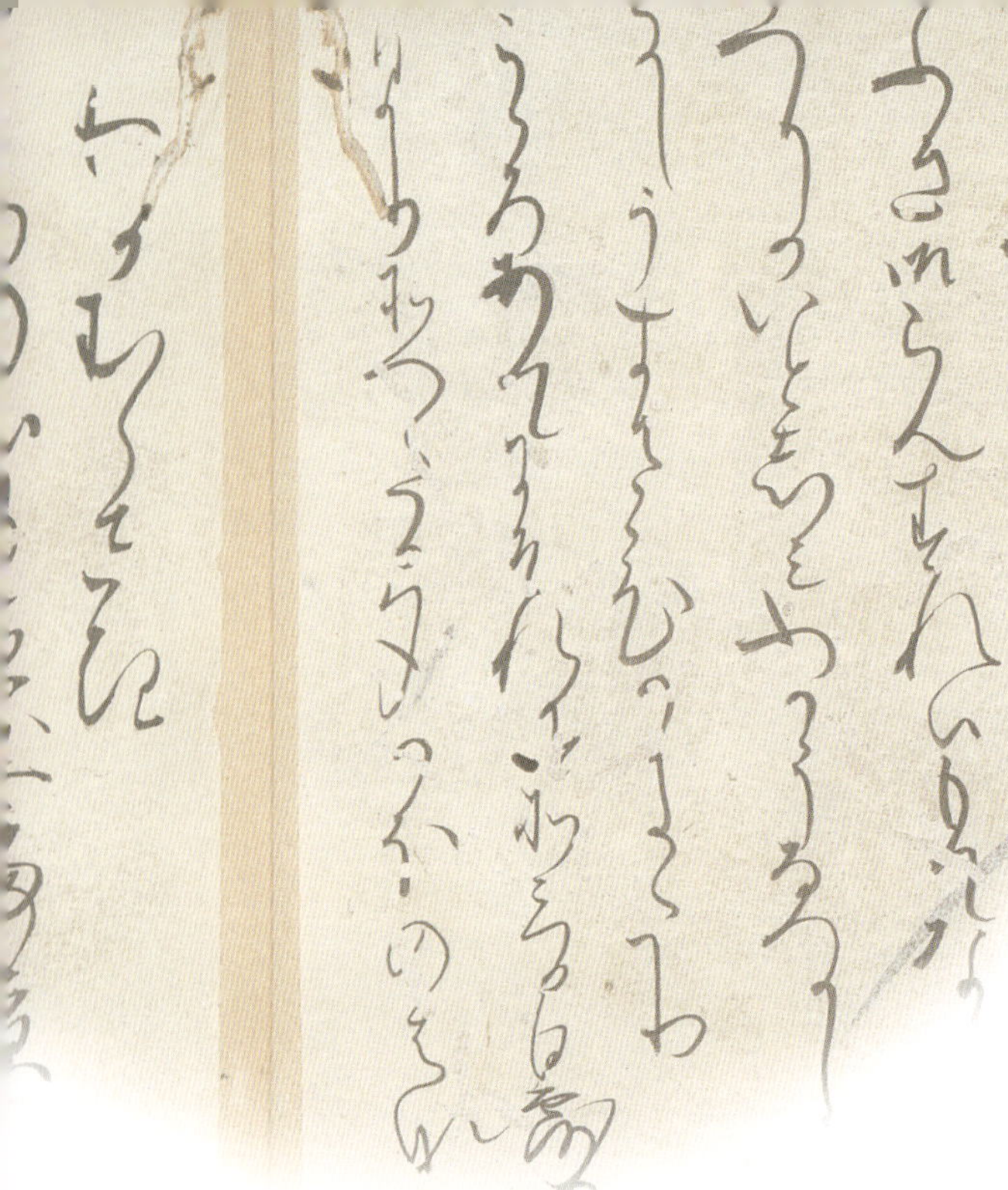

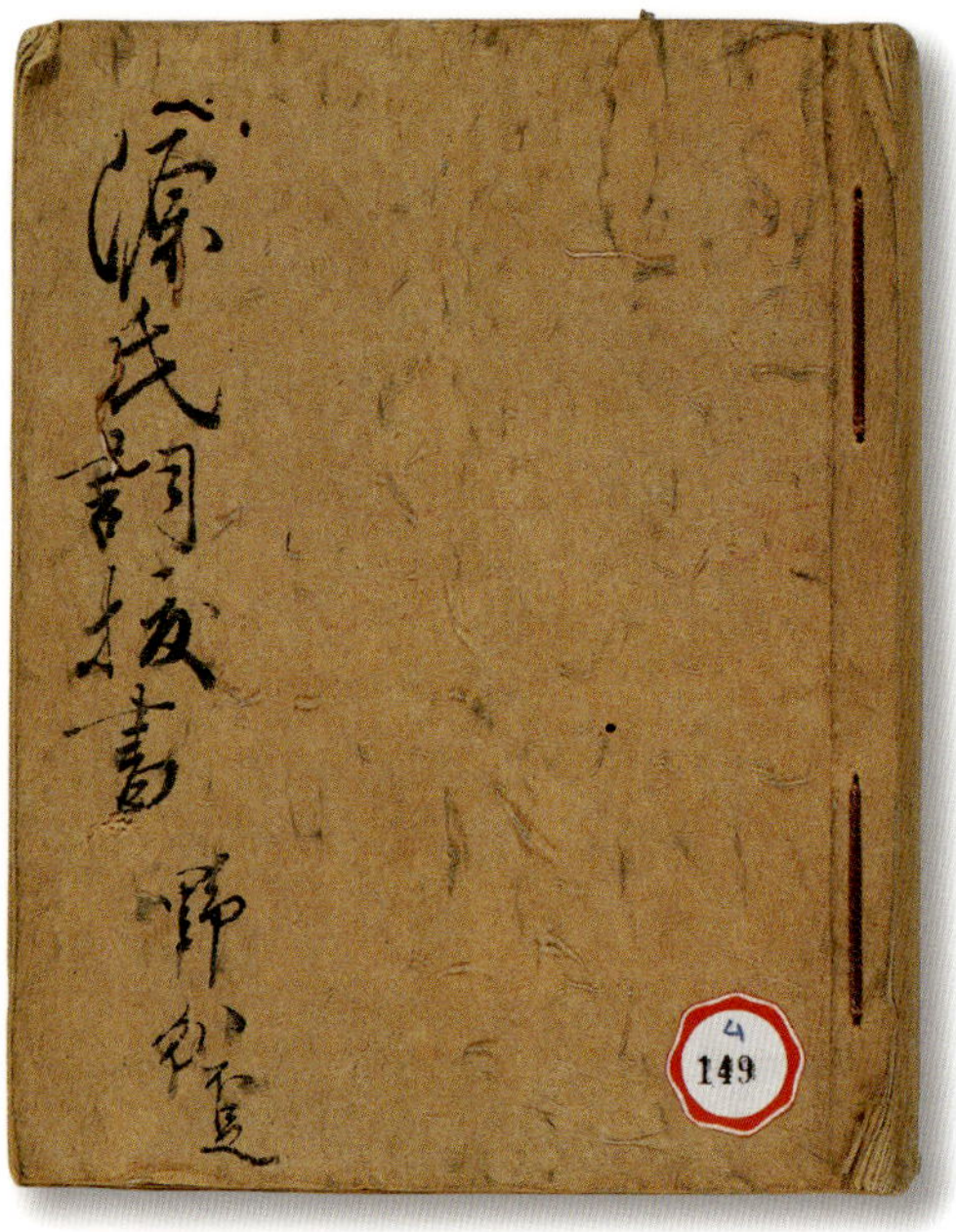

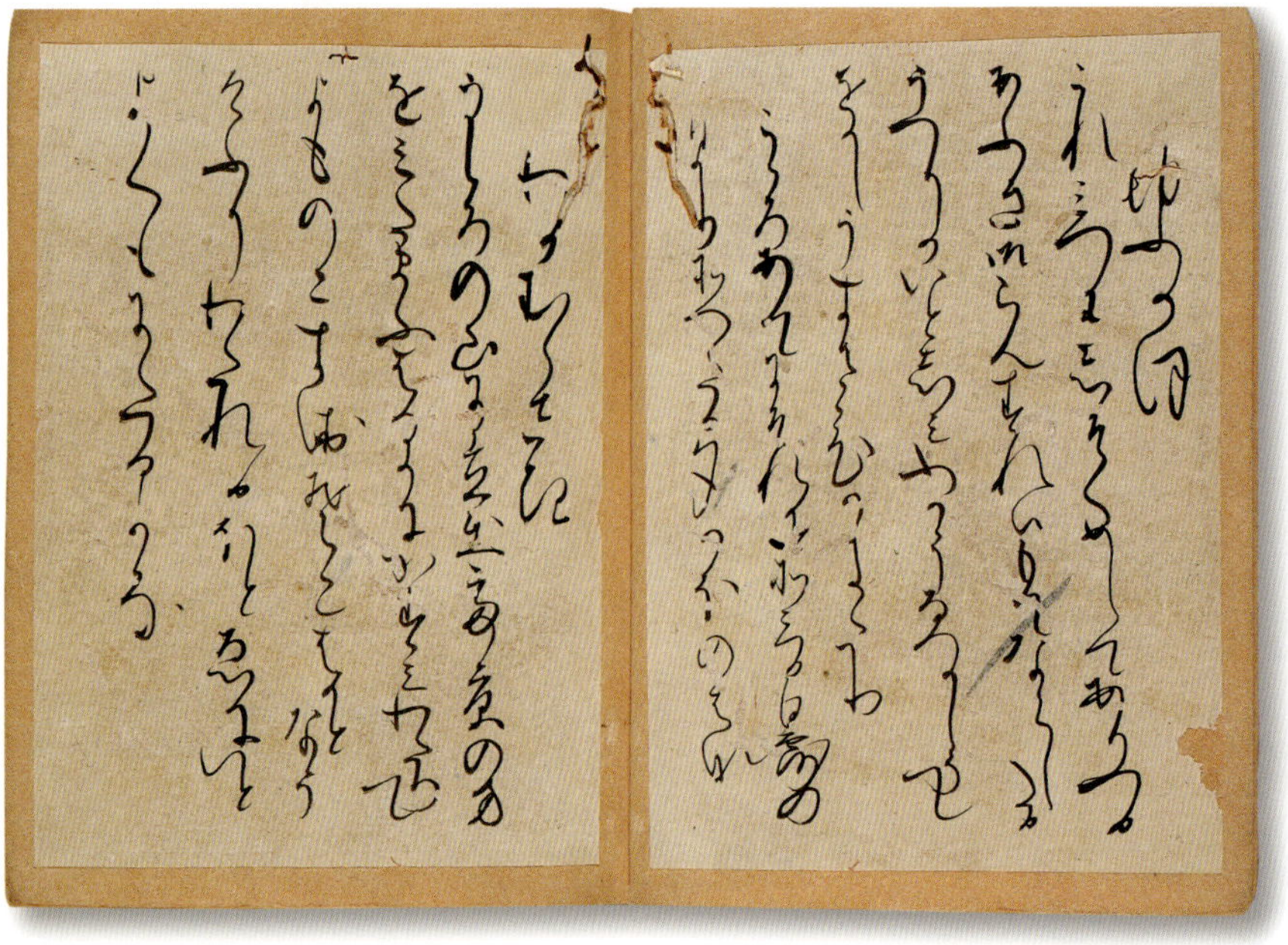

【23】霊元院宸翰《れいげんいんしんかん》『源氏詞抜書《げんじことばぬきがき》』

国立歴史民俗博物館蔵　高松宮家伝来禁裏本
[H-600-1459]
江戸時代前期写
大和綴　一冊
一五・九×一二・五センチ

『源氏物語』の各巻より五、六行程度の文章を抄出して色紙形に散らし書き等様々な書法で記し、それを朱色厚楮の大和綴本に半丁ずつ貼付したもの。「野分」巻のみ欠いている。外題題簽には「源氏詞抜書〈野分不足〉」とあり、本文とともに霊元天皇（一六五四～一七三二）の宸筆と見られる。屏風等に貼付するため、好ましい部分を抜き出しておいたものであろう。霊元天皇は近世天皇家においても文芸面での活躍が顕著な天皇であるが、その私的な場での『源氏物語』好尚の一端を示す史料として興味深い。

（小川剛生）

【24】『源氏《げんじ》物語《ものがたり》・新古今集《しんこきんしゅう》ほか抜書《ぬきがき》』

国文学研究資料館蔵［ヨ1-149］
室町時代前期写
巻子本　一軸
二九・一×七六一・六センチ

『源氏物語』『新古今和歌集』等の和歌と詞を、散らし書きにしたもの。内容は、①『源氏物語』「葵」巻の和歌と詞の抜粋、②『源氏物語』「須磨」巻の和歌と詞の抜粋、③『源氏物語』「浮舟」巻の和歌と詞の抜粋、④出典未詳の候文（艶書文例か）、⑤『新古今和歌集』秋上・386番歌「かぜふけば～」、⑥『新古今和歌集』秋上・394番歌「時しもあれ～」の6ブロックから成る。巻末に「右源氏語一巻者／伏見仙院宸翰也　殆無疑貽者哉／臨池之奇珍入木之握玩　不可過之而已／日枝咋木老叟［花押］／記之」という識語があり、一方、箱書には「後伏見院震翰／源氏語　一軸」とあるが、筆跡・料紙から、室町前期の作と推定しておく。識語と箱書は、本書を「源氏《げんじ》語《ことば》」と呼んでいるが、類書に照らして、『源氏物語抜書』と題するのが妥当だろう。一四～一五世紀には、こうした、王朝文学の抜き書き本がしばしば制作されている。『源氏物語』の抜き書きとしては、国立歴史民俗博物館蔵の伝伏見天皇宸翰本（本図録22参照）、徳川美術館蔵の伝後光厳天皇宸翰本、石山寺蔵の伝後花園天皇宸翰本、等が、夙に知られている。

（加藤昌嘉）

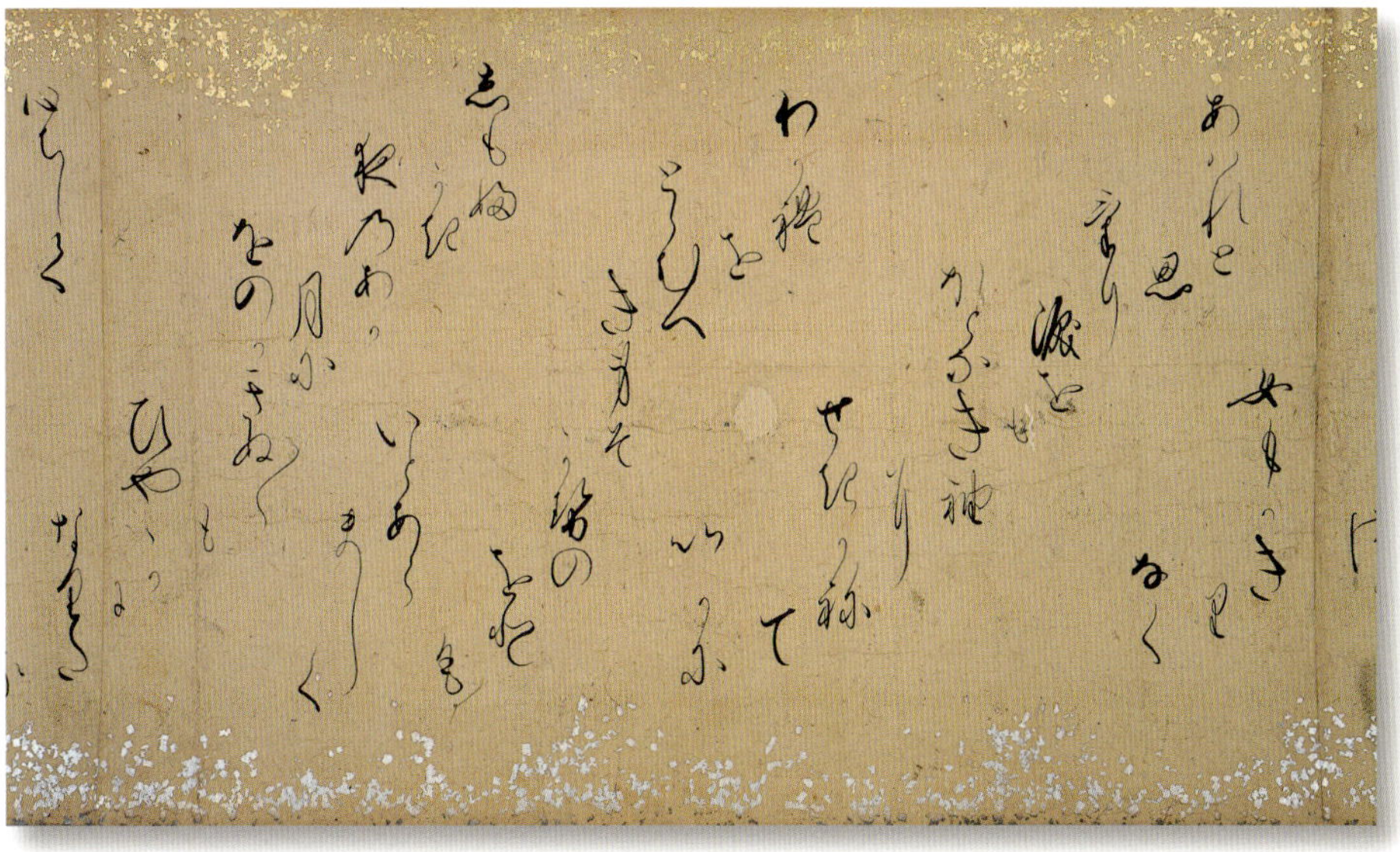

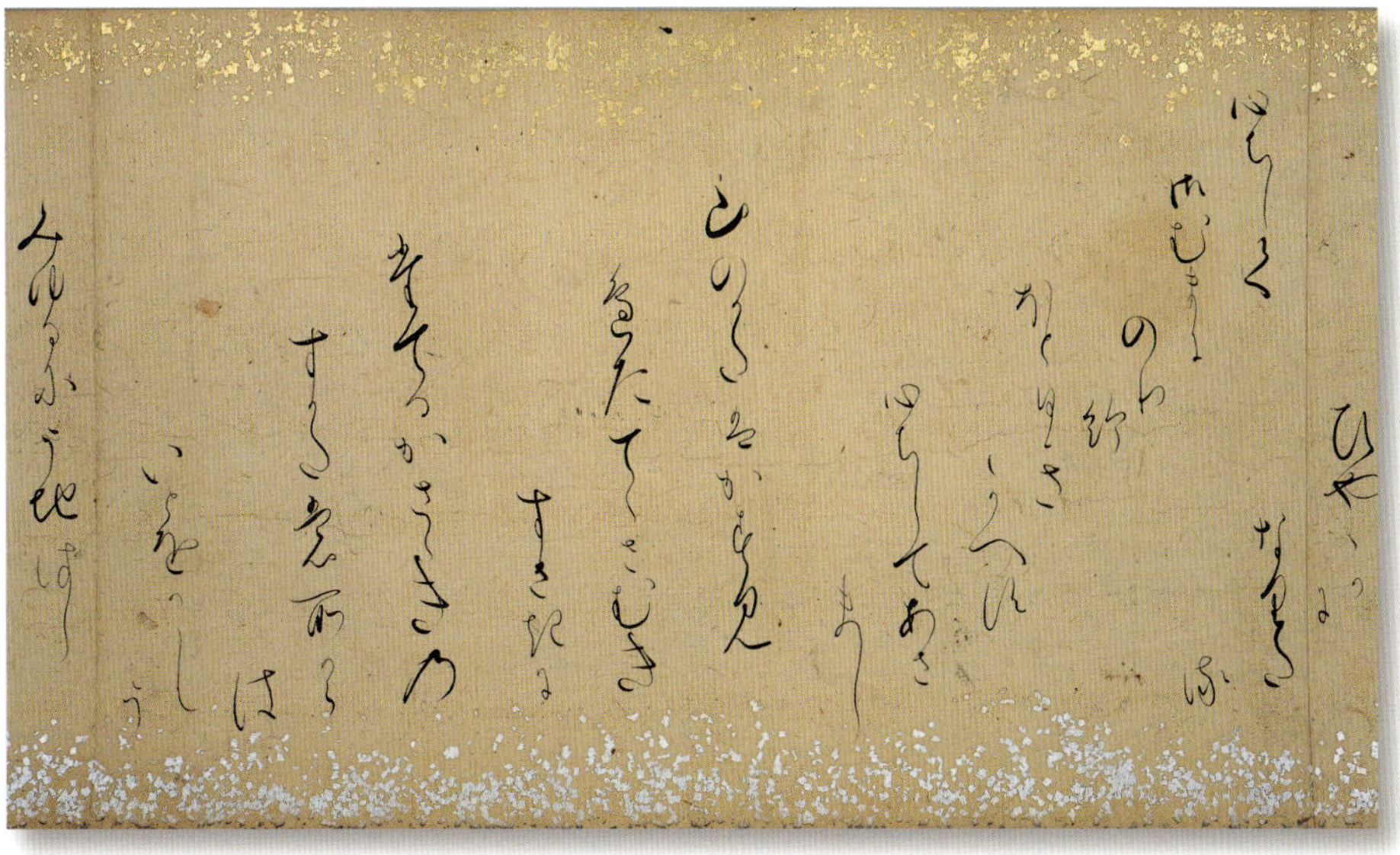

【25】『光《ひかる》源氏《げんじ》系図《けいず》』

国文学研究資料館蔵［99-123］
鎌倉時代末期頃写
巻子本　一軸
三四・〇×五二一・一センチ

『源氏物語』の作中人物を系図にしたもの。いわゆる源氏物語古系図の一伝本である。のべ一六二名の作中人物を、略歴とともに掲載している（数え方によって増減あり）。序文・奥書等はなく、系図不載人物一覧も具備しない。源氏物語古系図としては、これまで三〇数本の伝本が報告されている。しかし、本書は新出の鎌倉期写本であるのみならず、「巣守」巻関係の人物を最も多く記載した文献として、資料的価値がきわめて高い。「巣守」巻は既に散佚して伝わらないが、源氏物語古系図や源氏物語歌集の断簡の中に、断片的に伝えられている物語である。本書の記載によれば、巣守の三位という女君が薫の子を出産するも、匂宮に言い寄られて世を厭い大内山に身を隠す、という物語であったらしい。「巣守」巻の作者が宇治十帖の作者と同じであるか否かは定かでないが、鎌倉時代の人々が『源氏物語』の一巻としてこれを認知していたことは確かである。

（加藤昌嘉）

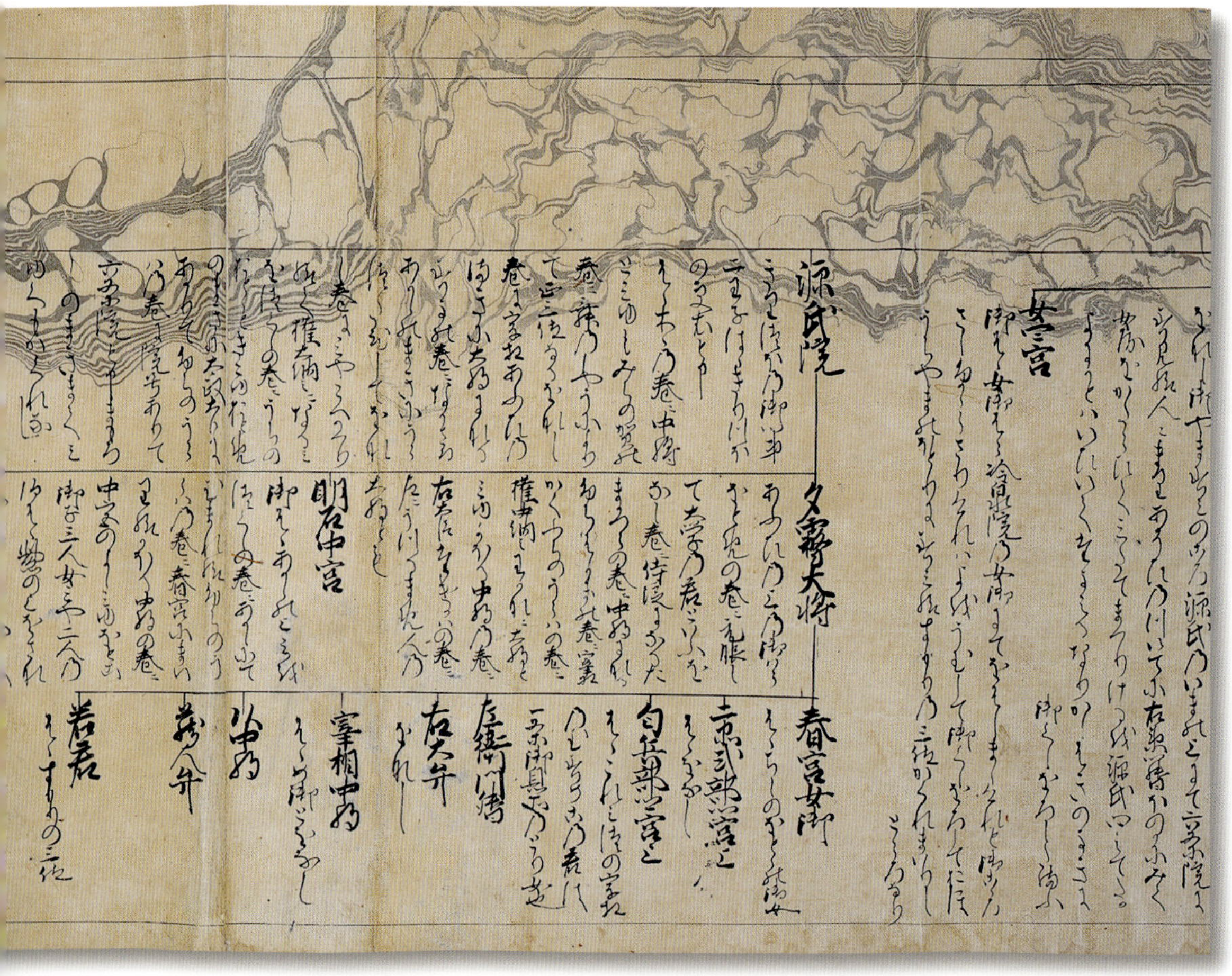

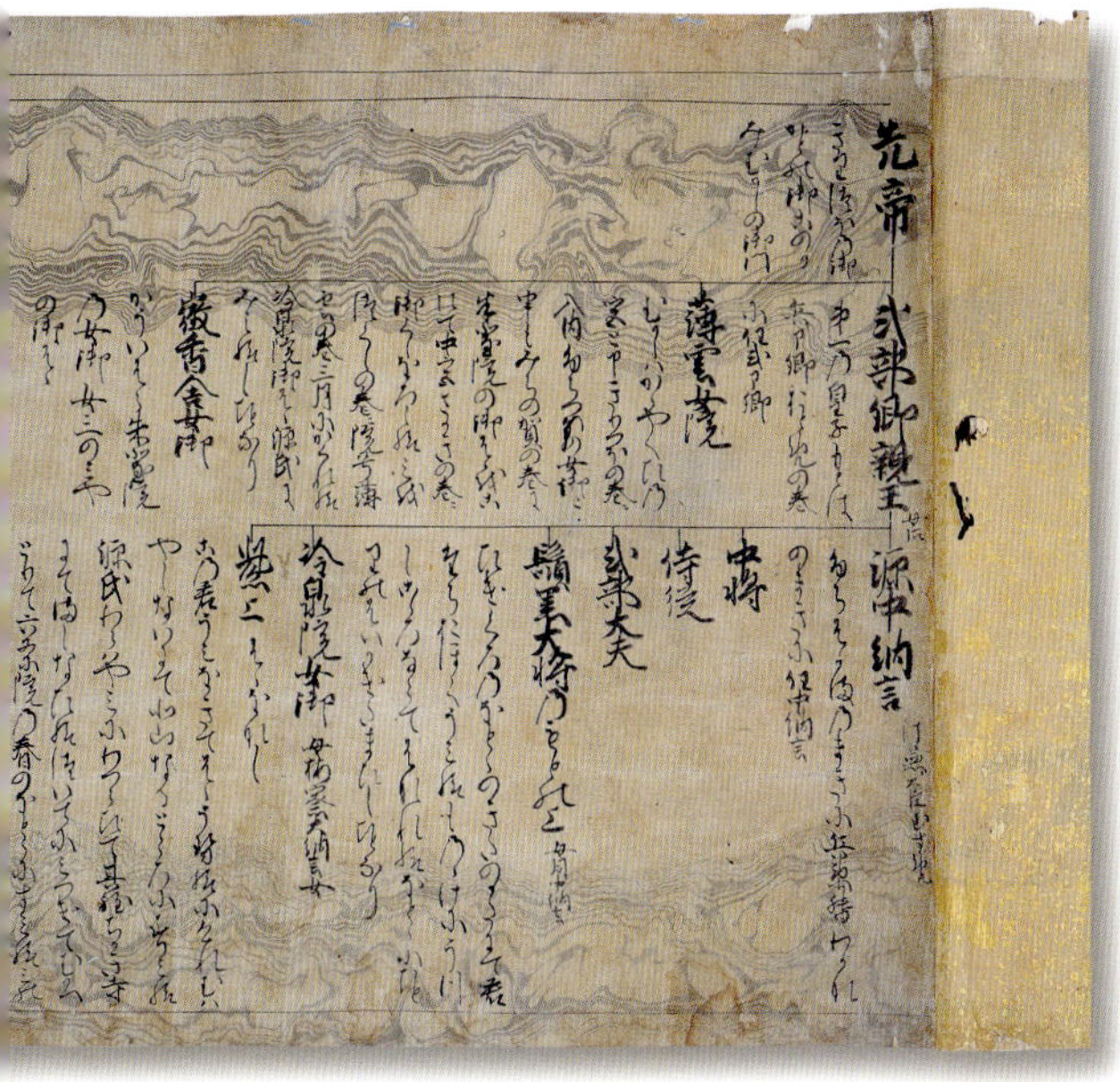

本系図は、伝二条為氏筆（極め札が二種付属する）。界線を施した墨流し料紙二一枚継ぎ。ただし、料紙の紙背には紙継ぎ順を示した三種の漢数字番号が墨書されている。それに基づくと、本来は一〇枚継ぎで、理由は不明ながらも、のちに本来の紙継ぎ位置を避けながら料紙が一二枚に分割され、かつ再び当初の順番どおりに継ぎ合わせたことがあった、と思われる。ほかに、等間隔の折り目も存し、ある時期、折本に改装されてもいたようである。表紙は後補。本文とは別筆で「光源氏系図」と墨書した題簽は、より以前の表紙の外題を転用したものか。また、題簽左端には縦の折線がみられるが、これは冊子の表紙にまま施されることのある押八双か。ならば、折本改装の際に付された後補表紙の外題を切り取ったのが、この題簽なのかもしれない。

（久保木秀夫）

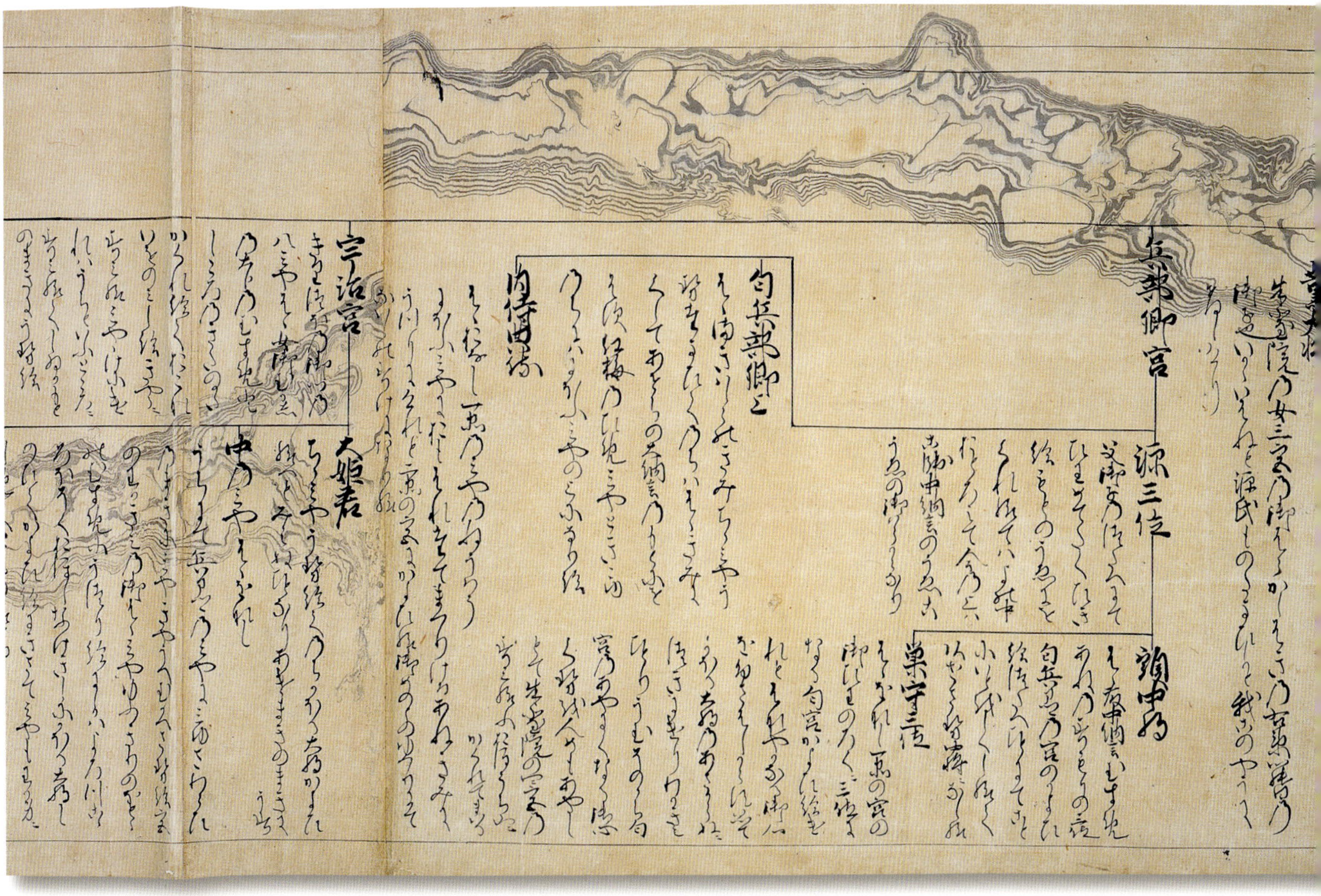

◆コラム

「巣守」巻の復元

加藤昌嘉・久保木秀夫◆

【『源氏物語』は五四帖以上あった？】

『更級日記』には、「源氏の五十余巻、櫃に入りながら」という表現がある。平安時代末期に『源氏物語』が五〇巻以上あったことが知られるわけだが、そこに、「紅梅」巻や「竹河」巻が含まれていたか否か、「巣守」巻や「桜人」巻が含まれていたか否か、詳しい内実は、不明というよりほかない。一方、藤原伊行の『源氏釈』(前田家尊経閣文庫本)には、「桜人」という巻の注が含まれているし、『風葉和歌集』には、「巣守」巻からの引用が含まれているので、平安時代末期～鎌倉時代中期には、私たちが知る五四帖以外の巻々が、『源氏物語』の一部として読まれていたことは、はっきりと認められる。

今回、この展示で初公開される、国文学研究資料館蔵『光源氏系図』は、「巣守」巻という、現存しない巻の登場人物を複数列挙している。本書は、いわゆる源氏物語古系図の一種である。源氏物語古系図としては、これまで、四〇本近い伝本が紹介されていて、「巣守」巻についての研究も進められて来たのだが、本書は、その中でも最も書写年代が古く、かつ、「巣守」巻関連の人物を最も多く載せる点で、きわめて貴重な伝本である。

(以下、国文学研究資料館蔵『光源氏系図』を、国文研本と略称する。)

【「巣守」巻の人々】

国文研本に載る、「巣守」巻関連の人物たちを摘出してみる(私意により、漢字を宛て、句読点や濁点や鉤括弧を付した)。

まず、朱雀院の四番目の皇女として、「女四宮」が挙がっている。

▼**女四宮**　御母、女御腹。冷泉院の女御にてをはしましけれど、御志深からざりければ、世を倦むじて、御髪下ろして、大内山のほとりに住み給ふ。巣守の三位、隠れ参りし所なり。

次に、夕霧の息子として、「若君」が挙がっている。これは、薫の息子として挙げられるべきものが、誤って夕霧の下に入ってしまったものと思われる。

▼**若君**　母、巣守の三位。

また、兵部卿宮の子供として、以下の三人が挙がっている。

▼**源三位**　父御子の伝へにて、琵琶めでたく弾き給ふ。元の上に遅れ給ひては、世の中おところへて、今の上は、故帥中納言の上。故上の御はらからなり。

▼**匂兵部卿上**　母、真木柱の君。父宮うせ給ひて後、母は、君に具して、按察使の大納言のもとにおはす。紅梅の姫宮と聞こゆ。後には、匂宮の上になり給ふ。

▼内侍典侍　母、同じ。一品の宮の女房。匂宮に思はれ奉りける。姉君に移りにけれど、二品の宮に通ひ給ふ。御乳母のゆづりにて、典侍になり給ふ。

右に見た「源三位」の下には、二人の子が並べられている。

▼頭中将　母、藤中納言娘。姉の巣守の三位、兵部卿の宮の通ひ給ふ伝へ人にて、殊にいとをしくし給ひて、頭せさせ、中将になし給ふ。

▼巣守三位　母、同じ。一品の宮の、御琵琶の禄に、三位になる。匂宮、通ひ給ひけれど、華やかなる御心、ふさはしからず思ひて、薫大将の浅からぬに付きにけり。若君一人産む。その後、匂宮のあやにくなる御心癖を、「人目もあやし」とて、朱雀院の四宮の住み給ふ大内山に、隠れて参る。

以上が、国文研本前半に列挙されている、「巣守」巻関連人物である。これらの人々は、現存『源氏物語』に登場せず、また、その説明文も、現存『源氏物語』では語られない内容である（詳細は後述）。

国文研本後半には、さらにまた、「巣守」巻関連の人物がまとまって出てくる箇所がある。

まず、「大納言」と、名称だけが挙げられ、その下に、子どもが三人並べられている。

▼源三位今の上　巣守の三位の母といふ。

▼一品の宮の宣旨

▼帥中納言上　源三位の今の上。

また次には、「帥中納言」と、名前だけが挙げられ、その下に、子どもが四人並べられている。

▼少将の上　「しだり柳にぞ似給へる」と、大殿の少納言言ひし人なり。

▼蔵人弁の上　「桜の花を折りたるにぞ似給へる」と少納言言ひし人なり。少し片眠りしたりけるとぞ。

▼三河守　巣守三位の懸想人といふ。

▼少納言

また、次には、「左京大夫」と、名前だけが挙げられ、その下に、子どもが二人並べられている。

▼阿闍梨　左京大夫の子にはあらず。左京の尼とは、腹一つの兄とぞ。

▼左京尼　巣守の三位の養ひ腹。大内山の四宮の女房。

以上が、国文研本に掲載されている、「巣守」巻関連の人物たちである。果たして、「巣守」巻というのは、いったい、どのような物語であったのだろうか？

（加藤昌嘉）

【「巣守」巻の物語とは】

おそらく鎌倉時代のある時期までは、「巣守」巻もいまだ散佚しておらず、写本の形で伝わっており、それなりに人々にも読まれていたと考えられる。国文研本が持つ「巣守」巻関連人物についての記載も、そうした「巣守」巻の一伝本に基づいて書かれたものだったとすると、そこから浮かび上がってくるのは次のような物語である。

蛍兵部卿宮には一男二女がいた。長女（匂宮兵部卿上）と次女（内侍典侍）の母親は真木柱の君だった。蛍宮が亡くなったあと、長女は母親の連れ子となって按察大納言のもとで暮らし、紅梅の姫宮と呼ばれた。次女の方は一品宮の女房となった。次女は匂宮から想いを寄せられることがあったが、匂宮の気持ちは長女へと移り、次女には二品宮が通うようになった。長女はのちに匂宮の上となり、次女は乳母から譲られて典侍となった。

一方、蛍宮の長男（源三位）は、妻である大納言女を亡くしたのち、零落しながらも、妻の妹にして故帥中納言の上だった女性と再婚していた。この源三位には一男一女があった。長女（巣守三位）は父譲りの琵琶の才により、一品宮からの褒美として三位となった。

他方、故帥中納言には二女二男があった。長女（少将の上）は「しだり柳に似ておいでだ」と、また次女（蔵人弁の上）は「桜の花を折ったのに似ておいでだ」と、大殿の少納言から評されるような女性だった。長男（三河守）と次男（少納言）のうち、長男は巣守三位の懸想人だった。

さて巣守三位のところには、彼女のきょうだいである源三位の長男の手引きによって、匂宮が通うようになった。長男は匂宮からとりわけ可愛がられて頭中将となった。しかし巣守三位は匂宮の華やかな心を不相応に思い、薫が寄せてきた浅からぬ想いを選んで、薫との間に若君一人を儲けるに至った。

その後、匂宮の迷惑なほどの恋慕に、巣守三位は「人目も憚られる」といって、朱雀院の女四宮が住む大内山に密かに参じた。女御腹である女四宮は、かつて冷泉院の女御だったが寵愛薄く、世を儚んで落飾し、大内山のほとりに住んでいた。その女四宮のもとには左京尼という女房がいた。左京大夫を義父に持ち、阿闍梨を同母兄とするこの左京尼は、巣守三位の養い親でもあったのである。

【古系図同士で異なっている「巣守」巻】

ところで「巣守」巻の関連人物を載せている古系図としては、国文研本以外にも、いわゆる正嘉本や鶴見大学図書館本、また『源氏物語巨細』などが挙げられる。問題はこれら古系図の本文間に、多くの異同があることである。例えば①国文研本で源三位のきょうだいとされている内侍典侍は、その他の古系図ではいずれも源三位の娘であり、巣守三位の妹であると紹介される。つまり他本においては、国文研本のような匂宮―匂兵部卿上（紅梅姫君）―内侍典侍という三角関係ではなくて、匂宮―巣守三位―内侍典侍（ちなみに正嘉本では「中君」、鶴見本では「典侍」、巨細では「宣旨」と呼ばれる）という三角関係となっている、ということである。また②左京大夫・阿闍梨・左京尼に関する系図は、国文研本と鶴見本のみに見られるものである。さらに③帥少納言の四人の子供は、今回の国文研本の出現によって初めて知られた登場人物たちである。そのほか④巣守三位と薫との出会いについて、ほとんどの古系図が大内山隠棲前の出来事としているところ、鶴見本のみ「朱雀院の四宮に参りて隠れたりしを、薫中将見給て語らひより給ふ」のように隠棲後としたりもしている。

【「巣守」巻は姿を変える】

ほかにも異同はいくつもあるが、それにしてもなぜこのような違いが生じているのだろうか。例えば①などは、国文研本が内侍典侍の掲載位置を単純に間違えただけかもしれない。また②や③などは、古系図ごとに、掲載する登場人物の取捨選択がなされていただけかもしれない。しかし④に関しては、そのような説明で済ませるわけにはいかないだろう。何しろここではストーリー自体が異なっているのである。鶴見本もその他の古系図も、同じ「巣守」巻に拠っていたとすると、これはまったく不思議なことと言わざるを得ない。

ここで考えてみたいのは、もしかすると各古系図のもととなった「巣守」巻は、必ずしも一種類ではなかったのではなかろうか、ということである。時に自在に姿を変えていくのが物語の特性だったとするならば、早く平安時代の終わり頃には「後の人の作り添へたるもの」（『白造紙』）と見なされることもあった「巣守」巻に、ストーリーの異なる複数のバージョンがあったとしてもおかしくはない。つまり④のような異同が生じているのは、「巣守」巻のバージョンが、古系図によって異なる場合があったからではなかろうか、と想定してみるわけである。その場合、②③のような登場人物の出入りや、さらには①のような異同についても、④同様「巣守」巻のバージョンの違いに由来するものだった、という可能性が生じてこよう。

ただその一方、「巣守」巻関係の記載を有する古系図のすべてが、本当に「巣守」巻の本文そのものに拠って作成されていたのか、という点には疑問の余地がないわけでもない。古系図の中にはおそらく、既存の古系図中の記載を転用しただけのものもあったに違いない。その際に、偶発的なミスによって文意が変わってしまったり、場合によっては故意に文章を書き改めたり、さらには新たな登場人物なり出来事なりを創作さえしてしまったりということも、あるいはあったのではなかろうか。①〜④の異同についても、そうした見方でも説明できるのかもしれない。このように「巣守」巻の本文を離れて、古系図上のみにおいて「巣守」巻の物語が成長・変容していったという可能性も、今後積極的に検討していくべきではないかと思われる。

【国文研本と「花たとへ」】

国文研本ではもうひとつ、帥中納言の一族に関する系図も注目される。これが他の古系図には見出せない、国文研本特有の記載であることについては前述した。その記載の中でも興味深いのが、少将の上・蔵人弁の上という姉妹に対して発したという、大殿の少納言の「しだり柳にぞ似給へる」「桜の花を折りたるにぞ似給へる」という人物評である。これは九条家本古系図の裏書に見られる「人々の御ありさまを花にたとふる所」や、為氏本古系図の巻末に附載されている「人々のかたちを花によそへたる事」を連想させる記載と言えよう。為氏本から一例だけ引用すると「明石の中宮は　よく咲きかかりたる藤の花の、松にかかりて、かたはら並びなく見ゆる朝ぼらけの心地し給」という内容で、要するに『源氏物語』の本文中、登場人物が花にたとえられている部分を抜き書きしたものである。

一方、鶴見本の「明石皇后宮」にも「花たとへには、藤の花の松にかかり、かたはらの並びなく見ゆる曙といへり」という注記が施されている。ここで注意されるのは「花たとへには」と出典が明記されていることで、これは、おそらく『和歌色葉』に「祝緒が花譬へ」とあり、『代集』にも「物語（略）いはひをが花たとへ」とある、祝緒作の散佚『花譬』と同一作品かと思われる。『和歌色葉』によると「賀茂神主重助女」という祝緒は、藤原俊成の兄公長の妻だった可能性があり（『尊卑分脈』）、また『行宗集』にも登場しているようなので（１５３〜１５４）、一二世紀の初頭から後半にかけて生存していたとみられる。よって『花譬』の成立もほぼ一二世紀の半ば前後と考えられよう。『源氏物語』関連書としては極めて早い成立となり注目されるが、事実この『花譬』が鶴見本の出典だったとした場合、同様に九条家本や為氏本の原拠資料だったという可能性も相応に高まってくるようである。系図作成の基本的な目的は、入り組んだ人間関係を整理することに加えて、登場人物を手際よく紹介することにもあろう。その際に『花譬』の内容や着眼点が有益なものと評価され、九条家本や為氏本、鶴見本などに取り込まれていったのではなかろうか。

さて国文研本の帥中納言の系図において、わざわざ「しだり柳にぞ似給へる」「桜の花を折りたるにぞ似給へる」などと記されているのはつまり、『花譬』を摂取した以上のような既存の古系図の在り方に、多少なりとも倣うところがあったからではあるまいか。さらに述べると、国文研本の記載どおりのストーリーを持った「巣守」巻が確かに実在していた場合、そこにはもしかすると『花譬』からの影響もあったのではあるまいか、などとも想像されるのであるが、さすがにそれは短絡的に過ぎようか。

【「巣守」巻とこれからの散佚物語研究】

ただし極言してしまうと、佚文の典拠となったすべての伝本が出現でもしない限りは、どんなことでも完全には論証できないのが散佚物語研究の宿命であるから、むしろほんのわずかな可能性でも見出されれば、荒唐無稽のそしりを恐れず提示していくのもひとつの手であろう。もちろん仮説を成り立たせる程度の論拠と、これは仮説であるという自覚は必要とされるだろうが、ゆくゆくはそれが研究状況の活性化にも結びついていくはずである。特に「巣守」巻というのは、散佚物語の中でも佚文資料・関連資料に非常に恵まれている作品であるが、今回の国文研本でもそうだったように、新たな資料が出てくれば出てくるほど、かえって「巣守」巻の実態が分からなくなっていくという、実に厄介な作品でもある。しかしそのことは見方を変えれば、複数の佚文資料からひとつのヴァージョンのみを復元しようとしていた、従来の散佚物語研究の枠に収まりきらないのが「巣守」巻、ということでもある。散佚物語研究に関しては、これまでの方法論を反省的に検証し、これからの方法論を発展的に模索していく必要がありそうである。その際「巣守」巻に関する資料は格好の研究材料となるに違いない。新出の国文研本についても、今後そうした方向からの活用が大いに期待されるのである。

（久保木秀夫）

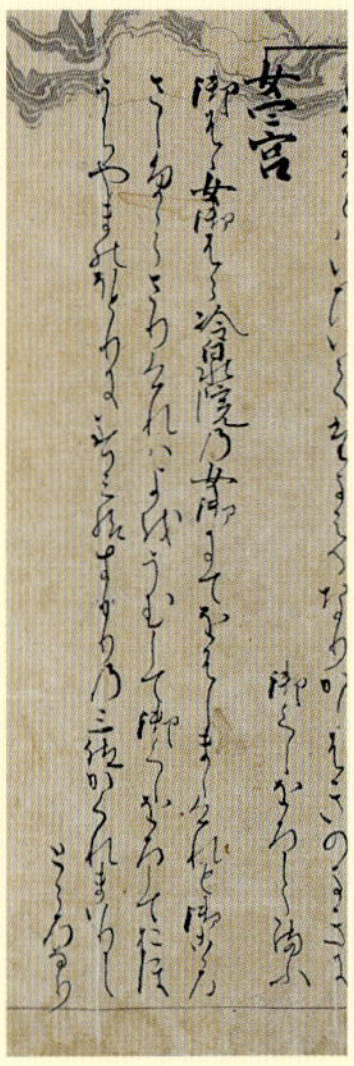

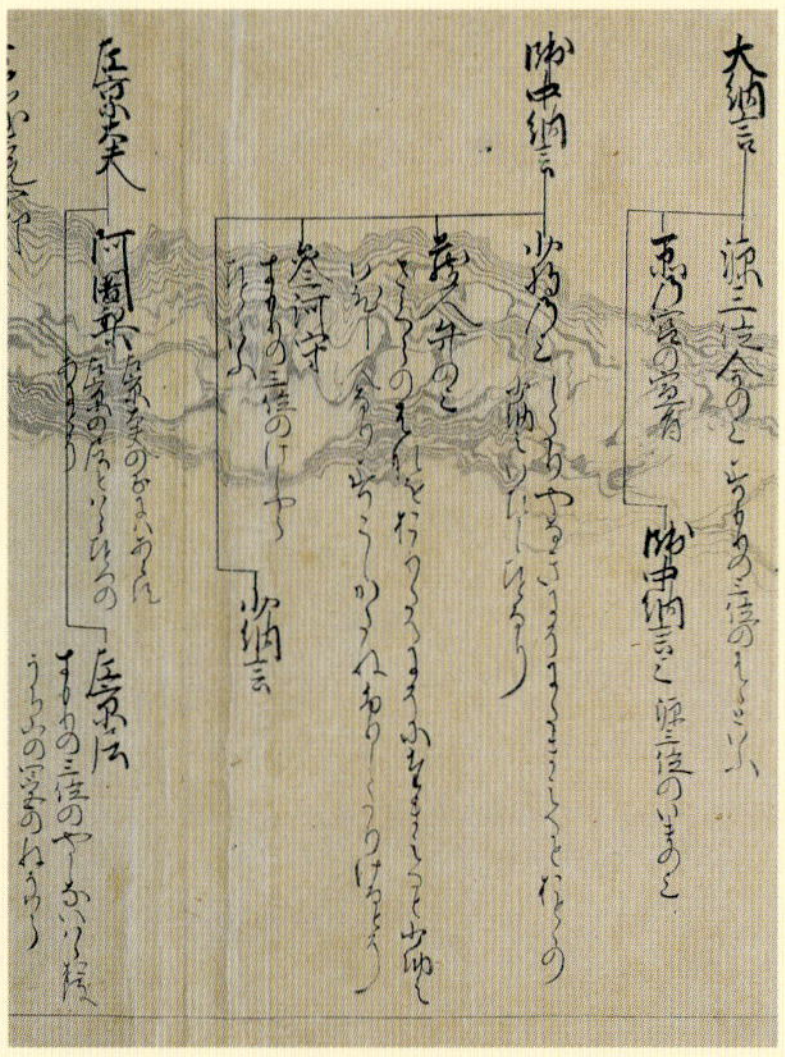

【26】『源《げん》氏《じ》物語《ものがたり》歌合《うたあわせ》絵巻《えまき》』

国文学研究資料館蔵［99-122］
室町時代後期写
巻子本　一軸
二〇・〇×全長七九八・六センチ

『源氏物語』の中から、登場人物三六人の和歌を三首ずつ、全一〇八首選出し、左右五四番に番わせて、歌合の形式にした秀歌選。A「序」、B「作者目録」、C「歌合本文」の三部から構成され、伝本によっては、ABCを完備するものを甲本、Cだけのものを乙本、ACだけのものを丙本と分類する。本書は、丙本である。甲本・乙本に比べると、同じ『源氏物語』中の和歌ではあるが、大幅に入れ替えがなされており、「一番」「二番」「三番」と左方の歌を一首づつ挙げた後、「右」の歌を三首続けて記すという特異な結番の形式をとる。全二九紙からなる。外題・内題なし。但し、記入されていない金砂子散らしの題簽がある。本文料紙は、斐楮交漉。墨で輪郭のみ描く白描絵巻はこれまで知られていたが、本書のような彩色の作品は、今のところ類例がない。和歌の作者名に合わせて男性一四人、女性二二人が描き分けられている。やや古雅な絵柄であり、室町物語の、特に奈良絵本・絵巻とよく似た様相を呈している。

（横井　孝）

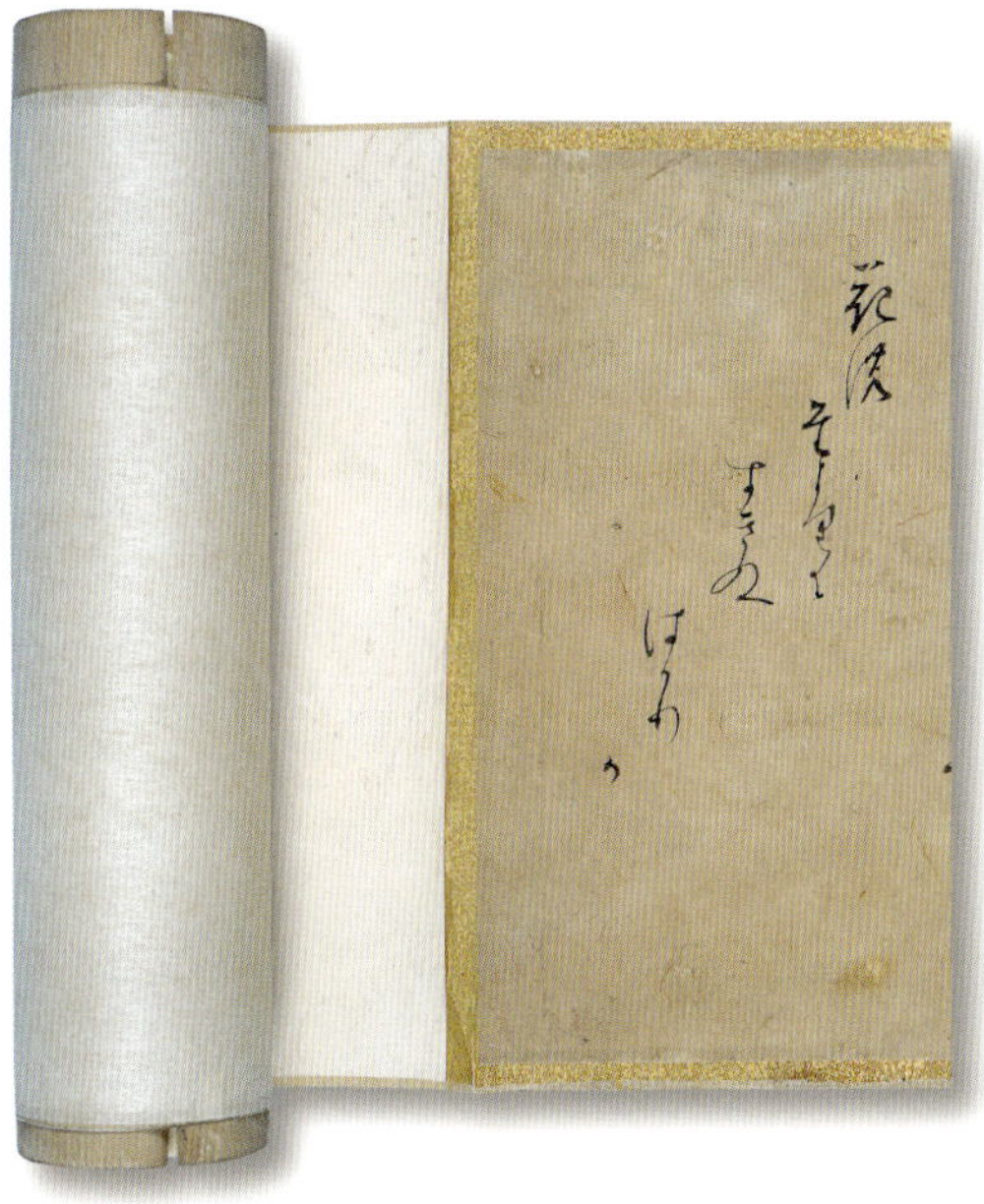

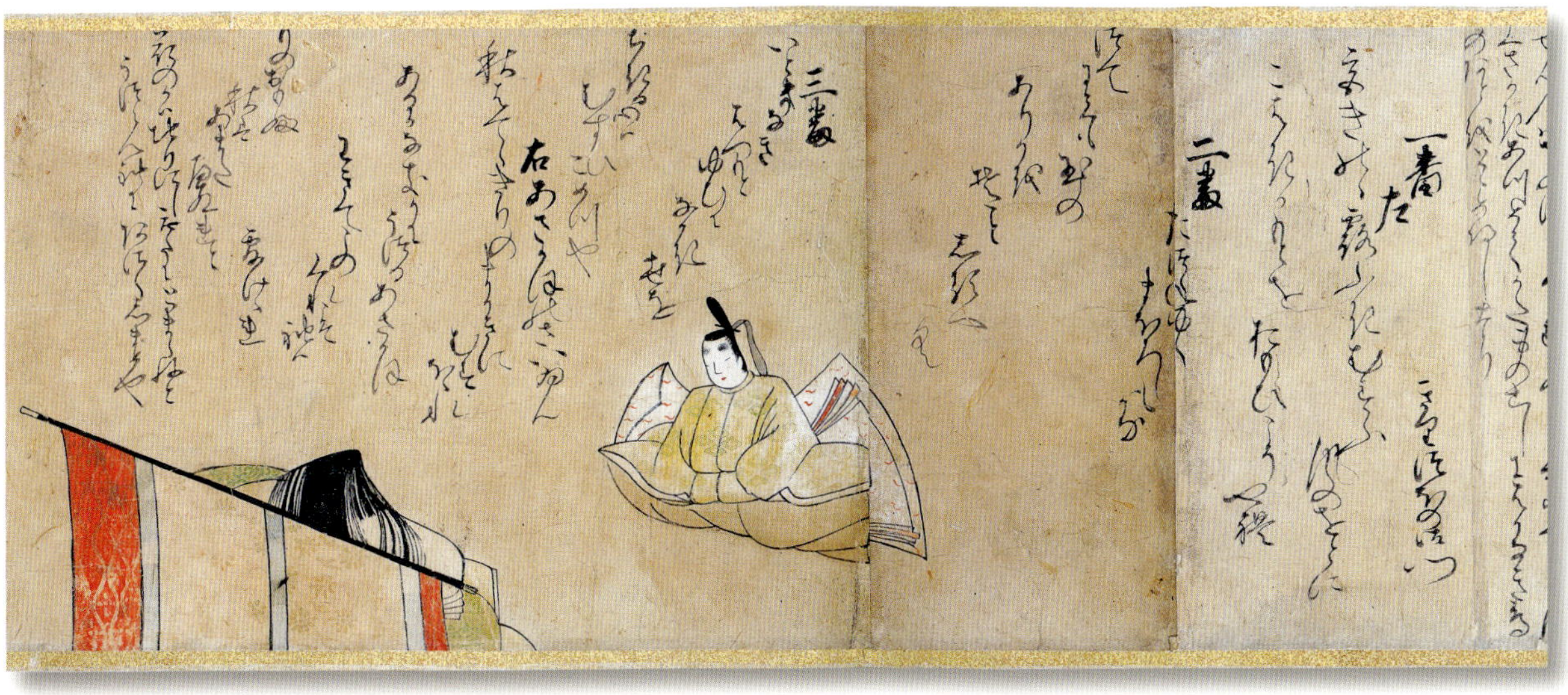

27『源氏《げんじ》のゆらい』

実践女子大学文芸資料研究所蔵
江戸時代初期
（元和年間〈一六一五～一六二四〉）写か
巻子本　一軸
一八・三×全長四三八・二センチ

『源氏物語』概説書である。

紫式部の名の由来をはじめとして、光源氏のモデルが源高明であること、大斎院選子内親王から新作物語を要請され石山寺に参籠して着想を得た説話、紫式部が観音の化身としてこの世に化現したという説話、女性を描くことによって仏法への導きとしたことなどを記す。歌人の藤原俊成が紫式部の文才を評価して以来、『源氏物語』が「元和のけふ（今日）にいたるまで、をよそ六百十余年」の間伝わったのだと解説する。外題なし、内題に「源氏物語のゆらい」と記す。紺色無地の紙表紙、金銀砂子散らしの見返し。本文料紙は布目地雲英引き。

（横井　孝）

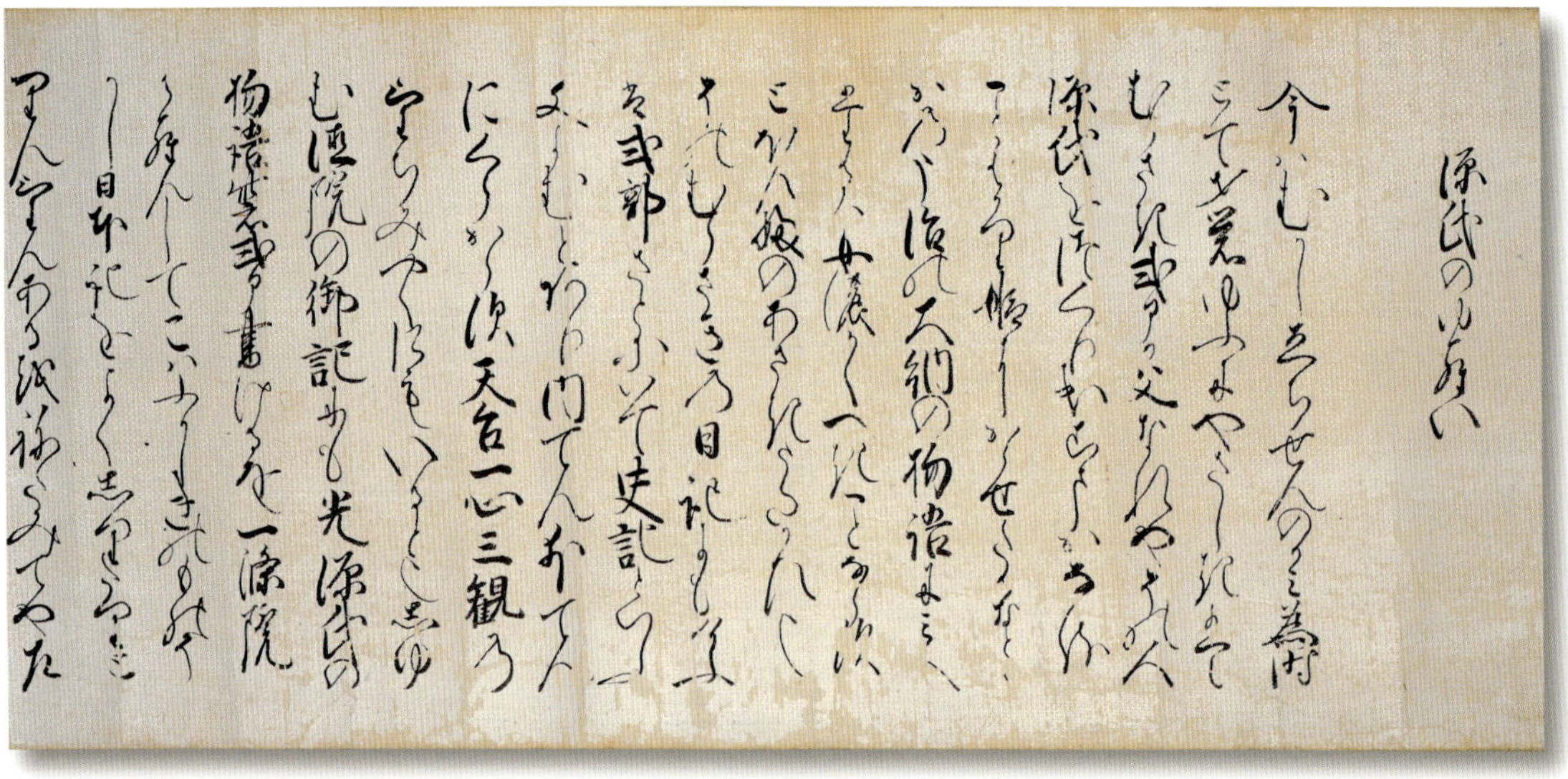

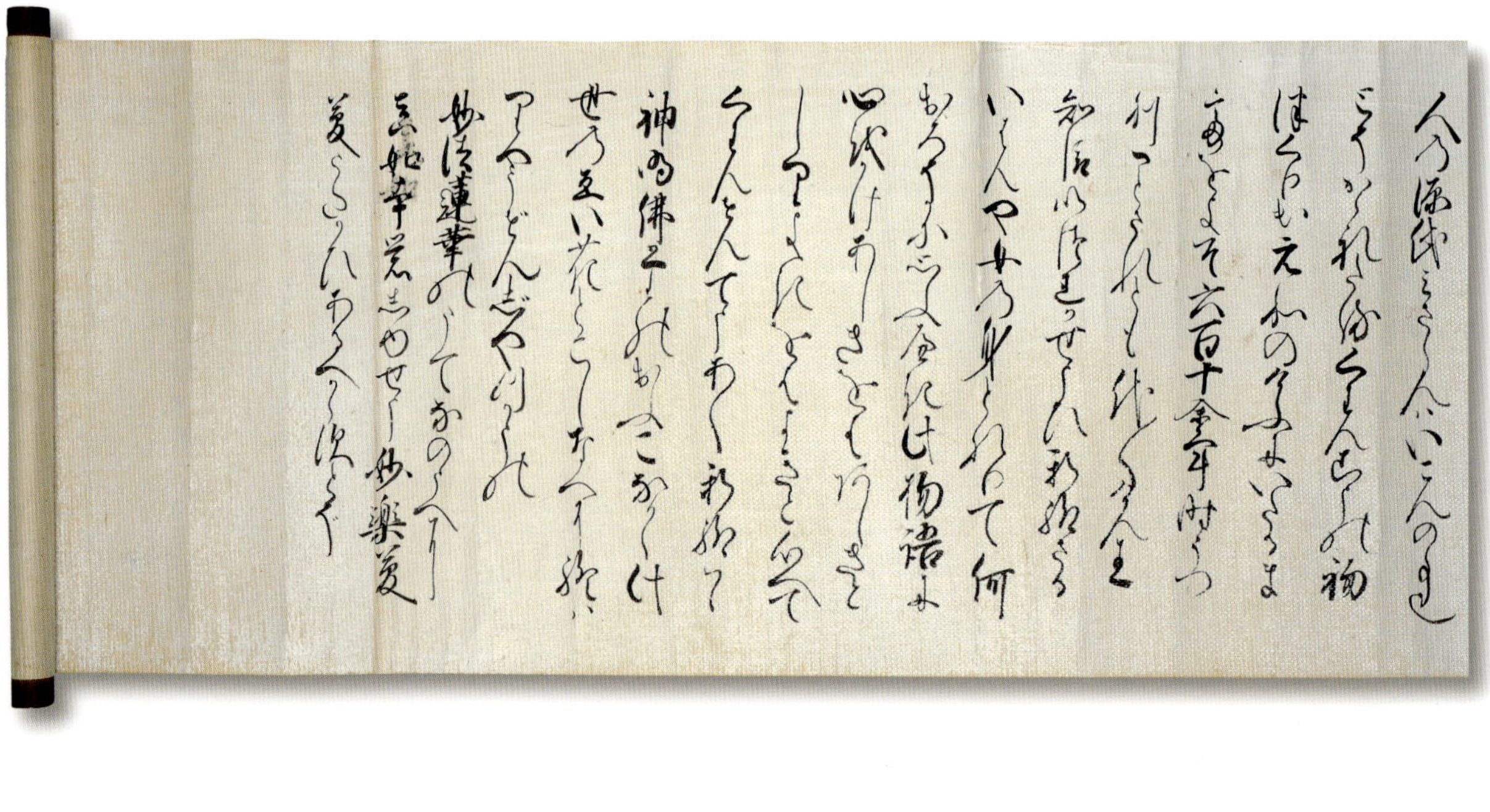

【28】『光《ひかる》源《げん》氏《じ》一《いち》部《ぶ》連《れん》歌《が》寄《より》合《あい》』

国文学研究資料館蔵［99-76］
天文二年写
列帖装　一帖
二一・五×一五・八センチ

『源氏物語』の言葉を用いた連歌の付合書。五四帖の巻ごとに、付合語を列挙している。『光源氏一部連歌寄合』としては、天理図書館蔵本のみが知られていたが、本書および立命館大学図書館西園寺文庫本が紹介され、知られるところとなった。『光源氏一部連歌寄合』は、『河海抄』の著者四辻善成や、当時歌壇で指導的地位にあった冷泉為秀らが、二条良基に協力して成ったものであり、連歌確立期において、『源氏物語』の世界が積極的に付合に導入されたことを裏付ける文学史上重要な文献である。本書は、「源氏聞書」「六帖和謌集抜書」と合写されている。

（中村康夫）

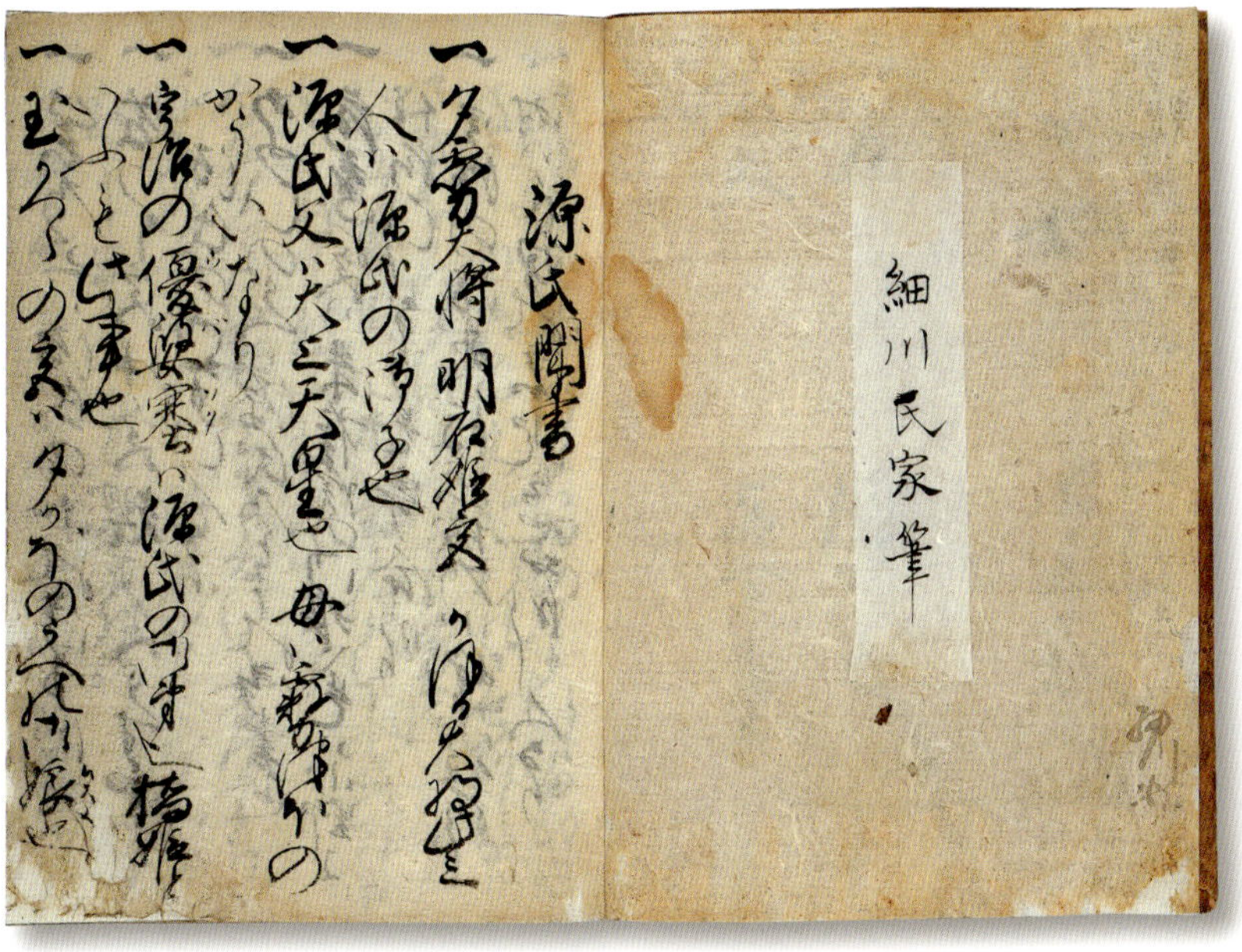

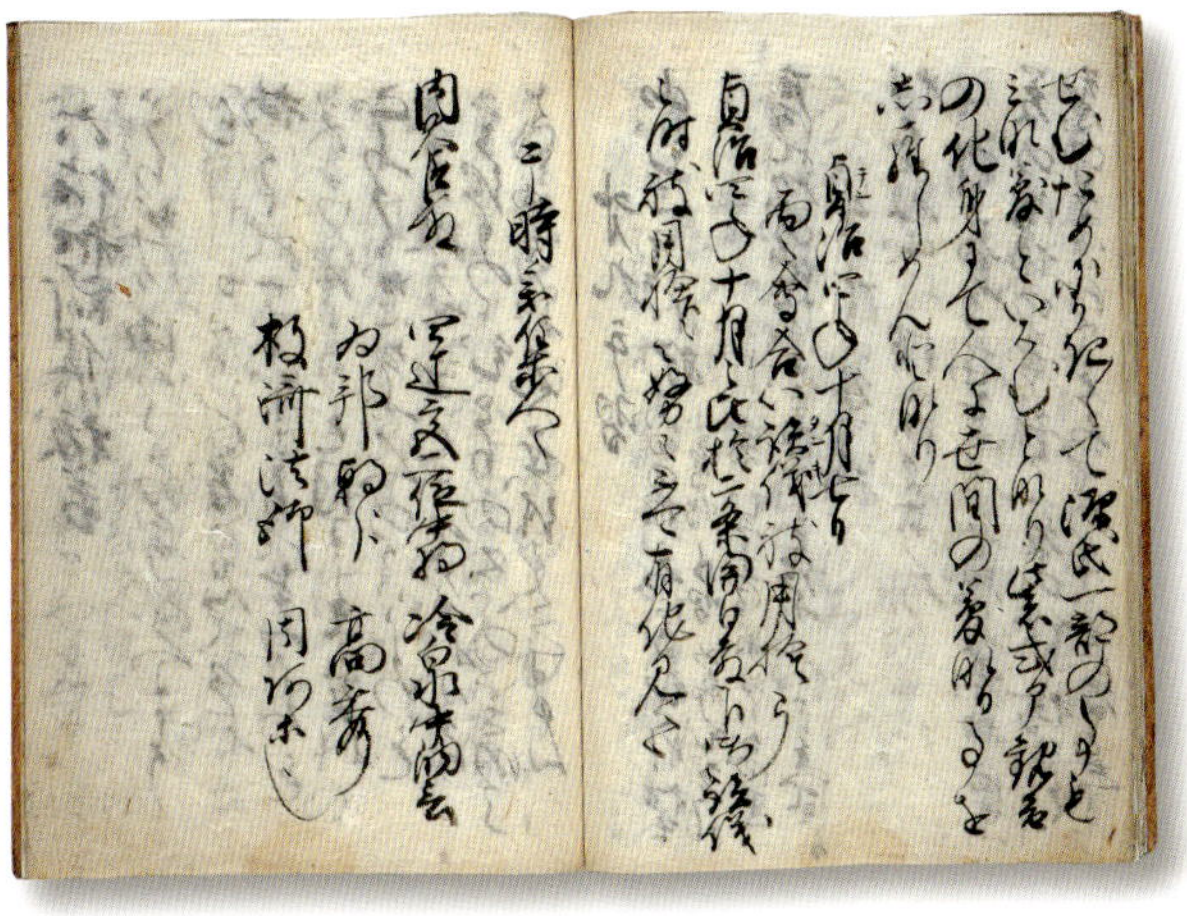

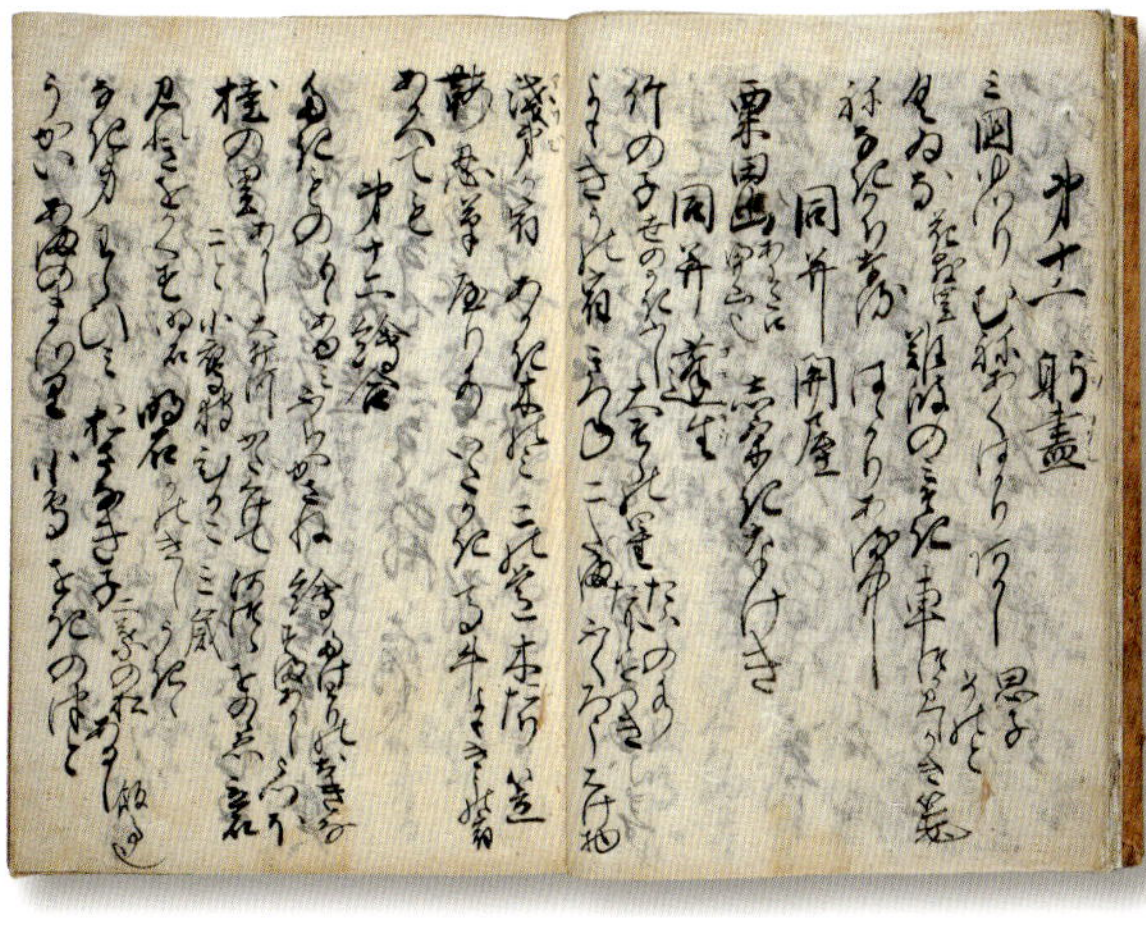

【29】『源《げん》氏《じ》小《こ》鏡《かがみ》』

国文学研究資料館蔵［サ4-84］
室町時代末期写
列帖装　二帖
二三・九×一八・〇センチ

『源氏小鏡』は、南北朝時代に作られた梗概本である。『源氏物語』の巻ごとの内容・主要場面・和歌が把握しやすくまとめられており、歌人や連歌師等が詠作の手引書として用いた。さまざまな種類の写本・版本が伝存しており、広く流布したハンドブックであったことが知られる。本書は、室町時代末期に書写されたもの。外題はなく、巻頭目録に「ひかる源氏のもくろくの次第」とあるのみ。序文・跋文・奥書等も存在しない。収載歌数は一〇二首。振り仮名等が、朱筆で書き入れてある。上冊見返しに貼付された極め札には、「後柏原院卿内侍　源氏小鏡［守村］」とあり、箱書には、「後柏原院卿内侍筆　源氏小鑑　二冊」とある。両帖の見返しに絹が貼られ、枯淡で瀟洒な淡彩画が描かれているのが特徴。それぞれ、春・夏・秋・冬の景である。

（加藤昌嘉）

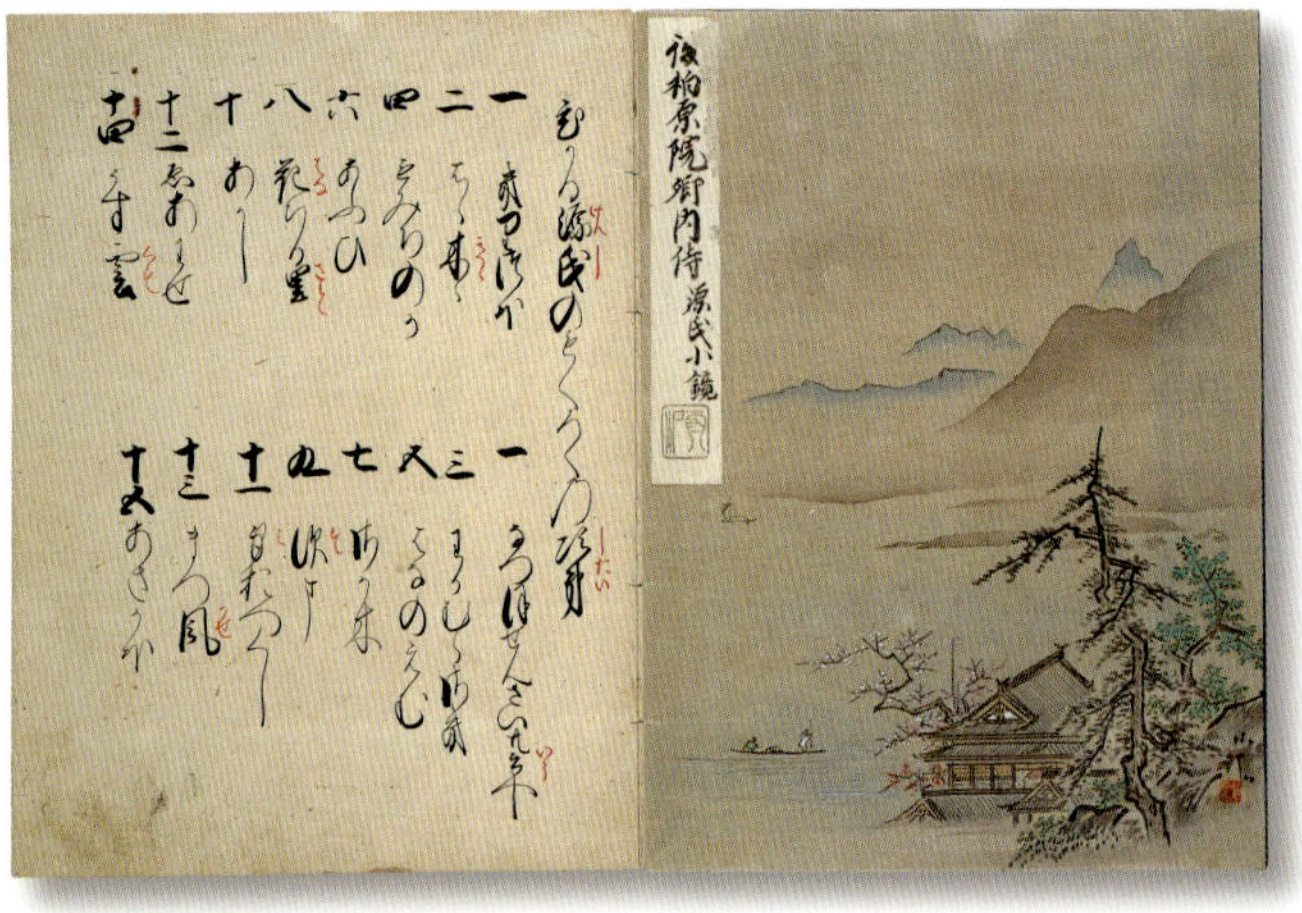

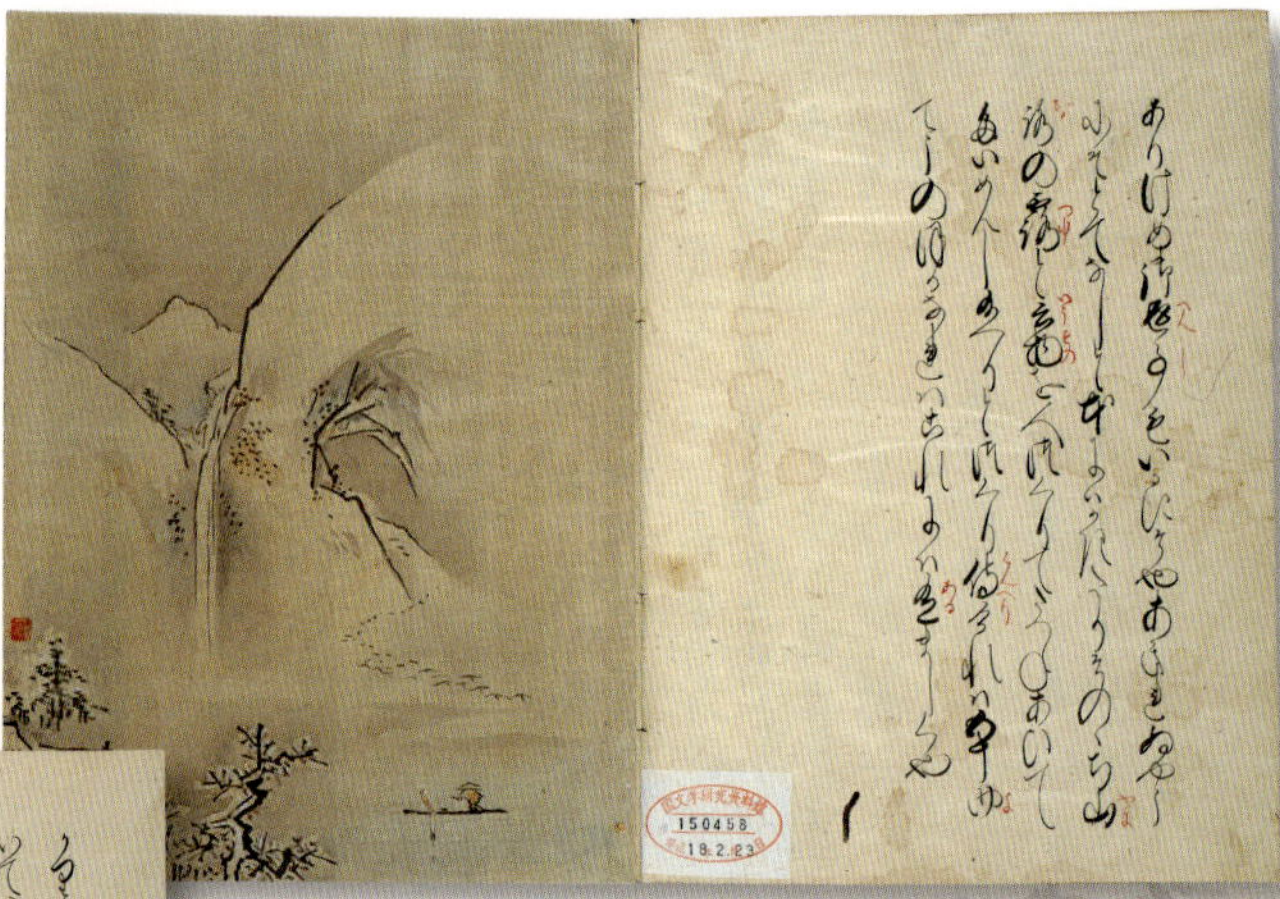

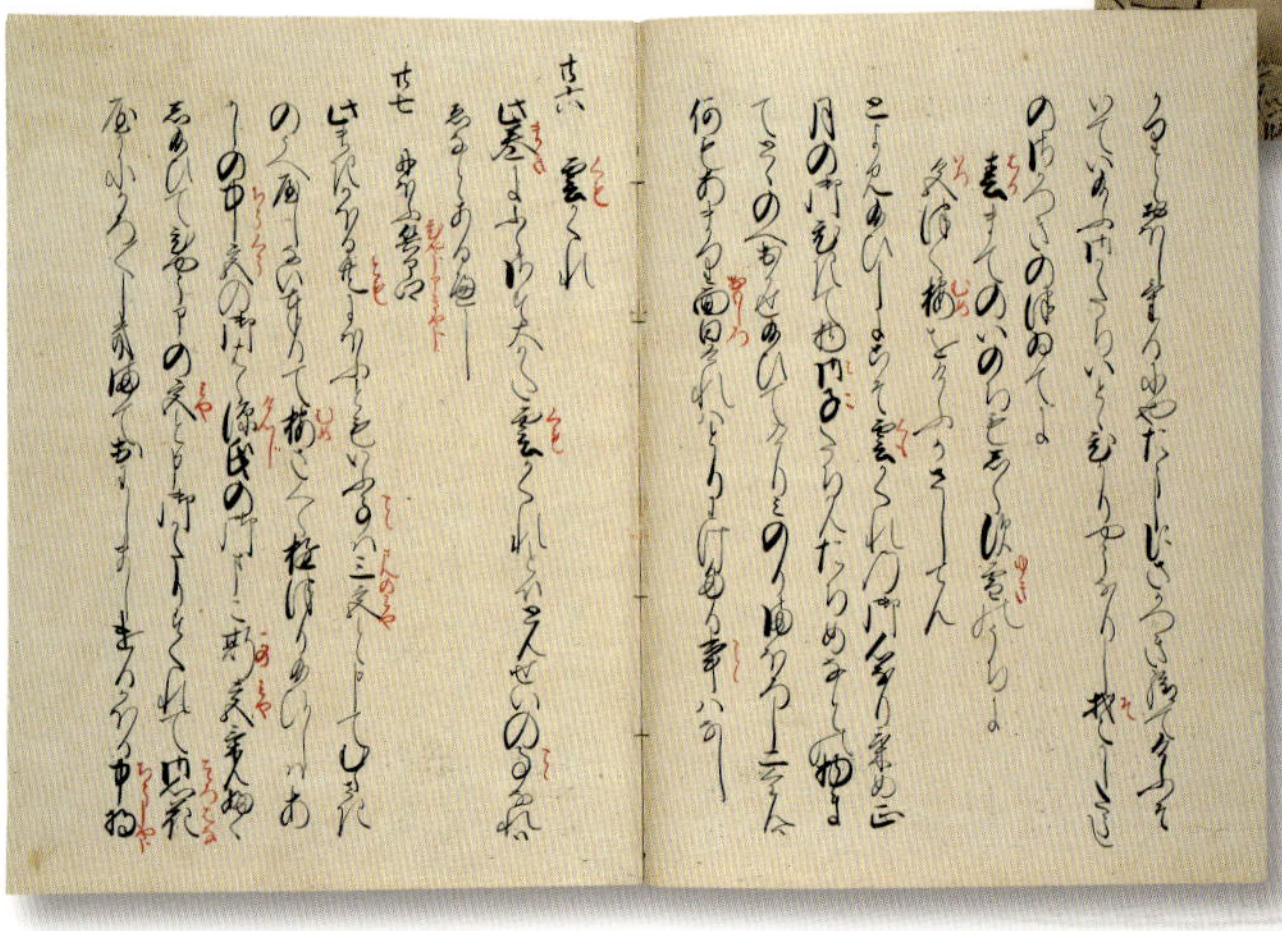

【30】『賦《ふ》光《ひかる》源氏《げんじ》物語《ものがたり》詩《し》』

国文学研究資料館蔵［サ4・88］
江戸時代前期写
列帖装　二一帖
二四・七×一九・一センチ

『源氏物語』の各巻の内容を漢詩にしたもの。正応四年（一二九一）成立。当該本は江戸時代前期写。訓点を付す。詩序、目録、五十四帖それぞれを七言律詩で表現した詩、紫式部の伝記にもとづく詩から成る。詩序は、源氏物語を教科書と捉え、人倫の道、敬神の念、仏教の奥義、人生の哀楽が虚構を通して描かれていることなどを称え、詩は、物語の展開を追って巧みに詩句を構成し、自然の景趣を表現したこまやかな物語の叙述も漢訳する。

（江戸英雄）

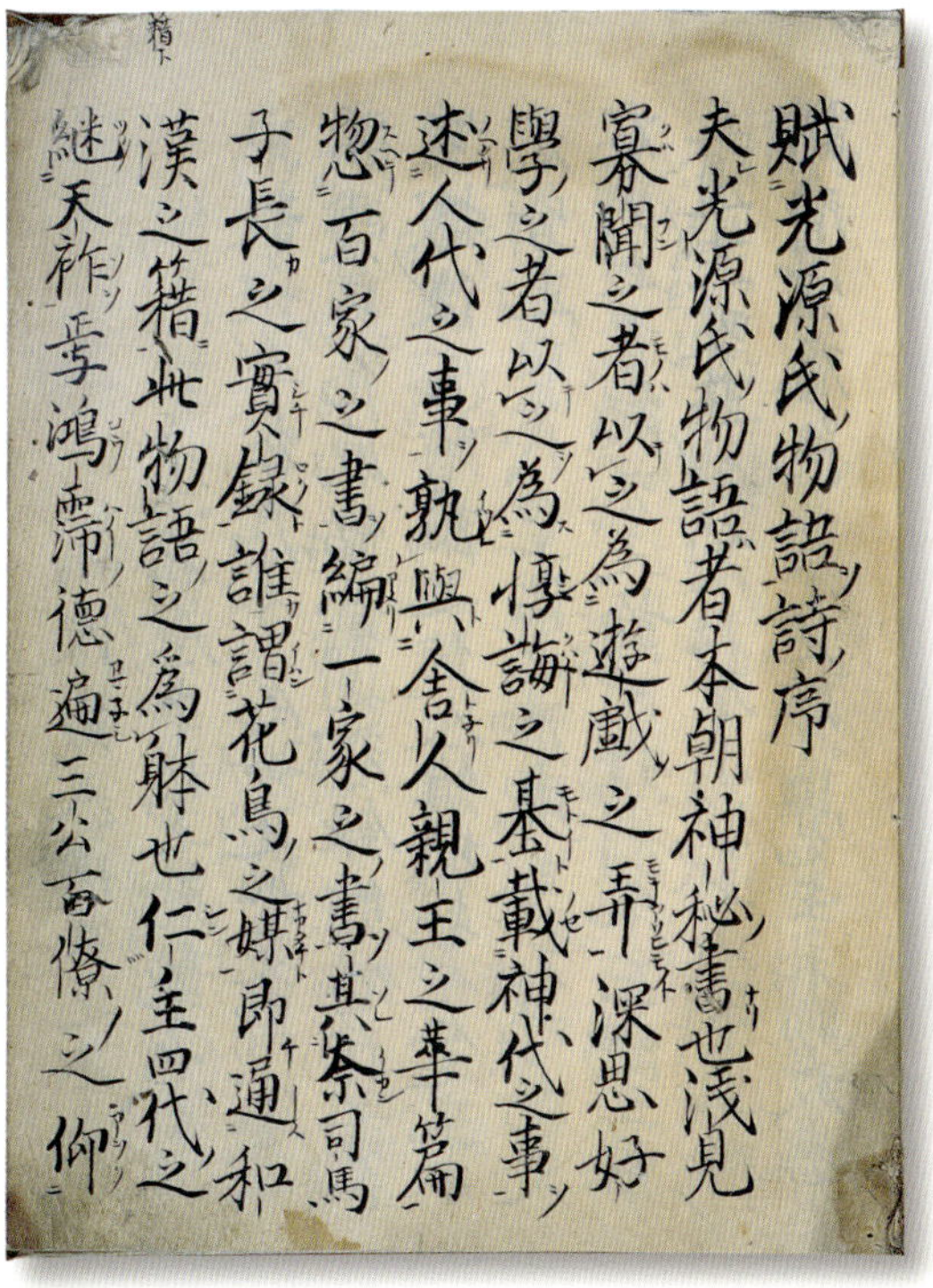
賦光源氏物語詩序
夫光源氏物語者本朝神秘書也浅見
寡聞之者以之為遊戯之弄深思好
學之者以之為導誨之基載神代之事
述人代之事孰與舎人親王之華篇
惣百家之書編一家之書其奈司馬
子長之實録誰謂花鳥之媒即通和
漢之籍此物語之為躰也仁王四代之
継天祚乎鴻霈徳遍三公百僚之仰

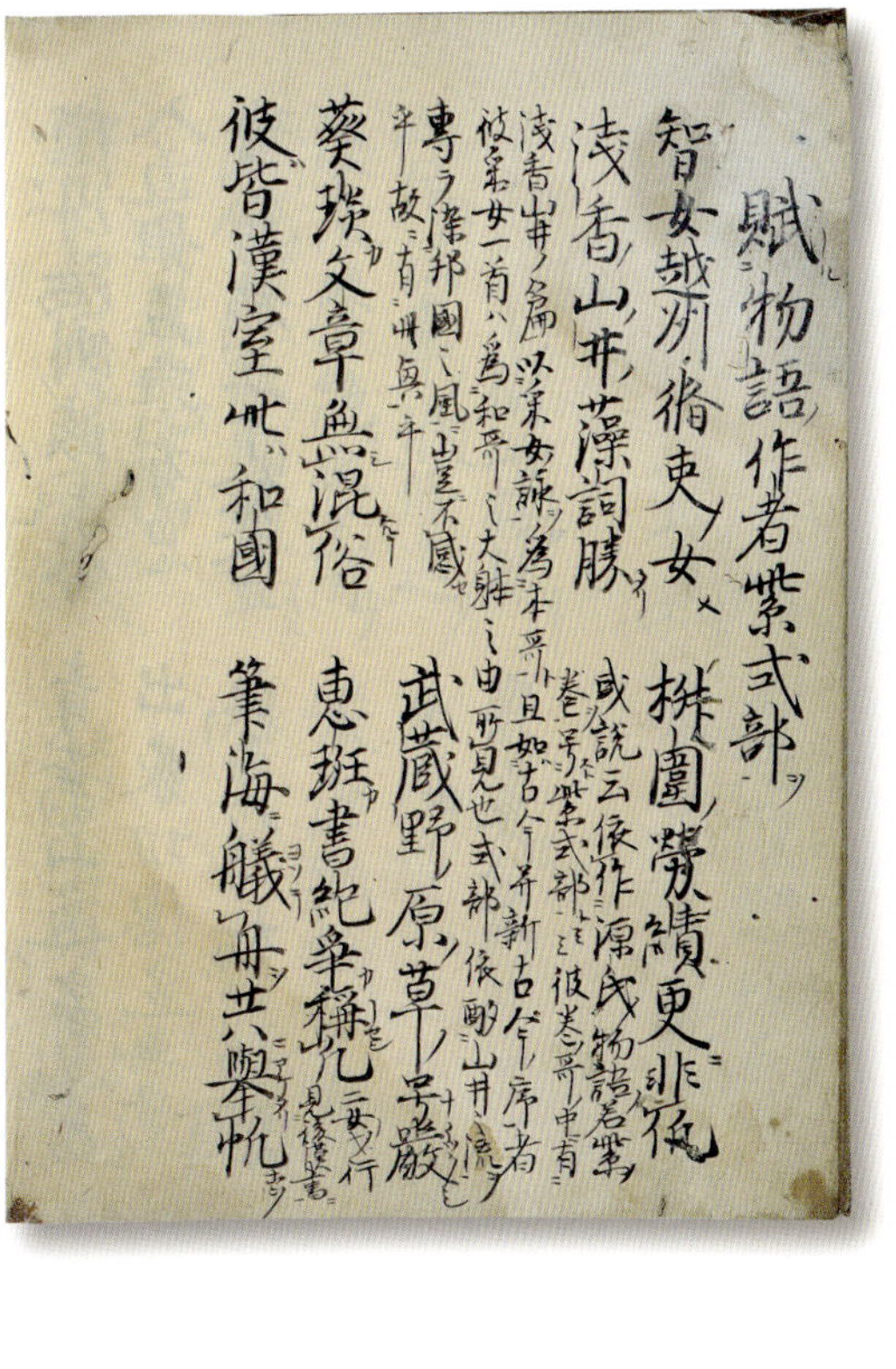
賦物語作者紫式部
智女越州循吏女
浅香山井藻詞勝
蘂瑛文章無混俗
彼皆漢室此和國
武蔵野原草号厳

31 『源氏《げんじ》物語《ものがたり》歌《うた》寄《よ》せ』

国文学研究資料館所蔵［ナ2-521-1・2］
江戸時代後期写
袋綴　二冊
二七・一×二〇・四センチ

『源氏物語』に発想を得た歌の集。堀井宗敦編。写本二冊、外題「源氏乾（坤）」。『源氏物語』の歌・ことば・文章を書き抜き、詠歌の事情を説明する詞書や歌題を提示し、典拠とした歌集の名を略記して歌を掲出する。「乾」は「桐壺」巻から「花散里」巻まで、「坤」は「須磨」巻から「夢の浮橋」巻まで。「帚木」巻が最も多く詠まれる。鎌倉時代から江戸時代前期までに詠まれた歌を収め、室町時代後期に『源氏物語』の研究の進展に大きく寄与した三条西実隆の歌が最も多い。『源氏物語』を詠み継いできた人々の、歌の文学史が理解できる。大島雅太郎旧蔵。

（江戸英雄）

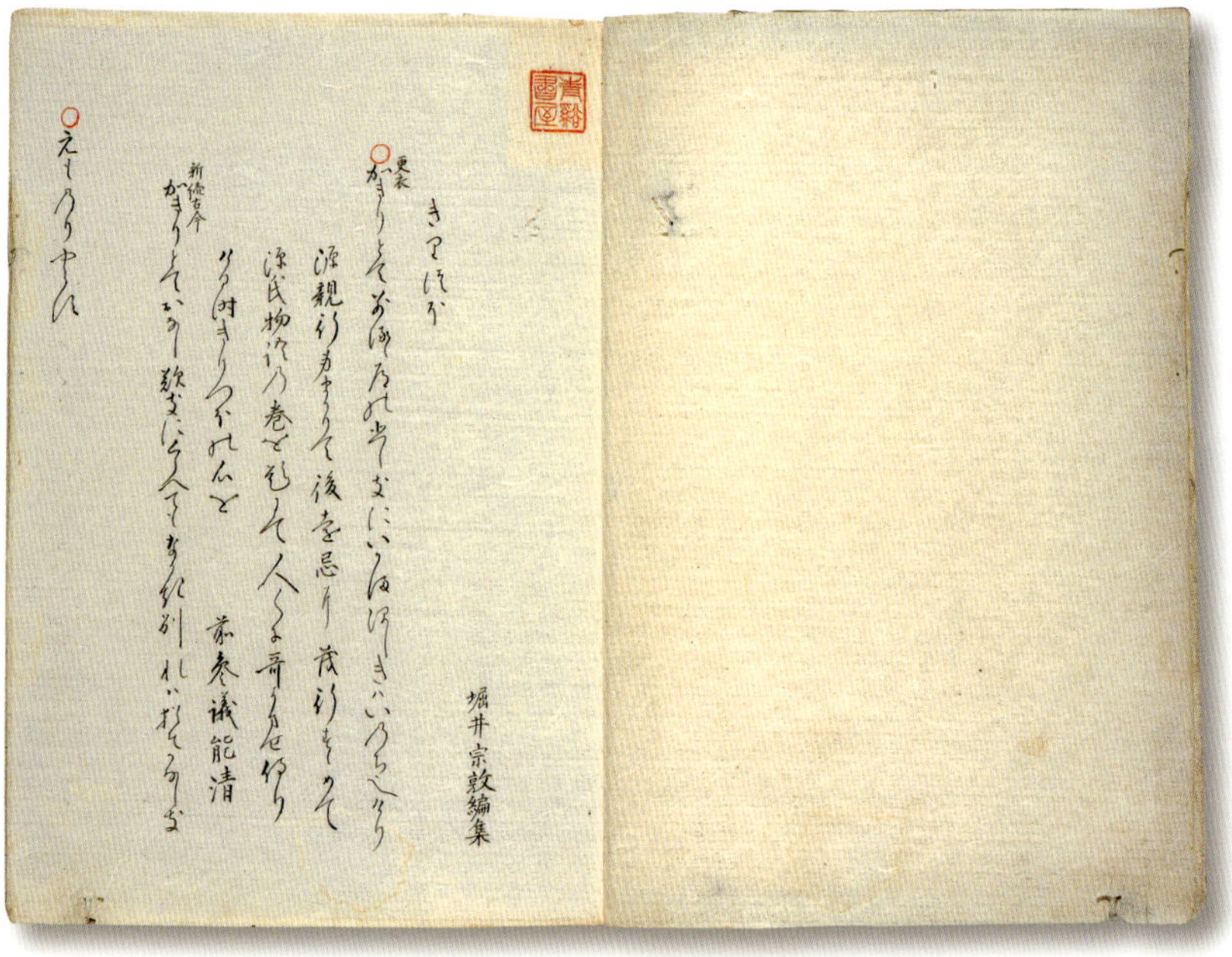

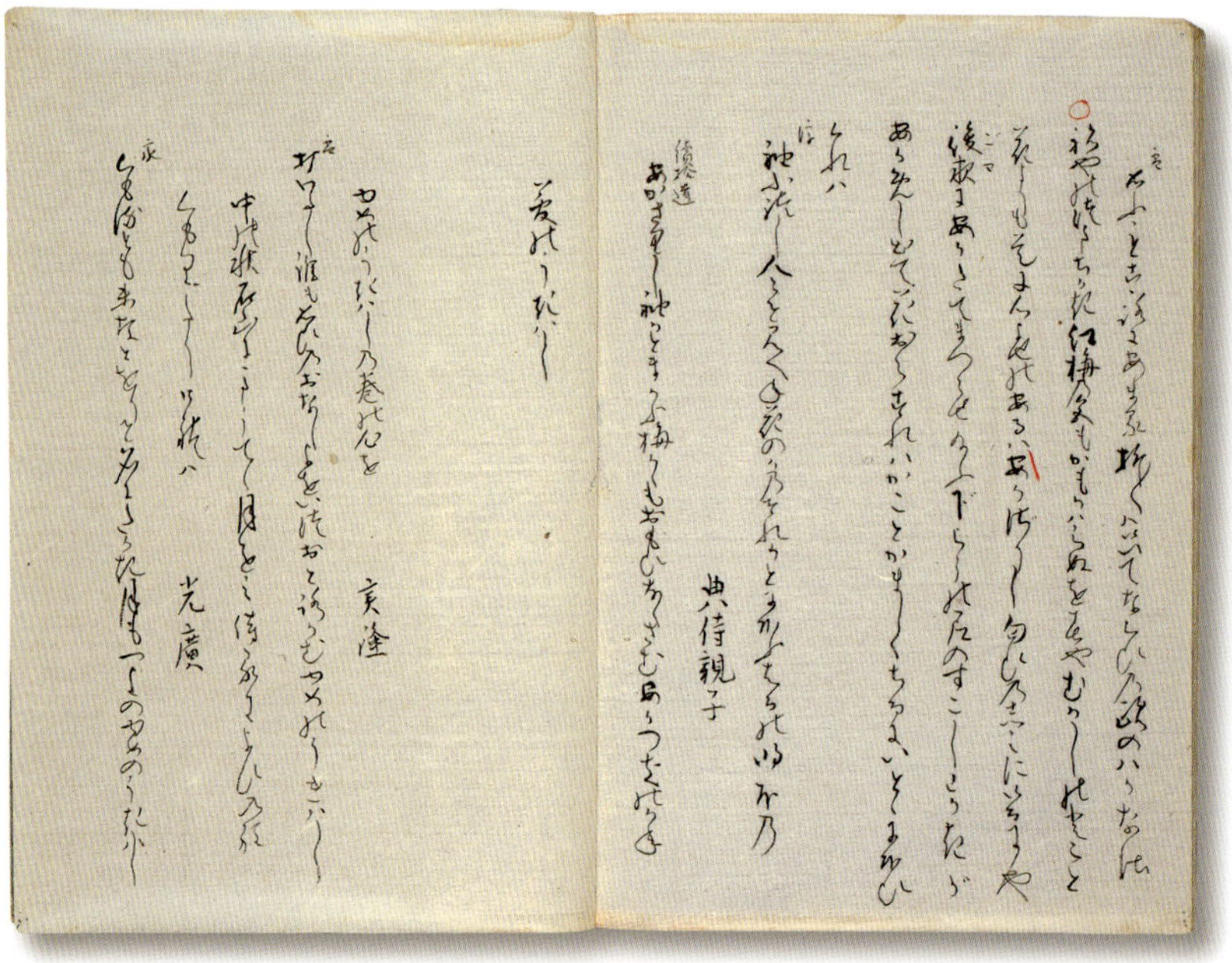

【32】『源氏物語《げんじものがたり》初音巻聞書《はつねのまききぎがき》』

国立歴史民俗博物館蔵
高松宮家伝来禁裏本［H-600-1412］
江戸時代前期写
袋綴　一冊
九・九×一三・四センチ

『源氏物語』の講釈の聞書。

中世から近世の堂上での講釈では、「桐壺」巻は内容が不吉であるといって避け、正月の様子が記される「初音」巻から開始するのがしきたりであった。本文一節を掲げ、一字下げで注解を記す形式。但し、途中の「我ならさらん人ハみるめしぬへき御ありさまを」までで終わっている。注の内容は、可（河海抄）・花（花鳥余情）・弄（弄花抄）・私等の出典注記があって、ほぼ中院通勝編『岷江入楚』を基とするものである。全文、霊元天皇（一六五四～一七三二）の宸筆にかかり、先人の講義を筆録されたか、あるいは自らの講説の台本とされたものと推測される。

（小川剛生）

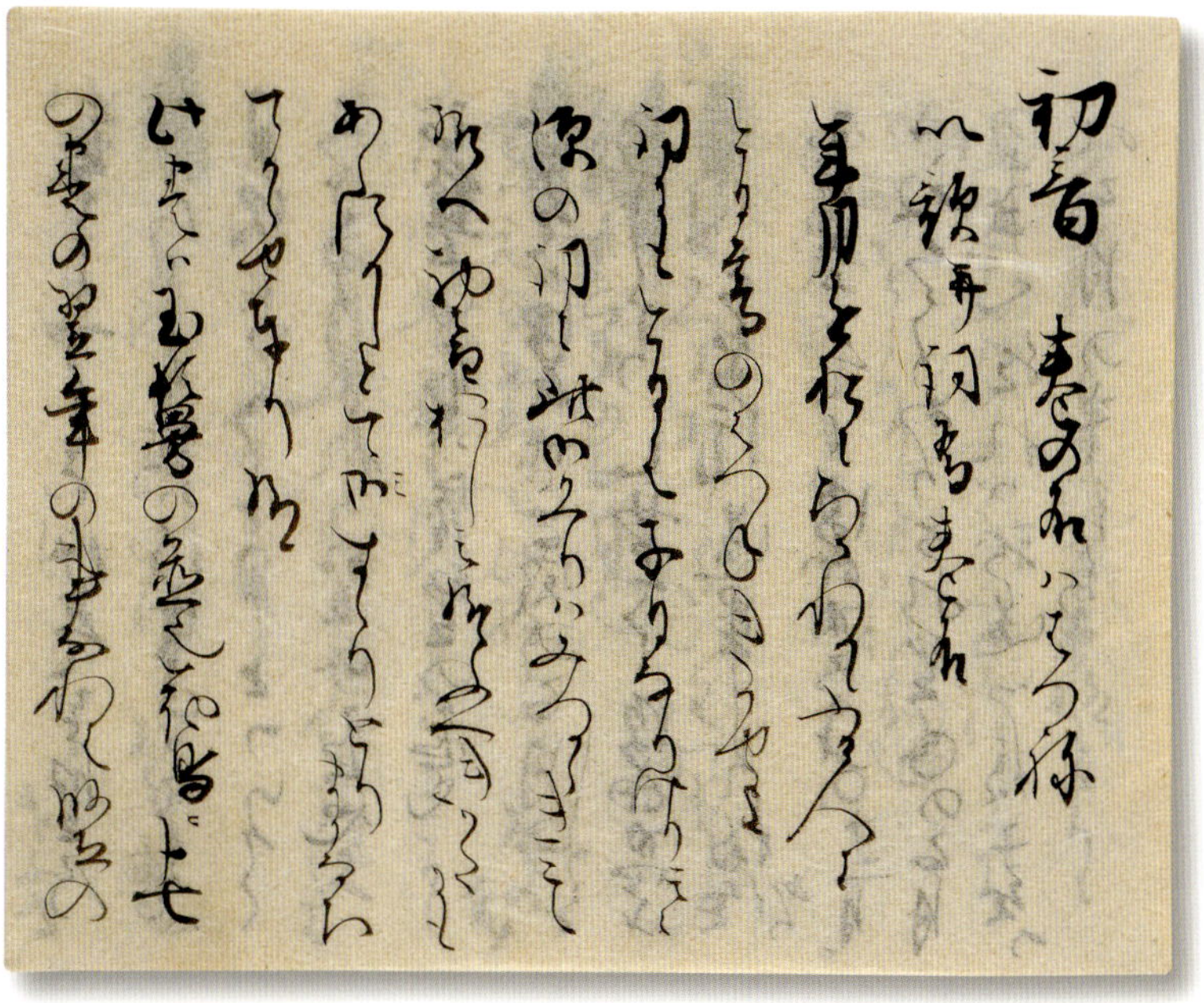

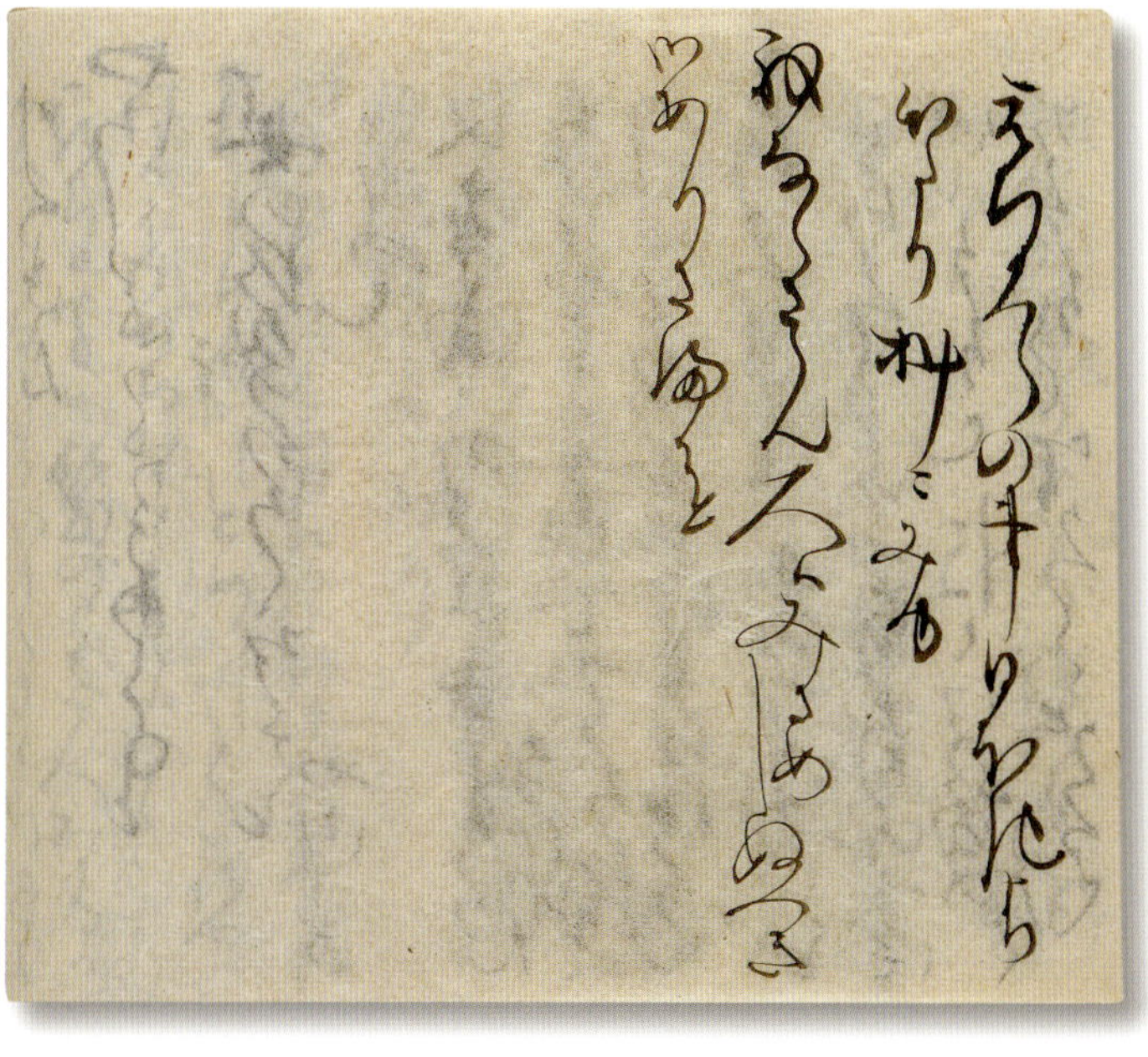

【33】『弘安源氏論議《こうあんげんじろんぎ》』

国立歴史民俗博物館蔵
高松宮家伝来禁裏本［H-600-1154］
室町時代前期写
巻子本［列帖装改装］一軸
二九・八×一〇六九・六センチ

弘安三年（一二八〇）十月、春宮煕仁親王（伏見天皇）の御所で行われた、『源氏物語』論議（義）の記録。「論義」とは、法会で学僧が経典の疑問を論ずることであるが、これは春宮と側近が、くつろいだ雰囲気のなか、論義のまねをして物語の故実・准拠・難解語等の一六番の問答を行ったものである。そのやりとりを参加者の一人源具顕が仮名文で記している。また、難義や故実の穿鑿を中心としたこの時代の源氏学の傾向を体現するものである。

（小川剛生）

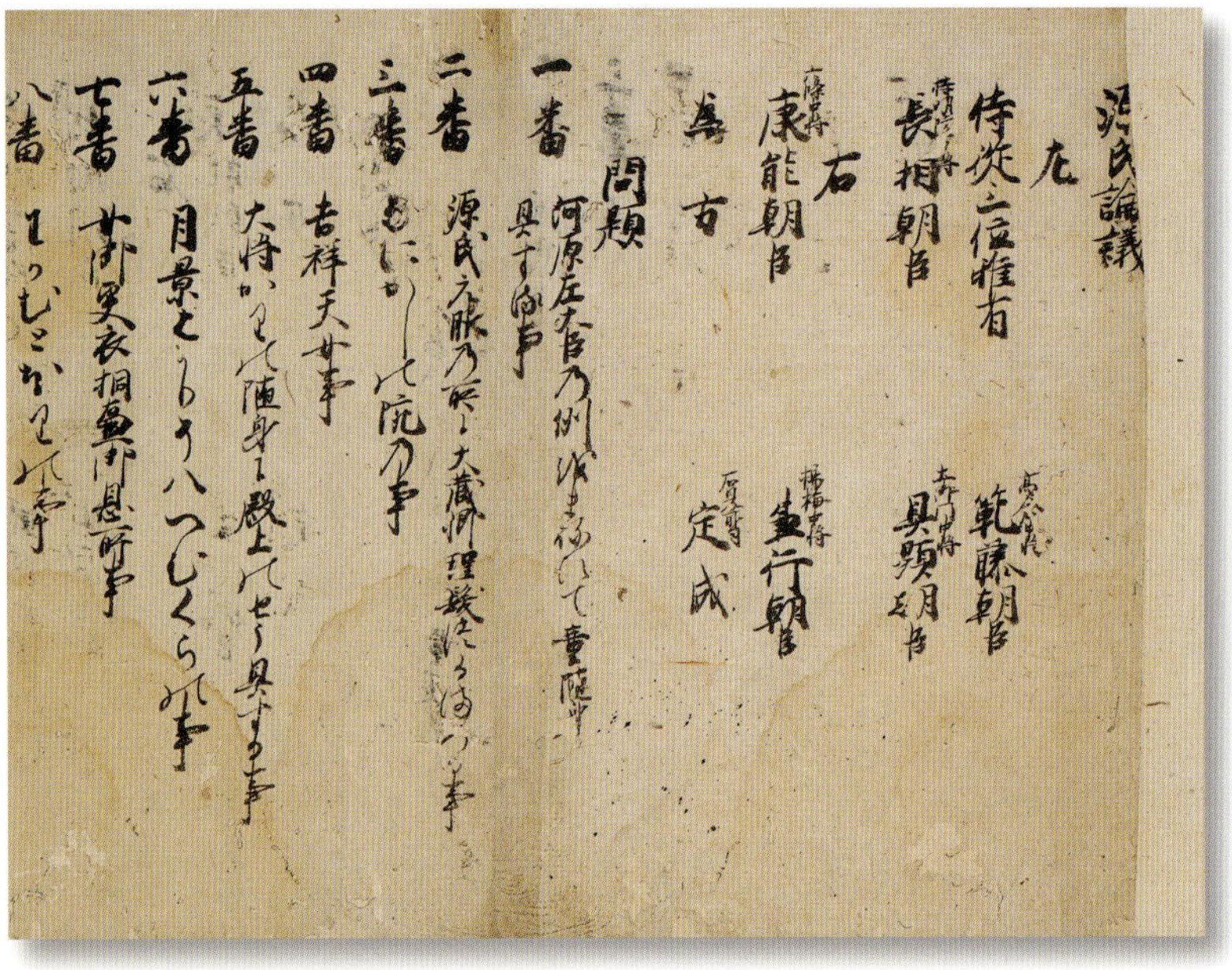

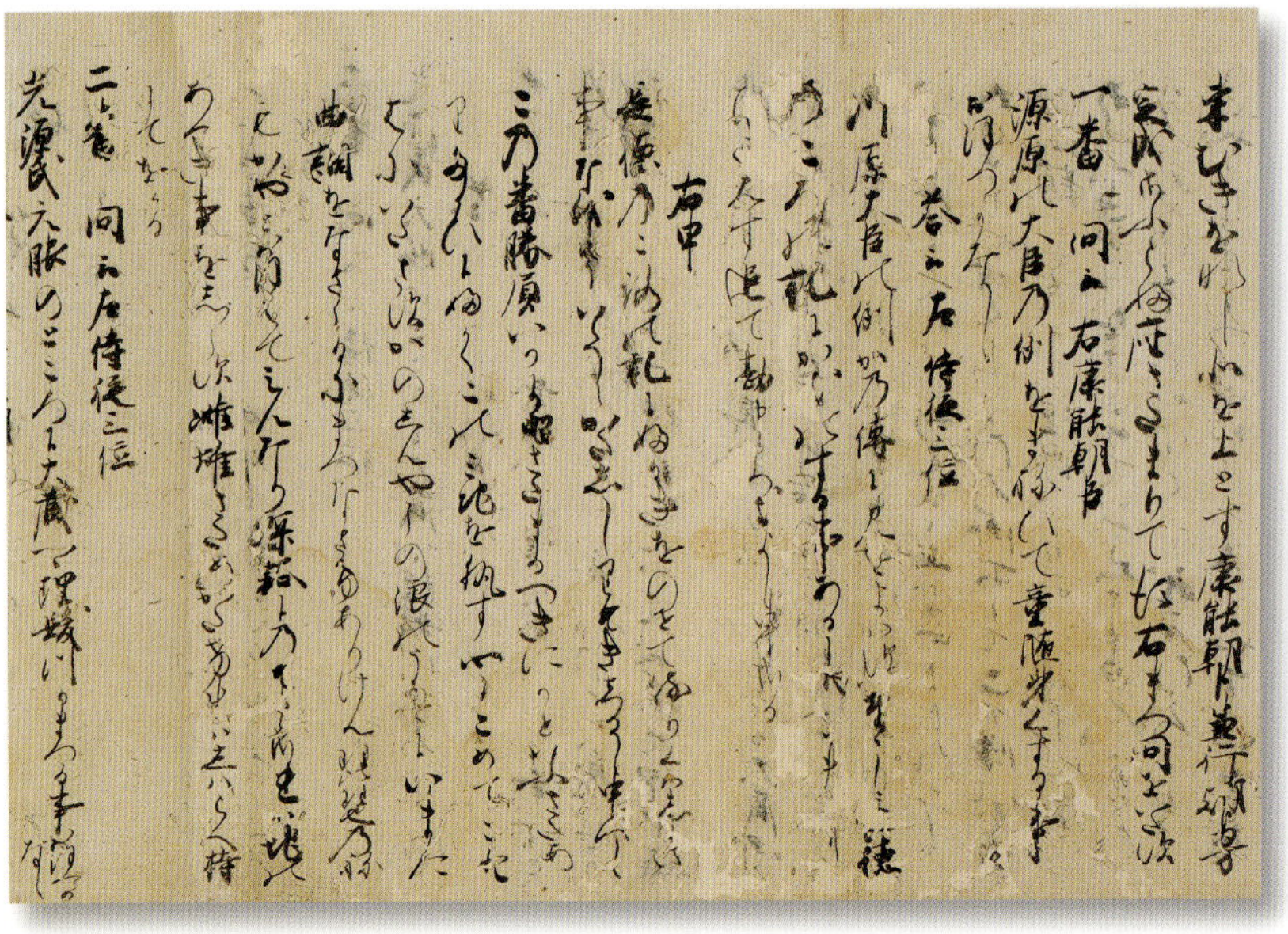

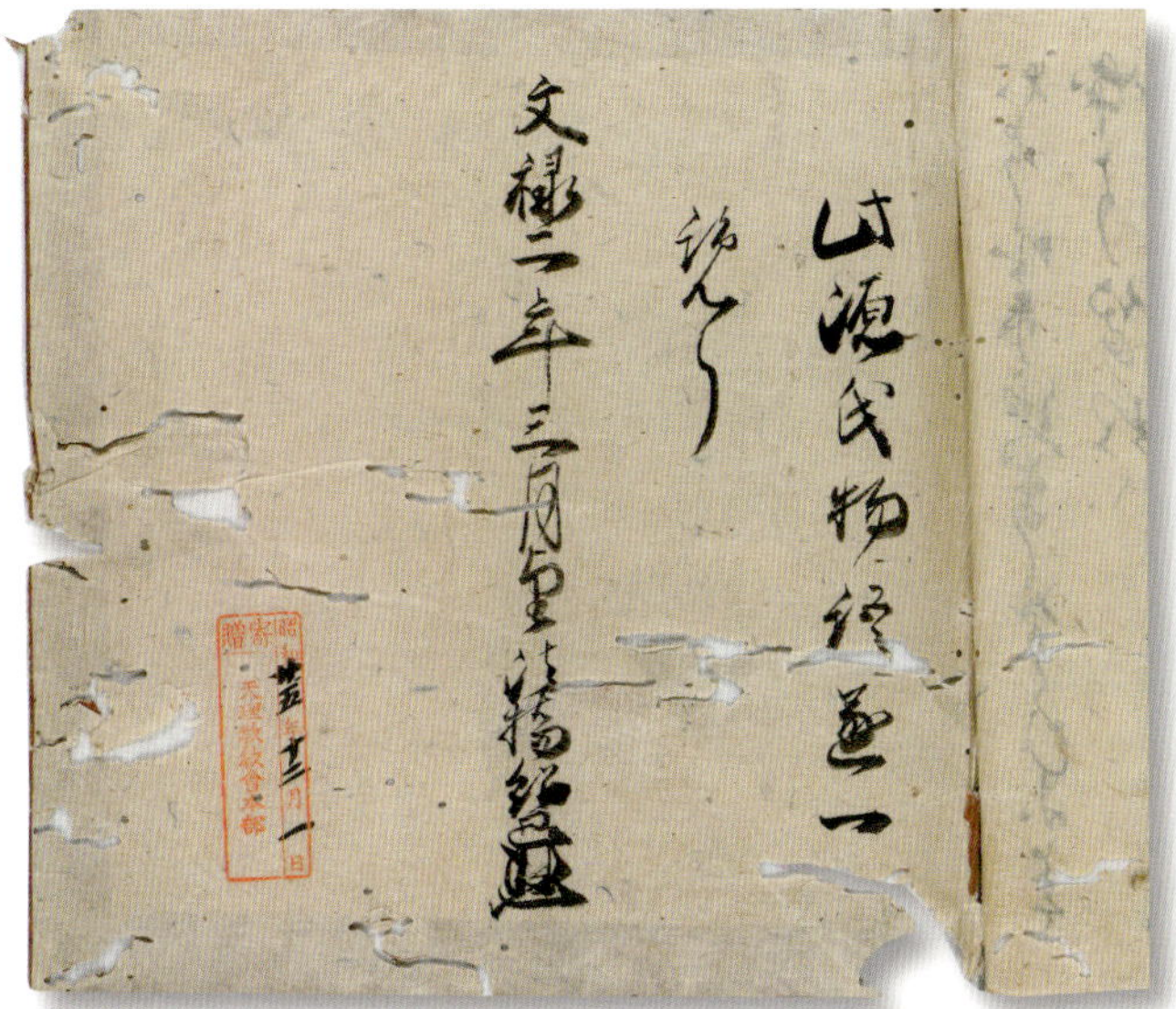
夢浮橋

桐壺

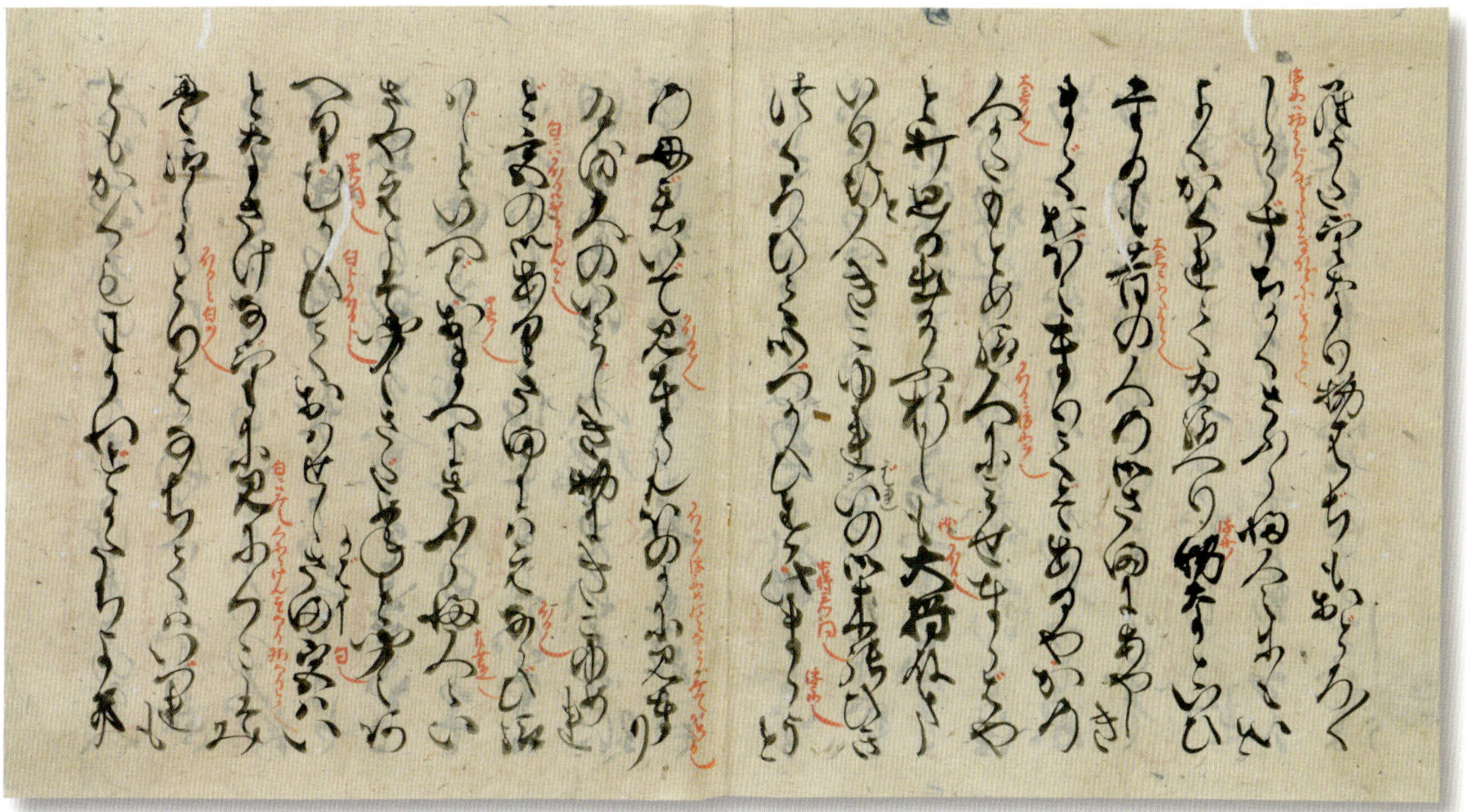
東屋

【34】周桂本《しゅうけいぼん》『源氏物語《げんじものがたり》』

天理大学附属天理図書館蔵［2307 913-36-イ83］
室町時代末期写
列帖装 五四帖
一七・五×一六・六センチ

室町時代に書写された『源氏物語』の写本である。連歌師周桂（一四七〇～一五四四）が書写したという極め札が付されている。また、「夢浮橋」巻の裏見返しに「此源氏物語 遂一覧了 文禄二年三月望法橋紹巴［花押］」と記されており、連歌師紹巴（一五二五～一六〇二）が文禄二年（一五九三）にこの本を通読し終えたことがわかる。

本文の行間に、朱筆で多くの書き込みがなされているが、これは、セリフの発話者が誰か、どういう含意の表現か、といった注釈を、紹巴が記し留めたもの。古注釈書類に見えないユニークな解説がままあり、注目に値する。本文の方も、〈いわゆる青表紙本〉諸本とは異なる部分を持ち、肖柏本や古活字本と重なる部分もある。室町時代後期～江戸時代初期の『源氏物語』享受を知るための重要資料である。

（加藤昌嘉）

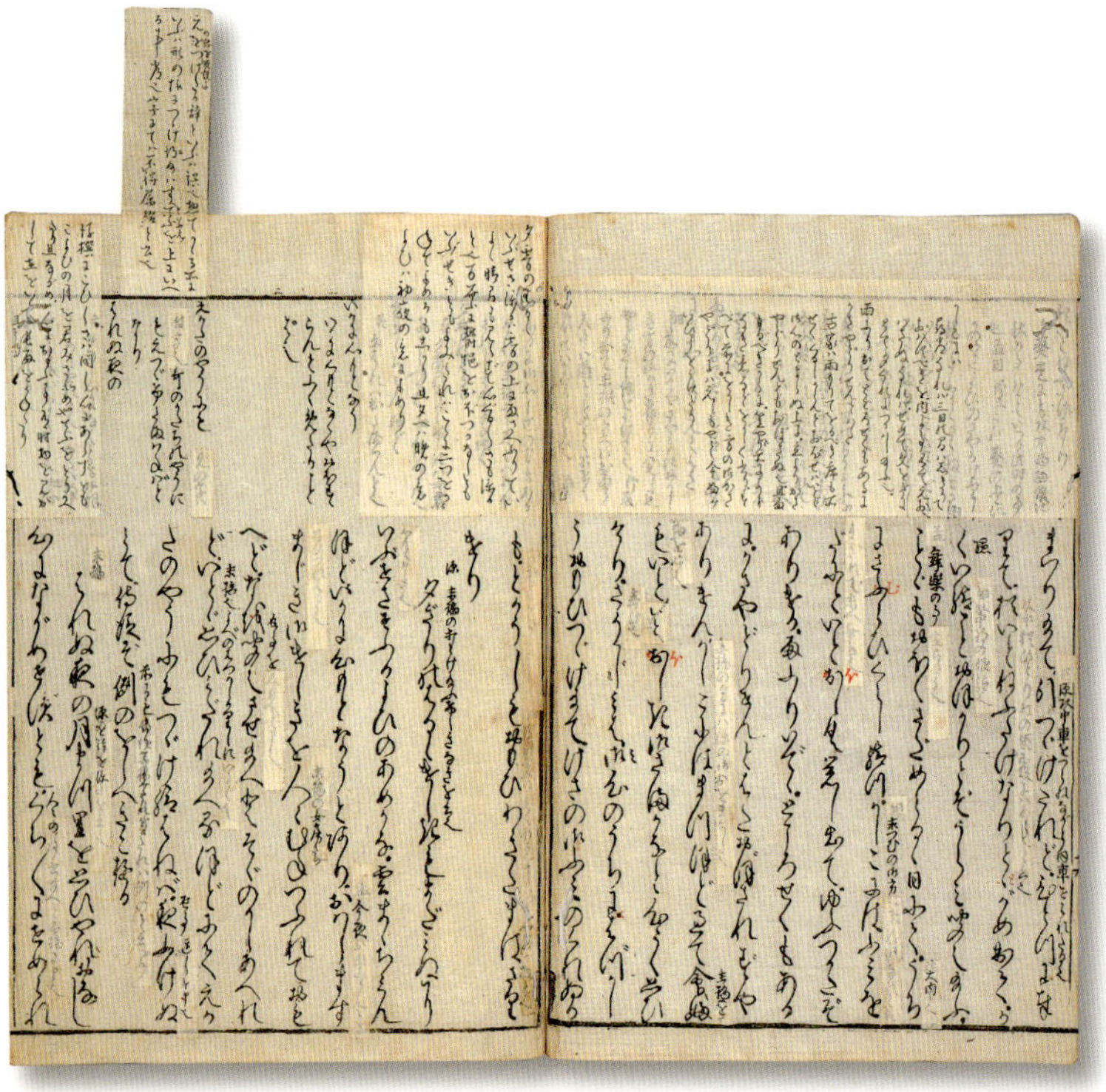

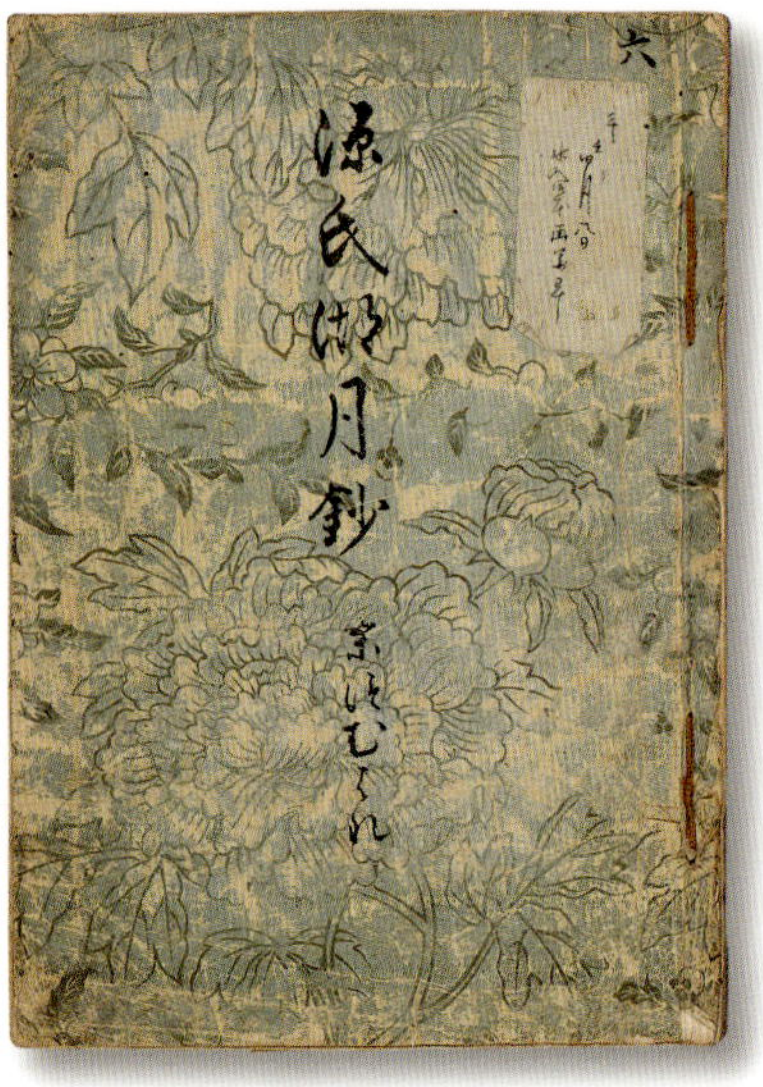

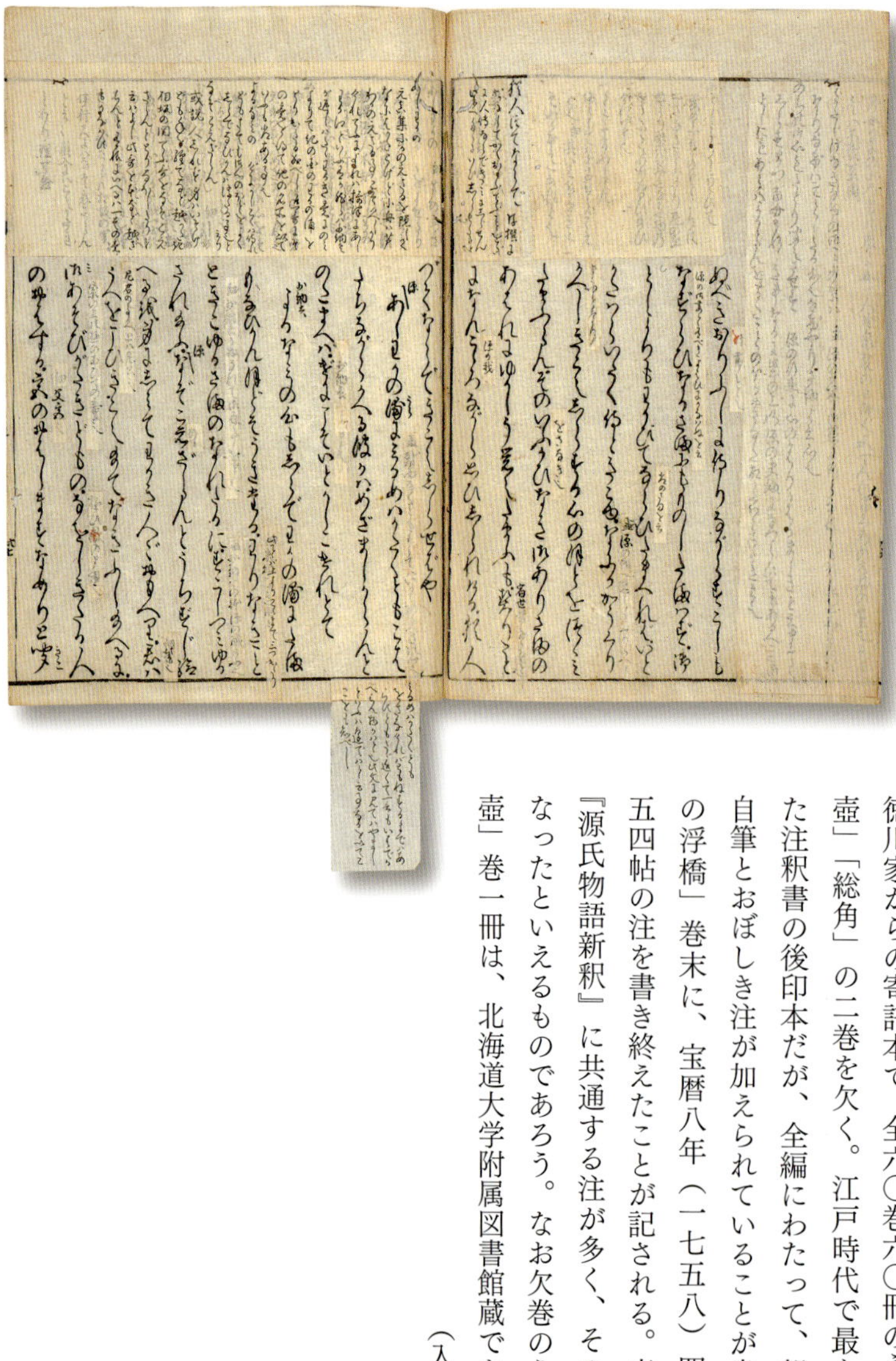

【35】賀茂真淵《かものまぶち》書《か》き入《い》れ『湖月抄《こげつしょう》』

国文学研究資料館・田安寄託本［15・785］
江戸時代後期刊
袋綴　五八冊
二六・五×一八・八センチ

北村季吟による『源氏物語』注釈。当該本は田安徳川家からの寄託本で、全六〇巻六〇冊のうち、「桐壺」「総角」の二巻を欠く。江戸時代で最も流布した注釈書の後印本だが、全編にわたって、賀茂真淵自筆とおぼしき注が加えられていることが貴重。「夢の浮橋」巻末に、宝暦八年（一七五八）四月に全五四帖の注を書き終えたことが記される。真淵著の『源氏物語新釈』に共通する注が多く、その原本になったといえるものであろう。なお欠巻のうち「桐壺」巻一冊は、北海道大学附属図書館蔵である。

（入口敦志）

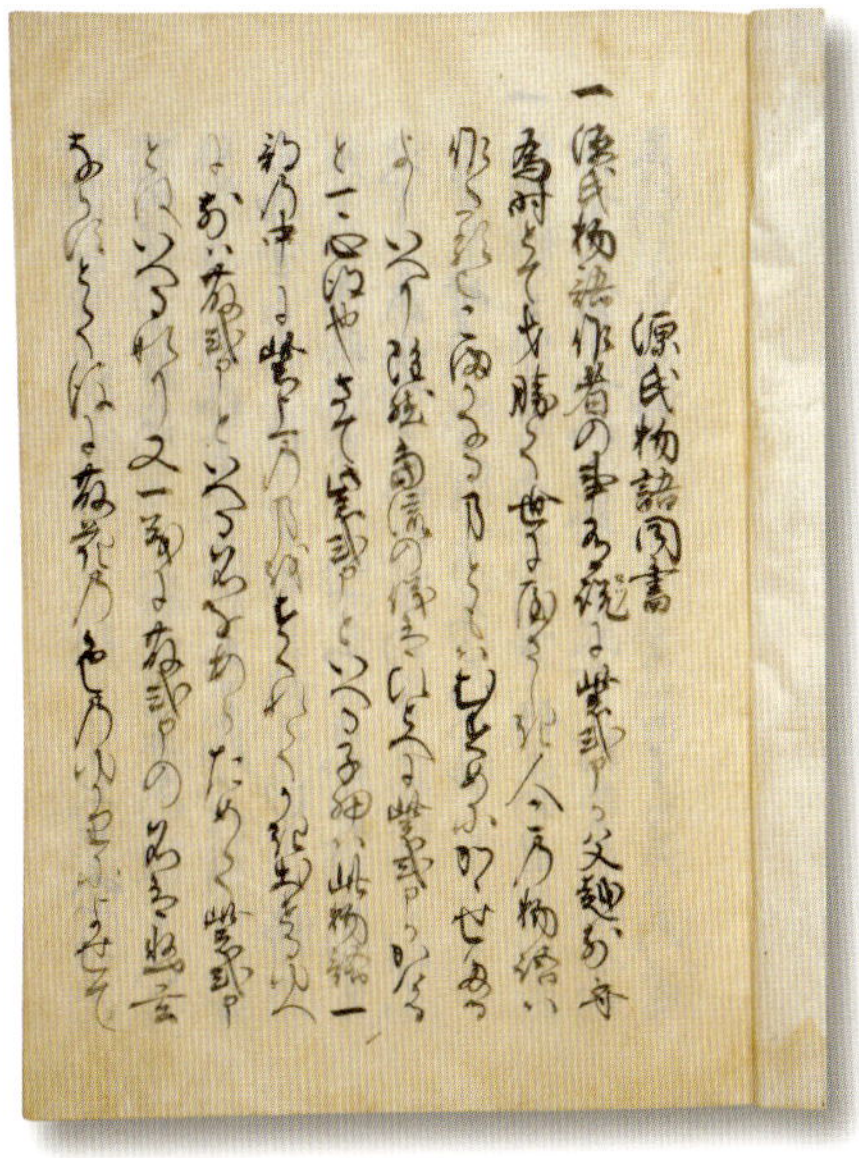

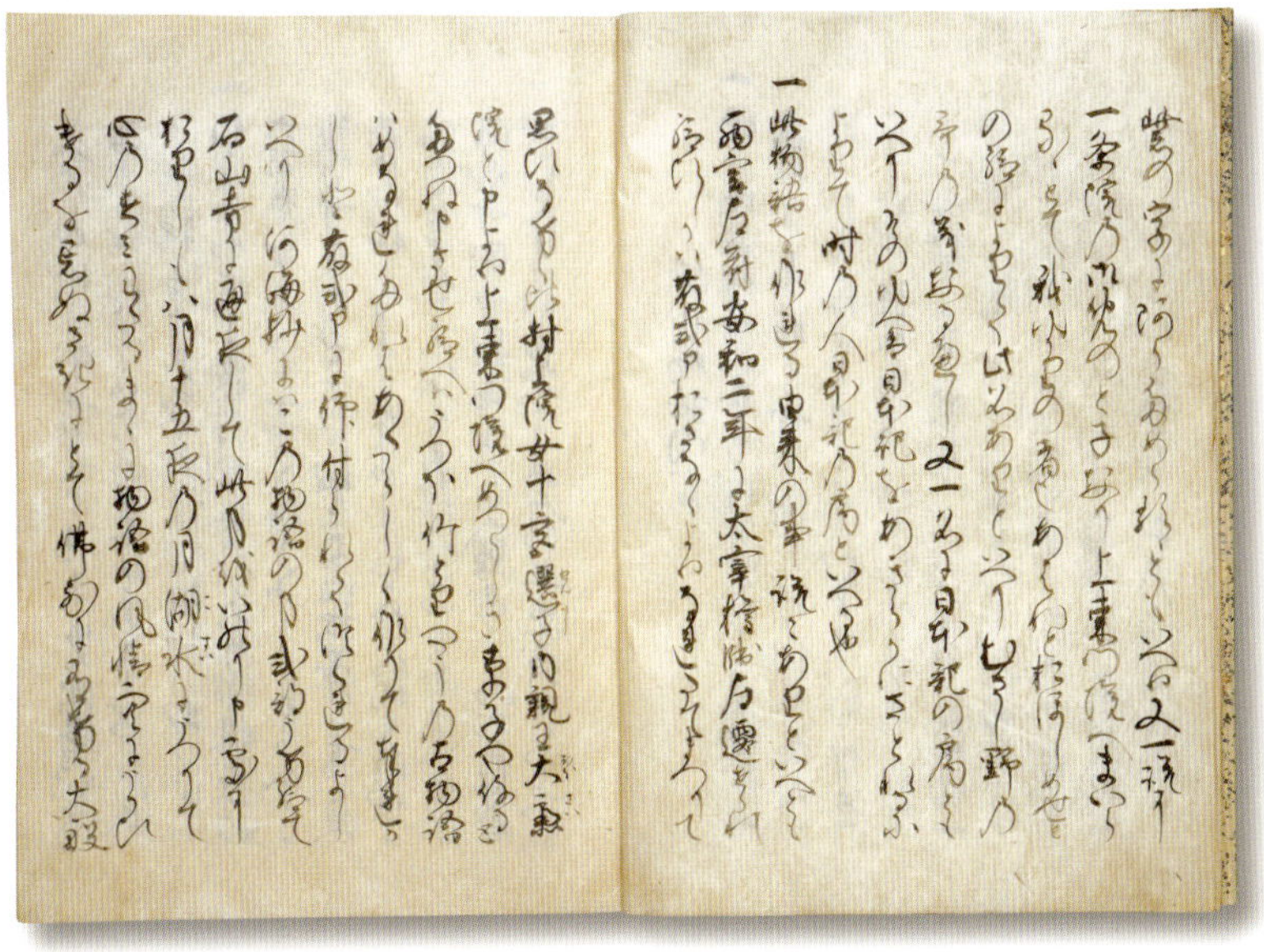

【36】『萬水一露《ばんすいいちろ》』

個人蔵
江戸時代初期写
袋綴　三七冊
二七・九×二〇・六センチ

『萬水一露』は、永閑が著した、『源氏物語』の注釈書である。写本および版本によって、江戸時代に流布した。本書は、五四帖分を三七冊に書写したもの。内題は「源氏物語聞書」。多くの『源氏物語』写本と同様、漆塗りのけんどん箱に収められている。箱蓋には「萬水一露」と記され、葵紋の留め金が付く。箱横には、金銀で、竹や雀の絵が描かれる。引き出しには、五四帖の巻名が記されている。「蓬生」巻と「関屋」巻の順序が現代の通行本と逆だが、中世の『源氏物語』写本や注釈書にはまま見られるもの。

（加藤昌嘉）

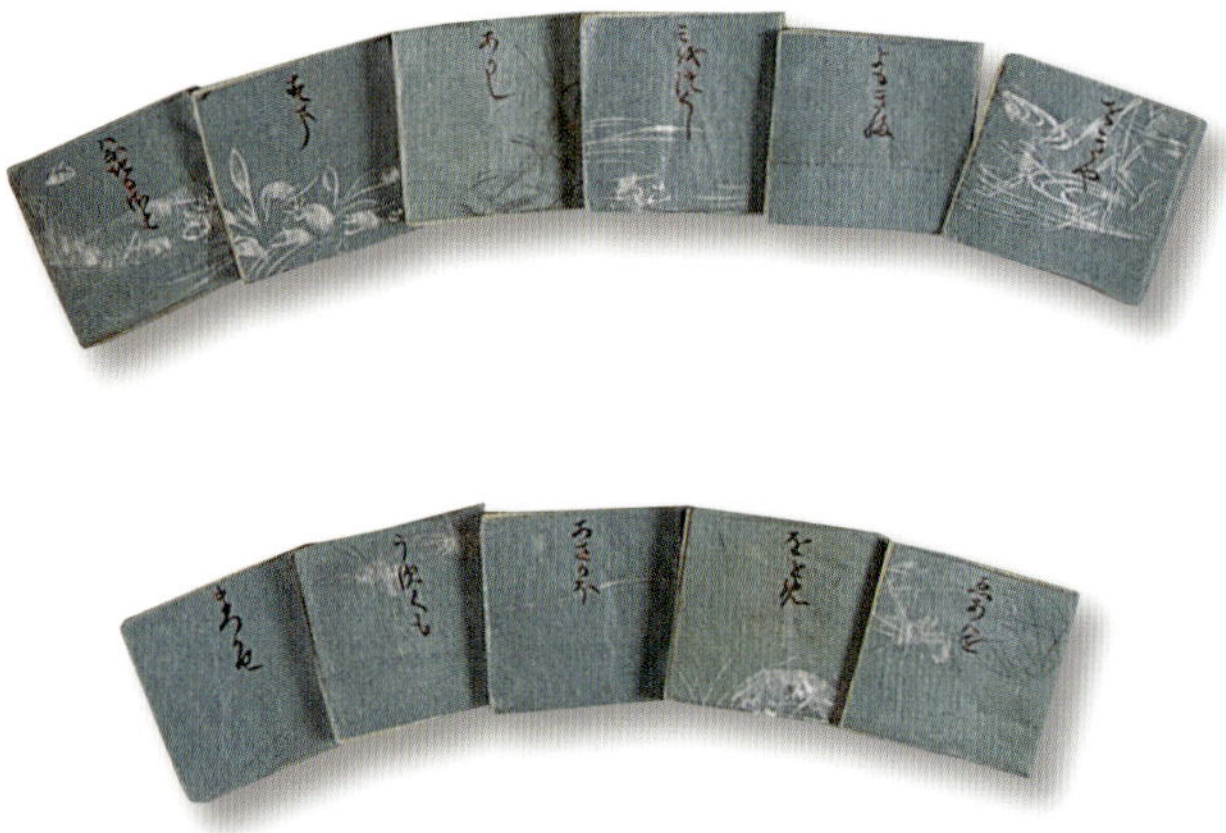

【37】『源氏香図《げんじこうず》』、『豆本《まめほん》源氏物語《げんじものがたり》』

宇和島伊達文化保存会蔵
江戸時代末期写
折本　一帖
一七×一一センチ

『源氏香図』

表紙は白地に金襴、見返しは金箔布目。左肩に「源氏香の図」とする題簽を付す。豪華な鍋島藩の紋入りの香道具一式に添えられたもので、別に「十種香図」一帖も存す。鍋島藩からの夫人の輿入れにともなうもので、可能性のあるのは、五代村候、七代宗紀、八代宗城となり、江戸末期と想定される。

宇和島伊達事務所蔵
江戸時代期写
列帖装　五四帖
四・五×四・八センチ

『豆本源氏物語』

斐紙列帖装五四帖の枡形本。各冊中央に巻名を打ち付け書きし、金銀泥による草花を描く。一面一二行書きで、極小の文字によって源氏物語の全文を書写する。伝称によると、宇和島伊達家初代藩主息男宗実と、二代藩主室稲姫筆とするが、確証はない。

（伊井春樹）

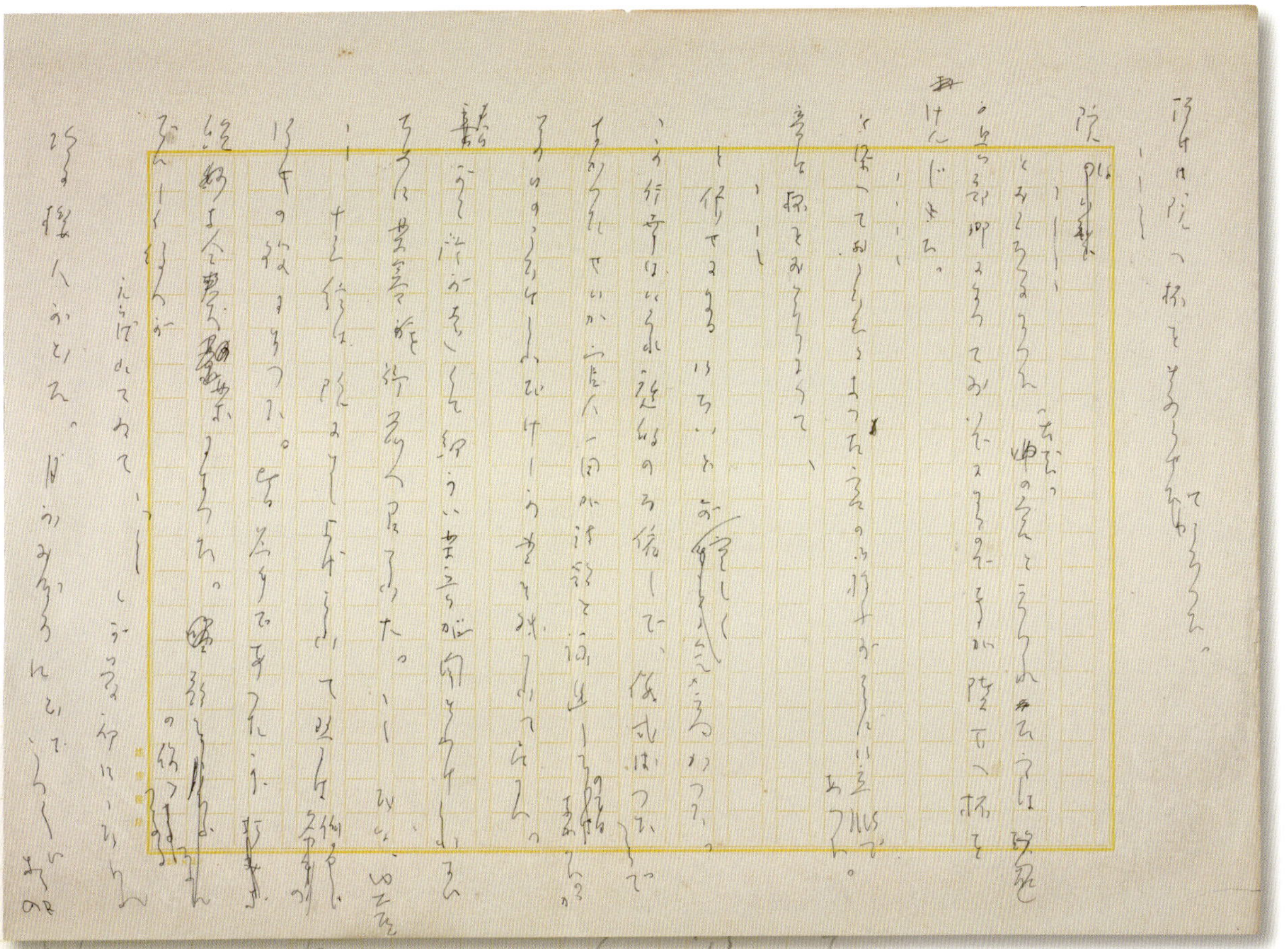

【38】与《よ》謝《さ》野《の》晶《あき》子《こ》『新《しん》新《しん》訳《やく》源《げん》氏《じ》物《もの》語《がたり》』自《じ》筆《ひつ》原《げん》稿《こう》

鞍馬寺蔵
昭和九年頃
原稿用紙（遙青書屋）
二五・八×三六・〇センチ

晶子自筆『源氏物語』訳「乙女」巻一九枚（写真はそのうちの六枚目）。

鞍馬寺には「玉鬘」巻四九枚、「東屋」巻一枚もあり、他、数巻の原稿が堺市の所蔵に帰して残る。これらはいずれも、『新新訳源氏物語』の草稿である。晶子が、テキストを傍らにみずからの溢れ出る言葉に置き換えるように訳出した臨場感がなまなましく伝わる。歌や仮名書きの部分は、清書の際に書き加えられたり漢字に直され、表現が一部手直しされるものの、『新新訳源氏物語』訳の性格を伝えて貴重である。

（神野藤昭夫）

玉鬘

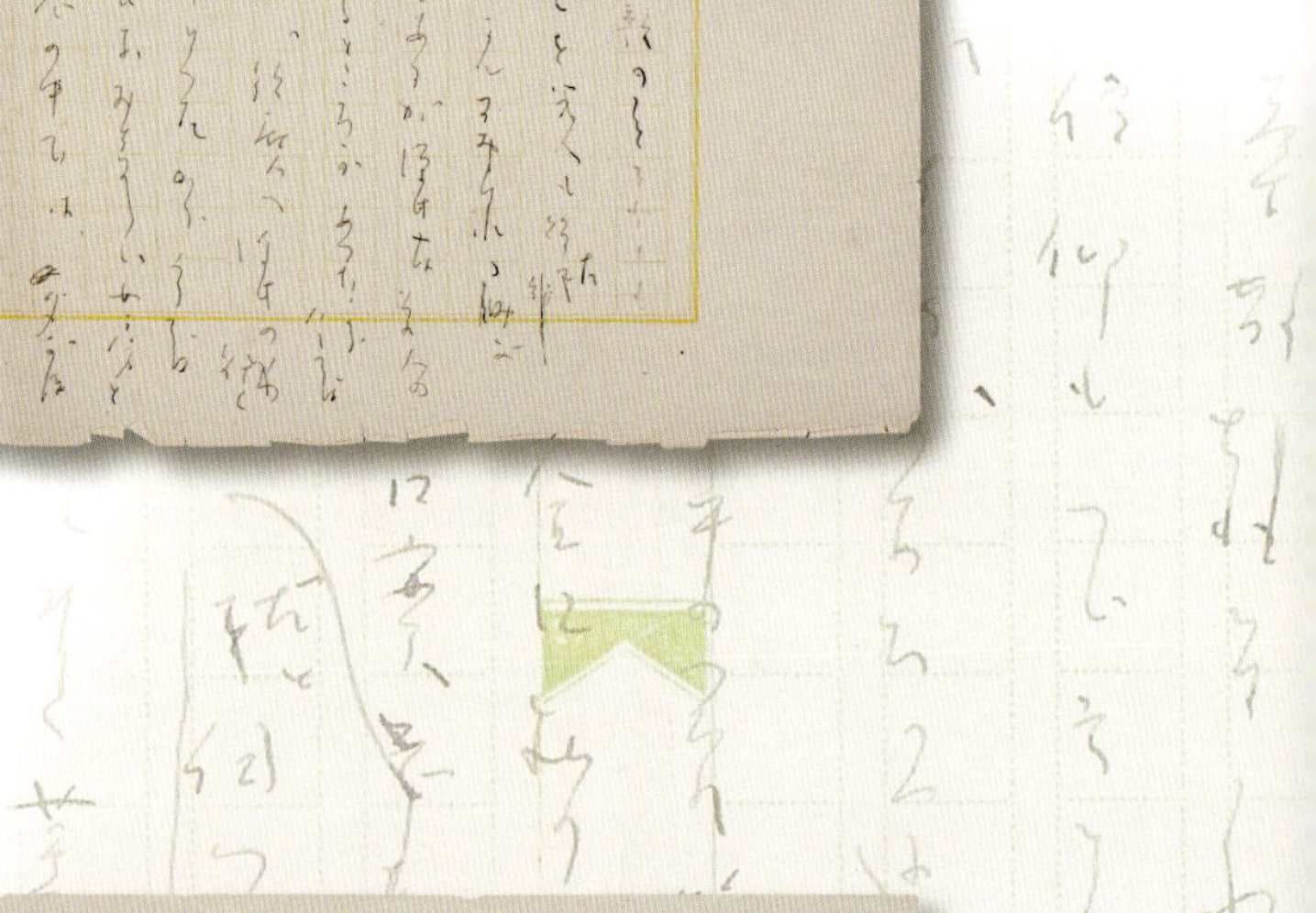

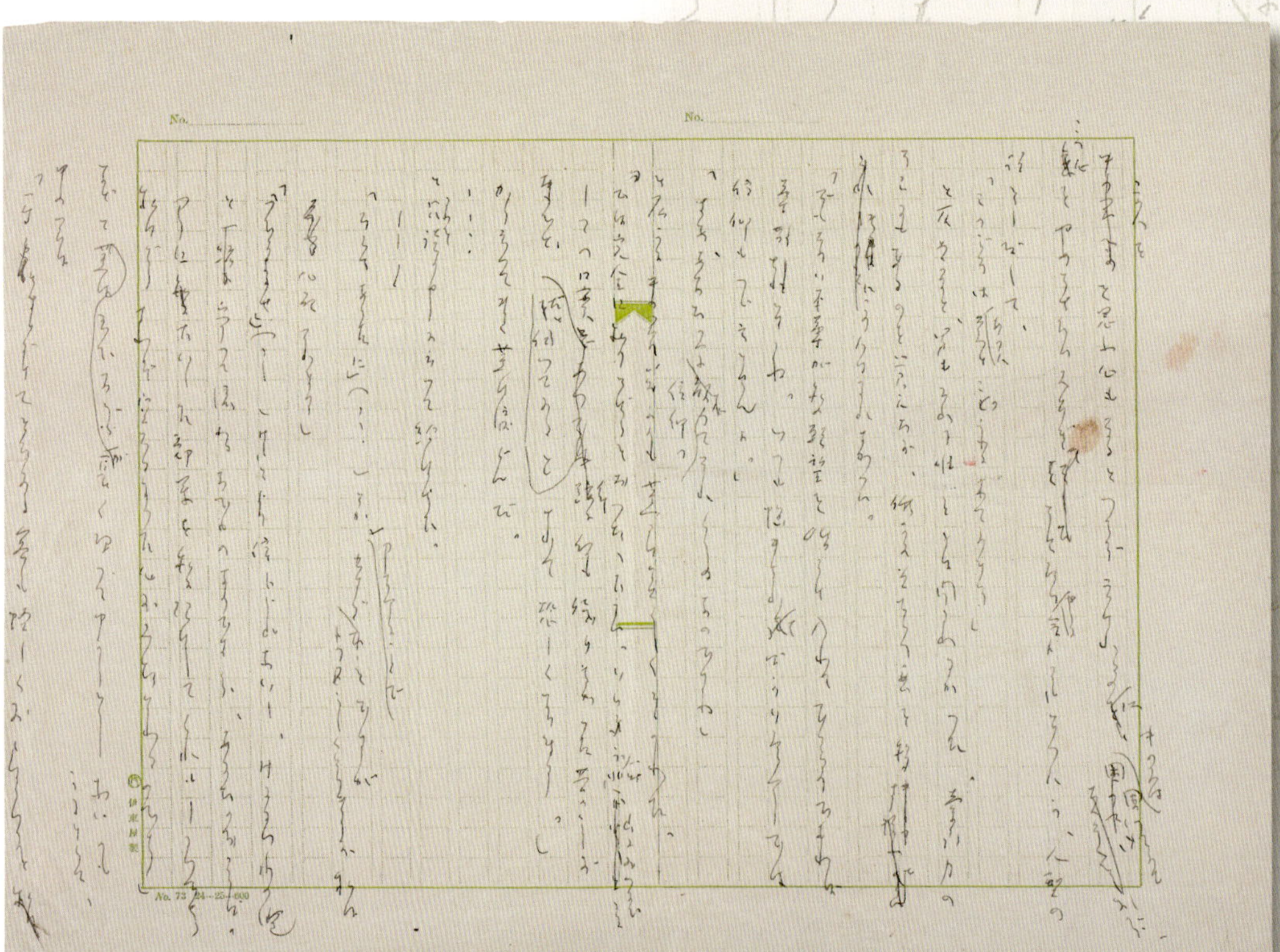

東屋

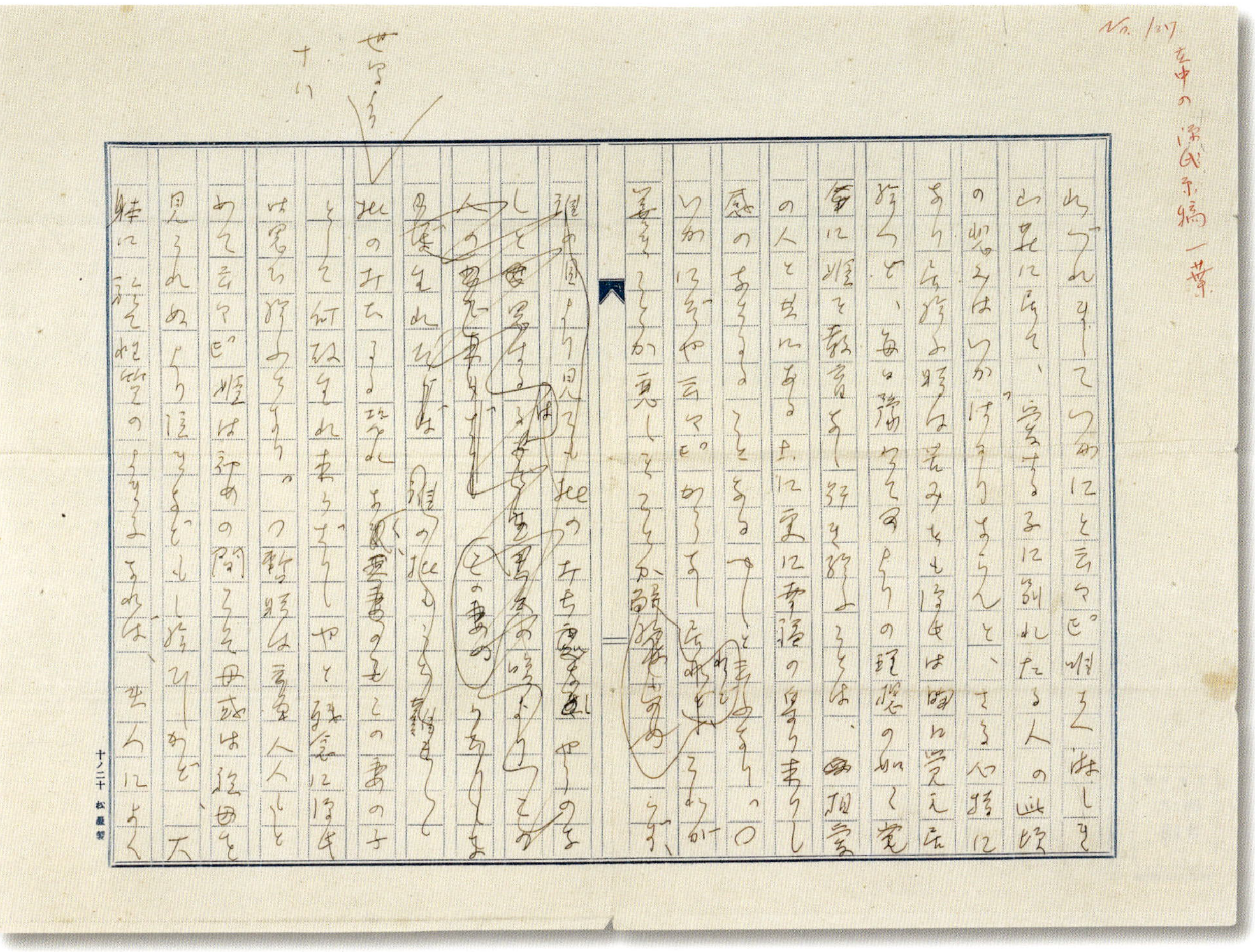

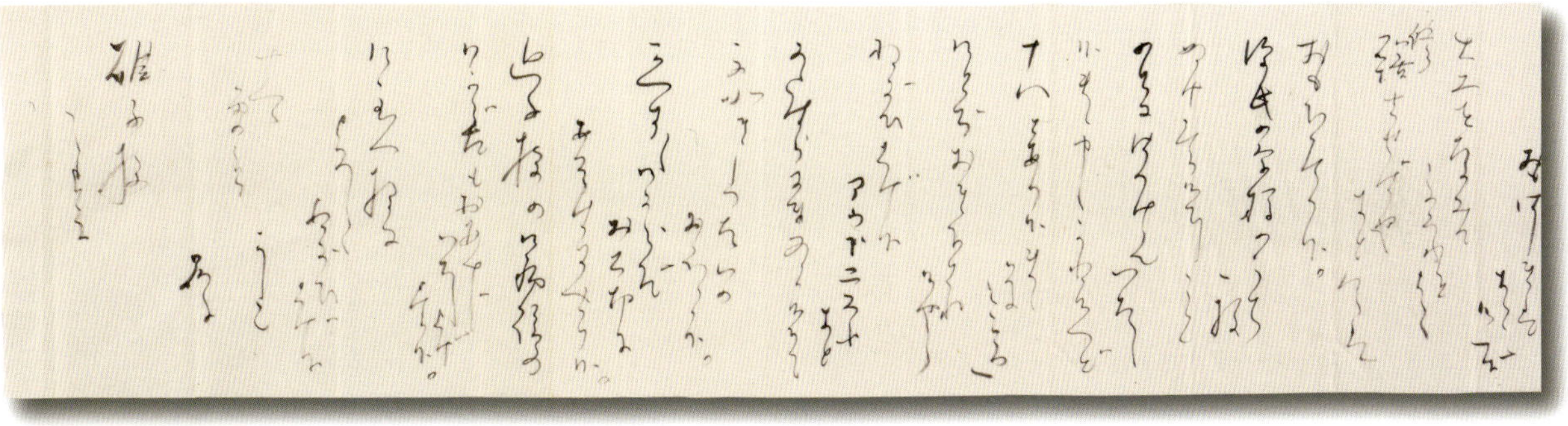

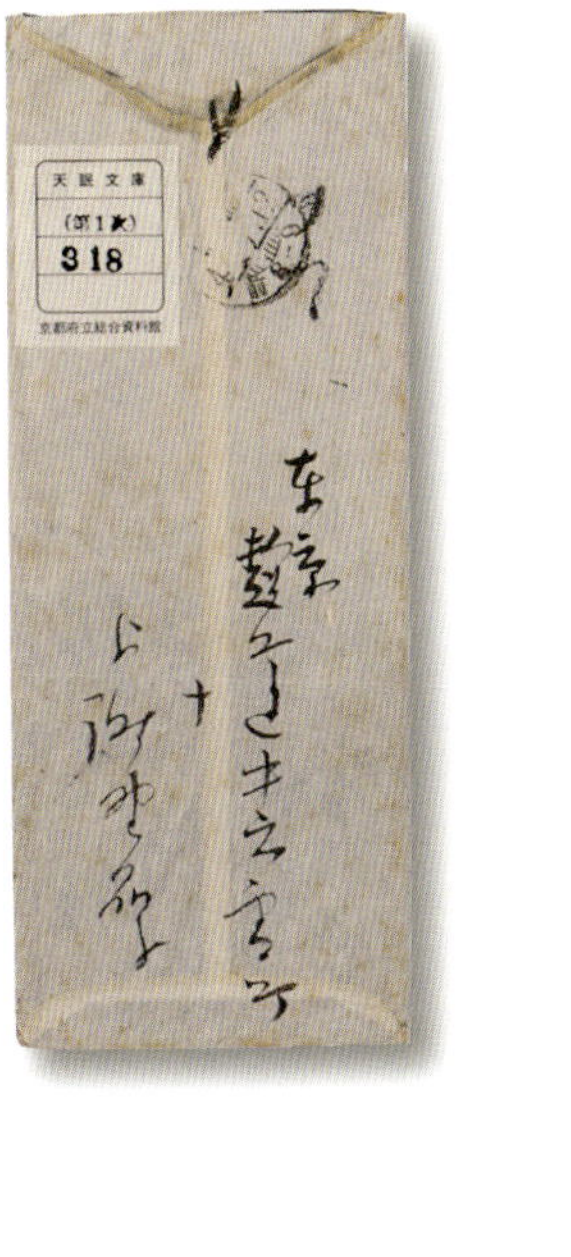

【39】
与謝野晶子《よさのあきこ》
『源氏物語講義《げんじものがたりこうぎ》』自筆原稿及《じひつげんこうおよ》び書簡《しょかん》

京都府総合資料館蔵　天眠文庫関係資料
大正四年五月
原稿用紙（十ノ二十松屋製）
二五・五×三五・七センチ

小林天眠の依頼により書き続けた未完の「源氏の講義」（『源氏物語講義』）のただ一葉残存する自筆原稿。「薄雲」巻の一節。○印で本文箇所を明示し、そこの意味内容を踏み込み、語り直して釈する。たんなる翻訳ではない。○印箇所をつなぐと、『源氏物語』のほぼ全文にわたる釈文であったかと推測される。これが「源氏の講義」の原稿であり、晶子の誤解から偶然に残った事情が、小林雄子宛書簡と天眠の残した注によって判明する。

（神野藤昭夫）

◆コラム

与謝野晶子の『源氏物語』翻訳

神野藤昭夫◆

二〇〇八年に生誕一三〇年を迎えた与謝野晶子（一八七八〜一九四二）は、生涯に三度、『源氏物語』翻訳に取り組んでいる。

第一は、明治四二年（一九〇九）に、天祐社の旗揚げを企画する実業家小林天眠（一八七七〜一九五六）の依頼で「私一生の事業」との覚悟で、百か月の予定で書き始めたのが「源氏の講義」（『源氏物語講義』）である。予定量が増え、遅延しつつも、天眠の経済的支援を受けながら、大正九年ころまで書き進められた。しかし、第一次世界大戦後の金融恐慌のために天佑社は閉鎖。「源氏の講義」の執筆は中断する。「宇治十帖の前まで」書かれていた数千枚に及ぶ原稿は晶子のもとに戻って、文化学院に保管していたが、大正一二年（一九二三）の関東大震災で焼失して、幻の業績と化す。だが、偶然のことから、ただ一枚天眠のもとに残ったのが京都府総合資料館蔵の『源氏物語講義』自筆原稿である。これが残っていれば、晶子畢生のみならず、『源氏物語』千年の歴史上、燦然と輝く業績となったにちがいない。

第二は、明治四五年（一九一二）から大正二年（一九一三）にかけて金尾文淵堂から出版された『新訳源氏物語』四冊である。これは、晶子の『源氏物語』の語り直しともいうべきもので、原文量の六割程度の縮訳が、後半三冊目は九割、四冊目は原文より四割増というようにしだいに詳しくなる。これが縮訳であるのは「源氏物語講義」との差異を意識したからであろう。大正から昭和にかけて、晶子源氏として『源氏物語』の普及に多大な役割を果たし、今日の『源氏物語』ブームの基盤を醸成した画期的なものである。

第三が、昭和一三年（一九三八）から昭和一四年にかけて金尾文淵堂から出版された『新新訳源氏物語』である。これは、『源氏物語』の全訳であり、今日、広く流布しているのは、この『新新訳源氏物語』である。昭和八年九月から昭和九年九月にかけての改造社版『与謝野晶子全集』全一三巻の刊行に伴い、その増巻として『新新訳源氏物語』は書き始められる。しかし、鉄幹の死によって頓挫するが、力を奮い起こして金尾文淵堂からの出版にこぎつけたもの。鞍馬寺蔵の自筆草稿は、晶子がテキストを傍らに、ほとばしり出るようなスピードで訳出していった翻訳姿勢を雄弁にものがたる。『新新訳源氏物語』は、注釈書を逐一参観し、慎重かつ丹念に推敲を加えることでできあがったものではない。晶子が生み出した、新たな躍動的な物語世界、それが『新新訳源氏物語』なのである。

第四部

世界文学としての『源氏物語』

二〇世紀になって、『源氏物語』は、アーサー・ウェイリーが英語に翻訳したことを端緒に、一気に世界文学の仲間入りをすることとなった。マルグリット・ユルスナールや、ヴァージニア・ウルフ等は、翻訳を通して『源氏物語』に親しんだのである。以降、現在まで、『源氏物語』は、英語・フランス語・ドイツ語・イタリア語・スペイン語・ロシア語・チェコ語・中国語・韓国語等、世界各国で二三種類の言語によって翻訳され続けている。

ここでは、当館が所蔵する『源氏物語』の翻訳書を中心にして展示した。これらは、故福田秀一氏（当館名誉教授）より寄贈された、六〇〇点に及ぶ日本文学関連洋書の一部である。

【40】さまざまな翻訳本の表紙

THE TALE OF GENJI
THE TALE OF GENJI
The Tale of Genji
The Tale of Genji
The Tale of Genji
THE TALE OF GENJI
源氏物語
LE DIT DU GENJI
LE DIT DU GENJI
GENJI MONOGATARI
Genjin tarina 2

◆コラム

海外で翻訳された『源氏物語』

伊藤鉄也◆

千年紀の今年は、多くの〈源氏物語展〉が開催され、最終コーナーには必ずといっていいほど、海外で翻訳された『源氏物語』が並んでいた。

京都文化博物館で開催された〈源氏物語千年紀展〉（二〇〇八年四月～六月）の図録で「源氏物語の外国語訳」を担当した私は、翻訳された言語は一八種類だと記した。それまでに収集した翻訳本と、ウエブでの情報で信頼に足るものによって確認した数であった。

その後も情報収集を続けることにより、この半年でその数をさらに加えることとなった。九月現在、日本語も含めて二三言語に翻訳されている。

それぞれに、翻訳された内容は異なる。ただし、「桐壺」から「葵」までの九巻だけを訳しているものは、アーサー・ウェイリーの英訳本の第一巻を対象とした重訳である。例えば、インドでは八種類の言語（アッサム語、タミール語、テルグ語、ヒンディー語［ここまで確認済、以下未確認］ウルドゥー語、オリヤー語、パンジャビ語、マラヤラム語）で翻訳された。ただしいずれも、アーサー・ウェイリーの第一巻を対象にした文化事業の成果である。私はまだ、その半数しか実在のものを確認していない。このインド本の存在が確認できれば四言語が加わり、『源氏物語』の翻訳言語の総数は二七言語となる。

これら以外にも、現在翻訳が進行中のものとして、ウクライナ語とエスペラント語がある。もちろん、新しい英語・フランス語・イタリア語の翻訳も進行している。とにかく『源氏物語』は、世界中で常に翻訳の対象となる、まさに世界文学の中の名作の地位を確保していることはまちがいない。

今回の〈源氏物語展〉では、こんなに多くの国で、そして言語で翻訳されているのだ、という視点での展示はしていない。その本の装丁を、デザインの面白さを、表紙を通して楽しんでいただきたい。各国語版の『源氏物語』の表紙を通覧することによって、海外における受容のありようが見えてくるはずである。いわば、表紙のデザインというものを通して、国際異文化交流を各自の眼で確認していただきたいと思っている。

なお、国文学研究資料館では、さらに多くの『源氏物語』の翻訳本を収集・所蔵している。これらの本は、国際文化交流を促進する観点からも、有益な資料群といえよう。

◆『源氏物語』の翻訳言語二三種類◆

アッサム語・アラビア語・イタリア語・英語・オランダ語・クロアチア語・スウェーデン語・スペイン語・セルビア語・タミール語・チェコ語・中国語（簡体字）・中国語（繁体字）・テルグ語・ドイツ語・日本語・ハンガリー語・ハングル・ヒンディー語・フィンランド語・フランス語・ポルトガル語・ロシア語（二〇〇八年九月現在）

付録❶ 源氏物語登場人物系図

◆『源氏物語』第一部 上の品の女たち

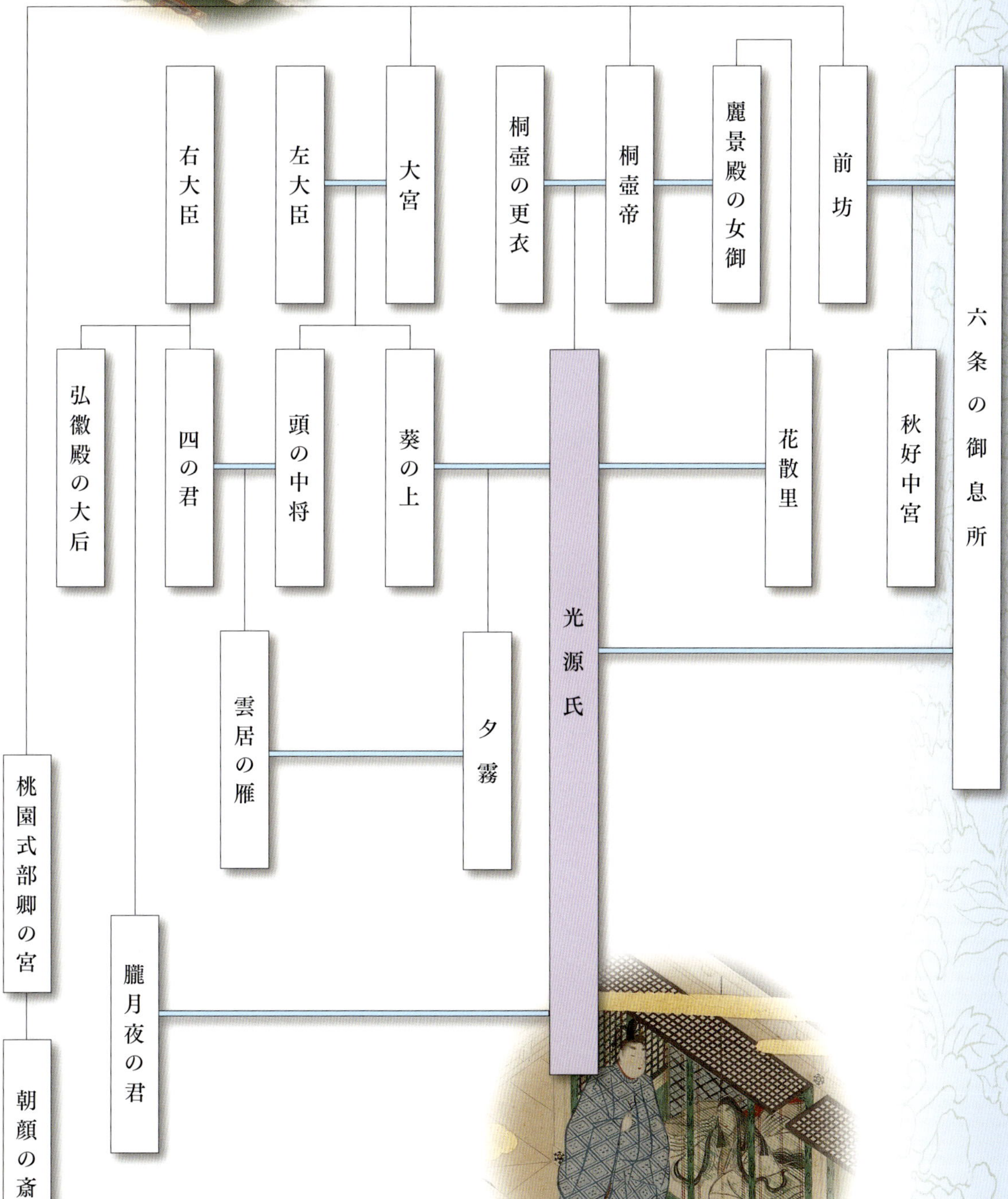

◆『源氏物語』第一部

藤壺と紫の上

桐壺院
藤壺
兵部卿の宮
光源氏
冷泉帝
紫の上

◆『源氏物語』第一部

明石の人々

大臣
按察大納言
明石の尼君
明石の入道
桐壺の更衣
明石の君
光源氏
明石の姫君

◆『源氏物語』第一部　**玉鬘をめぐる人々**

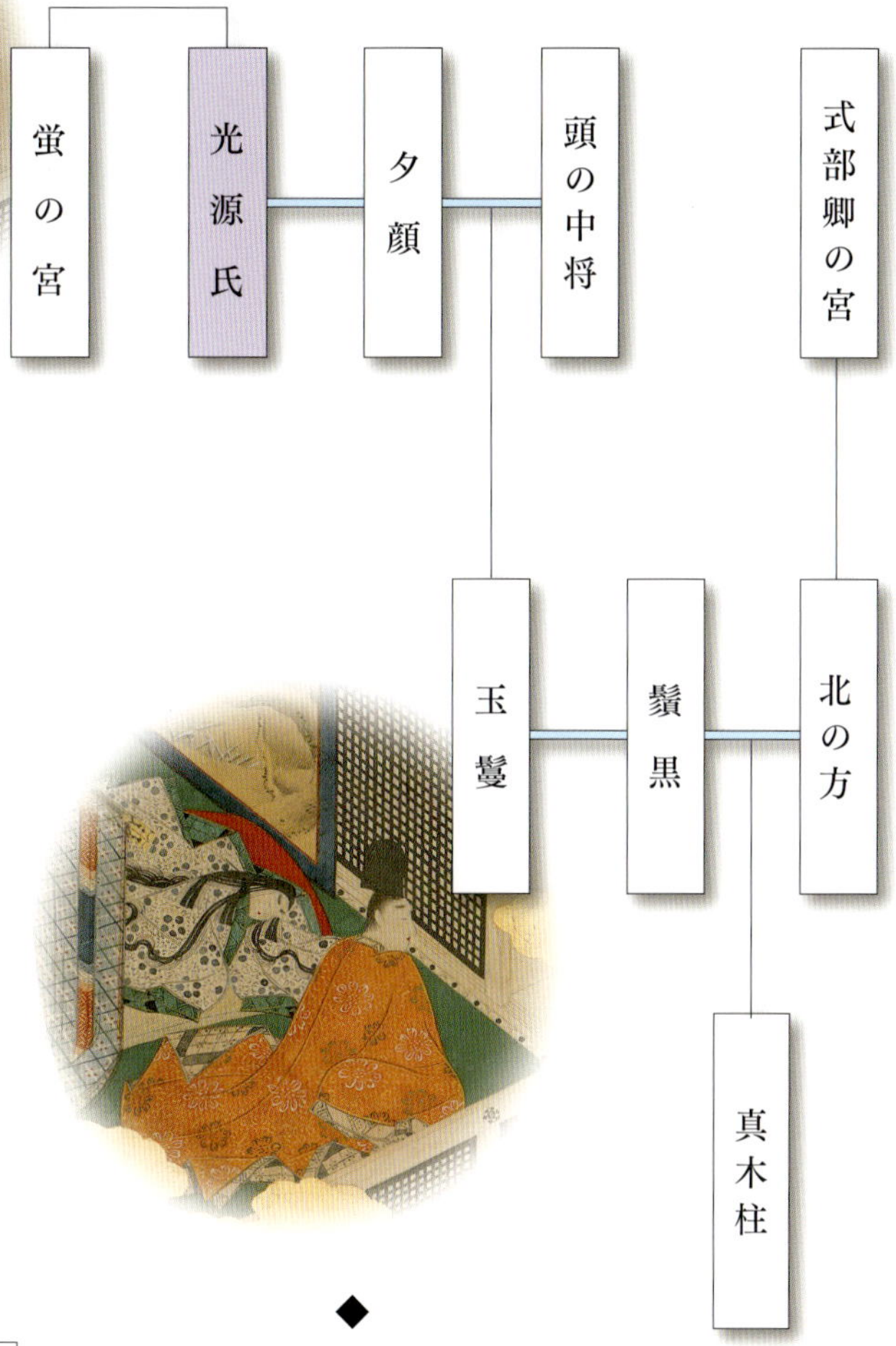

◆『源氏物語』第一部　**空蝉をめぐる人々**

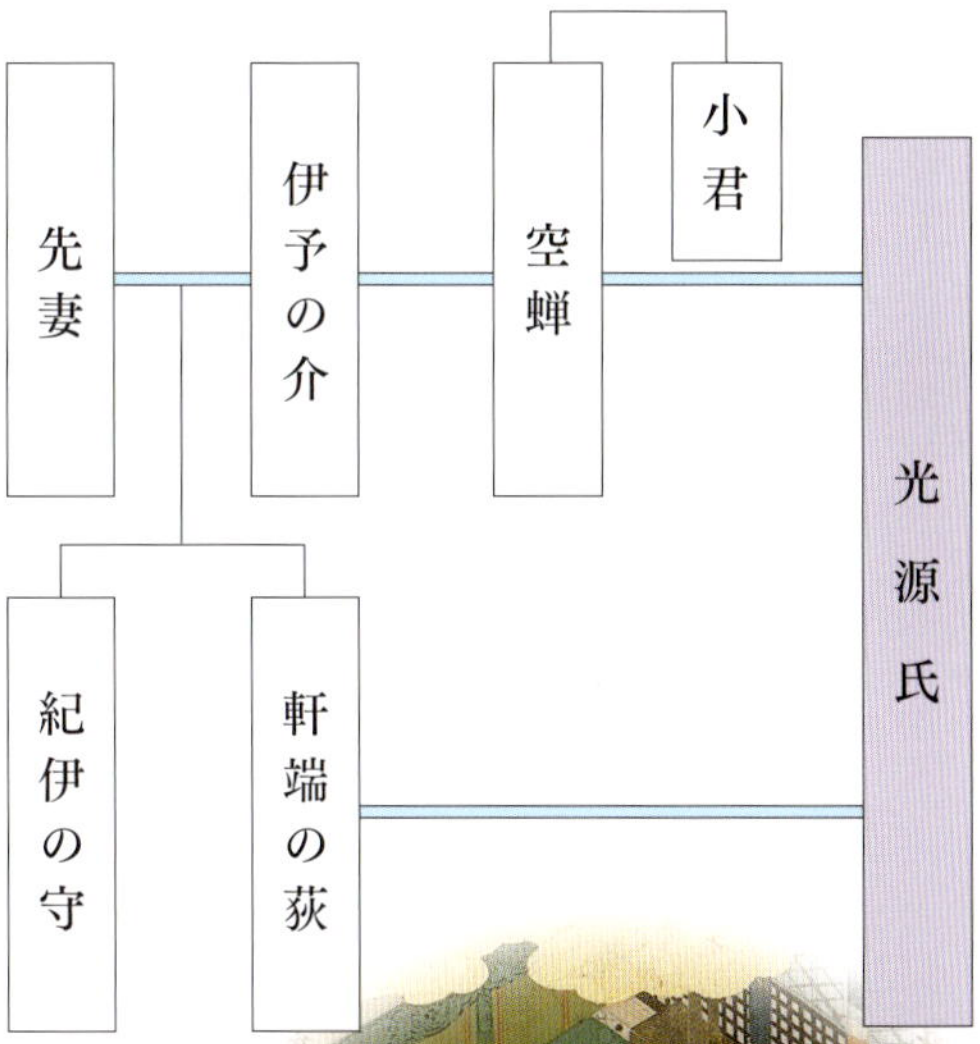

◆『源氏物語』第一部

末摘花をめぐる人々

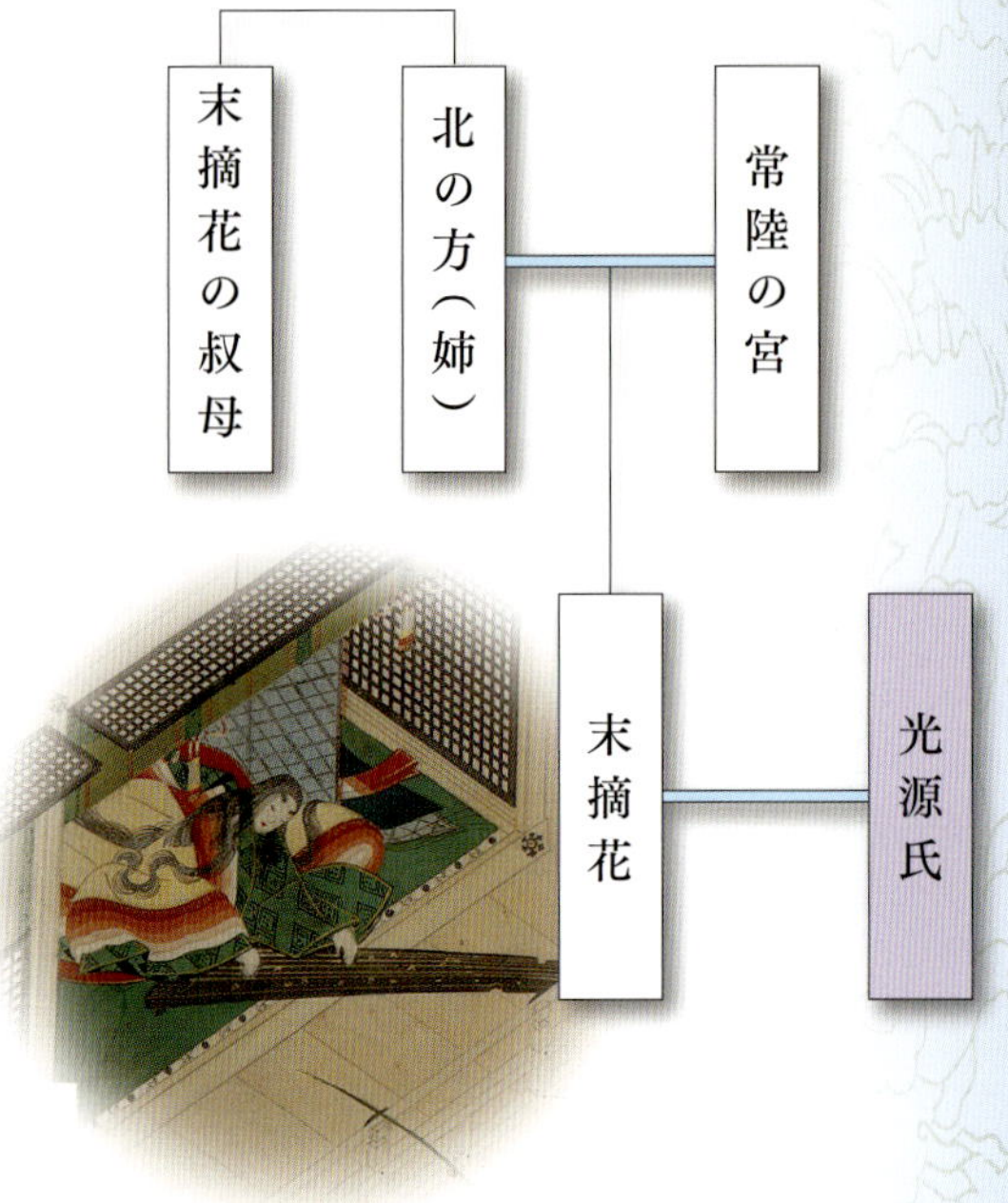

◆『源氏物語』第二部

女三の宮をめぐる人々

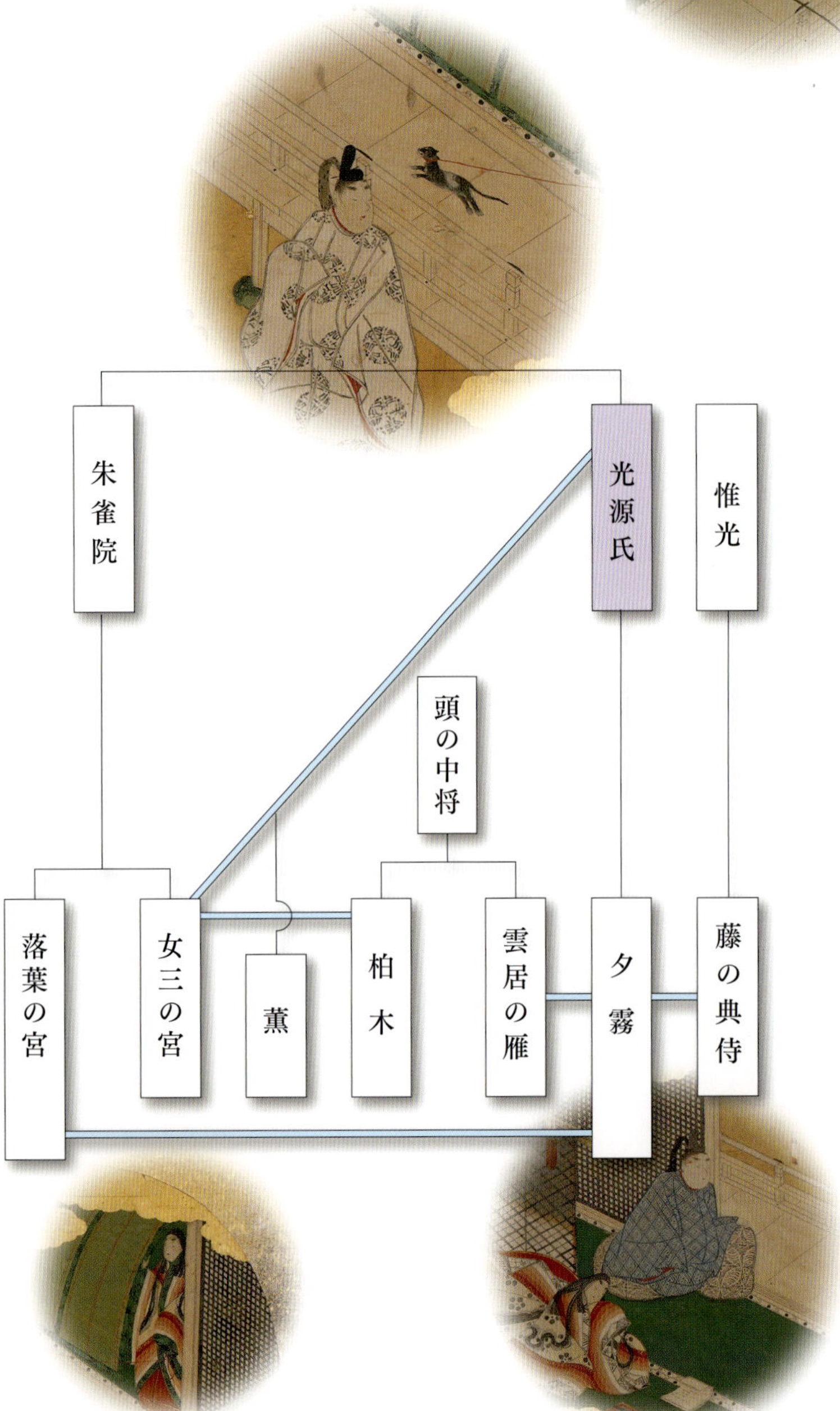

◆『源氏物語』第三部　宇治の人々

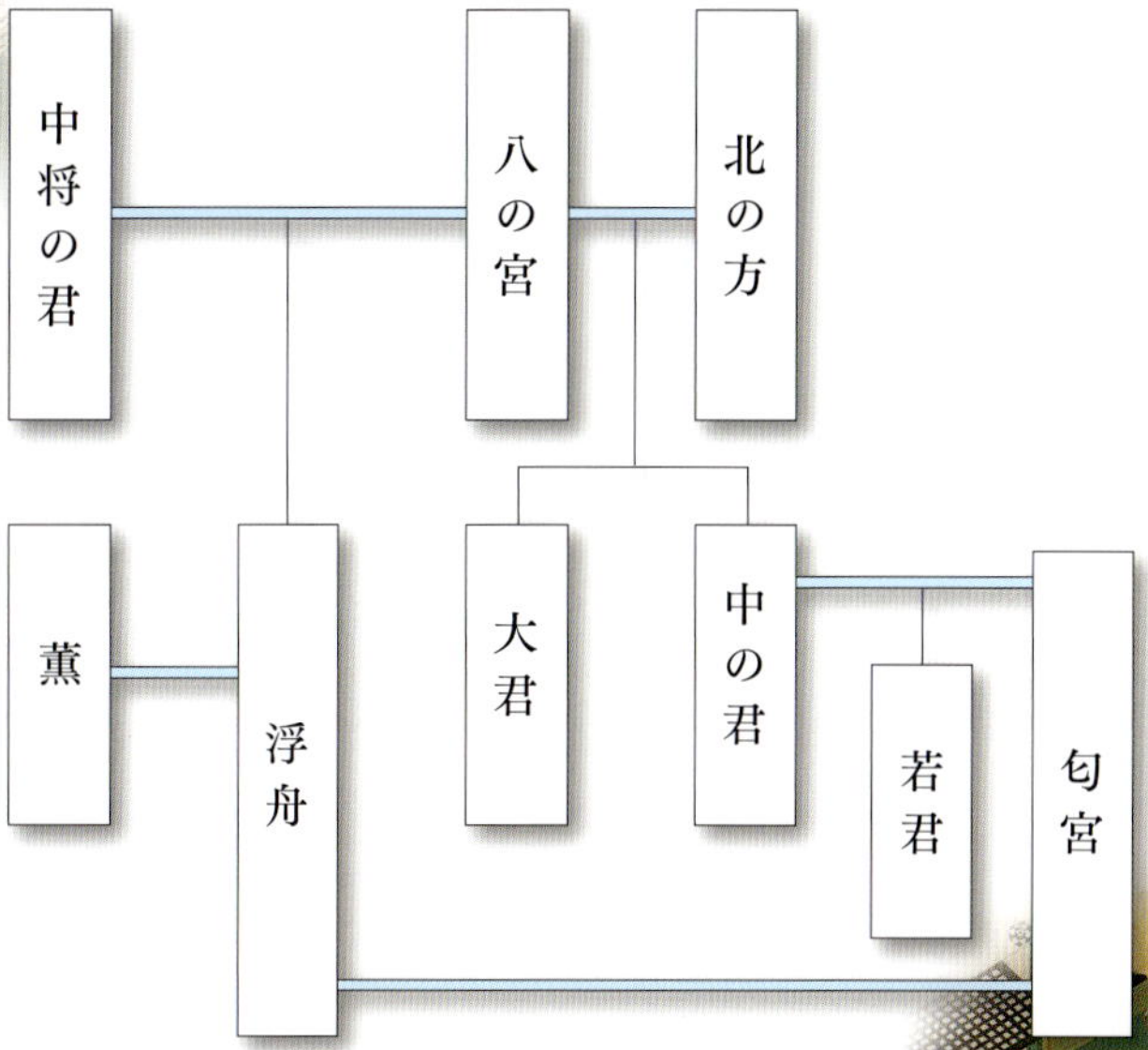

◆『源氏物語』第三部　都の人々

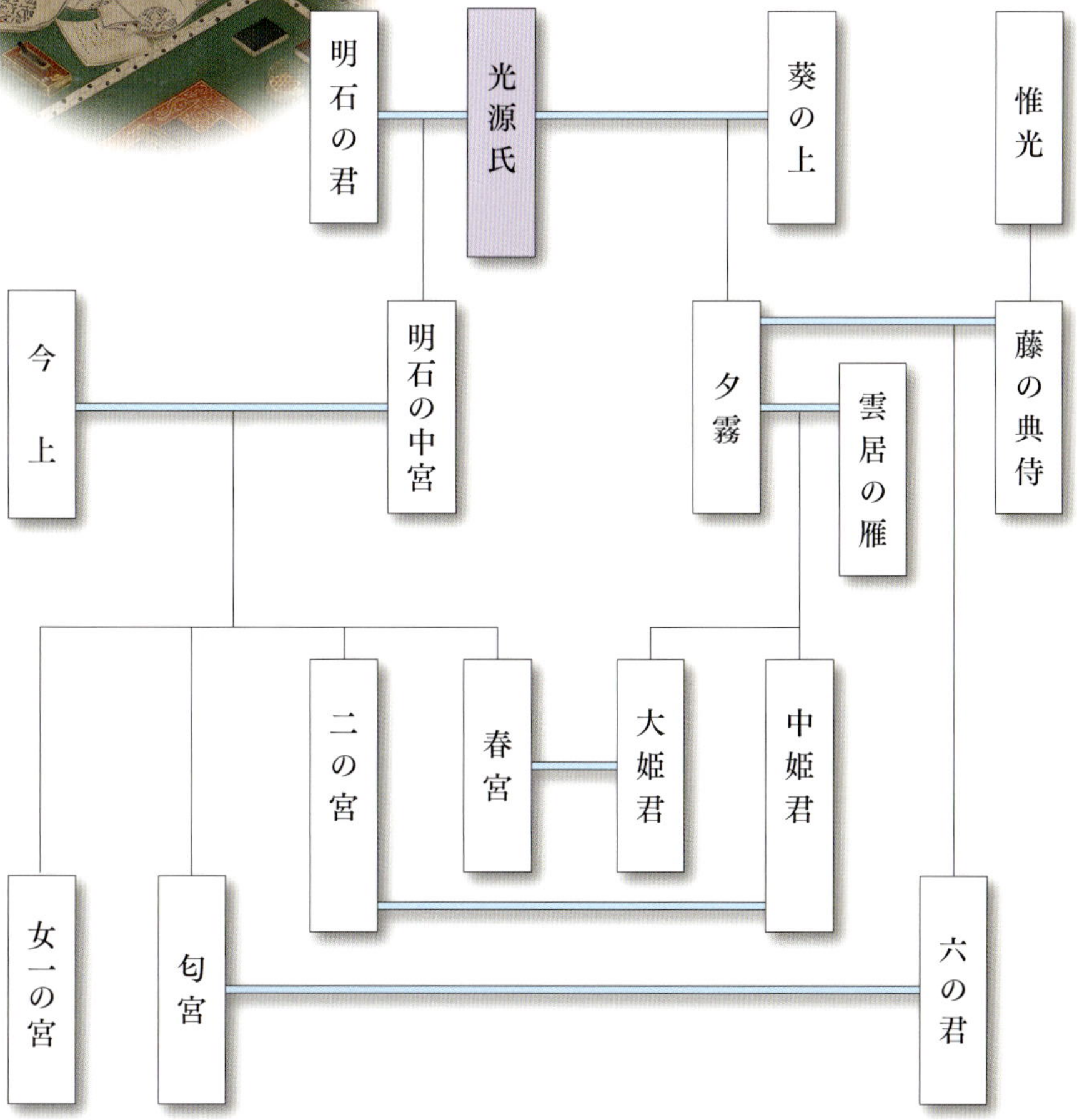

源氏物語各巻梗概

帖	巻名	主要事項	年齢
1	桐壺	○桐壺の更衣、桐壺帝の寵愛を得、光源氏を出産。弘徽殿の女御らに妬まれ、病に臥し、亡くなる。 ○藤壺の女御、入内し桐壺帝の寵愛を受ける。光源氏、藤壺の女御に思慕を寄せる。 ○桐壺帝、光源氏の臣籍降下を決断。光源氏、十二歳の時に源姓を賜り、元服。左大臣の娘（葵の上）と結婚。	光源氏 1～12
	輝く日の宮	光源氏と、藤壺の女御、六条の御息所、朝顔の姫君との、最初の出逢いが書かれていたか？ 藤原定家の『奥入』に、「一説には 二かゝやくひの宮 このまきなし」と記されている。 《現存しない巻》	
2	帚木	○光源氏、方違えで訪れた紀伊の守邸で、紀伊の守の父の後妻（空蝉）と出逢い、契りを結ぶ。 ○光源氏、頭の中将らと、女性について語る（雨夜の品定め）。	17
3	空蝉	○光源氏、空蝉の寝所に忍び込むが、空蝉に逃げられ、軒端の荻と関係を持つ。 ○光源氏、空蝉と、空蝉の義理の娘（軒端の荻）とが碁を打つ様子をかいま見る。 ○空蝉、光源氏に惹かれつつも拒絶。	17
4	夕顔	○光源氏、乳母の見舞いに訪れた際、隣家に住む夕顔に興味を持つ。 ○光源氏、夕顔との逢瀬を持ち、耽溺するも、夕顔は、物の怪に襲われ、急死する。 ○光源氏、夕顔の乳母子（右近）から事情を聞き、夕顔の遺児（玉鬘）を引き取りたいと願う。	17
5	若紫	○光源氏、北山に赴いた際、藤壺の女御に似た少女（後の紫の上）をかいま見て、養育を希望する。 ○光源氏、王命婦の手引きで、藤壺の女御と逢瀬を持つ。藤壺の女御、懐妊する。 ○光源氏、紫の上を二条院に迎え取る。紫の上の実父（兵部卿の宮）、困惑する。	18
6	末摘花	○光源氏、故常陸の宮の姫君（末摘花）の噂を聞き、興味を持つ。頭の中将と末摘花を競い合う。 ○光源氏、末摘花と関係を持つも、その容貌に落胆する。しかし末摘花の境遇に同情し、援助を行う。	18～19
7	紅葉賀	○藤壺の女御、光源氏の子（冷泉帝）を出産する。桐壺帝は我が子と思って喜ぶが、光源氏と藤壺の憂慮は深まる。 ○桐壺帝、その子を東宮にする為、藤壺を中宮にし、光源氏の兄（朱雀帝）に譲位を決意する。 ○光源氏、色好みの老女（源の典侍）と戯れに関係を持ち、頭の中将と競い合う。	18～19
8	花宴	○光源氏、南殿で行われた桜花の宴の夜、朧月夜の君と出逢い、契りを結ぶ。 ○光源氏、右大臣家の藤花の宴で朧月夜の君と再会。朧月夜は、朱雀帝への入内が予定されている姫君だった。	20

9	葵	○六条の御息所、葵祭で、葵の上一行と見物場所を巡って争い、煩悶を重ねるようになる。 ○葵の上、物の怪に悩まされつつ、男子を出産（夕霧）するも、死去。光源氏、物の怪は六条の御息所の生霊と知る。 ○光源氏、葵の上の四十九日が明けた後、美しく成長した紫の上と新枕を交わす。	光源氏 21〜22
10	賢木	○六条の御息所、娘（後の秋好中宮）と共に伊勢下向を決意。光源氏、榊の葉に寄せた歌を詠み、御息所と別れる。 ○桐壺院、崩御。光源氏、藤壺の中宮に再び迫るが、叶わない。藤壺の中宮、東宮（後の冷泉院）の為に出家。 ○光源氏、朧月夜との密会を右大臣に発見される。弘徽殿の大后、光源氏の追放を画策する。	23〜25
11	花散里	○光源氏、故桐壺院に仕えていた麗景殿の女御と昔年を語らい、その妹の花散里と契りを結ぶ。	25
12	須磨	○光源氏、政治的な圧迫を受け、須磨へ退く事を決意する。紫の上を京に残し、わずかなお供を連れて出立する。 ○明石の入道、光源氏が須磨に来ていることを知り、娘（明石の君）の結婚相手にと望む。	26〜27
13	明石	○光源氏、故桐壺院の夢を見て、須磨から立ち去る事を決意する。明石の入道、光源氏を明石に迎える。 ○光源氏、明石の君と契り、明石の君懐妊する。京では太政大臣（かつての右大臣）が亡くなり、政情が変わる。 ○朱雀帝、光源氏を京に呼び戻す宣旨を下す。光源氏、二年ぶりに京へ帰り、紫の上と再会する。	27〜28
14	澪標	○朱雀帝、譲位し、冷泉帝が即位する。光源氏、内大臣に昇進し、権勢を回復する。 ○明石の君、女子（後の明石の中宮）を出産。光源氏、住吉に詣でた折、明石の君と歌を交わす。 ○帰京する。母（六条の御息所）、娘の将来を光源氏に託し、亡くなる。	28〜29
15	蓬生	○末摘花、貧困を極めるが、蓬が生い茂る荒れた邸で、光源氏を一途に待ち続ける。 ○光源氏、帰京後も末摘花を訪れない。末摘花の叔母、末摘花の乳母子（侍従の君）を筑紫に連れて行く。 ○光源氏、末摘花の事を思い出し、待ち続けた末摘花の思いに心打たれ、以降、庇護する。	28〜29
16	関屋	○空蝉、石山詣でに来ていた光源氏一行と逢坂の関で行き会い、小君を介して光源氏と文通する。 ○空蝉、夫の死後、義理の息子に言い寄られた事をきっかけに、出家する。	29
17	絵合	○斎宮（後の秋好中宮）、冷泉帝のもとへ女御として入内する。頭の中将の娘（弘徽殿の女御）と妍を競う。 ○藤壺の中宮の御前で絵合が行われる。斎宮の女御と弘徽殿の女御、引き分けに終わる。 ○冷泉帝の御前で絵合が行われる。光源氏が描いた須磨絵日記によって、斎宮の女御方の勝ちとなる。	31
18	松風	○光源氏、二条東の院を完成させ花散里を住まわせる。明石の君とその母（明石の尼君）、上京し、大堰に住む。 ○光源氏、大堰に明石の君を訪れ、あどけない姫君（後の明石の中宮）を引き取る算段をする。	31
19	薄雲	○明石の君、我が子を手放す事を決意する。姫君（後の明石の中宮）、二条院に引き取られ、紫の上の養女となる。 ○摂政太政大臣（葵の上の父）、死去。続いて、藤壺の中宮、死去、光源氏、嘆き悲しむ。 ○冷泉帝、実の父が光源氏である事を知り、光源氏に譲位を打診する。光源氏、これを固辞する。	31〜32

20	朝顔	○光源氏、故桃園の式部卿の宮の邸に、朝顔の姫君を訪問する。光源氏、その邸にいた源の典侍と再会する。 ○紫の上、朝顔の姫君と光源氏との噂に嫉妬する。光源氏、雪遊びをする童を見ながら、紫の上を慰める。 ○光源氏、夢で、亡くなった藤壺の中宮から恨み言を聞く。	32 光源氏
21	少女	○夕霧、元服。六位に叙爵。夕霧、頭の中将の娘（雲居の雁）との結婚を望むが、果たせない。 ○光源氏、五節の舞姫として、惟光の娘（藤典侍）を推挙する。夕霧、惟光の娘を見染め、惟光は喜ぶ。 ○梅壺の女御（秋好女御）、中宮となる。光源氏、太政大臣になり、六条院を造成する。	33〜35
22	玉鬘	○筑紫に下っていた夕顔の遺児（玉鬘）、上京し、夕顔の乳母子（右近）と邂逅する。 ○右近、光源氏に玉鬘の事を報告する。光源氏、玉鬘を六条院に迎えとり、自らの娘として、花散里に後見を託す。	35
23	初音	○光源氏、正月に六条院に住む女君たちの部屋をまわる。	36
24	胡蝶	○玉鬘に対して、蛍の宮や鬚黒の大将などから、求婚の手紙が届く。 ○光源氏、玉鬘を亡き夕顔に重ねて慕う気持ちを、玉鬘自身に告白。玉鬘、困惑する。	36
25	蛍	○蛍の宮、玉鬘を訪問。光源氏、玉鬘のいる御簾の中に蛍を放ち、その姿を蛍の光で照らす。 ○玉鬘、物語を読みながら己の境涯を嘆く。光源氏、玉鬘を諭しつつ、物語観を玉鬘や紫の上に語る。 ○頭の中将（内大臣）、玉鬘が我が娘とは気づかない。夕霧、雲居の雁を忘れられず、嘆く。	36
26	常夏	○頭の中将（内大臣）の娘（近江の君）が発見される。 ○頭の中将（内大臣）、育ちの悪い近江の君の処遇に苦慮する。	36
27	篝火	○光源氏、近江の君に対する頭の中将（内大臣）の処遇を批判する。 ○夕霧や柏木（内大臣の長男）など、六条院で琴笛の合奏をする。柏木は、実の妹と知らずに玉鬘を慕っている。	36
28	野分	○夕霧、野分の見舞いに訪れた際、紫の上をかいま見し、その美しさに心打たれる。 ○夕霧、玉鬘に親しげに接する光源氏の様子を見、不審を抱く。	36
29	行幸	○玉鬘、大原野行幸で、冷泉帝や、実父（内大臣）の姿を目にし、心動かされる。 ○光源氏、玉鬘が内大臣の娘であることを打ち明ける。内大臣、玉鬘と対面し、光源氏と和解する。	36〜37
30	藤袴	○大宮、逝去。玉鬘、冷泉帝の尚侍として出仕することとなる。求婚者たちから懸想文が届く。	37
31	真木柱	○鬚黒の大将、玉鬘を妻にする。玉鬘、尚侍として一時参内するも、鬚黒の大将に引き取られる。 ○鬚黒の大将の北の方、夫に灰を投げかけ、娘（真木柱）と共に実家に帰る。 ○冷泉帝、玉鬘を恋い慕うが、手紙のやり取りしか出来ない。玉鬘、鬚黒の子を出産する。	37〜38

	桜人	《現存しない》 藤原伊行の『源氏釈』の中に、その一節が断片的に引かれている。 玉鬘が、亡き母（夕顔）を悼む場面などがあったか？	
32	梅枝	○光源氏、明石の姫君の裳着の儀式を盛大に行い、東宮に入内させる準備を進める。 ○光源氏、夕霧に堅実な結婚を勧めるが、夕霧は、雲居の雁の事が忘れられない。	光源氏 39
33	藤裏葉	○内大臣、夕霧と雲居の雁との結婚を許す。夕霧、雲居の雁と共に、三条院に住むこととなる。 ○明石の姫君、女御として東宮（後の今上帝）に入内する。紫の上、初めて明石の上と対面する。 ○光源氏、准太上天皇に昇る。冷泉帝と朱雀院、六条院に行幸し、光源氏の栄華が絶対的となる。	39
34	若菜上	○朱雀院、最愛の娘（女三の宮）を光源氏に降嫁させる。光源氏、女三の宮の幼さに失望する。 ○柏木、六条院で蹴鞠が行われた際、女三の宮の立ち姿をかいま見し、恋慕する。 ○明石の女御、東宮（後の今上帝）の子を出産する。明石の入道、一族の繁栄を喜びつつ、往生する。	39〜41
35	若菜下	○冷泉帝、譲位し、今上帝、即位する。明石の女御の子、東宮になる。 ○紫の上、発病し、危篤に陥る。取り憑いた物の怪が、六条の御息所の死霊と判明する。 ○柏木、密かに女三の宮に迫り、契りを交わす。光源氏、密通に気づく。柏木、光源氏を懼れ、病に臥す。	41〜47
36	柏木	○女三の宮、柏木との子（後の薫）を出産する。女三の宮、出家する。 ○柏木、病の床で、夕霧らに、女三の宮と妻（落葉の宮）の事を託し、死去する。 ○夕霧、故柏木の妻（落葉の宮）の邸を訪れ、惹かれる。	48
37	横笛	○柏木の一周忌。夕霧、落葉の宮から故柏木の横笛を預かる。夕霧、横笛を光源氏に託す。	49
38	鈴虫	○女三の宮、持仏開眼供養を営む。 ○光源氏、秋好中宮から、母（六条の御息所）の霊が成仏しないとの話を聞き、恐懼する。	50
39	夕霧	○夕霧、落葉の宮に迫り寄るが、拒まれる。落葉の宮の母（一条の御息所）は、二人の関係を誤解しつつ死去。 ○夕霧、落葉の宮を強引に妻にする。雲居の雁、憤慨し、父の邸に帰る。	50
40	御法	○紫の上、病重く、出家を望むも、許されず、養女（明石の中宮）や育てた、後の匂宮と、今生の別れを交わす。 ○紫の上、死去。光源氏、嘆き悲しみ、出家の決意を固める。	51
41	幻	○光源氏、出家の準備を進め、人生を振り返る。紫の上の一周忌を迎え、彼女の遺した手紙を焼却する。	52
	雲隠	《現存しない巻》 中世の古注釈書や目録などで、題名だけが記され、内容は伝わっていない。 光源氏が出家し亡くなった、という内容を暗示する題名。中世には『雲隠六帖』という擬作が書かれた。	

42	匂宮	○匂宮（光源氏の孫）と薫（光源氏の子。実は柏木の子）の二人、並び称讃される。 ○薫、冷泉院や秋好中宮に引き立てられるも、出生の秘密に思い悩む。	薫 14〜20
43	紅梅	○紅梅大納言（柏木の弟）、真木柱（鬚黒の娘）を、妻として迎え、三人の娘を持つ。 ○紅梅大納言、我が娘（中の君）を匂宮に娶せたく考えるも、匂宮は、真木柱の連れ子（宮の御方）を思慕する。	24
44	竹河	○玉鬘、長女（大君）を冷泉院に入内させ、次女（中の君）を今上帝に入内させる。 ○蔵人の少将（夕霧の次男）、玉鬘の大君を恋慕する。	14〜23
	巣守	《現存しない巻》 源氏物語古系図や源氏物語歌集の断簡に、その内容が断片的に伝えられている。 巣守の三位という女性が、薫の子を出産するも、匂宮に言い寄られ、宇治山に身を隠す、という内容だったらしい。	
45	橋姫	○八の宮（光源氏の弟）、宇治に隠居し、二人の娘（大君と中の君）を育てながら、仏道修行に励んでいる。 ○薫、八の宮邸を訪れた際、大君と中の君をかいま見て心惹かれる。八の宮から姫君の後見を頼まれる。 ○薫、故柏木の乳母子（弁の君）から、故柏木が実父であることを知らされる。	薫 20〜22
46	椎本	○匂宮、宇治の姫君たちの事を知り、心惹かれ、手紙を贈る。 ○八の宮、姫君たちの将来を憂慮しながら、山寺に籠もり、そのまま死去する。 ○薫、大君への思慕の気持ちを伝え、京への引き取りを申し出るが、叶わない。	23〜24
47	総角	○薫、大君の寝所に忍び入るも、逃れられ、残った中の君と、契り交わさぬまま一夜を過ごす。 ○薫、匂宮と中の君の結婚を企てる。大君、病に臥す。 ○大君、薫と心を通わせるも、死去。薫、悲嘆にくれ、仏道に励む。	24
48	早蕨	○匂宮、中の君を京に引き取る事を決める。 ○薫、大君の死を嘆くと共に、匂宮を中の君に引き合わせた事を悔やむ。	25
49	宿木	○今上帝、娘（女二の宮）を薫に降嫁させる。夕霧、娘（六の君）を匂宮と結婚させる。 ○薫、匂宮不在を狙って中の君に思いを訴えた際、浮舟（大君・中の君の妹）の存在を聞かされる。 ○中の君、匂宮の子を出産。 ○薫、宇治を訪れた際、浮舟をかいま見て、心惹かれる。	24〜26
50	東屋	○浮舟の母（中将の君）、常陸の守の妻となっているが、浮舟を連れて中の君の邸に身を寄せる。 ○匂宮、浮舟を見つけて迫るが、侍女に引き離される。 ○薫、浮舟を連れ出し、用意した邸にひそかに住まわせる。	26

51	浮舟	○匂宮、浮舟の居場所を探し出し、宇治を訪れ、契り交わす。 ○匂宮、浮舟を引き取る事を企てる。薫、浮舟と匂宮の仲に気付き、宇治の警備を厳しくする。 ○浮舟、匂宮と薫の間で板挟みとなり、入水を決意する。	27
52	蜻蛉	○浮舟、行方不明となる。遺骸のないまま葬儀が執り行われる。 ○薫と匂宮、浮舟死去の報を受け、悲傷する。 ○薫、今上帝の女一の宮をかいま見て惹かれるが、自らの宿世を嘆くばかり。	27
53	手習	○横河の僧都、宇治院で、人事不省の女性（浮舟）を発見する。妹尼、素姓もわからぬまま介抱する。 ○浮舟、意識を取り戻すも、素姓を隠したまま出家を決意。 ○横川の僧都、明石の中宮の御前で浮舟の事を語る。薫、浮舟が生きていることを知る。	27～28
54	夢浮橋	○薫、浮舟の弟（小君）を使いとして浮舟に手紙を贈るが、浮舟はかたくなに返事を拒む。	28

番号	巻名	【植物】	稲	梅	女郎花	菊	紅梅	白梅	榊	紫苑	菖蒲	杉	薄	芹	竹	筍	橘	土筆	野老	撫子
1	東屋				○															
2	帚木(1)																			
3	空蝉(1)																			
4	夕顔(1)																			
5	若紫(1)																			
6	蜻蛉																			
7	少女				○	○														
8	花宴(1)																			
9	葵										○									
10	賢木				○				○											
11	花散里																○			
12	須磨																			
13	明石				○							○								
14	蛍										○									
15	蓬生																			
16	関屋				○					○		○								
17	絵合																			
18	末摘花			○			○													
19	薄雲			○				○												
20	朝顔																			
21	行幸																			
22	玉鬘			○				○												
23	早蕨			○				○										○		
24	御法																			
25	夕顔(2)																			
26	野分(1)				○								○							○
27	匂宮			○				○												
28	手習		○		○					○										
29	篝火				○					○			○							
30	藤袴				○															
31	空蝉(2)																			
32	梅枝			○			○													
33	夢浮橋												○							
34	初音			○				○												
35	若菜上																			
36	幻			○			○													
37	横笛															○			○	
38	鈴虫																			
39	夕霧				○					○										
40	花宴(2)																			
41	紅葉賀			○				○												
42	帚木(2)																			
43	紅梅			○			○													
44	野分(2)				○										○	○				
45	橋姫				○					○			○							
46	藤裏葉																			
47	松風				○					○										
48	椎本													○						
49	竹河																			
50	若菜下																			
51	澪標																			
52	常夏																			
53	宿木				○					○										
54	若紫(2)																			
用例数			1	10	14	1	4	6	1	7	2	2	4	1	1	2	1	1	1	1

雀	水鶏	唐猫	鴛鴦	馬	牛	【動物】		蓬	蕨	百合	雪持ち笹	夕顔	山桜	柳	紅葉	松	藤袴	藤	蓮	萩	事物／番号 巻名
																				○	1 東屋
																○					2 帚木（1）
																○					3 空蝉（1）
												○		○							4 夕顔（1）
○													○								5 若紫（1）
																				○	6 蜻蛉
															○	○				○	7 少女
													○								8 花宴（1）
																○					9 葵
																○				○	10 賢木
										○											11 花散里
													○			○					12 須磨
				○												○	○			○	13 明石
																					14 蛍
								○								○		○			15 蓬生
					○										○						16 関屋
													○								17 絵合
																○					18 末摘花
																					19 薄雲
			○								○										20 朝顔
																○					21 行幸
																					22 玉鬘
									○												23 早蕨
															○						24 御法
												○				○					25 夕顔（2）
																○				○	26 野分（1）
																					27 匂宮
															○						28 手習
																				○	29 篝火
																				○	30 藤袴
																○					31 空蝉（2）
																○					32 梅枝
															○	○					33 夢浮橋
																					34 初音
		○											○								35 若菜上
																					36 幻
																○					37 横笛
																			○		38 鈴虫
															○					○	39 夕霧
													○					○			40 花宴（2）
																					41 紅葉賀
										○										○	42 帚木（2）
														○							43 紅梅
																					44 野分（2）
															○					○	45 橋姫
															○						46 藤裏葉
																				○	47 松風
									○					○							48 椎本
																○		○			49 竹河
		○												○							50 若菜下
	○													○						○	51 澪標
										○											52 常夏
																					53 宿木
													○								54 若紫（2）
1	1	2	1	1	1			1	2	3	1	2	7	5	8	17	1	3	1	13	用例数

番号	巻名＼事物	時鳥		【自然】	池	池の中島	宇治川	宇治山	海	須磨の浦	田	滝	月	琵琶湖	湖	山	遣り水	夕日	雪	流水		
1	東屋				○																	
2	帚木(1)																					
3	空蝉(1)				○																	
4	夕顔(1)																					
5	若紫(1)											○				○				○		
6	蜻蛉																					
7	少女				○																	
8	花宴(1)				○								○									
9	葵				○																	
10	賢木												○									
11	花散里	○			○	○							○									
12	須磨				○				○	○												
13	明石								○				○									
14	蛍				○																	
15	蓬生				○								○									
16	関屋													○	○	○						
17	絵合																					
18	末摘花				○	○							○									
19	薄雲															○		○				
20	朝顔				○								○						○			
21	行幸				○														○			
22	玉鬘				○																	
23	早蕨						○	○								○			○			
24	御法																					
25	夕顔(2)				○	○																
26	野分(1)				○	○																
27	匂宮																		○			
28	手習				○						○					○						
29	篝火				○																	
30	藤袴																					
31	空蝉(2)				○	○																
32	梅枝																					
33	夢浮橋															○						
34	初音				○																	
35	若菜上																					
36	幻																					
37	横笛																					
38	鈴虫				○																	
39	夕霧											○				○		○		○		
40	花宴(2)				○																	
41	紅葉賀				○												○					
42	帚木(2)				○												○					
43	紅梅				○																	
44	野分(2)				○	○																
45	橋姫				○								○									
46	藤裏葉				○	○																
47	松風				○																	
48	椎本						○															
49	竹河				○	○																
50	若菜下																					
51	澪標				○	○							○									
52	常夏																					
53	宿木				○																	
54	若紫(2)				○											○				○		
	用例数	1			32	9	2	1	2	1	1	2	9	1	1	8	2	2	4	3		

格子	几帳	【調度】		帆掛け船	鳥居	小舟	蹴鞠	牛車	傘	篝火	逢坂の関	宇治橋	【屋外】		築地塀	竹垣	柴垣・芝垣	板塀	板垣	【家屋】	事物 番号	巻名
○																			○		1	東屋
○	○																		○		2	帚木(1)
○																			○		3	空蝉(1)
								○										○			4	夕顔(1)
	○																○				5	若紫(1)
○	○																				6	蜻蛉
○	○																		○		7	少女
																					8	花宴(1)
○	○																		○		9	葵
					○			○									○				10	賢木
○	○																		○		11	花散里
																○					12	須磨
○																					13	明石
○	○																○				14	蛍
○									○						○				○		15	蓬生
				○	○			○			○										16	関屋
○	○																				17	絵合
○	○															○					18	末摘花
○	○															○					19	薄雲
○	○																		○		20	朝顔
○	○																		○		21	行幸
○	○																				22	玉鬘
○	○					○													○		23	早蕨
○	○															○					24	御法
○																		○	○		25	夕顔(2)
○																			○		26	野分(1)
○								○										○			27	匂宮
																	○				28	手習
○	○									○									○		29	篝火
○	○																				30	藤袴
○	○																		○		31	空蝉(2)
○																			○		32	梅枝
	○																○				33	夢浮橋
○	○																				34	初音
○							○								○						35	若菜上
○																			○		36	幻
○	○																		○		37	横笛
○	○															○			○		38	鈴虫
	○																○				39	夕霧
○	○														○						40	花宴(2)
○																					41	紅葉賀
○	○																		○		42	帚木(2)
○																○					43	紅梅
○	○																				44	野分(2)
	○															○			○		45	橋姫
○	○																				46	藤裏葉
○	○																		○		47	松風
	○											○				○					48	椎本
○															○						49	竹河
○																			○		50	若菜下
	○																	○	○		51	澪標
○	○																○				52	常夏
○	○																				53	宿木
										○							○				54	若紫(2)
41	33			1	2	1	1	4	1	2	1	1			4	8	8	4	23		用例数	

衾	櫃	提子	雛	半蔀	角盥	高灯台	茵	碁盤	香炉	香壺	笄	櫛	脇息	籠	扇	御簾	屏風	暖簾	簀子	高欄	番号	事物／巻名
				○												○			○	○	1	東屋
						○										○			○	○	2	帚木(1)
						○		○									○		○	○	3	空蝉(1)
															○	○		○			4	夕顔(1)
				○									○						○		5	若紫(1)
				○												○			○	○	6	蜻蛉
																○			○	○	7	少女
															○	○			○	○	8	花宴(1)
					○			○			○	○				○			○	○	9	葵
				○												○			○	○	10	賢木
																○			○	○	11	花散里
																			○		12	須磨
																			○		13	明石
																○	○		○	○	14	蛍
				○												○			○	○	15	蓬生
																					16	関屋
				○												○			○	○	17	絵合
																○			○	○	18	末摘花
																○			○	○	19	薄雲
				○												○			○		20	朝顔
																○	○		○	○	21	行幸
	○															○			○	○	22	玉鬘
				○										○		○			○		23	早蕨
○							○									○	○		○	○	24	御法
						○									○	○	○		○	○	25	夕顔(2)
																○			○	○	26	野分(1)
				○												○					27	匂宮
								○									○		○	○	28	手習
				○			○									○	○		○	○	29	篝火
																○			○	○	30	藤袴
						○		○								○	○		○	○	31	空蝉(2)
										○						○	○		○	○	32	梅枝
																			○		33	夢浮橋
							○		○							○			○	○	34	初音
																○			○	○	35	若菜上
																○			○	○	36	幻
																○			○	○	37	横笛
															○	○			○	○	38	鈴虫
																○	○		○		39	夕霧
																○			○	○	40	花宴(2)
			○	○												○			○	○	41	紅葉賀
		○				○										○	○		○	○	42	帚木(2)
																○	○		○	○	43	紅梅
																○			○	○	44	野分(2)
				○												○			○		45	橋姫
																○			○	○	46	藤裏葉
																○			○	○	47	松風
																○			○		48	椎本
																○			○	○	49	竹河
				○			○									○	○		○	○	50	若菜下
																○			○		51	澪標
															○				○	○	52	常夏
																○			○	○	53	宿木
																	○		○		54	若紫(2)
1	1	1	1	13	1	5	4	4	1	1	1	1	1	1	5	45	14	1	51	40	用例数	

番号	巻名	御帳台	虫籠	櫺子		【楽器】	琴	箏	琵琶		【文房具】	巻子	硯箱	硯箱の蓋	冊子	手紙・文	手習い文	鋏	筆		【居所】	明石の岡辺の宿への途次
1	東屋																					
2	帚木(1)														○							
3	空蝉(1)																					
4	夕顔(1)																					
5	若紫(1)																					
6	蜻蛉													○								
7	少女													○								
8	花宴(1)																					
9	葵																	○				
10	賢木																					
11	花散里																					
12	須磨																					
13	明石																					○
14	蛍															○						
15	蓬生																					
16	関屋																					
17	絵合											○			○							
18	末摘花						○															
19	薄雲	○																				
20	朝顔																					
21	行幸															○						
22	玉鬘																					
23	早蕨															○						
24	御法																					
25	夕顔(2)												○						○			
26	野分(1)		○																			
27	匂宮																					
28	手習																					
29	篝火						○															
30	藤袴															○						
31	空蝉(2)														○							
32	梅枝												○			○						
33	夢浮橋															○						
34	初音						○						○		○	○			○			
35	若菜上																					
36	幻															○						
37	横笛			○												○						
38	鈴虫	○											○						○			
39	夕霧																					
40	花宴(2)																					
41	紅葉賀																					
42	帚木(2)																					
43	紅梅															○						
44	野分(2)																					
45	橋姫							○	○													
46	藤裏葉												○				○					
47	松風																					
48	椎本																					
49	竹河																					
50	若菜下																					
51	澪標																					
52	常夏																					
53	宿木												○			○			○			
54	若紫(2)																					
	用例数	2	1	1			3	1	1			1	6	2	4	11	1	1	4			1

光源氏の乳母の邸	野の宮	二条院	中川の邸	内大臣（頭中将）の邸	須磨の閑居	末摘花の邸	三条殿	弘徽殿の細殿	宮中の匂宮の宿直所	宮中の光源氏の宿直所	宮中	北山の聖の邸	柏木邸	小野の山荘	小野の一条の御息所の邸	小野	大堰邸	逢坂の関屋	右大臣の邸	宇治の八宮邸	事物／番号	巻名
		○																			1	東屋
										○											2	帚木（1）
			○																		3	空蝉（1）
																					4	夕顔（1）
												○									5	若紫（1）
																					6	蜻蛉
																					7	少女
								○													8	花宴（1）
		○																			9	葵
	○																				10	賢木
																					11	花散里
					○																12	須磨
																					13	明石
																					14	蛍
						○															15	蓬生
																		○			16	関屋
											○										17	絵合
						○															18	末摘花
		○																			19	薄雲
		○																			20	朝顔
																					21	行幸
																					22	玉鬘
																				○	23	早蕨
		○																			24	御法
○																					25	夕顔（2）
																					26	野分（1）
																					27	匂宮
																○					28	手習
																					29	篝火
																					30	藤袴
			○																		31	空蝉（2）
																					32	梅枝
														○							33	夢浮橋
																					34	初音
																					35	若菜上
																					36	幻
																					37	横笛
																					38	鈴虫
															○						39	夕霧
																			○		40	花宴（2）
		○																			41	紅葉賀
			○																		42	帚木（2）
									○												43	紅梅
																					44	野分（2）
																				○	45	橋姫
							○														46	藤裏葉
																	○				47	松風
																				○	48	椎本
																					49	竹河
													○								50	若菜下
																					51	澪標
				○																	52	常夏
		○																			53	宿木
												○									54	若紫（2）
1	1	7	3	1	1	2	1	1	1	1	1	2	1	1	1	1	1	1	1	3	用例数	

番号	巻名 ＼ 事物	夕顔の邸	麗景殿の女御の邸（旧邸）	冷泉院の御所	六条院	六条院の西南の町	六条院の西北の町	六条院の東南の町	六条院の東北の町	六条院への途次	明石の周辺の宿	【季節】	春	夏	秋	冬	【時間】	朝暗いうち	昼間	夕方
1	東屋														○				○	
2	帚木(1)													○						
3	空蝉(1)													○				○		
4	夕顔(1)	○													○				○	
5	若紫(1)												○							○
6	蜻蛉				○			○							○				○	
7	少女				○			○							○				○	
8	花宴(1)												○							
9	葵													○					○	
10	賢木														○				○	
11	花散里		○											○						
12	須磨												○						○	
13	明石										○				○					
14	蛍													○					○	
15	蓬生													○						
16	関屋														○					
17	絵合												○						○	
18	末摘花												○							
19	薄雲												○							○
20	朝顔															○				
21	行幸				○				○							○			○	
22	玉鬘				○			○								○			○	
23	早蕨												○						○	
24	御法													○					○	
25	夕顔(2)													○						
26	野分(1)				○	○									○				○	
27	匂宮									○			○						○	
28	手習														○				○	
29	篝火				○				○						○					
30	藤袴				○				○						○				○	
31	空蝉(2)													○						
32	梅枝				○			○					○						○	
33	夢浮橋													○					○	
34	初音				○		○						○						○	
35	若菜上				○			○					○						○	
36	幻				○			○								○			○	
37	横笛				○			○					○						○	
38	鈴虫				○			○						○					○	
39	夕霧														○					○
40	花宴(2)												○						○	
41	紅葉賀												○						○	
42	帚木(2)													○						
43	紅梅												○						○	
44	野分(2)				○				○						○				○	
45	橋姫														○					
46	藤裏葉														○				○	
47	松風														○				○	
48	椎本												○						○	
49	竹河			○									○							○
50	若菜下													○					○	
51	澪標		○											○					○	
52	常夏													○					○	
53	宿木														○				○	
54	若紫(2)												○							
用例数		1	2	1	14	1	1	8	4	1	1		18	15	17	4		1	35	4

蔵人の少将	雲居の雁	北山の僧都	柏木	薫	女三の宮	朧月夜の君	小野の妹尼	落葉の宮	大君	梅壺の女御	空蝉	右近の大夫	浮舟	犬君	明石の中宮の乳母	明石の中宮	明石の君	【人物】		夜	事物／番号	巻名
																					1	東屋
																				○	2	帚木(1)
																					3	空蝉(1)
																					4	夕顔(1)
																					5	若紫(1)
				○												○					6	蜻蛉
																					7	少女
						○														○	8	花宴(1)
																					9	葵
																					10	賢木
																				○	11	花散里
																					12	須磨
																				○	13	明石
																					14	蛍
																				○	15	蓬生
																					16	関屋
										○											17	絵合
																				○	18	末摘花
																○					19	薄雲
																				○	20	朝顔
																					21	行幸
																					22	玉鬘
																					23	早蕨
																					24	御法
																				○	25	夕顔(2)
																					26	野分(1)
																					27	匂宮
													○								28	手習
												○								○	29	篝火
																					30	藤袴
											○									○	31	空蝉(2)
																					32	梅枝
							○						○								33	夢浮橋
																	○				34	初音
			○		○																35	若菜上
																					36	幻
					○																37	横笛
					○																38	鈴虫
								○													39	夕霧
						○															40	花宴(2)
														○							41	紅葉賀
											○									○	42	帚木(2)
																					43	紅梅
																					44	野分(2)
				○					○											○	45	橋姫
	○																				46	藤裏葉
															○	○	○				47	松風
									○												48	椎本
○				○																	49	竹河
			○																		50	若菜下
																					51	澪標
	○																				52	常夏
																					53	宿木
		○																		○	54	若紫(2)
1	2	1	2	3	3	2	1	1	2	1	2	1	2	1	1	3	2			13	用例数	

弁のおもと	藤壺	光源氏	花散里	軒端の荻	匂宮の若君	匂宮	中の君	頭の中将	藤式部の丞	中将の君	玉鬘	末摘花	少将の尼	少将（頭中将の息子）	左馬の頭	宰相の君	惟光	小君（浮舟の弟）	小君	弘徽殿の女御	事物／番号	巻名
					○	○	○			○											1	東屋
		○						○	○						○						2	帚木（1）
		○																	○		3	空蝉（1）
																	○				4	夕顔（1）
		○															○				5	若紫（1）
○																					6	蜻蛉
																					7	少女
		○																			8	花宴（1）
		○																			9	葵
		○																			10	賢木
		○	○																		11	花散里
		○															○				12	須磨
		○															○				13	明石
		○									○					○					14	蛍
		○															○				15	蓬生
																			○		16	関屋
	○																			○	17	絵合
		○						○				○									18	末摘花
		○																			19	薄雲
		○																			20	朝顔
											○										21	行幸
		○																			22	玉鬘
							○														23	早蕨
						○															24	御法
		○															○				25	夕顔（2）
																					26	野分（1）
																					27	匂宮
													○								28	手習
		○									○										29	篝火
											○										30	藤袴
		○		○															○		31	空蝉（2）
		○																			32	梅枝
													○					○			33	夢浮橋
		○																			34	初音
																					35	若菜上
		○																			36	幻
		○																			37	横笛
		○																			38	鈴虫
																					39	夕霧
		○																			40	花宴（2）
		○																			41	紅葉賀
		○																			42	帚木（2）
						○															43	紅梅
		○									○										44	野分（2）
							○														45	橋姫
								○													46	藤裏葉
		○																			47	松風
							○														48	椎本
																					49	竹河
																					50	若菜下
		○	○																		51	澪標
								○						○							52	常夏
						○	○														53	宿木
		○																			54	若紫（2）
1	1	30	2	1	1	4	5	4	1	1	5	1	2	1	1	1	6	1	3	1	用例数	

屏風絵	板戸	扇の絵	【画中画】		童	女の童	庭番	女房	従者	上達部	【エキストラ】		若君（紅梅大納言の息子）	六条の御息所	麗景殿の女御	良清	夕霧	紫の上の祖母	紫の上	蛍宮	事物／番号	巻名
								○													1	東屋
	○																				2	帚木（1）
○	○																				3	空蝉（1）
						○		○	○												4	夕顔（1）
								○										○	○		5	若紫（1）
	○							○													6	蜻蛉
						○		○											○		7	少女
		○																			8	花宴（1）
								○											○		9	葵
									○					○							10	賢木
								○							○						11	花散里
	○								○							○					12	須磨
					○				○												13	明石
																					14	蛍
									○												15	蓬生
					○				○												16	関屋
								○													17	絵合
																					18	末摘花
								○											○		19	薄雲
						○													○		20	朝顔
○								○													21	行幸
								○											○		22	玉鬘
								○													23	早蕨
○								○											○		24	御法
○																					25	夕顔（2）
						○		○													26	野分（1）
					○				○	○											27	匂宮
○								○													28	手習
○																					29	篝火
								○													30	藤袴
																					31	空蝉（2）
					○															○	32	梅枝
	○																				33	夢浮橋
								○													34	初音
																	○				35	若菜上
								○													36	幻
	○							○													37	横笛
								○													38	鈴虫
○																	○				39	夕霧
								○													40	花宴（2）
								○											○		41	紅葉賀
								○	○												42	帚木（2）
○									○				○								43	紅梅
								○													44	野分（2）
						○		○													45	橋姫
	○																○				46	藤裏葉
								○													47	松風
								○													48	椎本
																					49	竹河
	○							○													50	若菜下
																					51	澪標
		○						○													52	常夏
								○													53	宿木
○	○						○														54	若紫（2）
9	9	2			4	5	1	30	9	1			1	1	1	1	3	1	8	1	用例数	

・雪	・夕顔	・柳	・松	・藤	・白梅	・萩	・鳥	・竹	・砂浜	・すすき	・桜	・紅梅	・女郎花		襖絵	番号	事物／巻名
																1	東屋
○			○					○								2	帚木(1)
			○		○			○							○	3	空蝉(1)
																4	夕顔(1)
																5	若紫(1)
○		○										○				6	蜻蛉
																7	少女
			○					○			○				○	8	花宴(1)
					○										○	9	葵
																10	賢木
																11	花散里
		○						○							○	12	須磨
																13	明石
			○												○	14	蛍
																15	蓬生
																16	関屋
																17	絵合
																18	末摘花
																19	薄雲
																20	朝顔
		○	○										○		○	21	行幸
																22	玉鬘
																23	早蕨
			○												○	24	御法
			○		○										○	25	夕顔(2)
																26	野分(1)
																27	匂宮
	○															28	手習
							○	○								29	篝火
																30	藤袴
○		○			○										○	31	空蝉(2)
																32	梅枝
				○											○	33	夢浮橋
								○							○	34	初音
																35	若菜上
						○				○			○		○	36	幻
								○								37	横笛
																38	鈴虫
			○													39	夕霧
																40	花宴(2)
																41	紅葉賀
																42	帚木(2)
		○	○							○	○				○	43	紅梅
															○	44	野分(2)
																45	橋姫
○					○		○				○				○	46	藤裏葉
			○												○	47	松風
																48	椎本
																49	竹河
○			○				○								○	50	若菜下
								○							○	51	澪標
○			○						○				○		○	52	常夏
								○							○	53	宿木
○			○												○	54	若紫(2)
7	1	5	13	1	5	1	3	9	1	2	3	1	3		21	用例数	

協力者一覧

本展の開催ならびに本図録の制作にあたり、左記機関・個人、およびお名前を控えさせていただきました多くの方々のご協力をいただきました。記して深く感謝申し上げます。（敬称略、五十音順）

出光美術館
和泉市久保惣記念美術館
宇和島伊達文化保存会
京都府立総合資料館
宮内庁書陵部
鞍馬寺
国立歴史民俗博物館
古代学協会
実践女子大学
実践女子大学文芸資料研究所
角屋もてなしの文化美術館
天理大学附属天理図書館
徳川美術館
陽明文庫
大塚活美
岡嶌偉久子
奥本素子
笠島忠幸
河田昌之
曾根祥子
田口榮一
立花信彦
東條　壽
中川清生
中川照将
名和　修
古田正幸
松本　大

〔執筆者〕

伊井春樹　館長
伊藤鉄也　文学形成研究系教授
井田太郎　文学形成研究系助教
入口敦志　文学資源研究系助教
江戸英雄　文学形成研究系助教
大内英範　複合領域研究系機関研究員
岡崎久司　複合領域研究系客員教授
小川剛生　文学資源研究系准教授
加藤昌嘉　法政大学准教授
神野藤昭夫　跡見学園女子大学教授
久保木秀夫　文学資源研究系助教
中村康夫　文学形成研究系教授
藤本孝一　龍谷大学客員教授
別府節子　出光美術館学芸員
横井　孝　実践女子大学教授
四辻秀紀　徳川美術館副館長

〔基幹研究「『源氏物語』再生のための原典資料研究」委員〕

伊井　春樹　館長
伊藤　鉄也　文学形成研究系教授
入口　敦志　文学資源研究系助教
江戸　英雄　文学形成研究系助教
岡崎　久司　複合領域研究系客員教授
加藤　昌嘉　法政大学准教授
神野藤昭夫　跡見学園女子大学教授
北村　啓子　複合領域研究系助教
久保木秀夫　文学資源研究系助教
中村　康夫　文学形成研究系教授
藤本　孝一　龍谷大学客員教授
別府　節子　出光美術館学芸員
山崎　　誠　文学資源研究系教授
山下　則子　文学形成研究系教授
横井　　孝　実践女子大学教授

源氏物語 千年のかがやき

2008（平成20）年10月4日発行

編　者　大学共同利用機関法人
人間文化研究機構　国文学研究資料館

発行者　田中周二

発行所　株式会社思文閣出版
〒606-8203 京都市左京区田中関田町2-7
電話 075-751-1781

印刷・製本　株式会社図書印刷同朋舎

デザイン　鷺草デザイン事務所

定価　本体1,900円（税別）

ISBN978-4-7842-1437-2 C1090